데미안

Special Edition

옮긴이 서상원

고려대학교를 졸업하고 한국외국어대학교 대학원에서 영문학을 전공했다. 잡지사 《여원》의 편집부에서 번역 및 해외 문화를 소개했으며 IBS 번역센터를 설립하여 대표로 재직하면서 명지대학교·세종대학교·경원대학교에 출강했다. 『신곡』, 스타 에센스 클래식 시리즈 『톨스토이의 인생 레시피』 『레 미제라블』 『안나 카레니나』 『위대한 개츠비』와 『경제 사랑학』 『지금부터 시작하는 인간관계의 룰』 『유럽에 빠지는 즐거운 유혹 1·2·3』 『헤르만 헤세의 청춘이란 무엇인가』 등을 번역했고, 편저로는 『상상의 즐거움』 『싸움의 기술』 『카네기의 다이내믹 성공학』 등이 있으며 저서로 『이기적 리더십』 『더 이상 기회는 없다』 『좋은 인생 좋은 습관 2』가 있다. 외국에서의 생활을 바탕으로 한국의 현 상황에 맞는 인문서와 우리의 정서에 맞는 자기 계발서를 기획하며 글쓰기에 매진하고 있다.

데미안 Special Edition

초판 1쇄 발행	2021년 1월 20일
초판 3쇄 발행	2021년 11월 5일

지은이	헤르만 헤세
옮긴이	서상원
펴낸이	김상철
발행처	스타북스
등록번호	제300-2006-00104호
주소	서울시 종로구 종로 19 르메이에르종로타운 B동 920호
전화	02) 735-1312
팩스	02) 735-5501
이메일	starbooks22@naver.com
ISBN	979-11-5795-572-5 03850

데미안

HERMANN HESSE

Special
Edition

헤르만 헤세 지음 | 서상원 옮김

DEMIAN. DIE GESCHICHTE EINER JUGEND

스타북스

데미안

헤르만 헤세
영혼의 시 100선

꿈꾸는 별이 되어

영혼의 사색을 위하여

너로 하여 위안을 받으며

데미안

"사실, 내가 살아 보려고 시도한 노력은
'나'라는 인간 속에서
자연스럽게 빠져 나오려는 결심에 의한 것뿐이었다.
그런데 그것이 어쩌면 그렇게도 어려웠을까."

나에 대한 이야기를 기술하자면 아주 먼 옛날로 돌아가지 않으면 안 된다. 될 수 있으면 내 유년기, 아니 거기서 더욱 거슬러 올라가 훨씬 먼 조상의 이야기로부터 시작하는 것이 순서라고 생각된다.

시인들은 모두가 그렇지만, 시나 소설을 쓴다고 하면 마치 자기가 전능의 신이라도 되는 것 같은 얼굴로 펜을 든다. 어떤 인간의 생애를 그려 낼 때 그의 성격이나 면모, 생활의 구석구석까지를 거울을 들여다보듯이 환히 알고 있는 신에게서 이야기를 듣고, 그것을 하나도 빠뜨리지 않고 서술할 수가 있는 것처럼 자기 자신을 지나치게 믿어 버린다.

그런데 지금 시작하려는 내 이야기는, 그러한 시인들이 자기의 작품을 가치 있게 생각하는 것 이상으로 내게는 더할 나위 없이 소중한 것이다.

이것은 나 자신에 관한 이야기로서, 결코 가공의 인물이 아닌 실존

하는 한사람의 인간 기록이기 때문이며, 상상할 수도 없는 이상의 인간―어쨌든 존재하지 않는 환상적인 허구의 인간이 아니라 단 한 번뿐인 현실적인 삶을 영위한 인간, 그리고 현재 살아 있는 인간의 이야기이기 때문이다.

'현실적으로 살아 있는 인간'이란 말의 의미는, 옛날과는 달리 지금은 그 정의와 한계의 윤곽이 모호하게 되어 있다. 누구에게나 그렇지만, 인간이 삶을 영위한다는 것은 자연과 더불어 호흡하는 단 한 번뿐인 삶의 실험 과정에서 얼마나 많은 사람들이 억울하게 목숨을 빼앗기고 있는가.

만약 하나뿐인 목숨만 갖고 있는 인간, 한 번뿐인 삶밖에는 영위할 수 없는 인간들에게 총탄을 퍼부어 이 지구상에서 완전히 말살시켜 버릴 수 있다면, 나 자신에 관한 것이건 누구의 것이건 이야기를 한다는 자체가 무의미할 것이다.

그러나 어떠한 인간에게도 남이 인정하는 것 이상의 실존적 가치가 있는 법이다. 그러한 관념의 세계에서 여러 가지 현상이 두 번 다시 되풀이되지 않는 형태로 교차하는 하나의 점, 이 특수한, 하나뿐이고 한 번뿐인 점에서 모든 인간은 동등하며, 또 어떠한 경우에도 이 하나의 '점'의 중요성과 불가사의한 신비성에 대해서 변화나 변조는 일어나지 않는다.

그러므로 어떠한 인간의 이야기도 중요하고 영원히 성스러우며, 또 어떠한 인간의 경우도 한 번뿐이고 하나뿐인 삶의 실험 과정에서 자연의 섭리에 순응하고 자연의 의지를 지속시켜 나가는 한 실험은 경이적인 것이며 실로 주목할 만한 가치를 갖고 있는 것이라 할 수 있겠다. 왜냐하면 인간은 누구나 영혼의 형태를 갖추고 존재하는 것이며, 삶을 영위하는 자의 당연히 치러야 할 고뇌로서 구세주처럼 십자가를 짊어져야 하기 때문이다.

인간이란 무엇인가? 쉬운 것 같으면서도 어려운 이 질문에 올바른 해답을 내릴 사람은 별로 없으리라. 그러나 대부분의 사람들은 알 것도 같고 모를 것도 같은 이 문제를 항상 생각하고 있으며, 생각하는 동안에 올바른 해답을 얻지 못한 덕분으로 편안하게 죽음의 길을 떠난다. 내가 이야기의 기술을 마쳤을 때 편안하게 눈을 감을 수 있는 것과 마찬가지로.

나는 나 자신을 '깨달은 인간'이라고는 결코 말하지 못한다. 나는 구도(求道)의 생활, 즉 삶을 깨닫는 실험의 과정을 걸어온 사람이고 지금도 그 길을 걷고 있다. 그러나 나는 별이 주는 계시나 책 속에서 깨달음을 얻으려는 것은 아니다. 그런 생각을 버린 지는 이미 오래다. 나는 내 몸 속을 흐르는 피의 속삭임에 귀를 기울이고 있다.

거기에서 나는 어디서도 누구에게서도 구할 수 없는 것을 얻고 있다. 내 이야기는 결코 재미있는 것이 못 된다. 허구의 옛이야기처럼 흥미진진한 것도 아니고, 조화나 율조가 이루어져 있는 것도 아니다. 여기에는 자기기만을 증오하는 사람들의 생활이 모두 그렇듯이 부조리와 혼란, 광기와 꿈의 맛이 있을 뿐이다.

인간의 생애란 각자가 자기 자신이 지향한 바에 도달하기 위한 길, 다시 말해서 '자기 자신'에 도달하기 위한 하나의 길인 것이다. 이 길은 넓고 평탄하여 자기 자신에게 도달하려는 노력의 결과가 의외로 쉽게 찾아오는 수도 있겠고, 또 그와는 반대로 좁고 험악하여 가도 가도 암시를 얻는 데서 그치게 하는 수도 있을 것이다.

그러나 멀고도 먼 길 저쪽에 있는 자기 자신에 도달하여 완전무결한 인간으로서의 자아를 형성한다는 것은 어떤 사람의 경우에도 불가능하며 그것이 실현된 예도 없지만, 사람들은 그것을 필생의 노력으로 분발하고 있는 것이다.

이 노력은 어떤 사람의 경우에는 뚜렷한 자각이 수반되지 않는 단순한 신경 소모에 지나지 않을 수도 있겠고, 또 다른 경우에는 보다 자각적인 노력이 되는 수가 있을지도 모른다. 이것은 각자의 열의와 노력하는 방법에 따라 좌우된다고 볼 수밖에 없다.

어떠한 인간에게나 이 세상에 태어났을 때 모체로부터 독립했다는 증거로 탯줄을 끊은 자국, 즉 배꼽이 있다. 이 배꼽은 평생 없어지지 않는다. 이것과 마찬가지로 인류가 발생한 태고시대의 점액이나 점질은 마지막 순간까지 인간이 되려고 '인간'에게 붙어 다닌다. 그러나 끝내 인간이 되지 못하고 개구리나 개미나 도마뱀으로 생애를 마치는 경우가 허다하다.

머리는 인간이지만 몸은 물고기로 되어 있는 사람도 있다. 이러한 사람들도 인간 본연의 삶을 목적으로 하며 태어났고 그 목적을 달성하기 위해 존재한다는 점에서는 완전한 인간상을 갖춘 사람들과 조금도 다를 바가 없다.

형태는 여하 간에 우리는 모두 인간 공통의 특질을 갖고 있다. 인류의 기원이나 조물주의 신비를 운위하는 것은 아니지만, 현실적으로 말해서 우리 인간은 어머니라는 공통되는 모체로 너나 할 것 없이 모두 같은 구멍에서 기어 나온 존재인 것이다.

그리고 실험물로 빠져 나온 우리 인간은 자기의 생성과정을 돌이켜
보기 전에 앞으로의 목표를 향해 돌진하고 그것을 달성하기 위해 노
력한다. 우리는 남의 이야기를 듣고 이해할 수 있으며, 다시 그것을 다
른 사람에게 옮길 수도 있겠지만, 가장 정확하게 '자기'를 설명하는
사람은 오직 그 자신뿐인 것이다.

두 개의 세계

나이는 열 살, 고향의 라틴어 학교에 다니고 있을 무렵에 내가 체험
했던 이야기부터 시작하기로 하겠다.
　이야기를 하려니 그 당시의 추억들이 질풍에 불려오듯 내 가슴에
파고든다. 슬픔과 즐거움, 두려움 등등 이런 것들이 한꺼번에 밀어닥
쳐 내 몸을 흔든다.
　그야말로 다양했던 지난날의 꿈이다. 어둠침침한 뒷골목, 화려한
건물, 시계탑, 그 시계의 소리, 여러 사람들의 얼굴 등이 뇌리에 되새
겨지고, 아늑하고 따뜻한 방이나 유령이라도 나올 것 같은 음산한 방,
꽤나 역한 냄새를 풍기던 토끼집, 그 토끼를 기르던 하녀, 약을 달이는
냄새나 말린 과일냄새가 코를 찌르던 부엌이며 헛간 등이 눈앞에 선
하게 떠오른다.
　거기에는 두 개의 세계가 한데 얽혀 있었다. 그리고 그 세계의 양쪽
끝에서 낮과 밤이 찾아오는 것이었다. 한쪽 세계는 아버지의 집이었

다. 여기에는 양친밖에는 살고 있지 않았다.

그 세계를 이루고 있는 것은 아버지와 어머니, 사랑, 엄격한 가풍, 광명과 청아한 공기 등이며, 그 세계에 살고 있는 사람들은 품행도 격조가 높았고 옷차림도 단정했다. 아침 예배와 찬송가를 부르는 곳도 그 세계이며, 크리스마스의 축하 파티가 열리는 곳도 역시 그 세계였다.

거기에는 미래로 통하는 직선적인 길이 있었다. 의무와 책임, 양심의 가책과 지혜가 있었다. 그러므로 푸른 하늘처럼 맑고 깨끗하며 아름답고 절제가 있는 생활을 하려면 그 세계로 돌아가지 않을 수 없었던 것이다.

또 하나의 세계는 내 집 한가운데서 이미 시작되고 있었는데, 그것은 아주 동떨어진 세계였다. 냄새도 달랐고 말투도 달랐으며 장래성이나 요구도 달랐다. 그 제2의 세계에는 하녀와 소년이 살고 있었으며, 괴기한 이야기와 스캔들이 그치지를 않았다. 너무 어이가 없어 기가 막히는 일, 뜬구름처럼 정체를 알 수 없는 일들이 파도처럼 밀려오는 곳이다.

그 세계에는 도살장도 있고 형무소도 있다. 고주망태가 된 주정뱅이가 있는가 하면 아낙네들의 귀 따가운 입씨름도 있다. 외양간에서는 암소가 새끼를 낳고 마구간에서는 늙은 말이 쓰러진다. 이야기라고 하면 강도나 살인이나 자살에 대해서 지껄이는 것뿐이다.

처절하고 광포하고 잔학한 사건들이 꼬리를 물고 일어난다. 바로 코앞에 있는 집에서도 그렇고 누우면 뒤통수가 닿는 뒷집에서도 그렇다. 그런 사건들이 흔해 빠졌으니, 예사로워져서 길바닥에 널려 있는 쓰레기를 보는 정도로밖엔 여겨지지 않는다.

경찰관의 순찰이 그칠 사이가 없는데도 뒷골목에서는 불량배들이 판을 친다. 코가 비뚤어지도록 술을 퍼마시고 여편네를 때리는 놈도 있다.

저녁때가 되면 둑을 무너뜨린 물살처럼 여공들이 공장에서 쏟아져 나온다. 마술을 걸어 멀쩡한 사람을 병신으로 만드는 노파도 있다. 숲 속에는 산적들이 우글거리고, 남의 집에 불을 지른 놈이 경관에게 붙잡혀 가기도 한다. 이처럼 더럽고도 무섭고 냄새나는 곳이 제2의 세계이다. 그러나 내가 거처하는 방은 냄새나는 그 소용돌이 밖에 있었다. 그것은 정말 다행한 일이었다.

집에 돌아가면 평화와 질서와 안녕이 있고 의무와 양심, 관용과 사랑이 있다. 그것은 멋있는 일이다. 그러나 그것과는 전혀 다른 세계, 고막이 찢어지도록 시끄럽고 음산하며 폭력이 난무하고 잔학한 것이 존재한다는 것도 멋있는 점이었다. 그런 것이 어째서 멋있느냐고 반문할지도 모르겠지만, 그러한 세계에서 한 걸음만 건너뛰면 어머니의 품속으로 도망쳐 갈 수가 있지 않은가. 그러니 멋있는 일이라고 할 수밖에 없다.

그런데 아무래도 기묘하게 생각되는 것은 이 동떨어진 두 개의 세계가 서로 이웃에 있는 정도가 아니라 얽히고설키어 한데 겹쳐져 있다는 사실이다.

예를 들면, 우리 집 하녀인 리나가 그렇다. 저녁기도를 올릴 때면 그녀는 양친이 거처하는 방 문가에 앉아 깨끗하게 씻은 손을 새로 다려서 허리에 두른 앞치마 위에 포개어 올려놓고 맑고 높은 목소리로 제법 가락을 빼어 찬송가를 부르는데, 그럴 때의 리나는 완전히 양친의 세계에, 우리의 제1의 세계에, 질서와 평화가 있는 밝은 세계에 속해 있다.

그러나 곧 그 뒤 부엌이나 장작을 쌓아 둔 광 같은 데서 머리가 없는 괴물의 이야기를 들려주거나 푸줏간 앞에서 이웃 아낙네들과 싸우기도 한다.

이때는 아주 딴사람이 되어 전혀 다른 세계, 즉 제2세계에 속해 버리고 비밀의 베일 속으로 자취를 감추는 것이다. 이것은 그녀뿐이 아니라 이 겹쳐진 양극의 세계에서 살고 있는 사람들은 모두 그랬으며, 내 경우가 특히 심했다.

분명히 나는 밝고 올바른 세계에 속해 있었고 그 세계에서 살고 있는 내 양친의 아들이었다. 그러나 어디로 눈을 돌리건 어느 쪽으로 귀를 기울이건 도처에 이와 같은 별도의 세계가 있었다. 그리고 나는 이 세계에서 생활하고 있는 것이다.

물론 양심의 가책이나 불쾌감, 불안감 같은 것을 느낄 때가 가끔 있었지만, 어쨌든 나는 이 제2의 세계에 속해 있는 셈이다. 아니, 속해 있는 셈이라는 정도가 아니라 이 세계에 상주하는 사람인 것이다.

양심의 가책이나 불안감으로 가슴을 죌 때가 있는 반면 이 세계에서 산다는 데에 어떤 보람마저 느끼기도 했고, 여기에서 밝은 세계로 돌아가는 것이 아무리 필요하고 좋은 일이라고 해도 어딘가 모르게 지겹고 살맛이 안 나는 나라로 되돌아가는 것처럼 생각될 때가 자주 있었다.

내 인생의 목표가 내 양친처럼 훌륭한 사람이 되어 밝은 세계에서 순수하고 질서 정연한 생활을 보내는 데 있다는 것을 나 자신이 전혀 의식하지 못하는 것은 아니었다. 그러나 그 세계로 가는 길은 멀고, 거기에 도달하자면 우선 여러 학교를 졸업하고 대학에 들어가 어려운 테스트나 시험을 치르지 않으면 안 된다.

그런데 곤란한 것은 이 길을 걷자면 언제나 캄캄한 또 하나의 세계 곁을 지나지 않으면 안 된다는 사실이다. 그 곁을 지나다가 자칫하면 캄캄한 세계에 빠져들어 어두움의 밑바닥에 가라앉아 버리는 일이 생길지도 모른다. 이러한 가능성은 충분히 있다고 봐야 할 것이다.

밝은 세계로 가려다 발을 헛디디며 어두운 세계로 굴러 떨어진 사람들의 입맛 쓴 경험담을 나는 여러 번 들었다. 제2의 세계에 걸려들어 탕아가 되어 버린 아이들에게는 자기네의 아버지 곁으로, 즉 선(善)으로 복귀하는 것이 구원을 받는 하나의 방법이 되어 있었다. 과연 그렇다. 나도 그렇게 하는 것이 올바른 일이라고 느낀다. 그래도 내 마음은 악인이나 불량배가 날뛰는 어두운 세계를 동경할 때가 있다. 그것은 나로서도 어쩔 수 없는 일이었다.

솔직히 털어놓고 이야기하지만, 어두운 세계에서 비뚤어진 삶의 그늘 속에 묻혀 있던 탕아가 올바른 길로 돌아간다는 것을 나는 퍽 섭섭하게 생각할 때가 있었다. 그러나 이런 것은 입 밖에 내어도 안 되고 생각해도 안 될 일이었다. 다만 그것은 하나의 예감으로서, 하나의 현실적인 가능성으로서 가슴 밑바닥에 깔아 놓고 있을 뿐이었다.

악마라는 것을 생각할 때도, 어두컴컴한 뒷골목이나 요릿집 같은 곳에 변장을 하고 출몰하거나 두 팔을 흔들고 정정당당하게 나타난다는 것은 상상할 수 있지만, 설마 내가 살고 있는 세계, 내 방에 나타나리라고는 도저히 생각할 수가 없었다.

누나들도 밝은 세계에서 살고 있었다. 그녀들의 인품은 아버지와 어머니를 닮았다고 생각되어질 때가 많았다. 나보다도 인간미가 있고 품행도 단정하여, 밝은 세계에서 올바르게 사는 사람으로서의 결점은 거의 없는 것처럼 보였다.

따지고 보면 얼빠진 짓을 곧잘 하고 또 어딘가 좀 모자란다고 생각되는 구석이 한두 군데가 아니지만, 그 얼빠지고 모자라는 것이 나만큼 깊이 마음속에 뿌리를 내리고 있지는 않았다. 그리고 그와 같은 그녀들의 결점이 내 경우와는 아주 다른 것으로 생각되었다.

왜냐하면 나는 악과의 접촉에서 얻는 고통이 내 힘으로는 감당할 수 없을 만큼 무거웠고, 어두운 세계가 그녀들보다 훨씬 가까이 내 곁에 다가와 있었기 때문이다.

누나들은 적어도 내게 있어서는 양친과 마찬가지로 소중히 여기고 존경하지 않으면 안 되는 사람들이다. 그러니까 어쩌다가 싸움이라도 벌어지면, 나중에는 반드시 싸움을 먼저 건 것은 내 쪽이니 누나들과 싸운 죄는 내게 있다고 빌었다. 이것은 내 양심 이상의 어떤 도덕규범 같은 속박에서 벗어날 수 없었기 때문이다. 그런 입장에서 볼 때 누나들을 모욕하는 것은 양친과 선과 권위를 모욕하는 거나 마찬가지인 것이다.

밝은 세계와 어두운 세계에 양다리를 걸친 나는 딱지가 붙은 불량배들한테는 거리낌 없이 지껄일 수 있어도 누나들에게는 털어놓지 못할 비밀이 많았다.

날씨도 좋고 기분도 상쾌한 날에 누나들의 놀이 상대가 되어 얌전한 동생인 체하는 내 모습을 자신의 눈으로 바라보는 것은 그야말로 멋있는 일이었다. 그럴 때의 나는 정말 거룩하고도 아름다운 천사가 되어 있는 것이다. 그리고 천사가 된 내 덕분으로 누나들도 무슨 여신이라도 된 듯한 얼굴을 하는 것이다. 그것은 우리들이 알고 있는 한 가장 아름답고 향기로운 추억이 되어있다. 달콤한 행복의 꿈맛이 아마 이러리라 생각된다.

그러나 그런 시간, 그런 날이 흔히 찾아오진 않았다. 그러니까 내게는 감미로운 이 꿈 맛을 보는 것과는 정반대의 날이 많았다. 처음에는 얌전한 체하면서 사이좋게 놀아보려고 사념이 없는 마음으로 누나들과 만나는데, 어쩌다가—물론 내가 먼저 그녀들의 비위를 건드려 놓지만—말다툼을 하다보면 그 입씨름이 크게 번져 싸움판이 되고 만다.

화가 나면 나는 신성불가침인 그녀들이기는 해도 지독한 욕을 마구 퍼붓는다. 그러면서도 마음속으로는 '이건 너무하다. 누나들한테 이런 욕을 하다니.' 하고 부젓가락으로 가슴을 지지는 듯한 양심의 가책을 받지만, 하던 욕을 마저 깨끗하게 끝내 버리고 만다.

그러고 나면 후회와 통한이 얽힌 어두운 시간이 찾아든다. 그 다음에는 내가 잘못했다고 누나들한테 빌어야 하는 슬픈 순간이 다가온다. 그것이 지나면 다시 밝은 세계에서 한 줄기의 광명이 비치고 모순과 회오가 없는 조용하고도 감사에 가득 찬 행복이 찾아와 잠시 동안, 좀 길 때는 몇 시간가량 내 곁에 머물러 준다.

나는 라틴어 학교에 다니고 있었다. 시장의 아들과 국가 임야를 관리하는 영림주임(營林主任)의 아들도 나와 같은 클래스였는데 그 애들은 가끔 우리 집에 놀러 왔다. 모두가 고집깨나 부리는 개구쟁이들이지만 공인된 선의 세계에 속하는 아이들이다.

이미 한 이야기를 되풀이하는 것 같지만 나도 그렇다. 내가 친구로 사귄 애들은 그들뿐만이 아니다. 라틴어 학교가 아닌 일반 소학교에 다닌다는 이유로 멸시를 받고 있던 근처의 아이들하고도 가깝게 지냈던 것이다. 그들 가운데의 한 아이―나는 여기서부터 이야기를 시작하지 않으면 안 된다.

어느 날 오후, 공부를 끝내고 집에 돌아왔을 때였다. 내 나이는 아마 만 열 살을 몇 달 가량 넘어섰었다고 생각된다. 이웃의 두 소년과 함께 달음박질하면서 놀고 있는데, 거기에 우리보다 몸집이 큰 아이가 끼어들었다.

나이는 열세 살 가량으로 성격이 난폭한 소년인데, 일반 소학교에 다니고 있는 양복점 주인의 아들이다. 그의 아버지는 이름난 주정뱅이다. 때문에 이웃 간에서도 소문이 좋지 못했다.

이 프란츠 크로머에 대해서는 나도 잘 알고 있었다. 한 마디로 말해서 성격이 괴팍하고 사나운 놈이다. 그러니까 우리들과 한패가 된 것이 고마울 리가 없다. 나이에 비해 키가 크고 몸집도 큰 그는 벌써 어른 티가 났고 공장의 젊은 직공들의 걸음걸이나 말투를 흉내 내곤 했다. 우리 셋은 그의 지시에 따라 사람들 눈에 띄지 않게 강둑을 내려가서 다리 밑에 몸을 숨겼다. 아치형으로 되어 있는 다리 근처에는 쓰레기가 산더미처럼 쌓여 있었다.

그것들은 모두 사용하다 버린 폐품이었다. 유리 조각이나 녹슨 쇠붙이, 부서진 의자, 경대, 철사가 풀어져 나간 들통 등이 양쪽 강가의 교각을 반 이상이나 메우고 있었는데, 그 가운데에는 아직 사용할 만한 물건들이 더러 눈에 띄었다. 우리는 프란츠 크로머가 시키는 대로 그 폐품더미를 헤치고 쓸 만한 것을 찾아내어 그에게 보이지 않으면 안 되었다.

크로머는 우리가 주워 온 것을 날카로운 눈으로 슬쩍 훑어보고는 호주머니 속에 쑤셔넣든가 강물에 던져 버리는 것이었다. 그러고는 납이나 놋쇠나 구리 같은 쇠붙이가 없는가 잘 찾아보라고 했다. 그런 것은 모두 그의 호주머니 속으로 들어간다.

짐승의 뿔로 만든 낡은 빗도 마찬가지다. 난 크로머와 함께 있는 것이 숨이 막힐 정도로 답답하고 싫었다. 기회만 있으면 달아나고 싶었다. 그것은 크로머 같은 덜 돼먹은 놈과 함께 놀았다고 아버지한테 꾸지람을 듣는 것이 무서워서가 아니라 크로머 그가 무서웠기 때문이다.

그러나 프란츠 크로머가 나를 다른 아이들과 동등하게 취급해 주는 것은 고마운 일이었다. 그 소년과 한데 어울리면—물론 우리가 원해서 어울린 적은 한 번도 없지만—명령을 내리는 것은 언제나 그쪽이고 우리는 그저 복종할 뿐이었다. 내가 크로머와 한데 어울린 것은 이번이 처음이지만, 다른 아이들은 그의 명령에 무조건 복종하는 것이 오래 전부터의 습관처럼 되어 있었다.

작업을 끝내고 우리는 강가의 땅바닥에 앉았다. 크로머는 퉤 하고 강물에 침을 뱉었는데, 그럴 때의 몸짓은 어른과 꼭 같았다. 침을 뱉고 싶은 자리에 명중시키는 것이다. 아이들은 이야기를 시작했다. 저마다 자랑거리가 될 만한 것을 지껄여 댔다.

모두가 못된 장난을 했다는 이야기—이것이 그 무렵의 소학생 특유의 무용담이다—를 늘어놓고 무슨 대단한 일이라도 치른 것처럼 우쭐대는 것이었다. 나는 처음부터 잠자코 있었는데, 함께 어울리지 않는다고 크로머가 화를 내지 않을까 겁이 나서 견딜 수가 없었다.

내 두 친구들은 크로머가 우리를 다리 밑으로 끌고 올 때부터 나를 제쳐놓고 그의 편이 되어 있었다. 그러니까 나는 외톨박이가 된 셈이었다. 그들 셋은 내 옷차림이나 태도로 미루어 자기들을 무시하는 것으로 생각했는지도 모른다.

어찌 됐든 내가 입을 다물고 있는 것을 무언의 반항이나 도전적인 행위로 간주한 것만은 사실이다. 더욱이 라틴어 학교의 학생이고 상류사회 명문의 아들인 나를 크로머가 좋아할 리 없었다. 다른 두 아이들도 예외는 아니다. 만약 내가 크로머한테 얻어맞는다고 해도, 맞아 죽는다고 해도 말려 주지 않을 것은 뻔한 일이었다. 그것은 나도 잘 알고 있었다.

불안감으로 가슴이 죄어 견딜 수 없게 된 나는 무슨 이야기를 그럴듯하게 꾸며대고 그 주인공이 바로 나라고 했다. 내용인즉, 거리 어귀에 있는 물레방아 근처의 과수원에서 사과를 한 부대나 훔쳤는데, 그것도 보통 사과가 아니고 제일 맛이 좋은 레네테와 골든 파르메네종만 골라서 훔쳤다고 했다.

나는 코앞에 들이닥친 위험에서 벗어나기 위해 할 수 없이 엉터리 거짓말로 꾸며 했지만, 일단 이야기를 꺼내면 상대방이 곧이듣도록 그럴듯하게 늘어놓는 데는 자신을 갖고 있었다.

기왕에 꾸며 낸 도둑질 이야기니 위험물 저장소 같은 것으로 크로머의 환심을 살 때까지 계속해 봐야겠다고 생각한 나는, 그 줄거리에 가시를 붙이고 잎을 달기 시작했다.

"그런데 우리가 사과나무에 올라가서 사과를 따 내리고 있는 동안

한 놈은 망을 보고 있었어. 신나게 사과를 따고 있는데 부대가 꽉 찼으니 그만 내려오라잖아, 망을 보던 놈이 말이야. 그래서 내려가 보니까 정말 부대가 터질 지경이야. 무거워서 끌고 가지도 못하겠던걸. 할 수 없이 절반 가량 덜어 놓고 반 부대만 갖고 갔지만, 나머지 걸 생각하니 아까워서 배길 수 있어야지. 30분쯤 지나서 또 습격했지 뭐야. 그땐 사과를 더 따진 않고 남겨 두었던 것만 가져왔어."

이야기를 마쳤을 때 나는 곧 박수소리가 날 줄 알았다. 거짓말을 꾸며 대다 보니 나중에는 너무 열이 올라 그 도둑질 이야기에 나 자신이 취해 있었기 때문이다. 그러나 아무리 기다려도 박수소리는 나지 않았다.

"그거 정말이야?"

한참 만에 프란츠 크로머는 일부러 눈을 가늘게 뜨고 내 얼굴을 찌르듯이 들여다보면서 위협하는 투로 물었다.

"정말이구말구."

"틀림없이 정말이라 이거지?"

"틀림없이 정말이야."

나는 시치미를 떼고 대답했지만, 속으로는 불안해서 숨이 막힐 것 같았다.

"틀림없이 정말이라고 맹세할 수 있니?"

가슴이 덜컥 내려앉는 것 같았으나, 크로머의 말이 떨어지기가 바쁘게 '응' 하고 대답했다.

"그럼 '하느님과 영원한 행복에 맹세를 걸고'라고 말해 봐!"

"하느님과 영원한 행복에 맹세를 걸고……."

나는 앵무새처럼 따라 말했다.

"됐어!"

크로머는 만족한 듯이 이렇게 말하고는 나를 쏘아보더니 얼굴을 저쪽으로 돌렸다. '휴우, 이젠 살았구나.' 나는 비로소 안도의 한숨을 내쉬었다. 그러나 숨소리가 상대방 귀에 들리지 않도록 주의한 것은 물론이다.

"그만 가자."

크로머가 몸을 일으켰을 때, 나는 정말 기뻤다. 다리 위에 올라가자 나는 그의 눈치를 슬금슬금 살피다가 이젠 집에 가야겠다고 말했다.

"뭐, 그렇게 바빠 서두를 건 없잖아, 어차피 같은 방향으로 가는데."

크로머는 피식 웃으면서 말했다.

그러고는 앞장을 서서 건들건들 걸어갔다. 나는 달음박질을 할 용기가 나지 않았다. 크로머는 우리 집 쪽으로 여전히 건들거리는 걸음을 옮기고 있었다.

집 앞에 도착하여 놋쇠로 만든 현관문의 손잡이와 유리창문이 둔한 석양의 햇살을 반사하고 있는 것이 눈에 들어왔을 때 나는 두 번째로 안도의 한숨을, 그때는 다리 밑에서와는 달리 마음껏 길게 몰아쉬었다. 폭군으로부터 완전히 해방된 것이다. 어머니 방의 열려 있는 창문으로 커튼자락도 보였다.

'아아, 이제야 겨우 내 집에 돌아왔구나. 이렇게 밝고 평화로운 세계에 돌아올 수 있다니, 얼마나 고마운 일이냐.'

나는 급히 문을 열고 뛰어들어 손을 뒤로 돌려서 손잡이를 당겼는데, 어느 틈에 따라 들어왔는지 프란츠 크로머가 내 뒤에 서 있지 않은

가. 타일을 깐 현관바닥에 떡 버티고 선 그는 내 팔을 우악스럽게 움켜쥐고는

"그렇게 서두르지 말라니까!"

하고 나직하면서도 귀청을 찌렁쩌렁 울리는 목소리로 말했다.

나는 흠칫 놀라면서 그를 돌아다보았다. 내 팔을 움켜잡은 그의 손은 무쇠처럼 단단했다.

'이놈이 무슨 심술을 부리려고 이러는지 모르겠네. 나를 괴롭힐 작정이라도 하고 있는 것일까.'

나는 생각했다.

'큰 소리로 고함을 지르면 누가 달려와서 나를 구해 줄까?'

하는 생각도 했다.

그러나 두 번째 생각은 버리기로 마음먹었다.

"왜 그래, 무슨 일이 있어?"

나는 물었다.

"뭐, 별것은 아니야. 좀 묻고 싶은 게 있어서 잠깐 실례했을 뿐이야. 다른 애들한테 말할 필요가 없는 건데……."

"뭐야, 말해 봐. 빨리 2층에 올라가야 해."

"그 과수원 말이다, 주인이 누군가 알고 싶어. 너는 물론 알고 있겠지?"

"몰라, 난 방앗간 주인 것이 아닌가 생각하지만 확실한 건 몰라."

크로머는 갑자기 손아귀에 힘을 주더니 내 팔을 비틀어 돌리면서 자기 앞으로 바싹 끌어당겼다. 나는 그의 얼굴을 정면으로 쳐다보지 않을 수 없는 자세가 되고 말았다.

그의 눈에는 악의가 가득 차 있었으며 입 언저리에는 심술궂은 미소가 떠올라 있었다. 얼굴 전체에 잔인한 힘이 넘치는 그런 표정이었다.

"과수원의 주인이 누군지를 정말 모른다면 내가 가르쳐 주지. 그 주인은 벌써부터 사과 도둑놈 때문에 골머리를 앓고 있었다는 거야. 어떤 놈이 훔쳐 가는지 가르쳐 주면 2마르크를 준다고 했단 말이다. 그 도둑대장이 꼬리가 이렇게 밟히고 말았으니, 안됐군. 2마르크라……."

"아니, 아니야. 난……"

"뭐가 아니야? 한 놈은 망을 보고 몇 놈은 나무에 기어 올라가서 땄다고, 아주 재미있고도 자세하게 네 입으로 말하지 않았어."

"아니. 하지만 프란츠, 설마 내가 한 말을 퍼뜨리지는 않겠지?"

이렇게 말은 했으나, 그의 명예심에 호소해 봤자 아무 소용도 없다는 것을 나는 직감적으로 느꼈다. 그는 내가 살고 있는 세계와는 아주 다른 또 하나의 세계에 속해 있는 인간이다. 그런 인간에게는 배신행위쯤은 죄도 아무것도 아닌 것이다. 나는 그것을 분명히 의식했다. 그런 면에 있어서 그 '다른' 세계의 사람들은 우리와 판이하게 구분되는 것이다.

"뭐, 퍼뜨리지 말라고? 그런 멍청이 같은 소릴 하면 곤란한데. 이거봐, 2마르크 은화가 작은 돈인 줄 아니? 난 가난뱅이야. 우리 집에 너의 아버지처럼 돈 많은 사람이 없다는 걸 모르진 않을 테지. 냄새나는 폐품더미를 뒤적여서 2마르크를 만들자면 몇 년이 걸릴지 몇 십 년이 걸릴지도 모르는데, 입술만 두어 번 움직이면 되는 일을 포기하다니. 돈 많은 놈들은 가난뱅이의 속을 몰라 준다더라만 너무 등신 같은 소린 하지 마라. 2마르크라, 어쩌면 더 생길지도 모르겠다. 도둑놈을 모조리 잡아 준 셈이니 말이야."

그러고는 내 팔을 놓았다. 현관 안에는 이미 평화나 안전이 없었다. 크로머의 독설이 삼켜 버린 것이다. 내 주위에서 밝은 세계는 무너지기 시작했다. 프란츠 크로머는 나를 틀림없이 밀고할 것이다. 나는 죄인이 되고 말았다. 우리 아버지에게도 일러바칠지 모른다. 잘못하면 경찰관에게 붙잡혀 갈지도 모를 일이다. 불안과 공포가 한꺼번에 나를 덮쳤다.

모든 위험과 혐오가 나를 응징하기 위해 동원되었다. 훔치지 않았다는 말은 용인될 여지가 없는 것이다. 하느님과 영원한 행복에 걸고 맹세까지 하지 않았는가.

눈물이 쏟아져 나왔다. 이 위기를 모면하려면 크로머를 매수하는 수밖에 없다고 나는 생각했다. 호주머니란 호주머니에는 모두 손을 넣어 보았다. 사과 한 개, 나이프 하나 나오지 않았다. 아무것도 없다.

'아, 시계가 있었지.'

케이스는 은이지만 바늘은 움직이지 않는다. 낡고 고장 난 골동품 같은 시계다. 그것은 죽은 할머니의 유물이었다. 시간을 가리키지 않는 시계지만 그저 '갖고 다니고 싶어서' 갖고 있던 것이다. 나는 얼른 시계를 꺼냈다.

"크로머, 주인한테 일러바치는 건 너무해. 내 입장이 어떻게 되겠나. 좀 생각해 줘야 하잖아. 이 시계를 줄게. 이거밖엔 아무것도 없어. 자, 받아, 은시계야. 지금 바늘은 움직이지 않지만 알맹이는 고급이야. 시계방에 가서 조금만 손을 보면 돼. 시간은 딱딱 맞을 거야."

그는 의미를 알 수 없는 엷은 웃음을 띠면서 그 큼지막한 손으로 시계를 받아들었다.

나는 그 손을 보고 이 거친 손이 나에 대해 깊이를 헤아릴 수 없는 적의를 품고 내 생활과 평화를 송두리째 움켜쥐려 하고 있다고 생각했다.

"은시계야…… 은……."

나는 은이라는 데 악센트를 주어 다시 말했다.

"이까짓 거 은이면 뭘 해. 고물 아니냐 말이야. 게다가 고장까지 나고."

그는 완전히 멸시하는 투로 내뱉듯이 말했다.

"아니야. 이거 봐, 프란츠. 제발 부탁이야, 이걸 받아. 진짜 은이야. 그건 틀림없어. 이거 말곤 아무것도 내놓을 게 없어."

그는 차가운 눈초리로 나를 쏘아보았다.

"더 얘기해 봤자 소용없으니 그만 가야겠다. 내 발길이 어디로 돌려지는가 짐작할 수 있겠지? 뭣하면 경찰에 연락해 봐도 좋아. 거기 있는 폴리하고는 아는 사이니까 말이야."

그는 현관문을 열고 나가려고 했다. 이대로 돌려보냈다간 큰일이다. 나는 그의 소맷자락을 붙잡고 늘어졌다. 불만을 품고 돌아가면 도둑질 이야기를 퍼뜨릴 것이 뻔하다. 그 뒤에는 필연적인 결과로서 여러 가지 고통이 내게 밀어닥친다. 그 지경을 당할 바엔 차라리 죽는 편이 낫다.

"프란츠, 프란츠. 제발, 제발 부탁해. 고장 난 시계를 줬다고 너무 섭섭히 생각하지 말고 마음을 돌려줘. 그래도 은이야. 프란츠, 주인한테 일러바치겠다는 건 농담이겠지? 그렇지?"

"그래, 농담이야. 하지만 이게 진짜 농담이 되게 하려면 너는 톡톡히 내놔야 해."

"프란츠, 그럼 어떻게 하면 좋겠어? 말해 봐, 무엇이든 네가 하라는 대로 할게."

그는 눈을 가늘게 뜨고 내 얼굴을 찬찬히 들여다보면서 웃기 시작했다.

"생각을 좀 해 보란 말이다, 생각을. 내가 꼬집어서 말하지 않아도 알 게 아냐. 난 지금 입만 떼면 2마르크의 은화를 거머쥐게 돼 있어. 손아귀에 거머쥔 돈을 내팽개칠 만큼 나는 부자가 아니야. 그러나 넌 부자야. 좋은 은시계도 갖고 있는 부자란 말이야. 그러니까 내놔! 네가 2마르크만 내놓으면 만사가 오케이야."

그의 속셈은 알고도 남았다. 그러나 은화 2마르크! 내 힘으로 마련할 수 없는 의미에 있어서는 10마르크, 백 마르크, 아니 천 마르크나 마찬가지로 큰돈이다.

내게는 돈이 없었다. 어머니한테 맡겨 둔 저금통이 있긴 했지만, 그 속엔 숙부나 다른 손님들이 왔을 때 얻은 10페니히, 5페니히 동전이 몇 개 들어 있을 뿐이다. 그 밖에는 한 푼도 없다. 그 무렵 나는 양친으로부터 용돈이라고는 받아 쓰지 못하고 있었기 때문에 돈이 생길 구멍이 없었던 것이다.

"난 돈이 없어. 한 푼도 없어. 하지만 다른 물건 같은 거라면 뭐든지 줄게. 정말 돈은 한 푼도 없어."

"한 푼도 없다?"

크로머의 얼굴은 험상궂게 일그러졌다.

"돈은 없지만, 인디언 얘기책도 있고 인형도 있어. 참, 컴퍼스도 있지. 그걸 모두 줄게."

크로머는 들은 척도 않고 있다가 퉤 하고 타일바닥에 침을 뱉었다.

"듣기 싫어! 그따위 허튼 수작에 내가 넘어갈 줄 아니? 뭐, 컴퍼스도 있다고? 나를 더 이상 화나게 하지 마! 돈을 내놓으란 말이다, 돈을!"

그는 막무가내였다.

"하지만 없는 걸 어떻게 내놔? 우리 아버지나 어머니는 다른 건 몰라도 돈은 주지 않아. 없는 걸 자꾸 내놓으라면 난 어떡해?"

"사정이 그렇다면 내일까지 돈을 마련할 여유를 주지. 내일 2마르크를 갖고 와. 방과 후, 시장 어귀에서 기다리고 있을 테니까. 알았지? 시장 어귀로 갖고 오란 말이야. 만약 약속을 어기는 날이면 그땐 정말 용서없어. 각오해!"

"얘기는 알아들었지만, 한 푼도 없는 돈을 어떻게 갖고 가? 이거 정말 야단났네. 프란츠, 돈은 없어. 마련할 재간도 없는걸."

"그런 것까지 내가 결정해 줘야 하니? 너의 집은 부잔데 왜 돈이 없어! 죽는 시늉 하지 말고 내 말을 똑똑히 들어 둬! 내일 방과 후에 시장 어귀, 알았지? 다시 말하지만 만약 안 갖고 오는 날엔……."

프란츠 크로머는 무서운 눈으로 나를 노려보고는 아까처럼 입을 삐쭉거리면서 퉤퉤 침을 뱉어 놓고 그림자처럼 사라져 버렸다.

나는 계단을 올라갈 힘도 없었다. 내 생활에 파멸이 찾아온 것이다.

이렇게 부대끼느니 차라리 집을 뛰쳐나가 버릴까, 투신자살이라도 해 버릴까 하는 생각도 했다. 그러나 그것은 막연한 생각에 지나지 않았다.

이러지도 저러지도 못하게 되어 버린 나는 계단의 맨 아래 층계에 웅크리고 앉아 꼼짝을 않은 채 어둠과 함께 밀려오는 불행에 내 몸을 맡겼다. 리나가 장작을 가지러 바구니를 들고 내려오다가 어두컴컴한 현관 계단 아래서 울고 있는 나를 발견했다.

나는 리나에게 아버지나 어머니한테 아무 말도 하지 말라고 부탁하고는 계단을 올라갔다. 창문 곁의 옷걸이에는 아버지의 모자와 어머니의 파라솔이 걸려 있었다. 나는 거기에서 가정과 양친의 한없는 애정과 그리움을 느꼈다. 방탕한 자식이 오래간만에 고향으로 돌아와 옛집의 이 방 저 방을 둘러보고 동경과 회한의 눈물을 흘리면서 옛 냄새를 들이마셨을 때처럼 감사와 정성을 다하며 나는 그 모자와 파라솔에 인사를 보냈다.

그러나 그러한 것들은 이미 내 것이 아니었다. 아버지와 어머니가 살고 있는 밝은 세계, 평화롭고 질서가 잡혀 있는 제1의 세계의 것이었다. 뜻하지 않게 과오를 범한 나는 모험과 죄의 소용돌이에 휘말려 몸부림을 치다가 끝내는 기진맥진하여 황톳빛 탁류의 밑바닥에 가라앉고 말았다.

내가 다시 떠오르기를 기다리는 것은 적의 위협과 불안, 위험과 치욕뿐이었다. 그 모자와 파라솔, 낯익은 복도, 현관의 선반 위에 걸려 있는 커다란 그림액자, 그리고 방에서 흘러나오는 큰누나의 목소리 ─ 모두가 정답고 그리웠다. 그 모든 것이 그때처럼 소중하게 여겨졌던 적은 없었다.

그러나 그 소중한 것들이 나를 위로해 주지는 못했다. 소중하긴 하지만 이미 보물은 아니었다. 그리고 내 것이 아니었다. 그 모두가 내게 비난의 화살을 퍼붓고 있었다.

나는 밝고 조용한 그 세계에, 깨끗한 그 세계에 뛰어들만한 용기가 없었다. 내 발에는 매트로도 털어 버릴 수 없는 때가 묻어 있었다. 나는 내가 살던 세계와 아무런 관련이 없는, 그리고 그 세계가 전혀 알아보지 못하는 그림자를 안고 있었다.

지금까지도 비밀은 있었다. 마음에 걸리는 일도 많았다. 그러나 그런 것은 내가 지금 집에 갖고 온 것에 비하면 어린애 장난감 같은 것에 지나지 않는다. 농담으로 돌려도 아무런 뒤탈이 없을 만큼 무가치한 것이다. 나는 지금 나를 저주하는 운명에 쫓기고 있다. 사방으로 쫓겨 다니고 있다. 아무리 달아나도 내게 뻗쳐 오는 그 운명의 손길에서 빠져 나갈 수 없다. 그 운명의 손에서 나를 건져 주는 사람은 아무도 없다. 어머니에게도 나를 지켜 줄 만한 힘이 없었다. 가령 있다고 해도 나를 저주하는 운명의 손이 지금 내 뒷덜미를 움켜쥐려 한다는 말을 어머니에게 할 수는 없다.

이렇게 된 이상 내가 저지른 죄가 도둑질이건 거짓말이건 (나는 '하느님과 영원한 행복에' 내 모든 것을 걸고 도둑질을 했다고 맹세하지 않았는가) 그런 것은 아무래도 좋았다. 내 죄는 도둑질이나 거짓말에 국한되는 것이 아니다.

그렇다면 내 죄는 어디까지 뻗어나가는 것인가. 악마, 악마하고 악수를 한 것이 내가 저지른 죄의 근원이나. 나는 왜 그 애들을 따라갔을까. 나는 왜 아버지에게서 그처럼 주의를 받았는데도 크로머의 말을 들었을까.

나는 왜 하지도 않은 도둑질을 했다고 거짓말을 꾸며 했을까. 마치 그것이 영웅적인 행위라도 되는 것처럼 왜 자랑삼아 말을 했을까, 그것도 일부러 거짓말을 꾸며서까지 말이다. 그때 악마는 내 손을 붙잡은 것이다. 그때부터 나를 평생토록 괴롭힐 원수가 내 뒤를 쫓기 시작한 것이 아닌가.

내일 방과 후 시장 어귀에서……. 갑자기 무서운 생각이 들었다. 그러자 암흑의 세계를 향해 가속도적으로 치닫는 내 모습이 환상에서 현실로 돌아오는 것 같아서 온몸에 소름이 끼쳤다. 조금 전에 경험한 과오가 새로운 과오를 연달아 일으킬 것이 틀림없다는 것과, 시치미를 떼고 누나들 앞에 모습을 나타내거나 양친에게 인사를 하고 키스를 해도 내가 저지른 죄는 도저히 감춰질 수 없다는 것, 그리고 가족들한테 숨기고 있는 비밀과 나를 저주하는 운명이 내 몸에 들러붙어 떨어지지 않는다는 것을 나는 뚜렷하게 의식하고 있었다.

아버지의 모자를 바라보고 있는 동안 순간적이긴 했지만, 신뢰와 희망이 내 가슴 속에서 고개를 쳐들었다.

'모든 것을 아버지 앞에 털어놓고 심판을 받자. 그리고 아버지가 내리는 판결에 복종하고 내 몸에 떨어지는 죄의 대가를 사양하지 말자. 아아, 아버지! 아버지는 내게 벌을 내릴 사람이 아니다. 아버지 앞에 무릎을 꿇고 용서를 빌어 보자. 지금까지 몇 번인지도 모르게 해 온 참회를 한 번만 참고 하면 된다. 진심으로 참회하면 아버지도 내 마음을 알아주겠지. 아버지 앞에 무릎을 꿇는 것은 괴로운 일이지만 한순간이다. 잠깐만 참으면 된다.'

이건 얼마나 달콤한 반향을 갖고 있는 생각인가! 아버지의 동정을 사서 용서를 받는 방법치고는 얼마나 아름다운 유혹인가! 그러나 그것도 순간적인 생각에 불과했다. 내게는 그럴 만한 재주가 없고 용기도 없다는 것을 나는 의식했다. 설령 그런 재주를 부린다고 해도 실패로 돌아갈 것은 뻔한 일이다. 아무도 모르는 비밀을 갖고 있는 나는 자신이 저지른 죄의 대가는 자신의 힘으로 처리하지 않으면 안 된다고 생각했다. 사실 그러는 수밖에는 달리 방법이 없는 것이다.

나는 지금 내 인생의 갈림길에 서 있다. 그리고 이것을 전환점으로 하여 아마 영원히 악의 세계에서 살지 않으면 안 되게 될지도 모른다. 악인들과 함께 어울려 내 비밀을 털어 놓고 그들에게 고삐를 잡혀 이리저리 끌려 다니면서 그들의 명령에 무조건 복종하는 생활을 하지 않으면 안 되리라. 그러면 결국은 나도 악인이 되고 만다. 나는 어른 티를 내고 어리석게도 영웅 행세를 했다. 그 응보가 지금 눈앞에 닥쳐온 것이다.

방에 들어갔을 때 물에 흠뻑 젖은 내 구두를 보고 아버지는 어디를 쏘다녔기에 신이 그 꼴이 됐느냐고 잔소리를 했는데, 그것은 오히려 다행한 일이었다. 그 덕분에 나는 슬쩍 옆길로 빠져 나갈 수 있었고, 따라서 아버지는 내 구두가 젖은 것 이상으로 중대한 사실에 대해서는 전혀 눈치를 채지 못했다. 그리하여 나는 다른 일로 아버지의 꾸지람을 듣는 셈이 되었고, 또 그런 꾸지람이라면 얼마든지 참고 들을 수가 있었다. 그러나 기묘하고도 새로운 하나의 감정이 가슴을 스쳤다. '내가 아버지보다 한 술 더 뜬다.'는 심술궂으면서도 통렬한 느낌을 금할 수가 없었던 것이다.

그와 동시에 나는 아버지의 우둔함과 무지에 대해 일종의 경멸을 느꼈다. 구두를 적시며 쏘다닌다고 꾸지람을 듣는 것쯤은 아무것도 아니었다. '모르는 게 약이라는 말이 바로 이런 걸 의미하는 거구나.' 하고 나는 생각했다. 그러자 자기가 사실은 사람을 죽였고 그 살인죄를 자백하지 않으면 안 되는데도 빵을 한 개 훔쳤다는 혐의로 취조를 받고 있는 피의자 같은 기분이 들었다.

이것은 결코 스스로 혐오를 느낄 만한 감정은 아니었다. 강렬하고 매력적인 감정이었다. 그것은 다른 어떤 생각보다도 그 비밀과 그 죄에 '나'라는 인간을 돈으로 비끄러매고 그 돈의 위력으로 내게 불리한 모든 것들을 소멸시킬 수 있다는 가장 매력적인 생각, 가장 통쾌한 감정이었다.

'아마 프란츠 크로머는 지금쯤, 아니 벌써 나를 경찰이나 주인한테 밀고했는지 모른다.'

나는 생각했다.

이미 폭풍은 내 머리 위에 불어닥치고 있는 것이다. 이렇게 중요한 시기에 어린아이처럼 구두를 적셨다는 것만으로 꾸지람을 듣고 있지 않은가.

지금까지 이야기한 내 체험 가운데서 영원히 내 기억에 새겨질 중요한 사건이 형태를 갖춘 것은 바로 그 순간이었다. 그것은 아버지의 신성한 권위에 최초의 균열이 일어났다는 것을 의미했다. 소년으로서의 내 생활이, 자식으로서의 내 생활이 그 기반을 이루어 준 지주에게 최초의 상처를 입힌 것이다.

우리 운명의 내면적이고 본질적인 선(線)은 누구의 눈에도 띄지 않는 이런 무형의 체험에서 생겨나는 것이다. 이와 같은 '균열'이나 '상처'는 다시 아물 때가 있다. 그리고 통증도 곧 잊을 수가 있다. 그러나 그런 것들은 마음 속 가장 깊은 곳에 있는 비밀의 영역에서 이러한 피를 흘리며 생존을 계속한다.

나는 비로소 갖게 된 이 새로운 감정에 대해서 공포를 느꼈다. 이러한 감정을 품게 된 것이 잘못임을 뉘우치고 그것을 아버지에게 사과하기 위해 될 수 있으면 당장에라도 무릎을 꿇고 아버지의 발에 입술을 갖다 대고 싶은 심정이었다.

그러나 인간이 정신적으로 고립 상태에 빠지는 본질적인 요인은 사과를 하거나 하지 않거나 하는 데에 있는 것이 아니다. 어떤 아이들이라도 그것을 직감적으로 느끼고 충분히 인식하고 있다는 점에서는 결코 성인이나 현자에게 뒤떨어지지 않는다.

그 문제를 검토하여 내일의 도피구를 만들 필요가 있다는 것을 나도 생각하고 있었다. 그러나 아무리 머리를 쥐어짜 봐도 도저히 가능성이 찾아질 것 같지 않았다.

공포와 불안에 싸여 있는 내 머리에 어떤 묘책이 떠오를 리가 없다. 그저 내가 몸을 담고 있는 세계의 일변된 분위기에 호흡을 맞추려고 애쓰는 것이 고작이었다. 밤새도록 나는 그런 가운데서 시간을 보냈다. 벽시계와 테이블, 성서, 거울, 선반 위의 책이나 벽에 걸린 그림액자, 그런 모든 것이 내게 작별을 고하고 있었다.

내가 살던 세계와 더없이 행복하고 멋있었던 내 생활이 내게서 떠나는 것을 가슴이 얼어붙는 것 같은 마음으로 방관하고 있어야 했다. 그리고 내가 의식하지 않으면 안 되었던 것은 제2의 어두운 세계, 지

금까지 내가 몸을 담아온 곳과는 아주 동떨어진 이상한 세계에 내동
댕이쳐져, 거기에서 새로운 뿌리를 내리고 악의 양분을 빨아들이고
있다는 사실이었다. 깊이 뿌리를 내린 이상 나는 그 세계에서 꼼짝할
수 없는 것이다.

　나는 처음으로 죽음의 맛을 보았다. 세상에 그처럼 쓴맛은 없었다.
왜냐하면 죽음은 하나의 탄생을 의미하는 것이며, 갱생에 대한 불안
과 우려이기 때문이다.

　간신히 마음을 가라앉히고 침대 위에 몸을 뉘었을 때 나는 기뻤다.
그리고 밤의 기도가 있었는데, 그것은 최후의 시련이라고도 할 수 있
는 것이었다.

　다른 사람들은 찬송가도 불렀다. 찬송가는 내가 제일 좋아하는 노
래 가운데 하나다. 그러나 나는 부르지를 못했다. 가락이나 음정의 하
나하나가 소태처럼 쓰고 독했기 때문에 입에 담을 수가 없었다. 아버
지가 축복의 기도문을 외울 때도 나는 입을 다물고 있었다. 그리고 아
버지가 '…… 저희들에게 은혜와 축복을!' 하고 끝을 맺기가 바쁘게
나는 그 자리를 떠났다. 일종의 좌절감 같은 것이 나를 가족들로부터
떼어 버린 것이다. 하느님은 그들에게는 은혜와 축복을 내려 줬지만
내게는 주지 않았다. 나는 피로와 고독감에 못 이겨 도망쳤던 것이다.

　나는 침대에 누워 눈을 감고 있었다. 보드랍고 따뜻한 이불의 촉감
과 더불어 안녕과 평화가 내 몸을 포근하게 감싸 주었을 때 나는 과거
로 돌아가 있는 나를 발견했다. 어머니는 여느 때나 다름없이 '잘 자
라, 안녕!'을 해 주었다. 그러고는 조용히 문을 닫고 나갔다. 그 발소
리는 아직 내 침실에 남아 있었고, 어머니가 들고 있던 촛불의 빛은 침

실 문틈으로 새어 들어오고 있었다. '바로 지금이다!' 하고 나는 생각했다.

'지금이 바로 그 기회다. 어머니는 다시 들어올 것이 틀림없다. 어머니는 모든 것을 눈치챈 것이다. 내 볼에 키스해 주고는 부드러운 목소리로 묻겠지. 어머니의 다정한 음성을 들으면 나는 울지 않고는 못 배길 것이다. 뜨거운 눈물이 쏟아지면 돌멩이가 목에 걸려 있다고 해도 녹아 버릴 것이다. 목이 트이면 이것저것 모두 어머님 앞에 털어놔야겠다. 그러면 일은 깨끗이 해결되는 셈이다. 나를 구해 줄 사람은 어머니뿐이다. 어머니의 힘으로 나는 살아날 수 있다.'

문틈으로 흘러 들어오던 촛불이 사라진 뒤에도 나는 문 쪽으로 귀를 기울이고 어머니의 발소리가 다가오기를 기다렸다. 그리고 '모든 죄를 어머니 앞에 털어놓고 용서를 빌자.'고 몇 번이고 마음속으로 되풀이했다.

이윽고 나는 조금 전의 '나'로 돌아가 원수의 눈을 보며 골머리 아픈 그 사건에 얽혀들고 말았다. 프란츠 크로머의 얼굴이 똑똑히 보였다. 가느다랗게 뜬 그 실눈으로 나를 쏘아보면서 무섭게 일그러진 입술로 비웃음을 던지고 있었다. 그 얼굴을 마주보고 있자니 쥐구멍이라도 찾아 도망쳐 버리고 싶은 생각이 간절했지만, 몸이 돌덩이처럼 굳어져 꼼짝할 수가 없었다. 원수의 얼굴은 점점 커지고 더욱 흉악해졌다.

프란츠 크로머의 눈에서는 악마가 심술을 부릴 때와 같은 불길이 냉릴하게 타오르고 있었다. 나는 잠이 들 때까지 그런 크로머의 눈초리에 부대끼고 있었지만, 일단 잠에 빠져 버리자 그의 얼굴은 온데간

데없이 사라지고 말았다. 꿈속에 나온 것은 크로머도 아니고 진저리나는 그 사건도 아니었다. 나는 아버지와 어머니, 그리고 두 누나와 함께 보트를 타고 평화로운 하루를 보냈다.

한밤중에 눈을 떴을 때도 꿈에서 본 행복의 뒷맛이 아직 남아 있었다. 누나들의 하얀 여름옷이 눈부신 햇살을 반사하고 있는 것도 여전히 보였다. 그러나 그 순간이 지나자, 나는 다시 그 낙원에서 무서운 현실로 끌려 나왔다. 잔악한 적과 얼굴을 맞대지 않으면 안 되었던 것이다.

다음날 아침 어머니가 들어와서 지금이 몇 신데 아직 일어나지 않았느냐고 큰 소리로 말했을 때, 나는 아무 대답도 안 하고 괴로운 표정이 어린 얼굴을 약간 들어 보이기만 했다. 그러자 어머니는 '어디가 아프니?' 하고 부드러운 목소리로 물었다. 나는 속으로 '됐다.' 하고 외치면서 더욱 괴로운 표정을 얼굴 가득히 띠었다.

이리하여 나는 얼마간 유리한 입장에 놓였다고 생각했다. 몸이 불편하니 오전에는 카밀레를 마시고 누워 있어도 좋다는 허락이 내렸다. 폭신한 침대에 누워 카밀레차를 마시면서, 옆방을 청소하는 어머니의 발소리나 푸줏간 주인과 리나가 현관에서 이야기하는 소리를 들으니 나도 모르게 마음이 흐뭇해지는 것 같았다.

그전부터 나는 그러한 소리를 듣는 데에 취미를 갖고 있었다. 학교의 수업이 없는 오전 동안은 뭔가 정체를 알 수 없는 매력─마술적인 매력, 동화적 매력 같은 것이 있었다. 방안에 흘러 들어오는 햇살도 교실의 푸른 커튼으로 스며드는 얼룩진 빛과는 달랐다. 그러나 오늘은 그런 것들이 여느 때와는 달리 귀찮게 생각되어 진짜 맛이 나지 않았다.

'아아, 이렇게 될 바엔 차라리 죽는 게 낫겠다!'

이런 생각이 이따금 머리를 스쳤지만, 사실 그럴 만한 이유는 아무것도 없는 것이다. 그저 몸이 조금 불편하다는 것뿐이다. 이런 일은 지금까지 흔히 있지 않았던가. 그러나 오늘은 사정이 다르다. 학교를 쉬는 것쯤은 문제도 안 되지만 11시에 시장 어귀에서 나를 기다리고 있는 크로머를 만나러 가지 않을 수는 없다.

어머니의 따뜻한 마음씨도 오늘만은 나를 위로해 주지 못했다. 오히려 귀찮고 머리가 지끈지끈 쑤실 뿐이다. 나는 다시 눈을 감고 어떤 묘안이라도 떠오르지 않을까 지끈거리는 머리를 짜낼 대로 짜내 보았다. 그러나 아무리 생각해도 현실적으로 불가능한 일이었다. 어쨌든 11시에는 시장 어귀에 나가지 않으면 안 된다.

벽시계가 10시를 가리켰을 때, 나는 어머니에게 좀 나은 것 같다고 말하고는 자리에서 일어났다. 그런 경우에는 언제나 듣는 말이지만, 어머니는 조금 더 누워 있으라고 했다. 그러나 오늘은 그럴 수가 없다. 11시라는 시간이 시퍼런 칼날을 들이대고 있는 것이다. 나는 학교에 가야겠다면서 어머니의 호의를 뿌리치고 밖으로 나갔다. 마음속에 짜 놓은 계획이 있었기 때문이다.

돈 없이 맨손으로 프란츠 크로머를 만나러 갈 수는 없었다. 그래서 나는 내 소유로 되어 있는 조그마한 그 저금통을 갖고 가야겠다고 생각했다. 물론 그것만으로는 모자란다. 그러나 2마르크가 없으니 그것이라도 갖고 가는 수밖엔 없지 않은가. 아주 맨손으로 가는 것보다는 그래도 나을 것이다. 따로 방법은 없다. 돈독이 오른 크로머를 달랠 수 있는 것은 그 저금통뿐이다.

맨발로 어머니 방에 몰래 들어가 책상 위에 있는 저금통을 거머쥐었을 때는 기분이 아주 이상했다. 그러나 어제 느꼈던 것처럼 불쾌한 기분이 아니었다. 가슴이 두근거리고 숨이 막힐 것 같았다. 저금통을 쥐고 정신없이 계단을 뛰어내려 왔는데, 그때 비로소 저금통의 열쇠를 갖고 오는 것을 잊었다는데 생각이 미쳤다. 그때까지도 가슴을 두드리는 심장의 고동은 맨발로 어머니 방에 들어갔을 때나 마찬가지로 내 몸을 흔들고 있었다.

저금통에서 돈을 꺼내는 작업은 그다지 어렵지 않았다. 양철로 만든 저금통의 동전 구멍을 쇠붙이로 잡아 늘이기만 하면 되었다. 그러나 쭈그러진 저금통을 보니 가슴이 아팠다. 이것으로 도둑질이 시작된 셈이기 때문이다.

지금까지는 과자나 과일을 슬쩍 하는 정도에 지나지 않았지만, 지금은 비록 내 돈이라고는 해도 분명히 도둑질을 한 것이다. 나는 크로머와 그의 세계에 다가서고 있으며, 그러다가 끝내는 지옥에 굴러 떨어지고 만다는 것을 느끼고 의식적으로 또 하나의 나에게 저항해 보았다. 그러나 지금에 와서는 되돌아설 수 없는 일이었다. 내디딘 발길을 돌이킬 수가 없었다.

저금통이 쭈그러진 입으로 토해낸 돈은 모두 65페니히밖엔 안 되었다. 65페니히. 그러나 없는 것보다는 낫다. 나는 알맹이가 빠져 나간 저금통을 현관 계단 밑에 감춰 놓고 집을 나섰다. 이상했다. 기분이 아주 이상했다. 이런 기분으로 대문을 나선 적은 여태껏 한 번도 없었던 것이다. 들키면 큰일이다. 나는 65페니히를 꼭 움켜쥔 채 시장을 향해 걸음을 재촉했다.

시간 여유는 충분히 있었다. 나는 일부러 길을 돌아 변모하는 거리의 뒷골목을 어깨를 움츠리고 걸어갔다. 좁은 골목길 양쪽에 늘어선 집들이 오늘따라 이상하게 보였고, 내 옆을 지나가는 사람들도 모두 무서워 보였다. 모두가 내게 의심의 눈초리를 퍼붓는 것 같아 얼굴을 들고 걸을 수가 없었다.

도둑질이 발각될까 겁먹은 사람처럼 곁눈질로 주위를 살피면서 휘청거리는 다리를 부지런히 움직이고 있는데, 나와 같은 학교에 다니는 아이가 언젠가 가축시장에서 1달러를 주운 일이 있다는 얘기를 한 것이 생각났다.

그러자 갑자기 '내게도 그러한 기적을 내려 주십시오.' 하고 그 자리에 무릎을 꿇고 앉아 하느님께 빌고 싶어졌다. 그러나 내게는 이미 하느님을 찾을 권리가 없었다. 가령 하느님이 특혜를 베풀어 내 발등에 2달러를 떨어뜨려 준다고 해도 쭈그러진 저금통의 입은 아물지 않는다.

프란츠 크로머는 약속한 장소에 와 있었다. 먼발치에서 그 실눈으로 나를 흘끗 쳐다보고는 일부러 천천히 걸음을 옮겨 내 쪽으로 다가왔다. 2마르크는 틀림없이 갖고 왔을 테니 조급히 굴 필요가 어디 있느냐는 얼굴이었다.

내 곁으로 오더니 따라오라고 명령을 내리는 것 같은 눈짓을 했다. 그러고는 뒤도 돌아보지 않고 천천히 발걸음을 옮겨 여유 있는 태도를 보이면서 슈트로 가의 뒷골목을 지나 다리를 건너서 거리 어귀에 있는 새로 지은 집 앞에서 발을 멈췄다. 아직 공사가 끝나지 않은 그 집은 현관문도 창문도 달려 있지 않았다.

크로머는 주위를 둘러보고 나서 안으로 들어갔다. 나도 그 뒤를 따라 들어갔다. 그는 복도를 지나 맨 안쪽에 있는 방으로 들어가더니, 벽에 등을 딱 붙이고 서서 눈짓으로 나를 부르고는 손을 내밀었다.

"내놔!"

그의 목소리는 얼음처럼 차가웠다.

나는 65페니히를 움켜쥔 채 호주머니에 넣고 있던 손을 빼고는 주먹을 펼쳤다. 그리고 큼지막한 그의 손바닥 위에 내 손의 것을 옮겨놓았다. 그는 뭉툭한 손가락으로 동전을 튕기듯이 세어 보고 있었는데 마지막 5페니히 동전의 튕겨진 소리가 아직 사라지기도 전에 셈을 끝냈다.

"뭐야, 모두 65페니히밖엔 안 되잖아."

그는 내 얼굴을 쳐다보았다. 그때의 그 눈, 내 몸을 녹여 버릴 것처럼 이글거리던 그 눈을 어떻게 표현해야 좋을까.

"응……."

나는 우선 이렇게 대답할 수밖엔 없었다. 그런데 묘하게도 그처럼 독이 올라 있던 그의 눈이 갑자기 부드러워지는 것 같았다. 그래서 나도 몇 마디 핑계를 늘어놓을 만한 용기가 생겼다.

"응, 이것뿐이야. 내가 갖고 있는 돈을 다 털어 왔어. 이게 전부야. 모자란다는 건 알고 있어. 하지만 내 힘으로 안 되는 걸 어떡해? 이것밖엔 없어."

아무리 그럴듯한 핑계를 대려고 해도 '이것밖엔 없어.'라는 말 이외에는 도무지 생각이 나질 않았다.

"이것밖엔 없어. 이거라도 받아 줘."

"머리가 좀 영리한 놈인 줄 알았는데 지금 보니 아주 딴딴한 쇳덩어리군 그래."

어른티를 내느라 음성은 부드럽게 내었지만, 그 말 한마디 한마디는 날카로운 바늘 끝처럼 내 가슴을 찔렀다. 그런 말투로 크로머는 나를 공격하기 시작했다.

"무쇠 대가리하고 이러니저러니 해봤자 통하지 않을 문제고…….좋아, 네 힘으로 마련할 수 없는 돈을 억지로 내놓으란 건 아니야. 그런 사정쯤은 봐 주지. 자, 이 동전 몇 닢도 돌려주겠다. 그놈이라면 이렇게 등신처럼 놀지는 않겠지. 그놈이 누군지 너도 알 만하지? 그놈이라면 너처럼 값을 내리깎지는 않을 거야. 약속한 돈이 2마르크면 2마르크, 딱 줘어 준단 말이야."

"하지만 난……. 이것밖엔 없는 걸 어떡해? 이건 내 저금통에서 꺼낸 돈이야. 이것뿐이야."

"저금통에서 꺼냈든 어디서 꺼냈든 그런 건 내가 알 바 아니야. 들어 봐, 난 너를 불행하게 만들고 싶지 않아."

"그럼 난 어떻게 하면 좋아? 가르쳐 줘."

"난 너를 괴롭히고 싶지는 않다. 이게 65페니히라……. 얼마를 더 내놔야 하는지 그건 알지? 넌 나한테 1마르크 35페니히를 빚진 셈이야. 그 빚은 언제 갚겠니?"

"응, 그건 꼭 갚을게, 프란츠. 지금 확실히 말할 수는 없지만 아마 내일이나 모레, 그때까지 기다려 봐. 내 어떡하든지 마련할게. 하지만 한꺼번에 갚긴 어려워. 이런 얘기는 아버지한테 못 해. 우리 아버지가 어떤 사람인지 너도 알잖아."

"그런 건 몰라. 나하고는 아무 상관도 없는 일이야. 내가 또 말하지만 할 수 없는 걸 억지로 하라는 건 아니야. 난 너를 불행하게 만들고 싶지 않기 때문이야. 2마르크는 지금 당장에라도 받아 낼 수가 있어. 하지만 네 처지를 생각해서 되도록이면 그 방법을 쓰지 않으려는 거야. 알아듣겠지, 무슨 말인지? 나는 가난뱅이야. 너는 좋은 옷을 입고 좋은 학교엘 다니잖아. 점심도 나보단 훨씬 맛있는 걸 먹지. 이쯤 말해 두지. 여하튼 여유를 줄게. 내일모레. 내일모레 너의 집 앞에서 휘파람을 불 테니 갖고 나오란 말이야. 내 휘파람 소리 들어 봤지? 그걸 신호로 한다. 내일 모레 오후, 휘파람, 1마르크 35페니히. 알겠지? 그땐 깨끗하게 결말을 내야 한다.”

크로머는 휘파람을 길게 불었다. 기억해 두라는 것이다.

“응, 알았어.”

프란츠 크로머는 내 대답을 한쪽 귀로 흘려버리면서 볼일은 다 봤다는 듯이 밖으로 나갔다. 우리 둘 사이에 오고간 이야기는 하나의 거래를 성립시키기 위한 것이었다. 그 밖에는 아무런 의미도 없었다.

프란츠 크로머의 휘파람 소리가 갑자기 들린다고 하면 지금도 나는 깜짝 놀랄 것이다. 그때부터 나는 여러 번 그 소리를 들었다. 그 휘파람은 내 머릿속에 언제까지나 그 여운을 남길 것 같다. 집에서 놀 때나 학교에 가서 공부를 할 때나, 시간과 장소를 가리지 않고 그 휘파람 소리는 내게 붙어 다녔다. 그리고 나중에는 내가 그 소리에 끌려 다녔다. 나는 그것을 내 운명으로 생각했다.

하늘이 맑고 높은 가을날 오후면 나는 내가 좋아하는 우리 집 정원의 조그마한 화단에서 시간을 보낼 때가 더러 있었다. 그럴 때면 나는 나도 모르게 묘한 충동을 느껴 유년시절로 돌아가는 것이었다. 그리고 유년시절의 '나'와 함께 즐겁게 노는 것이다.

말하자면, 지금의 나보다 나이가 적고 선량하며 불안을 모르는 순진한 어린이의 놀이 상대가 되어 주는 것이다. 그럴 때도 크로머의 휘파람은 용서 없이 뛰어들어 아름다운 공상의 세계를 쑥대밭으로 만들어 버리는 것이었다.

그것을 짐작하고 단단히 대처해 봤지만, 그놈의 침범은 막아 낼 수 없었다. 휘파람 소리를 들은 이상은 더 있고 싶어도 화단을 떠나지 않으면 안 되었다. 그리고 나를 괴롭히는 놈의 뒤를 따라가 돈을 마련하지 못한 데 대한 변명을 늘어놓아야 하는 것이다.

약 2, 3주일 동안 그런 일이 되풀이되고 있었다. 그런 내게는 몇 년의 세월 아니, 몇 백 년 몇 천 년의 아주 영원한 것으로까지 생각되었던 것이다. 나는 좀처럼 돈을 만져 볼 수가 없었다. 갖고 있었다고 해도 5페니히 동전이나 1그로센 은화가 고작이었는데, 그것도 리나가 지갑이 든 바구니(시장에 물건을 사러 갈 때 들고 다녔다)를 부엌에 놓아두고 잠깐 자리를 비운 사이에 감쪽같이 훔쳐 낸 것이었다.

크로머를 만날 때마다 나는 경을 치기가 일쑤였다. 그는 내가 자기를 고의적으로 속여 자기가 당연히 가져야 할 권리를 박탈했고, 빚도 갚으려 하지 않으며, 악마처럼 자기를 불행하게 만들고 있다며 독설을 퍼부었다. 그 이전엔 그런 굴욕감과 절망을 맛본 적이 한 번도 없었다.

저금통에는 장난감 돈을 넣고 쭈그러진 곳을 대충 고쳐서 제자리에 갖다놓았다. 아무도 그것을 눈여겨보지 않았지만 언젠가는 들통이 나게 되어 있었다. 저금동을 제자리에 갖다 놓은 뒤부터 나는 어머니의 발소리가 다가오는 것을 크로머의 휘파람 소리를 듣는 것 이상으로 무서워했다. 저금통의 입이 왜 쭈그러졌느냐고 다그쳐 물을 것만 같았기 때문이다.

맨손으로 프란츠 크로머를 만나는 일이 여러 번 되풀이되자, 그 악마는 종전과는 다른 방법으로 나를 괴롭히기 시작했다. 그 방법이란 나를 끌어내다 잔심부름도 시키고 자기가 할 일을 내게 떠맡기기도 하여 마음껏 부려먹는 것이었다.

시킬 일이 없으면 괴팍한 짓을 시작한다. 10분 동안 한쪽 발로 뛰어 보라거나 길을 가는 사람의 웃옷 뒤쪽에 종잇조각을 붙이고 오라거나 하여 나를 못살게 구는 것이다. 여러 날 밤을 두고 꿈속에서까지 그런 고역을 치르지 않으면 안 되었던 것이다.

며칠 동안 나는 병상에 누워 있었다. 걱정할 만한 병은 아니지만 밤이 되면 열이 오르고 가끔 식은땀도 흘렸다. 어머니는 아무래도 증세가 이상하다면서 걱정을 했다. 그것이 내게는 도리어 고통스러웠다. 어머니의 걱정에 대해 상대방이 신뢰할 만한 양심적인 해명을 할 수가 없었기 때문이다.

어느 날 밤, 어머니는 내 방에 들어와서 막 자리에 누운 내게 초콜릿을 한개 주었다. 그것은 내 유년시절을 생각나게 했다. 말썽 없이 하루해를 보내고 잠자리로 돌아가면, 얌전하게 놀았으니 이걸 먹고 자라고 하면서 곧잘 초콜릿을 주곤 했던 것이다. 어머니는 침대머리에서 '자, 초콜릿…….' 하고 옛날처럼 상을 주려고 했다. 그러나 나는 고개를 저었다. 왠지 모르게 슬펐다.

그러자 어머니는 '어디가 아프니?' 하고 물으면서 내 머리를 쓰다듬어 주었다.

"이걸 먹고 자렴."

"싫어, 안 먹어. 아무것도 먹고 싶지 않아!"

나는 일부러 심술궂은 투로 대답했다. 어머니는 초콜릿을 테이블 위에 놓고 나갔다. 다음 날 아침 어머니가 나를 불러 어젯밤엔 왜 그랬느냐고 물었을 때, 나는 전혀 기억이 없는 일처럼 어리둥절한 얼굴로 우물쭈물 넘겨버렸다. 그 날 저녁, 어머니는 의사를 불러왔다. 나를 진찰한 의사는 매일 아침 냉수마찰을 하든가 찬물로 몸을 닦으라고 일렀다.

그 무렵의 나는 일종의 정신착란 상태에 빠져 있었다. 우리 집의 질서와 평화 가운데서 나는 유령처럼 절제를 잃은 생활을 하고 있었으며, 가족들과 한데 어울리지도 않았다. 그러나 단 한 시간도 나 자신의 존재를 잊은 적은 없었다.

아버지는 가끔 그런 나를 불러다 놓고 신랄하게 힐책했지만, 그전처럼 쉽게 꺾여들지는 않았다.

이상하게도 아버지의 꾸중에 대해서는 냉담하고 완고한 태도를 취할 수가 있었다.

카인

그 고뇌에서 나를 건져 주는 구원의 손길은 전혀 뜻하지 않은 방향에서 뻗쳐 왔다. 동시에 어떤 새로운 것이 내 생활 속에 파고들었는데, 그 영향은 오늘날까지 미치고 있다.

  내가 다니는 라틴어 학교에 학생이 하나 새로 들어왔다. 그 학생은 최근에 이 고장으로 이사 온 부유한 미망인의 아들이었는데, 팔엔 상장(喪章)을 두르고 있었다. 나보다 한 클래스 위였고 나이도 몇 살이 더 많았다.

  그는 곧 내 주목을 끌었다. 나뿐만 아니라 전교생이 모두 그에게 비상한 관심을 갖게 되었다. 어딘가 모르게 이방인처럼 보이는 그 학생은 겉보기보다는 훨씬 나이가 많아 보였다. 어느 모로 뜯어 봐도 소년다운 인상은 찾아 볼 수가 없었다.

  아직 개구쟁이 티를 벗지 못한 우리들과 함께 있으면 어른 같다기보다는 오히려 신사처럼 점잖게 구는 것이다. 별로 인기가 있는 것도 아니었다. 우리와 함께 어울리는 일은 거의 없었고, 더구나 술래잡기 같은 놀이에는 끼어들지 않았다. 다만 선생님들에 대한 그의 태도가 자신에 차 있고 한 걸음도 뒤로 물러서지 않는 모습이 다른 학생들의 마음에 들었다는 것뿐이다. 이름은 막스 데미안이라고 했다.

어느 날—그것은 우리 학교에서 흔히 있는 일이지만—어떤 이유로 다른 학급 학생들이 우리 교실에 들어와서 함께 공부를 하게 되었는데, 그것이 바로 데미안의 학급이었다. 우리 반 학생들은 성경 공부를 했는데 한 학급 위인 데미안의 반은 작문 시간이었다.

선생님이 카인과 아벨의 이야기를 하는 동안 나는 줄곧 데미안 쪽으로 눈을 돌리고 있었다. 그의 얼굴 생김새가 내게는 특별한 매력을 느끼게 했기 때문이다.

나는 밝고 영리해 보이며 품위 있는 그의 얼굴에 훌륭한 작문을 짓기 위해 주의력을 집중하고 있는 표정이 떠올라 있는 것을 보았다. 그 모습은 숙제를 하고 있는 학생이 아니라 자기 자신의 문제를 추구하고 있는 학자처럼 보였다.

솔직히 말해서 데미안은 내 호감을 살 만한 인물이 못 되었다. 호감이 가지 않는다는 정도가 아니라 어딘가 모르게 비위에 거슬리는 데가 있기까지 했다. 그는 나보다 체격도 좋고 훨씬 인격적이었으며 지나치게 냉담한 느낌을 갖게 했다.

그의 태도는 도전적이라고 해도 좋을 만큼 늠름하고 침착했다. 눈은 항상 사람을 멸시하는 것 같은 표정을 머금고 있었는데, 그러면서도 어딘가 애수의 그늘에 싸여 있는 것이었다. 우리는 그 눈을 제일 싫어했다. 한 마디로 말해서 우리 소년들의 마음을 몰라주는 어른처럼 점잔만 빼려고 하는 그 눈이 어쩐지 비위에 거슬렸던 것이다.

그러나 마음에 들고 안 들고는 여하 간에 내 관심은 언제나 그에게 쏠려 있었다. 그의 모습이 보이지 않으면 찾게 되고 눈앞에 나타나면 언제까지나 바라보지 않을 수 없었다. 그러면서도 그 눈만은 보지 않으려고 주의하고 있었다.

어쩌다가 그와 시선이 마주치면 나는 얼른 고개를 옆으로 돌려 버리곤 했다. 그 눈만 보면 아무 죄가 없는데도 가슴이 덜컥 내려앉는 것 같았다. 그 무렵의 그가 학생이라는 신분으로 볼 때 내 눈에 어떻게 보였을지 생각해본다면 대략 다음과 같이 말할 수 있다.

데미안은 모든 면에 있어서 우리와는 판이하게 다른 개성적인 인물이었다. 그렇기 때문에 그 존재가 두드러져 보였던 것이다. 그러나 동시에 그는 남의 눈에 돋보이지 않으려고 모든 면에서 여간 조심하는 것이 아니었다. 가난한 농사꾼의 아이들과 어울려 함께 뛰고 놀면서 그들의 놀이 동무가 된 것처럼 보이려고 애쓰는 왕자와 같은 태도를 취하고 있었던 것이다.

학교에서 집에 돌아오는 길에 데미안은 내 뒤를 따라오고 있었다. 다른 아이들이 각자 자기 집을 향해 뿔뿔이 헤어졌을 때 그는 성큼성큼 걸음을 떼어 나를 앞지르더니 뒤를 돌아다보면서 말을 건넸다. 어린 티를 보이려고 애써 우리의 흉내를 내었지만 그 어른다운 어조까지는 감추지 못했다. 너무나 점잖았다.

"함께 가지 않을래?"

그의 조용한 어조에는 친밀감이 가득 담겨 있었다. 나는 그래도 좋다는 얼굴로 고개를 끄덕였다. 그러고는 우리 집을 가르쳐 주었다.

"아, 거긴가? 그 집은 나도 알아. 대문 위에 이상한 걸 갖다 붙인 그 집말이지? 난 그걸 보고 꽤 재미있는 집이라고 생각했어."

그는 점잖은 그 얼굴에 엷은 웃음을 띠고 말했다.

나는 처음엔 그가 무슨 말을 하고 있는지 얼른 알아차리지 못했다. 그리고 그가 벌써 우리 집을 알고 있다는 것을 놀랍게 생각했다. 점잖기만 해 보이는 그 눈은 그처럼 날카로운 관찰력을 갖고 있었던 것이다. 우리 대문 위의 것은 일종의 문장(紋章)이었다.

아치형의 문 양쪽 위에 아치의 초석(礎石) 겸 장식으로 붙여 놓은 것인데, 오랜 세월을 두고 비바람에 씻겨 몇 번이나 다시 칠한 페인트가 퇴색해 가고 있었다. 내가 알고 있는 한 그 문장은 우리 집 가계와는 아무런 관계도 없는 것이었다.

"난 왜 그런 걸 갖다 붙였는지 잘 몰라."

나는 더듬거리면서 그 문장에 대해 내가 알고 있는 것을 설명했다.

"무슨 새 모양을 하고 있지만―새가 아니면 짐승의 머리일 테고―어쨌든 그런 종류야. 아주 오래 된 거지. 우리 집은 옛날엔 수도원이었대. 수도원이니까……."

"아마 그럴지도 모르지. 이제 집에 가면 잘 봐. 아주 재미있는 거야. 그 문장은 새가 아니면 짐승 머리 같다고 했지만 난 매가 아닌가 생각해."

우리는 어깨를 나란히 하고 천천히 걸어갔다. 나는 내가 잘 알지 못하는 문장에 대해서는 더 이야기하고 싶지 않았다. 데미안은 무슨 유쾌한 생각이 머리에 떠오르기라도 한 것처럼 갑자기 웃기 시작했다.

"참, 아까 나는 너희 선생님의 얘기도 들었어. 이마에 표지가 붙어 있는 카인의 얘기였지? 어때, 재미있었어?"

재미있다니, 천만의 말씀이다. 학교에서 배우는 것 가운데 재미있는 거라곤 하나도 없다. 그러나 내 감정을 그대로 털어놓을 용기가 나지 않았다. 어른하고 마주앉아서 이야기를 하고 있는 기분이었기 때문이다. 그래서 거짓말을 했다.

"응, 아주 재미있었어."

데미안은 내 어깨를 가볍게 두드렸다.

"뭐, 나한테까지 본심을 속일 필요는 없어. 나도 들었지만 그 얘기는 사실하고 달라. 수업 시간에 듣는 얘기는 아무리 재미있는 거라도 그런 방향으로 흐르고 마는 거야. 선생님이 얘기한 건 사실하고는 다른 데가 많아. 선생이란 직업을 가진 사람들의 말투는 언제나 그렇지. 특히 수업 시간에 학생들 앞에 섰을 땐 더하단 말이야. 하느님이니 죄인이니 하고 흔해 빠진 얘기만 늘어놓으니 재미있을 리가 있겠느냐 말이야. 그리고 자세한 대목까지는 얘기하지 않더군. 내가 알기론……"

데미안은 여기서 잠시 말을 끊고 웃는 얼굴을 돌리면서, 이런 얘기가 너한테는 지겹게 들리지 않을까 하고 묻고는 다시 말을 이었다.

"나는 이렇게 생각해. 그 카인의 얘기는 전혀 다른 방향, 다른 의미로 해석할 수가 있지. 분명히 학교에서 배운 건 틀림이 없고 모두 올바르다고 할 수 있어. 하지만 선생님들이 보는 것과 다른 각도에서 사물을 관찰하고 비판한다고 해서 잘못은 아니야. 오히려 관점을 달리한 그쪽에서 더 깊은 의미를 찾아 낼 수가 있어. 가령 말하자면 카인의 경우도 그렇지. 그 이마에 붙은 표지에 대해서 우리가 들은 설명—선생님의 얘기를 들은 것만으로는 만족할 수가 없다 이거야. 너는 그렇게 생각하지 않니? 형제 사이에 싸움이 벌어져 형이 동생을 죽인다, 이건 있을 수 있는 일이야. 또 동생을 죽인 그 사나이가 나중에는 불안감에 싸여 괴로워하거나 후회를 한다. 그러고는 기가 꺾여 은둔 생활을 한다. 이것도 생각할 수 있는 문제야. 그러나 그 사나이가 동생을 죽인 상으로 특별히 받은 그 훈장이 그의 수호신이 되어 다른 사람들을 벌벌 떨게 한다는 것, 이건 아무리 생각해도 좀 이상하지 않을까."

"그건 그래."

나는 데미안의 이야기 속에 끌려 들어가기 시작했다. 학교에서 들은 것과는 다른 관점에서 이야기한다는 데에 처음부터 매력을 느꼈던 것이다.

"그런데 카인의 얘기를 다른 각도에서 해석하다니, 어떻게?"

데미안은 또 내 어깨를 두드렸다. 무슨 이야기를 시작할 때마다 그러는 걸 보면 아마 버릇이 돼 있는 모양이었다.

"그거야 간단하지. 얘기의 발단이 된 건 이마에 붙은 '표지'야. 그 사나이 얼굴에는 어떤 마력을 지닌 훈장이 붙어 있었기 때문에 아무도 그에게 대항할 만한 용기를 내지 못했어. 그 훈장 덕분으로 그 사나이는 물론 그의 자손들까지도 사람들을 위압하고 불안과 전율을 줄 수가 있었지. 그런데 그 사나이 얼굴에 붙어 있다는 훈장이란 도대체 어떤 것인가. 그건 아마, 아니 틀림없이 우표의 소인과 같은 게 이마에 찍혀 있었던 건 아니란 말이야. 이 세상에 그런 심한 일이 있을 리가 없지. 오히려 그것은 여간 주의해서 보지 않으면 느낄 수 없는 것, 즉 보통 사람들이 익히 보아 온 것보다는 조금 정도가 높은 지혜와 용기를 담고 언제나 번득이는 빛을 내고 있는 그의 눈이었어. 그 사나이는 권력을 갖고 있었어. 그래서 사람들은 그를 무서워했던 거야. 그런 연유로 해서 사람들은 '이 사나이는 남을 위압하고 복종시키는 절대적인 힘을 갖고 있는데, 그 표지가 바로 이마에 붙어 있다.'고 생각하게 된 거야. 이 세상에 사는 사람들은 대개 그렇지만, 어떤 일이건 자기에게 편리한 대로 해석하는 버릇이 있어. 그리고 자기네들 처지에 합당하고 자기네들 형편에 맞아 들어가게끔 정의를 내린 그 해석을 인정해 줄 것을 요구하는 법이야. 사람들은 카인의 자손들을 두려워하고 있었어. 권력의 상징인 '표지'를 본래의 뜻으로는 받아들이지 않고 그 반대의 의미로 해석했던 거야. 말하자면 '그런 표지를 붙이고 다니는 놈은 모두 악마다.' 하는 식으로 말이야. 사실 그 패들은 악마라고까지는 할 수 없을지 모르지만 좋은 인상은 주지 않았어. 용기를 가진 개성적인 인간은 어느 세대를 불문하고 사람들의 호감을 사지 못하는 법이지. 그런 인간은 얼굴만 봐도 징그러운 짐승을 만났을 때처럼 기분이 잡치니까 말이야. 이 세상에 그런 인간이 우글거린다는 것은 아무래도 고마운 일이 못 돼. 그래서 사람들은 그런 인간들에게 별명을 붙이고 악평을 퍼뜨렸지. 용기가 없는 사람에게는 그것이 유일한 복수의 방편이었어. 지금까지도 사람들은 그런 수단으로 복수를 계속하고 있는 셈이야. 무슨 복수냐고? 불안이나 공포를 느끼는 데 대한 복수지. 소극적인 수단이긴 하지만 그래도 얼마간은 갚은 셈이야. 내 말 알아듣겠어?"

"응, 그러니까…… 그럼…… 카인은 조금도 나쁜 사람이 아니란 말이지? 이거 이상한데. 그럼 성서에 나오는 얘기는 모두 새빨간 거짓말인가?"

"그렇다고도 할 수 있고, 그렇지 않다고도 할 수 있지. 태곳적부터 내려오는 얘기를 전설이라고 하지만 그건 모두 실제로 있었던 일이야. 거짓말을 꾸며 대서 전설을 만든 건 아니야. 하지만 실제로 있었던 일이 반드시 올바르게 전해진다고는 볼 수 없고, 또 후세 사람들이 그것을 올바르게 해석한다고 볼 수도 없어. 요컨대 내가 말하고 싶은 건 카인이란 사나이가 아주 멋있는 사람이었다는 것, 그리고 그 자를 무서워하는 겁쟁이들이, 아까도 말했지만, 단순한 복수의 수단으로 이마에 표지가 붙은 악마니 쥐니 하고 근거도 없는 말을 꾸며서 지껄이고 있다는 것, 이 두 가지뿐이야. 카인과 그의 자손이 정말 일종의 '표지'를 달고 다녔고, 또 이 세상의 보통 사람들과 다른 데가 있었다는 게 사실인 이상 내 얘기는 거짓말이 아니야. 이건 장담할 수 있어."

"아니, 그럼 학교 선생님 얘기는 거짓말이고 네가 한 얘기가 진짜란 말이야? 때려 죽였다는 것도 거짓말이고?"

나는 놀라서 물어 보았다. 아니, 놀란 게 아니라 감동했던 것이다.

"그렇진 않아. 죽인 건 정말이야. 힘센 놈이 약한 놈을 때려죽인 거지. 맞아죽은 놈이 정말 동생인지 누군지 그건 나도 확실히 몰라. 하지만 그까짓 건 중요한 문제가 아니야. 인간은 모두 형제니까 말이야. 어쨌든 힘센 놈이 약한 놈을 때려죽인 건 사실이야. 어쩌면 그것은 영웅적인 행위였는지도 모르고, 또 그렇지 않은지도 몰라. 한 놈이 맞아죽은 뒤부터 겁쟁이들은 마음을 놓고 살 수 없게 됐지. 그래서 약한 놈들은 한데 몰려다니면서 살인귀가 없어져야 다리를 펴고 자느니 살인귀를 딴 세상으로 몰아내야 하느니 하고 죽는 소리를 늘어놓기 시작한 거야. '그럼 왜 그 살인귀를 죽여 버리지 않느냐.' 하고 누가 물으니까 이 겁쟁이 놈들은 '우리는 모두 용기가 없고 힘도 약한 사람들이라서…….' 하고 대답하지는 않고 '죽여 버리다니, 천만의 말씀! 아무리 힘과 용기가 있기로서니 그런 짓을 어떻게 한단 말이오, 그 사나이 얼굴에는 '표지'가 있소. 하느님이 붙여 주신 '표지'가 있단 말이오.' 하고 그럴 듯한 핑계를 대고는 도망쳐 버렸어. 대략 이런 경로를 밟아서 카인의 얘기가 꾸며진 거야. 이건 물론 나 혼자의 생각이지만 틀림없어. 하다 보니 얘기가 너무 길어졌군. 자, 그럼……."

데미안은 아르트 가의 옆 골목으로 발길을 옮겼다. 나는 여태껏 한 번도 느껴 보지 못한 허탈감에 싸인 채 멍하니 그의 뒷모습을 바라보았다. 그에게서 들은 이야기는 도무지 믿을 수 없는 것처럼 생각되었다. 카인이 훌륭한 인간이고 아벨이 겁쟁이라니! 카인의 이마에 붙은 표지가 신성한 '표지'라니! 엉터리다.

하느님을 모독하는 것밖엔 안 된다. 엉터리 말이다. 그게 사실이라면, 하느님은 어디 계신단 말인가. 하느님의 절대적인 존재를 부정하는 것밖에 더 되느냐 말이다. 하느님은 아벨의 희생을 측은히 여기시고 그의 영혼을 위로해 주시지 않았는가. 엉터리 소리! 거짓말을 해도 분수가 있지.

나는 데미안이 내 머릿속을 뒤죽박죽으로 만들어 놓으려고 일부러 거짓말을 꾸며서 놀린 거라고 생각했다. 어쨌든 그놈은 영리한 머리를 갖고 있다. 지껄이는 말솜씨도 아주 그만이다. 그러나 카인이 훌륭하고 멋있는 사나이라니 도대체 있을 수 없는 일이다. 그런 엉터리가 어디 있어.

내가 성서나 그 밖의 이야기에 대해 그때처럼 심각하게 생각해 본 적은 없었다. 그 덕분에 오래간만에 프란츠 크로머를 잊을 수가 있었다. 몇 시간 동안, 아니 밤새도록 크로머를 만난다는 걱정을 하지 않고 지낼 수가 있었던 것이다.

나는 성서를 뒤적여 카인의 이야기를 다시 읽어 보았다. 내용은 간단했다. 이렇게 간단명료한 이야기를 본래의 뜻과는 전혀 다른 방향으로 끌어다 놓고 제멋대로 해석을 내리는 사람의 마음을 이해할 수가 없었다.

만약 그러한 해석이 가능한 것이라면, 살인자는 모두 자기가 하느님의 은총을 받았다고 떠벌여도 무방하다는 셈이 된다. 이게 어디 될 말인가! 천만의 말씀이다. 난센스라고, 그런 엉터리 말에 귀를 기울인 건 데미안의 얘기가 구수하게 들렸고 어감이 좋았기 때문이다. 이유는 그것뿐이다. 그의 말투는 마치 당연한 얘기라도 하는 것처럼 부드럽고 자연스럽지 않았는가. 게다가 그 눈은…….

물론 나 자신도 어딘가 잘못되어 있었다는 것은 충분히 수긍이 간다. 어디가 잘못되어 있는 정도가 아니라 완전히 내 정신을 잃고 있었는지도 모른다.

나는 지금까지 밝고 깨끗한 세계에서 살아왔다. 그러니까 나 자신이 아벨이나 마찬가지였던 셈이다. 그런데 지금은 어두운 세계로 굴러 떨어지고 말았다. 그러나 그것은 어쩔 수 없는 일이었다. 왜 그럴까. 왜 어두운 세계로 전락하지 않으면 안 되었을까.

'그렇다!'

이때 내 머릿속을 번개처럼 스치고 지나가는 것이 있었다. 순간, 아주 숨이 막혀 버리지 않을까 싶을 정도로 가슴이 확 메는 것 같았다. 내 불행이 현실적으로 눈앞에 펼쳐지고 거기에 첫발을 들여놓은 것이다.

몹시도 기분이 불쾌하던 그 날 밤, 아버지와 나 사이에 그 문제가 야기되었을 때 나는 비록 순간적이긴 했지만 아버지와 그의 밝은 세계와 지혜를 경멸했던 것이다. 그렇다, 그때 나는 카인이 됐다. 동시에 내 이마에 그 '표지'를 붙였다. 그것이 내 이마에 붙여지는 순간, 나는 그 '표지'가 악이나 수치를 의미하는 것이 아니라 숭고한 인격자의 표지로 생각했던 것이다.

'악을 알고 그것을 미워하며 불행 속에 빠져도 참고 견디는 점에 있어서 나는 단연 아버지를 능가한다. 어느 누구보다도 선량하고 신앙심이 깊다. 나보다 더 훌륭한 사람은 없고, 나보다 더 높은 곳에 있는 사람도 없다.'

물론 그 무렵의 나로서는 그 문제를 이처럼 뚜렷한 사색의 형식으로 체험하지는 못했다. 그러나 거기에는 그러한 문제가 모두 포함되어 있었던 것이다. 그것은 감정의 반사작용과 기묘한 흥분의 연소에 지나지 않았지만, 나를 슬프게 하는 동시에 내 가슴을 자랑으로 가득 채워 주었던 것이다.

생각할수록 이상하게 여겨진다. 두려움을 모르는 자와 약한 자에 대해서 거리낌 없이 지껄여 댄 데미안의 이야기는 아무래도 이해할 수가 없다. 그렇게 기묘한 이야기가 또 있을까. 그런 이야기를 꾸며 댈 만큼 머리가 잘 돌아가는 사람이 데미안 말고 또 있을까. 그는 카인의 이마에 붙어 있는 '표지'에 대해서 기괴한 해석을 내렸다. 그때의 그 눈, 이야기를 하는 동안 그 눈에서 이상한 빛이 흘러나오고 있는 것을 나는 똑똑히 보았다.

'그가 바로, 데미안 자신이 카인일지도 모른다. 자신이 카인을 닮았다고 믿었기 때문에 카인을 훌륭한 사람이라고 변론한 것이 아닐까. 그의 눈에서 그런 빛이 흘러나온 것은 무슨 까닭일까. 카인에게 맞아죽은 아벨이나 그 밖의 겁이 많고 힘이 약한 사람들을 그토록 바보 취급한 것은 무슨 까닭일까. 데미안이 바보 취급을 한 그 사람들, 힘이 약한 그 사람들이야말로 하느님의 뜻을 받들고 하느님의 은혜를 받는 선량한 양들이 아닌가.'

데미안의 이야기와 그의 본심을 정확하게 파악할 수는 없었지만, 이런 생각이 또 머리를 스치고 지나갔다.

이와 같은 여러 가지 상념은 끊이지 않고 내 머릿속을 맴돌았다. 말하자면 잔잔한 호수에 돌멩이가 날아든 거나 마찬가지다. 잔잔한 호수라는 게 어린 내 영혼이었다. 카인이나 사람을 죽이는 일이나 '표지'에 대한 문제는 내가 오랜 세월에 걸쳐 시도해야 할 인식과 회의와 비판의 출발점이었다.

다른 학생들도 나만큼이나 데미안을 이상하게 생각하고 있었다. 이것은 누구나가 그에게 이상한 흥미를 갖고 있었다는 것을 의미하는 말이다. 나는 데미안에게서 들은 카인의 이야기에 대해서는 누구한테도 지껄이지 않았다. 이방인과 같은 이 '편입생' 주변에는 여러 가지 소문이 떠돌고 있었다. 만약 내가 그 소문을 전부 알고 있었다면, 그것은 데미안이라는 인간을 아는 데 있어 빛을 던져 주었을 것이고 그 인간성에 합당한 해석을 내릴 수도 있었을 것이다.

내가 기억하고 있는 것은 데미안의 어머니가 굉장한 부자라는, 맨 처음에 퍼진 소문뿐이다. 그녀는 교회에 가서 예배를 보는 일이 없고(물론 집에서도 그렇다) 아들인 데미안도 마찬가지라고 말하는 이들도 있다.

이들 모자가 유태인이라고 떠벌리는 사람도 있었는데, 어쩌면 회교도인지도 몰랐다. 그리고 막스 데미안의 주먹에 대해서도 여러 가지 소문이 나돌았다. 그의 학급에서 제일 힘센 녀석이 싸움을 걸었지만 그는 상대하지 않고 슬금슬금 피하는 눈치를 보였기 때문에, 몸집은 크지만 힘은 별로 없는 줄 알고 신이 나서 덤벼들었다가 호되게 혼이 났다는 것은 사실이다.

그 싸움판을 목격한 아이들의 이야기를 들으면 데미안은 상대방의 목덜미를 한 손으로 움켜쥔 것뿐 주먹질 한 번 안 했는데도 힘자랑을 하면서 싸움을 건 그놈은 맥을 못 추고 쩔쩔매다가 달아나 버린 후, 며칠 동안은 양쪽 팔을 쓰지 못했다는 것이다.

잠시 동안이긴 했지만, 데미안에게 맞섰던 그 소년이 죽었다는 소문까지 나돌았다. 그로부터 여러 가지 소문과 구구한 억측이 꼬리를 물었다. 모두가 흥분과 놀라움의 씨를 뿌리는 이야기였다. 얼마동안은 모두 그 정도로 만족했다. 그러나 곧 새로운 소문이 우리 학생들 가운데서 퍼졌다. 데미안이 어떤 여자 아이와 보통 사이가 넘는 정도로 사귀고 있다는 것이었다.

그러는 동안에도 프란츠 크로머와의 관계는 여전히 계속되고 있었다. 크로머와 만나기만 하면 험한 가시밭길을 걸어야 했다. 아무리 발버둥을 쳐도 벗어날 수가 없었다. 2, 3일 동안 휘파람소리가 들리지 않을 때도 간혹 있었지만, 크로머의 마술에 걸려 있다는 사실에는 변함이 없었다. 프란츠 크로머—그는 언제나 그림자처럼 내 뒤를 따라다녔고, 꿈속에서까지도 함께 지내고 있었다.

그리고 현실적으로는 그렇지 않았지만, 내 환상의 세계나 꿈속에서는 말도 못할 박해를 받았던 것이다.

나는 꿈속에선 완전히 크로머의 노예가 되어 있었다. 남달리 꿈을 많이 꿨기 때문에 현실보다 꿈속에서 생활할 때가 더 많았다. 그리고 꿈속의 환영에 시달려 체력이나 기력은 약할 대로 약해져 갔다. 그 가운데서도 특히 자주 꾼 꿈은 크로머가 심심풀이처럼 내 얼굴에 침을 뱉거나 땅바닥에 엎드리게 해 놓고는 내 등에 올라타서 말을 몰고 가는 장난을 하는 것이었는데, 무엇보다도 나를 괴롭힌 것은 도둑질을 시키는 일이었다.

나는 언제나 도둑질을 하는 꿈을 꾸다가 눈을 뜨곤 했는데, 꿈에서 깨어나면 정말 미칠 지경이었다. 크로머가 시킨 것은 도둑질뿐이 아니었다. 그보다 더 무섭고 소름이 끼쳤던 것은, 내 아버지를 죽이라고 하는 그의 말을 거역할 수가 없어 시퍼런 칼을 들고 아버지한테 덤벼든 꿈이었다.

크로머는 단검을 내 손에 쥐어 주었다. 우리는 길가 가로수 뒤에 숨어서 누군가를 기다리고 있었다. 누구를 기다리는지 나는 알지 못했다. 이윽고 어떤 사람이 다가오자 그는 나를 그쪽으로 떠밀면서 저놈을 찔러 죽이라고 했다. 그 사람은 바로 내 아버지였다. 거기서 꿈이 깼다.

크로머의 마술에 걸려 있던 나는, 카인과 아벨에 대해서는 간혹 생각할 때가 있었지만 막스 데미안은 그다지 생각하지 않게 되었다. 데미안이 내게 접근하기 시작한 것은 이상하게도 꿈 속에서였다.

나는 다시 난폭한 짓을 당하는 꿈을 꾸었는데, 이번에는 내 얼굴에 침을 뱉고 내 등에 올라타는 것이 프란츠 크로머가 아니라 막스 데미안이었다. 이것은 지금까지도 내 기억에 깊이 새겨져 있는 점인데 상대방이 크로머였을 때는 고통과 치욕에서 벗어나려고 필사의 힘을 다해서 반항했고, 그러다 지치면 이를 악물고 그 고역을 참았지만, 나를 괴롭히는 상대가 데미안으로 바뀌고부터는 그것이 조금도 고통스럽지가 않았다는 사실이다. 그런 고역을 당하는 것이 즐거움인지 슬픔인지조차 분간을 하지 못한 채 덮어놓고 하라는 대로 했던 것이다. 이런 꿈을 두 번 꾸고는 상대가 다시 크로머로 바뀌었다.

꿈에서 체험한 것과 현실에서 체험한 것을 구분한다는 것은 벌써부터 어려운 일, 아니 전혀 불가능한 일이 되었다. 그러나 어쨌든 간에 프란츠 크로머와의 관계는 계속되고 있었다. 그리고 조금씩 갚아 가던 1마르크 35페니히의 빚을 완전히 청산한 뒤에도 이 관계는 끊어지지 않았다. 끊어지는 것은 고사하고 점점 깊이 그 마술의 손아귀로 빠져 들어갔던 것이다. 빚을 갚은 돈이 모두 훔쳐 낸 것이었음을 알고 있는 크로머는 거미줄에 친친 감겨 있는 파리처럼 나를 꼼짝 못하게 해놓고 본격적으로 도둑질을 시키려고 들었다.

그는 툭하면 아버지한테 모두 일러바치겠다고 위협했다. 그런 위협을 받을 때마다 나는 걷잡을 수 없는 불안에 싸여 골머리를 앓았지만, 거기에서 받은 고통보다도 왜 일이 크게 벌어지기 전에 스스로 아버지한테 털어놓지 않았던가 하는 후회가 더 가슴을 찔렀던 것이다. 그렇다고는 하지만, 모든 것을 내 잘못으로 돌리고 후회한 것은 결코 아니었다. 또 언제나 후회만 하고 있은 것도 아니었다. 때로는 누구의 잘 못이건, 동기가 어떻게 되었건, 결과적으로 그렇게 되는 수밖에 없었 다고 체념하기도 했다. 운명의 저주를 받은 탓이라고도 생각했다.

이런 일로 해서 내 양친은 적지 않게 속을 태웠으리라 생각된다. 악령의 마술에 걸려 나는 그처럼 즐거웠던 공동 생활―잃었던 낙원 을 되찾았을 때와 같은 감회를 느끼기까지 했던 밝은 세계의 가정생 활을 외면하게 되었다. 내겐 어울리지 않는 생활이었다.

나는 그 세계의 모든 사람들로부터 괄시를 받았다. 특히 어머니가 더했다. 어머니는 나를 악당이라기보다도 오히려 병신 취급을 했다. 내가 그들 눈에 어떻게 비치는가 하는 것은 나를 대하는 두 누나의 태 도로 명확하게 알 수 있었다. 누나들은 나를 금이 간 접시라도 만지는 것처럼 소중히 다루어 주었던 것이다. 그러나 그것은 나를 한없이 비 참하게 만드는 결과를 초래했다.

그들의 태도에서 뚜렷이 나타난 것은, 악령의 마술에 걸려 있거나 운명의 저주를 받고 있는 것이 분명한 나를 힐책하기보다는 오히려 동정하는 것이 옳은 일이며, 어쨌든 나라는 인간이 악(惡)의 본거지가 되어 있다는 사실이었다.

나는 가족들이 종전과는 다른 방법으로 나를 구제하기 위해 기도를 올리고 있다는 것을 알았다. 그리고 감격했다. 참다운 마음으로 참회 하며 편안한 마음으로 살고 싶다는, 낙원을 동경하는 것과도 같은 욕 구가 요원의 불길처럼 타오를 때도 있었으나, 아버지한테도 어머니한 테도 모든 것을 털어놓고 용서를 빈다는 게 도저히 불가능하다는 것 을 나는 처음부터 알고 있었다.

내 고백을 들으면 아버지와 어머니는 위로하고 동정은 해 주겠지만, 나라는 인간을 이해해 주려고는 하지 않을 것이다. 뭐가 어떠니 해도 이 사건 전체가 운명의 장난에 의한 것은 틀림없는 사실인데, 이것이 단순하고도 일시적인 탈선행위 정도로 간주된 것부터가 잘못이다. 거기에서 내 불행은 완전히 형태를 갖추고 밀어닥치기 시작한 것이다.

아직 열한 살도 되지 않은 아이에게 어쩌면 이렇게도 섬세한 감각과 깊은 상상력이 있을까 하고 이상하게 생각하는 사람(어른)이 많으리라. 그것은 나도 알고 있다. 나는 그런 사람들에게 이 사건을 이야기하고 있는 것은 아니다.

인간이란 무엇인가를 좀 더 깊이 있게 생각하고 있는 사람들에게 내 과거를 소개하고 있는 것이다. 자기감정의 일부를 개념으로 바꿔 놓을 수 있는 사람(어른)은 아이들에게 그러한 개념이 없으면 체험 자체도 없는 줄 안다. 내가 이처럼 깊은 고뇌 속에서 뼈에 사무치도록 체험한 예는 내 생애를 통해서도 좀처럼 찾아보기가 어려울 정도다.

어느 비오는 날이었다. 나는 프란츠 크로머로부터 부르크 광장으로 나오라는 호출을 받았다. 거역할 수 없는 박해자의 명령이라 비가 오건 뭐가 오건 가지 않으면 안 되었다. 광장으로 간 나는 빗방울이 떨어지는 나무 밑에 서서 크로머가 나타나기를 기다렸다. 내 호주머니에는 먹지 않고 남겨 두었던 과자가 두 개 들어 있었다. 돈은 한 푼도 없었다. 그래서 돈 대신 과자를 갖고 온 것이다. 일단 만난 이상은 무엇이건 그의 손에 쥐어 주지 않으면 안 된다고 생각했기 때문이다. 빗물을 머금은 나뭇잎이 그 무게에 못 이겨 한잎 두잎 떨어지고 있었다.

나는 그 잎들을 발로 끌어모아 질끈질끈 밟으면서 내 악령을 기다렸지만, 그는 좀처럼 나타나지 않았다. 광장 모퉁이나 발걸음이 뜸한 뒷골목에서 이렇게 몇 시간이고 그가 나타날 때까지 기다려야 하는 일은 수없이 되풀이되었기 때문에 이젠 별로 지겨운 줄을 모를 만큼 예사가 되어 있었다. 자기에게 주어진 운명, 그것이 불운이건 행운이건 남의 것과는 바꿀 수 없는 운명의 길을 걷는 것처럼 나는 크로머라는 절대자의 명령을 따라야 했다.

크로머가 내 앞으로 다가왔다. 그 날은 그다지 성가시게 굴지 않는 것이 이상했다. 내 옆구리를 주먹으로 두어 번 쥐어박고는 과자를 빼앗더니, 담배를 한 대 줄 테니 피워 보겠느냐고 했다. 나는 받지 않았다. 크로머는 여느 때보다는 기분이 썩 좋아 보였다.

"참, 잊어버릴 뻔했다."

그는 과자를 씹으면서 발길을 돌리다 말고 되돌아서서 말했다.

"다음에 올 때 네 누나를 데리고 와. 나이 많은 쪽 말이야. 이름이 뭐라더라?"

나는 그의 말뜻을 이해하지 못했고 대답도 하지 않았다. 그저 멍청하게 그의 얼굴을 쳐다보았을 뿐이다.

"무슨 말인지 모르겠니? 네 누나를 데리고 오란 말이다."

"하지만 크로머, 그건 무리한 부탁이야. 난 누나한테 그런 말을 할 수 없어. 누나도 오지 않을 거야."

이건 반드시 어떤 책략을 꾸미기 위해 구실을 붙여 보는 게 틀림없다고 나는 생각했다. 나는 그의 상투 수단을 잘 알고 있었다. 그는 내 힘으로 도저히 불가능한 일을 무리하게 요구하거나 되지도 않을 것이 뻔한 일을 강압적으로 밀어붙여 나를 당황하게 만들어 놓고는, 내 목을 죄었던 손아귀의 힘을 천천히 풀면서 어떤 거래에 응하도록 하는 것이다. 그렇게 되면, 나는 얼마간의 돈을 주든가 돈이 없으면 다른 물건이라도 주고 악마의 손아귀에서 빠져 나오지 않으면 안 되었던 것이다.

그런데 이번에는 좀 이상했다. 그의 상투수단에 변조가 생긴 것이다. 그럴 수 없다고 내가 거절을 해도 그는 조금도 화를 내지 않았던 것이다.

"무리하게 요구하지는 않겠지만, 한 가지 생각해 둬야 할 점이 있어. 난 네 누나하고 친해지고 싶어졌다. 뭐, 안 되는 걸 억지로 끌고 나오라는 건 아니지만 언젠가 기회가 생기겠지. 가령 이런 방법도 있지. 어떤 장소를 지정해 놓고 산책이나 하자고 거기로 데리고 나오란 말이다. 내가 우연히 지나가다가 만난 것처럼 거기에 끼어들 테니 말이다. 내일 만나서 다시 의논하기로 하고, 오늘은 이만 하지. 내일 휘파람을 불 테니까 빨리 나와."

그가 돌아갔을 때 나는 어렴풋하게나마 그의 요구가 무엇을 의미하는가를 알 수 있었다. 나는 아직 어린아이였지만 사내아이와 계집아이가 나이가 좀 들면 어떤 비밀에 가까운 금지된 일을 서로 하고 싶어한다는 이야기를 간혹 들었던 것이다.

크로머는 그런 짓을 할 준비를 하고 있는 것이다. 그것은 정말 망측한 일이다. 우리 가문의 명예를 생각해서라도 단연코 거절해야 한다. 나는 결심을 굳혔다. 그러나 그 뒤에 돌아올 크로머의 보복에 대해서는 감히 생각하지 못했다. 솔직히 말해서 생각하지 못한 게 아니라 거기에 대처할 만한 용기가 나지 않았던 것이다. 새로운 고통이 시작되었다. 이래도! 이래도 내 말을 못 듣겠어! 하는 크로머의 잔인한 목소리가 가슴을 죄어들게 했다.

불안과 절망에 싸여 나는 두 손을 호주머니에 찔러 넣은 채 부르크 광장을 가로질러 힘없이 걸음을 옮겼다. 사람의 그림자라고는 하나도 눈에 띄지 않았다. 새로운 고통, 새로운 노예 생활이 내 앞에 다가오고 있었다.

그때 나직하면서도 기운찬 목소리가 나를 불렀다. 나는 흠칫하고 달아나기 시작했다. 누군가 내 뒤를 쫓아오더니, 어깨를 붙잡았다. 그것은 우악스러운 것이 아니라 부드러운 손길이었다.

"난 누구라고? 깜짝 놀랐어."

나는 더 달아날 생각을 하지 않고 걸음을 멈췄다. 그는 막스 데미안이었다. 데미안은 내 얼굴을 찬찬히 들여다보았다. 그의 눈이 그때처럼 어른스럽게 보인 적은 없었다. 내 위치보다 한층 높은 곳에 서서 내 마음 속을 환히 꿰뚫고 내려다보는 것 같은 눈이었다.

"놀라게 해서 미안해. 하지만 그런 일로 놀란대서야 어디 사내값을 하겠나."

말투는 더욱 어른스러웠다. 부드럽고도 무게가 있는 어조였다.

"응, 그렇지만…… 난 정말 놀랐는걸."

"자기 이름을 부르는 소리를 듣고 놀란다는 건 좀 이상한 일인데. 나만 그렇게 생각하는 것이 아니라 누구라도 이거 이상한데 하고 고개를 갸웃거리게 될 거야. 아무것도 아닌 일에 이렇게 겁을 내다니 하고 이상하게 생각하면 할수록 더욱 이상해지고 호기심이 구름처럼 끓어오르는 법이야. 이 아이는 반드시 무슨 걱정거리를 갖고 있다하고 상상할 수도 있지. 마음이 약한 사람에게는 언제나 걱정의 씨가 붙어 다니니까 말이야. 네가 그렇다는 건 아니야. 너는 겁쟁이가 아니라고 생각해. 지금은 분명히 겁쟁이 같은 얼굴을 하고 있지만, 원래부터 마음이 약한 사람은 아니야. 어때, 그렇지? 물론 영웅의 기질을 타고난 것도 아니야. 너는 뭔가를 두려워하고 있어. 그리고 아마 무서운 사람, 네게 겁을 주는 사람도 있을 것이고. 사람을 무서워한다는 건 정말 불행한 일이야. 누구를 무서워하지? 설마 이 데미안을 무서워하는 건 아니겠지?"

"아냐, 그렇지 않아."

"역시 그렇군. 그런데 누구지, 네가 무서워하는 사람은?"

"모르겠어. 그런 말 듣기 싫어."

그는 내 옆에 와서 어깨를 나란히 하고 걸었다. 나는 기회만 있으면 도망치려고 그의 옆모습을 곁눈질로 흘끔흘끔 쳐다보았다.

"가령 말이다, 내가 네게 호감을 갖고 있다고 하면……."

그는 이야기를 시작했다. 나는 마음속을 꿰뚫는 듯한 그의 시선을 온몸에 느꼈다.

"나를 무서워할 필요는 없겠지. 그래서 하는 말인데, 난 너를 이용해서 한 가지 실험을 해 보고 싶어. 아주 유쾌한 실험이야. 너한테도 상당히 도움이 되고 또 여러 가지 필요한 것들을 배울 수도 있게 될 거야. 그럼 잘 들어 봐. 난 독심술이란 것을 간혹 써 보고 있어. 마술을 부리는 건 아니지만, 그 방법을 모르는 사람에게는 아주 신기하게 보이지. 여러 사람을 깜짝 놀라게 할 수도 있어. 자, 그럼 한번 해 볼까. 나는 너한테 호감을 갖고 있어. 동시에 흥미도 느끼고 있지. 그러니까 호감이나 흥미의 대상인 네 마음속이 어떻게 돼 있는지 들여다보고 싶어진 셈이지. 실험의 제1단계는 이미 끝났어. 너를 깜짝 놀라게 한 것이 바로 제1단계의 실험이야. 너는 언제나 불안을 안고 가슴을 죄고 있어. 이것은 네가 무서워하는 어떤 물건이 있거나 사람이 있기 때문이야. 왜 그렇게 됐는가, 문제는 거기서부터 풀어 나가야 돼. 우리 인간은 원래 즐겁고 자유롭고 평화로운 생활을 영위할 수 있게끔 되어 있어. 공포나 불안의 대상이 있으면 그런 생활 속에 몸을 담기가 어렵지. 잘 들어 봐. 우리 인간은 아무것도 무서워할 필요가 없어. 어떤 사람을 무서워한다는 것은 그 사람에게 억압당하고 있다는 증거야. 가령 네가 나쁜 짓을 했다고 할 경우, 다른 사람이 그것을 알고 있다고 하자, 그러면 너는 그 사람에게 눌려서 살게 되는 거야. 알아듣겠어?"

나는 어찌할 바를 모르고 그의 얼굴을 쳐다보았다. 한참 동안 누가 내 가슴을 부젓가락으로 휘저은 것 같은 충동을 느껴 정신을 가다듬을 수가 없었다.

데미안의 얼굴은 여느 때나 다름없이 점잖고 영리해 보였으며 호감을 느끼게 했으나, 부드러운 표정은 조금도 없었다. 인자하면서도 엄격한 인상을 주는 어른의 얼굴 같았다. 저지른 잘못에 대해 동정은 하지만 용서할 수는 없다는 그런 표정이었다. 나는 점점 미궁에 빠져 들어가는 기분이었다. 데미안은 마치 마법사처럼 내 앞에 서 있는 것이다.

"알겠지?"

그는 다시 물었다. 다짐을 하는 모양이었다. 나는 알았다고 고개를 끄덕였다. 말은 한 마디도 할 수 없었다.

"아까도 말했지만 독심술이란 것은 그 방법을 모르는 사람들에게는 신기하게 보이지만 극히 당연한 일이야. 가령 예를 들면, 언젠가 네게 카인과 아벨에 대해서 얘기한 적이 있는데 네가 그 얘기를 듣고 나를 어떻게 생각했는가도 정확하게 알아맞힐 수가 있어. 이건 다른 얘기지만, 네가 간혹 내 꿈을 꾼다는 것도 있을 수 있는 일이라고 생각해. 이런 얘기는 그만 두는 게 좋겠다. 내가 알고 있는 놈들은 대개 말이 통하지 않을 만큼 바보지만, 너는 머리가 좋아. 나는 머리도 좋고 믿을 수 있는 사람하고 가끔 얘기를 나누고 싶어. 너도 싫진 않겠지?"

"응, 나도 그러고 싶어. 그런데 뭐가 뭔지 도무지 알 수 없는 게 하나 있어."

데미안은 내 수수께끼에 대해서는 별로 관심을 보이지 않고, 다시 자기 자신의 이야기로 돌아갔다.

"유쾌한 실험이나 계속하자. 지금까지 알아 낸 것은 소년 S에게 걱정거리가 있다는 것—누군가를 무서워하고 있다는 것—제3자에게 비밀의 열쇠가 쥐어져 있다는 것—그 비밀이 탄로 나면 소년 S의 처지가 몹시 곤란해진다는 것. 어때, 내 독심술이 빗나간 건 아니지?"

나는 이미 그의 영향력에 굴종하는 위치에 놓여 있었다. 꿈속에서 크로머의 노예가 되어 있는 거나 마찬가지였다. 나는 그의 목소리를 귀에 담으며 무조건 수긍하는 몸짓으로 고개만 끄덕였다.

그는 내 입에서 말이 나오지 못하도록 만들어 놓고 있었던 것이다. 한마디 한마디가 가슴을 찌르는 그 목소리가 내 가슴 속에 있는 모든 것을 알고 있는 듯한 그 음성, 나 자신보다도 나라는 인간을 더 잘 알고 있는 듯한 음성이었다.

데미안은 내 어깨를 힘 있게 두드렸다.

"그럼 딱 들어맞은 셈이군. 나도 그러려니 생각했지. 이제 한 가지만 더 묻겠는데, 아까 광장 모퉁이에 있던 그 애 이름이 뭐지?"

나는 다시 놀랐다. 내 가슴의 비밀이 고통의 소용돌이 속을 헤매기 시작했다. 두 팔을 허우적거리면서 발버둥질 쳤지만, 좀처럼 헤어날 것 같지가 않았다.

"그 애라니? 부르크 광장엔 아무도 없었어. 나 혼자 나무 밑에 있다가 이쪽으로 왔는걸."

데미안은 웃었다.

"시치미를 떼지 말고……. 내 독심술의 실험물이 돼 있다는 걸 잊은 모양이군. 그 애 이름이 뭐야?"

더 이상 숨길 수는 없었다.

"프란츠 크로머 말이야?"

나는 중얼거리듯이 말했다.

"됐어. 너는 나하고 얘기가 통하는 사람이야. 그 애 이름을 가르쳐 줘서 고마워."

데미안은 만족스러운 듯이 말했다.

"너하고 난 친구가 될 수 있을 것 같다. 아주 다정한 친구가 될 거야. 틀림없이 그렇게 되리라는 것을 믿기 때문에 말하지만, 프란츠 크로머란 놈은 악당이야. 얼굴만 봐도 알 수 있어. 넌 어떻게 생각하지?"

"응, 그래."

나는 불안의 그늘이 한 꺼풀 벗겨진 것 같은 안도감을 느끼면서 말했다.

"그놈은 악당이야. 사탄이야. 하지만 내가 이렇게 생각하고 있다는 걸 그놈이 알면 큰일이야. 악당보다 더 무서운 놈으로 둔갑해서 나를 괴롭힐 테니까. 내 입장이 아주 곤란해져. 넌 그놈을 알고 있어? 그놈 도 너를 아니?"

"뭘 그리 겁을 내? 무서워할 건 조금도 없어. 그놈은 나를 몰라. 나 도 그놈을 모르고. 지금은 서로 모르지만, 앞으로 사귀어 봐야겠어. 일 반 소학교에 다니니?"

"응."

"몇 학년이지?"

"5학년. 그놈을 만나더라도 내 얘기는 하지 마. 아무 얘기도……."

"걱정하지 말래도. 그 애한테 네 얘기를 할 필요가 어디 있겠니. 아 무 말도 안 할게. 그런데 프란츠란 놈의 얘기를 좀 해 주지 않을래? 어 때, 그럴 생각은 없니?"

"미안해, 데미안. 용서해 줘. 난 그놈 얘기라면 생각조차 하기 싫어."

그는 잠시 입을 다물고 무엇인가를 생각하는 것 같더니, 유감인데 하고 다시 입을 열었다.

"실험을 좀 더 계속하고 싶지만, 너를 괴롭힐 수는 없으니까. 너는 정말 그놈이 그렇게 무섭니? 그런 부질없는 공포심은 버려야 해. 그러 지 않고는 완전한 인간이 될 수 없어. 알았지?"

"하긴 그래. 하지만 그렇게 안 되는 걸 어떡해. 누가 공포심을 갖고 싶어서 갖나? 아마 너는 모르겠지만……."

"네가 짐작하고 있는 것 이상으로 나는 네 사정을 알고 있어. 이건 아까 실험한 독심술의 제1단계의 결과로 보아도 알만하지. 그놈한테 빚진 거라도 있니?"

"음, 물론 그것도 있지만, 그런 것은 별로 문젯거리가 아니야. 그보다 더…… 아니야, 난 말을 못 하겠어. 아무래도 말이 안 나와."

"그놈한테 진 빚을 갚을 만큼 네게 돈을 주면 될 게 아니야. 그만한 돈은 나한테 있어. 그것으로 도움이 된다면, 얼마든지 도와 줄 수 있지."

"아니야, 아니야. 그런 게 아니야. 프란츠 얘기는 그만해. 제발 부탁이야. 빚만 갚아 가지고도 안 돼—아니, 그것도 아니야—난 정말 말을 못하겠어. 그놈이 알면 난 큰일 난단 말이야."

"걱정 마, 싱클레어. 지금 말 못하겠다는 걸 언젠가는 나한테 얘기해 주겠지? 그게 네 비밀인 모양이구나. 나한테 털어놔봐. 나쁘지는 않을 테니."

"털어놓다니! 안 돼, 안 돼!"

나는 정신없이 소리쳤다.

"하기야 네 마음에 달렸지만 말이야. 너를 괴로움에서 건져 주려는 내 성의가 무시되는 것도 고마운 일은 못 되지. 안 그래? 독심술로 네 마음속을 알아내는 것보다 직접 네 입에서 나오는 얘기를 듣고 싶어. 난 크로머와 같은 악당이 아니니까 안심해도 좋아. 설마 나를 그 악당과 같은 종류로 생각하는 건 아니겠지?"

"물론이야. 넌 좋은 사람이야. 그런데 무슨 얘기를 자꾸 하라는 거야?"

"나는 여러 가지로 생각해 왔어. S라는 소년은 어떤 사람일까 하고 말이야. 어쨌든 나는 크로머처럼 너를 괴롭히기 위해서 나타난 사람이 아니란 것만 알아 줘. 내 말을 믿어서 손해될 건 조금도 없어. 나를 믿어 봐."

한참 동안 무거운 침묵이 흘렀다. 나도 얼마쯤은 침착해질 수가 있었다. 침묵의 덕분인 것 같았다. 그러나 데미안이 어떤 방법으로 내 비밀의 냄새를 맡기 시작했는지 이상한 생각이 들었다.

"그만 가야겠어."

데미안은 레인코트의 깃을 세우면서 말했다.

"기왕에 얘기가 나왔으니 한 가지만 더 말하겠는데 싱클레어, 너는 그놈하고 모든 관계를 끊어야 돼. 그놈이 끈덕지게 달라붙어서 떨어지지 않으면 마음을 단단히 먹고 아주 죽여 버리는 거야. 네가 그런 결심을 갖는다면 너를 존경하지. 힘이 모자라면 도와줄 수도 있어."

나는 다시 불안해졌다. 이놈의 불안은 왜 이렇게도 자꾸 찾아오는가. 갑자기 카인의 이야기가 머리에 떠올랐다. 나는 훌쩍훌쩍 울기 시작했다. 음산한 불쾌감을 주는 것들이 내 주위를 빙 둘러싸고 있는 것 같았다.

"자, 그만, 그만. 이제 그만……."

막스 데미안은 웃으면서 말했다.

"빨리 집에 가 봐. 반드시 좋은 방법이 생각날 거야. 때려죽이는 게 제일 간단하지. 그런 경우에는 언제나 가장 간단한 방법이 최상책이 거든. 다시 말하지만, 너는 크로머하고 모든 관계를 끊지 않는 이상 괴로움에서 벗어날 수 없어. 그런 놈은……. 알겠지?"

집 앞에 당도하니, 먼 길을 떠났다가 몇 년 만에 돌아온 것 같은 기분이었다. 모든 것이 달라져 보였다. 크로머와 나 사이에 무언가 정체를 알 수 없는 미래의 것, 미래의 행복 같은 것이 끼어들고 있었다. 나는 이미 외톨박이가 아니었다. 이때 비로소 나는 비밀을 안고 살아온 지난 몇 주간이 얼마나 무섭고 고독했는가를 깨달았다.

그러자 곧 지금까지 몇 번이나 생각했던 것이 머리에 떠올랐다. 아버지와 어머니에게 모든 것을 털어놓고 진심으로 참회하면 마음은 편안해지겠지만 완전히 구제받지는 못할 것이라는 생각이었다. 그런데 나는 지금 거의 참회가 끝난 것 같은 상태에 있었다. 다만 내 참회를 들을 사람이 내 아버지나 어머니가 아닌, 가족 이외의 남자라는 점이 다를 뿐이다. 누구 앞에서 참회를 하건, 나는 구제의 예감이 강렬한 향기처럼 내 쪽으로 흘러오는 것을 느끼고 있었다.

그러나 불안이 멀리 사라진 것은 아니었다. 그 불안을 극복하는 데는 상당한 노력과 시간이 필요했다. 나는 적을 상대로 장구한 시일에 걸쳐 무서운 투쟁을 벌일 각오를 하고 있었다. 그럼으로써 모든 것을 완전히 비밀 속에 숨겨 놓고 조용하게 지낼 수가 있었던 것이다.

매일처럼 들려오던 크로머의 휘파람 소리가 뚝 끊어졌다. 하루, 이틀, 사흘, 벌써 1주일째나 들리지 않는다. 그렇다고 그 악마가 앞으로 내 집 앞에 나타나지 않을 거라는 사실은 감히 믿을 수가 없었다.

그가 내 눈앞에서 영원히 사라졌다고 믿을 용기가 나지 않았던 것이다. '언젠가는 반드시 나타난다. 나는 거기에 대처하지 않으면 안 된다.' 이것이 내 마음의 자세였다. 새로운 자유에 반신반의했던 나는 그의 휘파람소리가 1주일 동안이나 끊어졌다는 사실조차 믿을 만한 자신이 없었다. 그것이 오히려 불안했다. 그러나 그것은 모두 프란츠 크로머가 나타날 때까지의 문제였다.

나는 자일러 가의 뒷골목에서 크로머와 마주쳤다. 그는 내 모습을 보자 흠칫 놀란 것처럼 걸음을 멈추더니 얼굴을 찡그리고 (그렇게 찡그린 얼굴을 그때 처음 보았다) 발길을 돌려 어디론가 사라지고 말았다. 그야말로 전대미문의 순간이었다. 내 적이, 무서운 내 박해자가 나를 보고 달아나 버린 것이다. 내 사탄이 나를 무서워한 것이다. 기쁨과 놀라움이 내 온몸을 뒤흔들었다.

그 무렵, 데미안이 다시 내 앞에 나타났다. 그는 학교 앞에서 나를 기다리고 있었다.

"오래간만이야, 데미안!"

"별일 없었어, 싱클레어? 요즘은 어떻게 지내는지 궁금해서 얘기나 좀 들어 볼까 하고. 크로머 녀석, 이젠 너를 괴롭히지 않지?"

"네가 그놈을 혼내 줬어? 어떻게 된 거야, 말 좀 해 줘. 난 도무지 모르겠어. 그놈은 아주 꺼져 버렸어."

"그거 잘 됐군. 만약 다시 나타나면─아마 그럴 염려는 없으리라 생각되지만, 워낙 뻔뻔한 놈이니까─이렇게 말해. '데미안을 잊어버렸어?' 하고 말이야."

"아니 그럼, 네가 그놈을 두들겨 패췄니? 이거 정말, 정말 고마워, 데미안."

"아니, 때리진 않았어. 몇 마디 얘기로 버릇을 고쳐 줬지. 앞으로 싱클레어를 못살게 굴면 좋지 않을 테니 조심하라고 타일렀을 뿐이야."

"히야, 정말 멋있구나. 그런데 데미안, 돈 같은 걸 주지는 않았지? 설마 그렇게 하지는 않았겠지."

"천만에! 그런 방법은 이미 네가 시험해 보았을 텐데."

나는 그가 어떤 방법으로 크로머를 응징했는지 확실히 알고 싶었지만, 그는 그 문제에 대해서는 더 이상 이야기를 하지 않고 내 곁을 떠나 버렸다. 나는 전부터 그에게 느껴 오던 감정으로 답답한 가슴을 안고 그 자리에 서 있었다. 그것은 감사함과 놀라움, 불안, 호감과 내면적인 저항 등이 기묘하게 뒤엉킨 감정이었다.

나는 며칠 후에 그를 또 만나야겠다고 마음먹었다. 그리고 그때는 이야기의 범위를 좀더 넓히고 카인의 문제에 대해서도 더 깊은 그의 의견을 들어 봐야겠다고 생각했다. 그러나 이러한 계획은 생각에 그치고 말았다. 그렇게는 되지 않았던 것이다.

도대체가 '감사'라는 것은 내가 신뢰하는 덕(德)이 아니다. 아이들에게 감사를 요구하는 어른은 완전한 인격자로서의 자격이 없다고 생각했다. 그릇된 생각인지는 모르지만, 어쨌든 그런 생각이 들었던 것이다.

내가 막스 데미안에게 배은망덕한 행위와 태도를 취하게 된 것은 이러한 생각에 근거를 두고 있었다. 그러므로 그 행위나 태도를 추호도 후회한 적은 없다. 만약 그때 데미안이 나를 크로머의 속박에서 해방시켜 주지 않았더라면, 아마 나는 한평생 고욕의 바다에서 헤어나지 못했을 것이다. 이것은 오늘날까지도 확신하고 있는 바이다.

그 당시 나는 크로머로부터의 해방을 내 젊은 날의 최대의 체험으로 생각하고 있었다. 그런데 나를 해방시켜 준 사람은 자기가 갖다 준 기적에 의해 자유의 몸이 된 나를 외면해 버리고 말았던 것이다.

앞서도 말했지만, 내게는 배은망덕한 행위가 이상하게 생각되지 않는다. 기묘한 것은 내가 나타낸 호기심이 부족했다는 점이다. 데미안이 내게 암시해 준 여러 가지 비밀을 정확하게 알아보려고 하지 않은 것이 아무래도 이상했다. 왜 그랬을까. 카인의 이야기를 좀더 자세하게 듣고 싶다. 독심술도 알고 싶다는 갖가지 호기심을 나는 어떻게 해서 누를 수가 있었을까. 호기심을 억제하고는 단 하루도 못 살겠다던 내가 아니었던가.

도무지 이해할 수 없는 일이다. 그러나 사실은 엄연하다. 나는 악마의 사슬에서 풀려나오는 '나'를 보았던 것이다. 나는 다시 밝은 세계에 발을 들여놓았다. 아름답고 평화로운 낙원이 내 앞에 펼쳐져 있었다. 이미 나는 불안의 발작이나 공포의 엄습에서 벗어나 있었다. 가슴이 터질 듯한 심장의 고동소리도 내 고막을 두드리지 않게 되었다. 나를 속박했던 마법사의 쇠사슬은 토막토막 끊어지고 말았다. 나는 이미 저주받은 인간이 아니었다. 전과 같은 라틴어 학교의 학생으로 돌아가 있는 것이다.

내 본능은 되도록이면 빨리 이전의 균형과 안정을 되찾기 위해 전력을 다하여 그 공포와 위험에서 나를 떼어 내기 시작했다.

그리하여 내 죄와 불안에 찬, 사건 전체가 놀라운 속도로 내 기억에서 사라져 아무런 흔적도 인상도 남기지 않은 것처럼 보였던 것이다.

한편, 나를 구해 준 데미안을 그러한 악의 사건과 함께 내 기억에서 지워버리려고 애쓴 일도 현재의 나로서는 이해가 가능한 일이다.

저주와 한탄의 계곡에서 프란츠 크로머라는 악마의 노예가 되어 험한 가시밭길을 이리저리 끌려 다니던 나는, 상처 입은 영혼의 충동으로 있는 힘을 모두 쥐어짜 안녕과 행복이 가득 차 있는 이전의 세계로 도망쳐 나왔다. 나는 다시 문을 열어 준 낙원으로, 아버지와 어머니의 밝은 세계로, 누나들 곁으로, 순결한 향기 속으로, 하느님의 은총을 받는 아벨의 세계로 돌아온 것이다.

막스 데미안과 몇 마디 이야기를 나눈 다음 날, 다시 찾은 자유를 영원히 향유할 수 있다는 확신이 생기고 악의 소굴로 다시 끌려 갈 걱정도 없어졌을 때, 나는 오래 전부터 간절히 소망하고 있던 것을 실행에 옮겼다. 참회한 것이다.

나는 어머니에게 쭈그러진 입으로 장난감 돈을 삼키고 있는 저금통을 보였다. 그리고 박해자의 악행과 내가 겪은 고욕에 대해 이야기했다. 어머니는 모든 것을 이해한 것은 아니었으나, 쭈그러진 저금통과 그 전과는 표정이 달라진 내 눈을 보고 역시 그 전과는 어감이 달라진 내 목소리를 듣고는 내 병이 나았다는 것과 내가 다시 자기 품으로 돌아왔다는 것을 알았던 것이다.

나는 홀가분한 마음으로 방탕한 아들의 귀가를 축하하는 의식에 참석했다. 어머니는 나를 아버지 방으로 데리고 갔다. 같은 이야기가 몇 번이고 되풀이되었고 여러 가지 질문과 놀라움을 금치 못하는 탄성이 끊이지 않았다. 양친은 내 머리를 쓰다듬어 주었다. 그것으로 나는 완전히 해방된 셈이었다. 모두가 멋있고 아름다웠다.

현실이라고는 믿어지지 않을 정도였다. 모든 것이 융합하여 새로운 조화가 이룩된 것이다. 나는 참다운 정열을 안고 그 조화 속으로 뛰어들었다.

마음의 평화를 되찾고 양친의 사랑과 신뢰를 다시 얻게 된 것을 나는 얼마나 만족스럽게 여겼는지 모른다. 만족해도 만족해도 끝이 없었다. 곧 나는 한 가정의 귀공자가 되었다. 그리고 양친과 누나들의 말을 잘 듣는 착한 소년이 되었다. 누나들과도 자주 어울려 재미있게 놀았고, 기도를 올릴 때는 구제받은 자의 기쁨과 회개한 자의 정성을 다하여 옛날에 부르던 그리운 찬송가를 함께 불렀다. 그것은 모두 내 진심이었다. 허식이나 기만은 이미 없었다.

그러나 모든 것이 제자리로 돌아간 것은 아니었다. 내가 데미안을 일부러 빨리 잊으려고 한 이유를 여기서부터 설명해야겠다.

참회를 한다면 나는 막스 데미안에게 해야 할 일이었다. 그 참회는 그처럼 화려하고 감동적인 것이 못 됐을지도 모른다. 그러나 적어도 내게 있어서는 가장 보람 있고 근원적인 성장을 갖다 주는 것임에 틀림없었을 것이다. 그 무렵의 나는 밝은 세계, 잃었던 낙원에 들러붙어 있기 위해 사방팔방으로 뿌리를 뻗고 있었다. 하느님의 축복을 받으면서 그 세계에서 떠밀려나지 않으려고 안간힘을 쓰고 있었던 것이다. 그러나 데미안은 그 세계에 살고 있지 않았다.

막스 데미안은 그 세계에서 살 수 없는 사람이었다. 프란츠 크로머가 걷는 길과는 방향이 다르지만, 밝은 세계에는 합당치 않은 사람이다. 이 세계에 속해 있지 않는 한 데미안도 나를 악의 길로 끌어들이려는 유혹자임에는 틀림없었고, 그 악의 길이 어두운 제2의 세계로 통하는 이상 데미안은 프란츠 크로머와 같은 인간인 것이다. 그런데 그 어두운 제2의 세계에 대해서는 더 이상 이야기를 하고 싶지 않다. 어두운 세계가 어떤 곳인지 전혀 모르는 사람처럼 그 이야기는 딱 덮어두어야겠다. 천신만고 끝에 겨우 아벨이 된 지금, 어떻게 아벨을 버리고 카인을 예찬하는 자들의 심부름을 할 수 있겠는가. 도저히 있을 수 없는 일이다.

표면에 부각된 외형적인 사정은 이상과 같은 것이다. 그런데 내면의 연결은 어떻게 되어 있었는가. 내가 프란츠 크로머와 악마의 마수로부터 구출되었다고 해도 그것은 나 자신의 힘이나 노력에 의한 것은 아니었다.

나는 인간의 길로 돌아가려다 발을 헛디딘 셈이었다. 그러나 친절한 손이 발을 헛디뎌 비틀거리는 나를 인간의 길로 인도해 주자, 뒤도 돌아보지 않은 채로 어머니의 품속으로, 신앙심 깊은 어린이의 세계로 뛰어든 것이다. 나는 일부러 나이보다 더 어린 것처럼 보이기 위해 어리광도 부리고 개구쟁이 짓도 했다. 크로머의 노예가 되어 있던 나는 다시 어떤 사람의 지시를 받고 움직여야 했다. 나 혼자서는 움직일 능력도 없었고 방향도 알 수 없었기 때문이다.

나는 내 양친이 하라는 대로 움직일 작정을 했다. 아버지나 어머니가 선택해 주는 길을 걷기로 결심한 것이다. 그것이 유일한 길, 유일한 세계로 통하는 길이 아니라는 것은 알고 있었으나, '옛날의 밝은 세계'로 가기 위해서는 그렇게 하는 수밖에 없었던 것이다.

만약 그 길을 택하지 않았더라면 나는 데미안을 의지하고 데미안에게 모든 것을 털어 놓았을 것이다. 내가 데미안에게 의지할 마음을 갖지 않은 것은 그의 기묘한 사고방식에 불신감을 느끼고 있는 이상 당연한 것처럼 생각되었지만, 사실은 불신보다는 불안이 더 큰 이유가 되어 있었다.

만약 데미안에게 의지했더라면 내 양친의 경우보다도 내게 요구하는 것이 훨씬 많았을 것이고, 격려와 경고, 모멸, 야유 등으로 나를 좀 더 독립된 인간으로 만들어 보려고 했을 것이 틀림없었다. 이제야 겨우 나는 모든 것을 깨닫고 뉘우칠 수가 있게 되었다.

인간이 이 세상에서 가장 통렬하게 저항감을 느끼는 것은 '자기 자신'에게 도달하는 길을 걸으려 하는 데 있는 것이다.

그로부터 약 반 년이 지난 뒤, 그 의문을 풀어 보려는 호기심에서 나는 아버지에게, 카인이 아벨보다 훌륭하다고 말하는 사람이 있는데 어떻게 생각하느냐고 물어 보았다. 그러자 아버지는 깜짝 놀라는 눈치였다. 그리고 하는 말이, 그러한 해석은 별로 신기한 것이 아니라는 것이었다. 아버지의 설명은 대략 다음과 같았다. 그러한 견해는 원시 그리스도교 시대에도 여러 종파에 의해 설명되고 있었는데 그 가운데에 '카인파'도 있었다.

물론 그런 궤변적인 해석은 우리들의 신앙을 파괴하려는 이단적 시도에 지나지 않는다. 왜냐하면 카인의 행위가 정당하고 아벨이 그릇된 인간이라고 할 경우, 당연한 결론으로서 신이 과오를 범했다는 것이 인정되어야 하기 때문이다. 즉, 성서의 하느님은 절대적 존재인 유일신이 아니라 허위의 우상에 불과하다는 것이 된다.

카인파들의 설명은 그러한 궤변을 줄거리로 한 것이며 그것을 토대로 설교도 하고 선교도 했던 것이다. 그러나 그러한 이단적 설교는 우주에서 사라져 버린 지가 이미 오래다. 다만 염려가 되는 것은, 종교와 신앙에 대해 호기심이 싹트기 시작하는 학생들이 그런 설명에 귀를 기울이고 있다는 점이다.

어쨌든 그런 어처구니없는 이단적인 해석에 귀를 기울이지 말도록 각별히 유의해라…….

그리스도와 함께 처형된 강도

나의 소년시대—부모의 보호를 받고 부모에게 어리광을 부리며 평화로운 환경 가운데서 즐거운 나날을 보냈던 시대—에 대해서는 할 이야기가 얼마든지 있다.

  모두가 아름답고 사랑스러운 이야기이다. 그러나 내가 관심을 갖는 것은 '나 자신'에게 도달하려고 애쓴 인간의 길뿐이다.

  멋있고 아름다운 모든 기항지와 행복의 섬들, 낙원의 매력 등을 모르는 바도 아니지만, 그런 것들은 과거의 영광 속에 파묻어 둘 뿐 거기에 다시 발을 들여놓을 생각이 없다.

  그러므로 나는 내 소년시대의 이야기를 하는 한, 내 주변에서 일어났던 새로운 사건과 나를 유혹하고 선도했던 것만을 화제로 삼을 작정이다. 그러한 자극은 언제나 '또 하나의 세계'에서 찾아들었다. 그것은 언제나 불안과 강압과 양심의 가책을 수반하고 있었다. 어느 경우에나 그것은 혁명적이며, 안주하고 싶어 하는 평화를 위협하는 것이었다.

　누구나가 인정하는 밝은 세계에서는 떳떳하게 살 수 없는 하나의 근원적 충동이 나 자신 속에서도 살고 있다는 것을 새삼스레 발견하지 않을 수 없는 세월이 찾아왔다. 모든 다른 인간들이나 마찬가지로 내게도 서서히 눈을 뜨는 성(性)의 감정이 엄습해 왔다.

　이 감정은 일종의 적이며 파괴자였다. 금지된 유혹이며 죄악이었다. 내 호기심이 찾고 있는 것, 갖가지 꿈과 쾌감과 불안을 내게 준 것, 사춘기의 울타리 밖에 있는 어린이의 평화롭고 순진한 세계의 행복과는 전혀 부합되지 않는 감정이었다. 나는 다른 아이들이 하는 대로 그 흉내를 냈다. 순진한 어린이답지 않은 그 이중생활을 해 본 것이다.

　내 의식은 가정의 세계, 공인된 밝은 세계에서 살고 있었다. 그리고 새로운 세계를 부정했다. 그러나 동시에 나는 땅속에 파묻힌 것 같은 꿈이나 충동이나 소망의 세계에서도 살고 있었던 것이다. 그러한 세계 위에 그 의식적인 생활이 걸쳐놓은 구름다리가 아지랑이처럼 가물거리고 있었다.

　나라는 인간의 내면에 있는 순진한 어린이의 세계가 무너져 가고 있었기 때문이다. 거의 대부분의 다른 아이들의 부모와 마찬가지로 내 양친도 눈을 뜨기 시작한 이 생명의 충동에는 전혀 무관심했다. 다만 성의 의식적 감정이 지향하는 곳과는 아무런 관련도 없는 피상적인 말로 사춘기의 내 생활에 위로를 줄 뿐이었다. 나는 성적 감정과 그것이 주는 현실적인 충동을 부정하고 허위와 기만의 베일에 싸인 채 더욱 비현실적인 세계로 변모해 가는 어린이의 세계에서 살아 보려고 헛된 노력을 거듭하고 있었다.

부모라는 존재가 사춘기의 자녀들에게 어느 정도로 영향력을 끼치고 있는지 나는 모른다. 때문에 나는 내 양친의 무관심을 탓할 수가 없다. 자기 일은 자기 자신이 처리하고, 자기가 갈 길은 자기 자신이 발견해야 한다. 그러니까 성적인 감정에 눈을 뜬 내 생활에 어떻게 대처해야 하는가 하는 것도 나 자신의 문제임에 틀림없는 것이다. 그러나 부유한 가정에서 자란 아이들이 모두 그렇듯이, 나는 내 문제를 스스로 처리하는 솜씨가 아주 서툴렀다.

인간은 누구나가 그런 관문을 빠져 나가지 않으면 안 된다. 범속한 사람들에게 있어서는 이 고비를 넘기는 것이 특히 중요하고도 어려운 문제로 되어 있다. 이 시기야말로 자기 자신의 삶의 요구가 생활 주변과 가장 격렬하게 충돌하는 때이며, 뚜렷한 목표를 향한 전진의 길을 쟁취하지 않으면 안 되는 시점인 것이다. 대부분의 사람들은 우리의 운명인 죽음과 갱생을 전생애를 통해서 한 번밖에 체험하지 못하는데, 오직 한 번뿐인 체험이 바로 이 시점에 놓여 있는 것이다.

유년 시대가 무너지고 그 시대의 기억이 소멸해 갈 때 우리는 우주 공간의 고독과 죽음의 감정을 느낀다. 우리를 사랑하는 모든 것이 갑자기 우리를 저버리기 때문이다. 그런데 대부분의 사람들은 이 세대적 전환점에서 발목이 묶여 다시는 돌아오지 않는 과거라는 절벽에 달라붙는다. 그리고 죽을 때까지 모든 꿈 가운데서도 가장 악질적이고 살인적인 꿈—잃어버린 낙원의 꿈을 좇는 것이다.

이야기를 하다 보니 방향이 빗나갔다. 내 체험담으로 돌아가자. 내게 소년 시대가 끝났다는 것을 알린 감정이나 몽상은 여기서 이야기할 만큼 중요한 것이 못 된다. 그리고 흥미도 없다. 간과할 수 없는 것은 '어두운 세계', 즉 '또 하나의 세계'가 다시 찾아왔다는 사실이다. 지난날에는 프란츠 크로머의 형상을 갖추고 있던 것이 그때는 '나 자신' 속에 들어 앉아 있었다. 그로 인하여 '또 하나의 세계'는 외부로부터도 맹렬하게 작용하기 시작했던 것이다.

프란츠 크로머의 사건이 있고 나서 벌써 몇 해가 경과되었다. 내 생애를 통해서 가장 극적이고 죄가 많았던 그 시기도 짧은 악몽처럼 사라지고 말았다. 모두가 아득한 옛날의 악몽이었다. 크로머가 내 생활에서 모습을 감추고 멀리 사라져 버린 지도 이미 오래다. 어쩌다가 나타나는 수도 있었지만, 만난다고 해도 별것은 아니었다.

그러나 내 비극의 씨를 심어 준 또 하나의 중요한 배후 인물인 막스 데미안은 내 생활 주변에서 떠나지 않았다. 그렇다고는 하지만, 내 생활 주변에서도 가장 먼 곳에 있었기 때문에 내 세계에 미치는 영향은 별로 없었다. 그러던 것이 언제부터인지, 확실하게 기억하고 있지는 않지만, 점점 거리를 좁혀 오더니 마침내는 내 생활 바로 곁에까지 다가와서 다시 에너지를 방출하면서 나를 조종하기 시작했던 것이다.

그 당시의 데미안에 대해서 무엇을 느꼈는가, 나는 지금 그 기억을 더듬고 있다. 1년이 넘도록, 어쩌면 그 이상 데미안과 한 번도 이야기한 적이 없었는지도 모른다. 나는 되도록 그를 피하려 했고 그 쪽에서도 일부로 나를 만나려고 하지 않았다.

어쩌다가 만나면 가볍게 고개를 끄덕일 뿐 아무 이야기도 하지 않았다. 그럴 때면 언제나 호감을 느끼게 하는 그의 얼굴 표정 가운데 이상하게도 조롱과 비난의 빛이 섞여 있는 것처럼 생각되기도 했다.

이는 지나친 생각이었는지도 모른다. 데미안과 함께 체험한 사건이

나 그에게서 받은 미묘한 영향은 쌍방이 모두 잊고 있는 것도 같았다.

데미안의 모습을 찾으려 했고 그의 생각이 자주 머리에 떠올랐다는 점으로 미루어 보면, 그가 항시 내 생활 주변에 있었고 내 호기심과 주의를 끌었다는 것을 부정할 수 없다. 데미안의 등교하는 모습이 눈앞에 떠오른다. 그는 혼자서 갈 때도 있고 다른 상급생들과 함께 갈 때도 있다. 그 모습은 이단적이고 고독해 보이며 조용하다. 그에게는 독자적인 생활 법칙이 있다. 그의 움직임은 천체의 운동과 같은 것이다.

단조롭고 복잡하고 미묘한 느낌을 주는 그는 누구한테서도 사랑을 받지 못했다. 그의 다정한 벗이 되어 주려는 사람도 없었다. 물론 그의 어머니는 예외였지만, 그는 자기 어머니하고도 모자의 관계라기보다 어른과 어른이 사귀듯이 지내고 있는 것 같았다. 학교의 교사들은 되도록이면 그를 건드리지 않으려고 했다.

그는 모범생이라고까지는 할 수 없어도 교칙을 잘 지키고 공부에도 성의를 다하는 좋은 학생이었으나, 교사들과는 친숙하게 지내려 하지 않았다. 가끔 우리는 그가 어떤 교사에게 비난의 화살을 돌려 냉혹한 비평을 했고 어떤 교사에게는 주의를 받는 학생답지 않게 말대답을 했다는 등의 소문을 들었는데, 그것이 모두 날카로운 도전적 태도였다는 것은 교사나 학생이나 모두 인정하고 있는 사실이었다.

나는 눈을 감고 명상에 잠긴다. 데미안의 모습이 떠오른다. 저기는 어딜까, 그렇다, 생각이 난다. 내 집 앞에 있는 골목길이다. 어느 날, 나는 수첩을 들고 그 골목길에 서 있는 데미안을 보았다. 그는 수첩에 무엇을 그려 넣고 있었다. 우리 집 대문 위에 장식되어 있는 낡은 문장을 그려 넣고 있었다. 나는 커튼 뒤에 숨어 열려진 창문 너머로, 대문의 아치를 깊게 응시하면서 천천히 손을 움직이고 있는 데미안의 밝고 조용하면서도 차가운 얼굴을 보고 왠지 모르게 놀라움을 느꼈다. 그것은 어른의 얼굴, 과학자의 얼굴, 예술가의 얼굴이었다. 꿋꿋한 의지와 여유를 보여 주는 그 얼굴은 아무리 어려운 것이라도 터득할 수 있다는 예지와, 아무리 무서운 적이라도 굴복시킬 수 있다는 자신에 차 있는 것처럼 보였다.

그로부터 얼마간의 시일이 흐른 뒤의 일이다. 공부를 마치고 집으로 돌아가던 우리는 길가에 쓰러져 있는 말을 구경하고 있었다. 말은 짐수레의 멍에를 목에 진 채 옆으로 쓰러져 도움을 청하는 것처럼 코를 벌름거리고 있었다.

상처에서 흐르는 피가 먼지 쌓인 길바닥을 검붉게 물들이고 있었다. 어디에 상처가 생겨도 단단히 생긴 모양이었다. 불쌍한 말을 더 보고 있기가 싫어서 눈을 돌렸는데 공교롭게도 바로 그 순간 데미안의 얼굴과 마주쳤다. 그는 쓰러진 말을 둘러싸고 있는 학생들 맨 뒤쪽에 서 있었다. 조잘거리는 아이들 뒤에 서 있는 점잖은 어른과 같다고 나는 생각했다.

얼굴은 마주쳤으나, 그의 눈은 여전히 말의 머리 쪽을 향하고 있었다. 어떤 사물을 관찰할 때는 언제나 그랬지만, 그 눈에는 깊고도 조용한 정신의 집중을 의미하는 광신적이면서도 정열의 빛이라고는 조금도 보이지 않는 주의력이 나타나 있었다. 나는 오랫동안 그러한 데미안의 얼굴을 정신없이 쳐다보고 있었다.

아직 의식의 영역 밖에 있기는 했지만, 그때 나는 무엇인가 극히 독특한 것이 있음을 느꼈던 것이다. 나는 데미안의 얼굴을 보았다. 그리고 새삼스럽게 느끼는 바가 있었다. 그것은 데미안의 얼굴이 소년의 얼굴이 아니라 어른의 얼굴이라는 것 이상의 느낌이었다.

그의 얼굴에는 그저 어른다운 티가 있는 것이 아니라 어른다우면서도 그것과는 좀 다른 것, 불가항력의 신성한 위력 같은 것이 있었다. 그리고 또 그의 얼굴에는 어딘가 여자다운 분위기가 있었다. 그것이 내 눈에는, 순간적이긴 했지만 남성도 아니고(물론 여성도 아니고) 소년도 아니며, 노인도 아니고 청년도 아닌, 몇 천 년이란 시간을 초월한 듯한 얼굴로 보였던 것이다. 동물이나 수목이나 별이라면 그렇게 보일 수 있을는지도 모른다.

어른이 된 지금 이야기한 것과 같은 것을 당시의 나는 알고 있지도 못했고, 또 느끼고 있었던 것도 아니다. 그러나 그 윤곽은 어렴풋하게나마 파악하고 있었다. 어쩌면 그는 미소년이었는지도 모르고 내 마음에 드는 벗이었는지도 모른다. 또 그와는 반대로 내 혐오와 반감을 사고 있었는지도 모른다. 나는 그것조차 분간하지 못했던 것이다.

내가 본 것은 다만 환상과 같은 것이다. 데미안은 우리와는 다른 사람이었다. 동물 같기도 하고 만물의 근원이나 초자연적 존재인 정령 같기도 하고 우상 같기도 했다. 실제의 면모는 생각해 낼 수가 없으나, 여하튼 그는 보통 사람과는 달랐다. 우리와는 상상조차 할 수 없으리만큼 다른 인간이다. 그 당시의 기억은 이것뿐이다. 지금 이야기한 내용도 부분적으로는 그로부터 훨씬 뒤의 그의 인상에서 얻은 기억을 바탕으로 하고 있는 것인지도 모른다.

몇 살 더 먹었을 때 나는 다시 데미안과 가깝게 접촉하기 시작했다. 그는 자기 또래의 친구들과 어울려 교회에 가는 일이 전혀 없었다. 그

리고 견신례(堅信禮)도 받지 않았다. 여기에 대해서도 여러 가지 소문
이 나돌았다.

학교에서는 그가 유태인이라거나 이교도라는 말이 퍼졌다. 한쪽에
서는 데미안도 그의 어머니와 함께 무종교주의자라고 수군거리기도
했고, 사악한 종파의 신자들이라고 떠벌리고 다니는 아이들도 있었다.

이 사악한 종파라는 의미에 관련된 것으로, 데미안이 자기 어머니
와 연인 사이처럼 지내고 있다는 말을 나는 몇 번 들었다. 너무나 어
처구니없는 일이라 사실 여부를 알아보려고도 하지 않았다. 그의 어
머니는 나중에야 자기 아들을 견신례에 참례시키기로 결심했다. 같은
또래의 아이들이 견신례를 받은 지 2년이 지난 뒤였다. 종교와 무관한
교육을 받는 아들의 장래가 염려스러웠기 때문일 것이다. 그리하여
데미안은 견신례의 수업 시간에는 내 동급생이 되었다.

얼마 동안 나는 데미안과의 교제를 일체 끊고 있었다. 접촉하고 싶
은 생각이 없었기 때문이다. 허다한 소문과 비밀이 그를 둘러싸고 있
다는 것과, 특히 크로머와의 사건 이후로 내 마음에 남아 있던 불쾌한
감정이 그와의 접촉을 포기하도록 했던 것이다. 그 무렵 나는 나 자신
의 비밀도 감당하지 못하고 있었다. 내게는 견신례를 위한 수업과 성
적 감정의 문제를 결정적으로 해명하는 시기가 겹쳐 있었다. 나는 이
두 가지를 모두 성실하게 받아들일 수가 없었다. 결국 성적 감정을 해
명하는 문제로 나는 종교 교육에 대한 흥미를 잃고 말았다.

비현실적인 신성한 영역에 대해서 여러 가지 비현실적인 것을 예
증하면서 설교하는 목사는 우리 인간의 영혼을 구제하기 위해 수고를
아끼지 않는 분이니 고마울 것은 말할 것도 없고 그 설교의 내용도 아

주 은혜로웠지만, 내 현실과는 아무런 관계가 없는 사람이고 이야기였다. 그러나 다른 한 가지 문제는 일찍이 느껴 보지 못한 생생한 감동과 흥분을 갖다 주는 아주 자극적인 것이었다.

나는 막스 데미안에게 접근하기 시작했다. 종교 교육이나 목사의 설교에 냉담해지면 냉담해질수록 그에게 접근하는 내 관심은 점점 커졌던 것이다. 무엇인가 눈에 보이지 않는 실 같은 것이 항시 우리를 연결하고 있는 것처럼 생각되었다. 나는 성실하게 그 실을 따라 데미안을 찾아갔다. 교실에 불이 켜져 있는 이른 아침의 수업 시간이 그 시초였다. 물론 종교 교육 시간이다.

교사는 카인과 아벨의 이야기를 했다. 나는 아직 잠이 덜 깬 얼굴로 앉아 있었는데, 교사의 이야기는 거의 귀에 들어오지 않았다. 목사—종교 교육을 담당하고 있는 교사는 모두 목사였다—는 한층 소리를 높여 카인의 '표지'에 대해서 설명하기 시작했다. 바로 그때, 앉아서 졸고 있는 거와 다름없는 내 몸에 무엇인가 닿는 것도 같았고 주의를 받은 것도 같아 얼굴을 들었다. 그러자 앞줄 의자에서 나를 돌아다보고 있는 막스 데미안의 얼굴과 마주쳤다.

그 눈은 여느 때와 다름없이 밝고 고요했으나, 의미를 알 수 없는 표정을 담고 있었다. 그가 내 얼굴을 본 것은 한순간에 지나지 않았다. 나는 정신을 차리고 목사의 설교에 귀를 기울였다. 카인과 그 '표지'의 이야기가 한창이었다.

이야기를 듣고 있는 동안 나는 묘한 충동을 느꼈다. 그 설교가 전적으로 옳은 것은 아니다, 관점을 달리하면 견해도 달라진다, 그 설교 내용에는 비판의 여지가 있다 하고 내 마음 속에서 외치는 소리가 목사의 이야기보다 더 크게 귀에 들리는 것 같았다.

그 순간이 계기가 되어 데미안과의 접촉이 다시 시작되었다. 그런데 기묘하게도 그와의 연대감이 마음속에서 싹트기 시작했다고 생각되는 순간, 마치 마법처럼 공간적인 관계도 실현된 것이다. 그것이 우연의 결과인지 아니면 데미안이 일부러 그렇게 꾸몄는지 나로서는 알수 없다. 당시의 나는 우연의 일치라고 믿고 있었지만, 데미안이 개재된 이상 확신을 가질 수가 없었다. 며칠 후, 그는 수업 시간에 갑자기 자기 자리에서 일어서더니 바로 내 앞에 와서 앉았다. 지금까지도 기억하고 있지만, 학생들이 빽빽이 들어찬 교실의 양로원을 연상케 하는 퀴퀴한 공기 속에서 나는 그의 목덜미 근처에서 풍겨오는 향기로운 비누냄새를 아주 기쁜 마음으로 들이마셨던 것이다. 2, 3일이 지나자 그는 다시 자리를 바꾸어 이번에는 내 옆에 앉았다. 그리고 그 해 겨울에서 다음해 봄까지는 자리를 옮기지 않았다.

아침 수업 시간에 들어가는 내 기분은 변해있었다. 졸지도 않고 지겨워하지도 않았다. 나는 그 시간을 즐거움으로 삼을 수가 있게 되었다. 데미안과 나는 주의력을 집중해서 목사의 이야기에 귀를 기울일 때도 있었다. 옆자리에 앉아 있는 그가 눈짓을 하면 나는 곧 목사 입에서 흘러나오는 기묘한 이야기나 별스러운 격언을 열심히 듣는 척했고, 그것과는 아주 다른 특별한 눈짓을 받으면 정반대의 태도를 취하기도 했다. 그 특별한 눈짓은 비판과 회의를 가져야 한다는 신호였기 때문이다.

우리는 수업을 소홀히 할 때가 많았다. 말하자면 질이 좋지 못한 학생들이었다. 그러나 데미안은 교사나 동급생들에게는 언제나 온순하고 점잖은 태도를 취했다. 남학생들의 짓궂은 장난을 흉내 내는 그를 한 번도 본 적이 없고 큰 소리로 웃거나 지껄이는 것도 보지 못했다.

교사들로부터 꾸지람을 듣는 일도 결코 없었다. 그러나 그에게도 부업(공부라는 것이 학생의 본분이니까 학교에서 장난하는 것을 부업이라고 해두자)이 전혀 없는 것은 아니었다. 그 기법은 오히려 훌륭하기까지 했다. 나는 자신도 모르게 남의 눈에 띄지 않는 그의 부업의 일거리가 되어 주곤 했다. 이 부업은 귀엣말로 소곤대는 것이 아니라 주로 손짓이나 눈짓으로 시작된다. 그러기 때문에 훌륭한 이 부업은 남의 눈에 띄는 일이 없이 극비리에 진행되었다.

가령 예를 들면, 어느 어느 학생에게 흥미가 있다. 그애 거동을 살펴봐라 하고 독특한 신호로 내게 알리고는 그 연구 방법을 가르쳐 주는 것이다. 그의 손짓이나 눈짓이 다른 학생들의 미래의 거동이나 태도를 정확하게 알아맞힐 때도 있다.

그래서 나는 막스 데미안이 예언자보다 더 총명하고 섬세한 두뇌를 가지고 있다고 믿어 버렸다. 수업이 시작되기 전에 이런 말을 한 적도 있었다.

'엄지손가락으로 신호를 보내면 우리 앞줄에 있는 저애를 봐. 뒤를 돌아보거나 자기 뒷덜미를 긁을 테니…….'

그의 엄지손가락은 정확한 예언을 의미했다.

수업 시간 중에 있었던 일이다. 그는 갑자기 엄지손가락으로 신호를 보냈다. 나는 얼른 그가 가리키는 학생 쪽으로 눈을 돌렸다. 그러자 실로 기묘하게도, 그 학생은 마치 꼭두각시처럼 데미안의 지시대로 움직이면서 이상한 동작을 취하는 것이었다.

그것은 지정된 그 학생의 동작을 예언하는 것이 아니라, 그런 동작을 취하게끔 만드는 것이다. 그럴 때의 데미안은 마술을 부려 사람을 마음대로 갖고 노는 마법사와 흡사했다. 교단에 서 있는 목사에게 그 마술을 한번 실험해 보라고 졸라 봤지만, 그는 내 주문을 받아들이지 않았다.

그러나 그 실험이 소극적인 방법으로 진행되어 성공을 거둔 적이 있었다. 어느 날, 내가 교실에 들어가서 '오늘은 숙제를 안 해 왔으니 큰일 났어. 무사히 넘겨야 할 텐데.' 하고 걱정을 했더니, 그는 눈짓으로 '염려 말라.'고 안심시켜 놓고는 그 신기한 술법으로 나를 구해 냈던 것이다. 목사는 교리 문답서의 구절을 암송시키려고 어떤 학생을 지명할까 하는 눈으로 우리를 둘러보았다. 그 눈이, 난처한 얼굴이 되어 어쩔 줄을 모르고 있는 내 눈과 마주쳤다. 곧 내 이름을 부를 것 같았다. 나는 쩔쩔매다가 저도 모르게 손을 약간 올려 웃옷 깃에 갖다 댔다.

데미안 술법이 그런 동작을 취하게끔 만든 것이다. 그것이 목사의 눈에는 교리 문답서의 몇 구절쯤 암송하는 건 아무것도 아니라는 자신 있는 제스처로 보였는지 어쨌는지, 여하튼 내 이름이 곧 튀어나올 것만 같던 입이 방향을 돌려 다른 학생을 지명했다.

그런 부업에 재미를 붙이고 있는 동안 나는 그가 나한테도 간혹 가다 그런 짓을 하고 있다는 것을 겨우 눈치 챌 수 있었다. 학교에 가는 길에 갑자기 기분이 이상해져서 뒤를 돌아다보면 데미안의 모습이 그림자처럼 따라오고 있었던 것이다. 그것이 영감을 느끼게 하는 술법에 의한 것인지는 모르지만 나는 그때부터 인기척이라는 데에 비상한 관심을 가지게 되었다.

"데미안, 너는 네가 생각하고 있는 것과 똑같은 마음을 다른 사람에게도 갖게 할 수가 있어?"

나는 그에게 물어 보았다.

그는 평소와 다름없는 침착한 목소리로 구체적인 이야기를 해 주었다.

"아니야, 그런 건 안 되는 일이야. 인간에게는 자유 의지라는 게 없으니까 그건 안 돼. 목사는 있는 것처럼 이야기하지만, 그런 의식 활동이 가능한 사람은 하나도 없어. 자기의 생각과 똑같은 것을 다른 사람에게도 갖게 한다거나 다른 사람의 생각을 자기 머리에 고스란히 받아들인다는 것은 불가능한 일이야. 그러나 내가 아닌 다른 사람의 마음이 유동하는 것은 관찰할 수가 있지. 이것은 누구에게나 가능한 일이야. 관찰법이나 관찰력이 치밀하고 투철하면 상대방이 무엇을 느끼고 무엇을 생각하고 있는가하는 정도는 상당히 정확하게 알아맞힐 수가 있어. 또 그 사람이 다음 순간에는 어떤 동작을 취할 것인가 하는 것도 대개는 짐작할 수가 있지. 방법은 간단하지만, 모르는 사람들에겐 아주 신기하게 보인단 말이야. 간단 하다고는 해도 거기에 숙달되려면 상당한 연습이 필요해. 예를 들어서 말해 보자. 나비목(目)에 속하는 것들 가운데는 암놈이 수놈보다 훨씬 수가 적은 곤충이 있어. 나방류(類)가 그렇지. 나방도 다른 곤충이나 마찬가지로 수놈이 암놈을 어떻게 해서 알을 낳게 하여 번식하고 있는 거야. 지금 네가 나방의 암놈을 한 마리 갖고 있다고 하면—이건 곤충학자들이 여러 번 실험한 거야— 반드시 수놈이 날아들 거야. 밤만 되면 어김없이 찾아오지. 몇 킬로나 떨어진 먼 곳에서 어떻게 알고 찾아오는지 학자들은 연구를 거듭했지만 설명이 제대로 되지 않는 모양이야. 아마 일종의 후각이나 그와 비슷한 냄새를 맡는 감각 작용에 의해서 암놈이 있는 곳을 알아내겠지. 어쨌든 냄새를 맡고 찾아오는 것은 틀림없어. 이건 영리한 사냥개가 눈에 보이지도 않는 발자국을 찾아내어 그 짐승을 추적하는 거나 마찬가지야. 알겠어? 자연계에는 이런 식으로 암놈을 찾는 것들이 아주 많아. 하지만 그것을 설명하지는 못해. 곤충학자나 그 밖의 자연과학자도 시원한 해명을 못 한단 말이야. 그런데 내가 말하고 싶은 것은, 이 나방의 경우 만약 암놈이 수놈과 같은 수효라면 수놈의 코가 그처럼 예민하게 돌아가지는 않을 거라는 점이야. 그런 코를 갖게 된 것은, 암놈이 적고 그 암놈을 찾기 위해 코를 이리저리 돌려 대면서 냄새를 맡는 연습을 했기 때문이지. 인간이고 동물이고 모두 그렇지만, 어떤 일정한 일에 정신력을 집중하면 기적에 가까운 결과를 얻을 수 있게 되는 법이야. 내 이야기는 그것뿐이야. 네가 아까 물은 것도 똑같은 이치야. 어떤 사람을 면밀하게 관찰하면, 자기 자신을 알고 있는 것 이상으로 그 사람의 내면세계를 알 수 있게 돼."

'독심술'이란 말이 입 밖으로 튀어나오려는 것을 억지로 눌렀다. 만약 내가 그 말을 꺼내면 데미안은 프란츠 크로머 생각을 할 것이 틀림없었기 때문이다. 크로머가 우리 두 사람의 화제에 오르지 않은 것은 실로 다행한 일이었다.

데미안과 나는 어떤 묵계라도 맺은 것처럼 그 악마에 대한 이야기는 한 마디도 입에 담지 않았던 것이다. 그처럼 관심을 가지고 있던 데미안이었고 그처럼 고욕을 당했던 나였지만, 두 사람 모두 크로머라는 악마에 대해서는 까마득히 잊고 있는 것 같았다. 데미안과 함께 길을 걷다가 크로머를 만난 적이 한두 번 있었는데, 그때도 우리는 낯선 사람처럼 그대로 지나쳐 버렸던 것이다.

"그러면 아까 말한 자유 의지, 그건 어떻게 설명되지?"

나는 물었다.

"아까 넌 그런 게 없다고 말했지? 난 분명히 들었어. 그런데 그렇게 말해놓고 정신력을 어떤 마음먹은 곳에 집중하면 목적을 달성할 수가 있다고 하니 이상하지 않아? 이건 모순이야. 자기 자신의 의지도 자기 마음대로 못하는데 어떻게 남의 의지를……."

내 말이 미처 끝나기도 전에 그는 내 어깨를 툭 쳤다. 기분이 좋을 때 하는 그의 버릇이다. 내 이야기가 마음에 든 모양이었다.

"좋은 질문이다."

그는 어른처럼 빙그레 웃으면서 말했다.

"아주 좋은 질문이야. 사람은 언제나 사물을 관찰하고 의심하는 습성을 기르지 않으면 안 돼. 그런데 그 질문에 대한 대답은 아주 간단한 거야. 문제는 간단해. 아까 나방 이야기도 했지만, 나방이 하늘에 있는 별이나 그 밖의 자기 손에 미치지 않는 곳에 마음을 돌려 봤자 아무 소용도 없는 일이야. 물론 나방은 그런 어리석은 짓은 하려고도 않지만. 나방이 구하고 있는 것은 자기에게 반드시 필요한 것, 가치와 의미가 있는 것에 한정돼 있어. 그러니까 나방의 세계에서는 우리 인간의 지혜로는 도저히 이해할 수 없는 기적이 이루어지고 있는 셈이지. 한정된 범위 안에서 어떤 목표물에 정신력을 집중하는 시련을 거듭하는 사이에 이상한 힘을 가진 제6감이 생기는데, 이건 나방 이외에는 어떤 곤충이나 동물에게도 없는 거야. 물론 인간에게는 좀더 넓은 활동

범위가 있어. 어떤 사물에 대한 관심의 작용 범위도 넓어. 그러한 우리 인간들이지만 상대적으로 볼 때는 아주 좁은 틀에 박혀서 살고 있는 것이 되고, 또 그 틀에서 빠져 나올 수도 없어. 나는 여러 가지로 상상할 수 있어. 상상은 자유니까 누구나 그럴 수 있지. 예를 들면, 도저히 갈 수 없는 북극에 어떻게 해서라도 가 봐야겠다고 하는 공상 같은 것 말이야. 그러나 실질적으로 실행이 가능한 것과 공상이 아닌 현실의 활동적인 의욕을 가질 수 있는 것은 자기의 온몸이 욕망의 덩어리로 돼 있을 경우에만 한정되고 있어. 그런 경우라면, 즉 네 욕망이 명령하는 대로 과감하게 행동할 수 있는 경우라면, 틀림없이 좋은 결과를 얻을 수 있어. 너는 네 마음을 철저히 훈련시킨 말을 부리듯이 구사할 수 있게 된다, 그런 마음의 자세를 갖추고 있지 않으면 안 돼. 가령 내가 우리 선생님으로 하여금 앞으로 안경을 끼지 못하도록 술책을 부린다고 해서 그게 가능할 것 같아? 그건 안 돼. 그러나 저번에 앞줄에서 자리를 옮겨야겠다고 마음먹었을 때는 내 뜻대로 움직일 수가 있었어. 병 때문에 결석하던 놈이 왔으니 나는 자리를 내줄 수밖에 없었지. 내가 앉아 있던 앞줄의 책상이 바로 그놈 자리였으니까. 다른 사람들 눈에는 내가 마지못해서 자리를 내준 것처럼 보였겠지만, 실은 내가 옮기고 싶어서 옮긴 거야. 그 전부터 내 마음은 그런 기회를 붙잡을 준비를 하고 있었지."

"응, 나도 그땐 정말 이상하다고 생각했어. 서로 관심을 갖기 시작한 순간부터 조금씩조금씩 내 자리 쪽으로 다가왔으니까 말이야. 그땐 왜 그랬지?"

"맨 처음에는 어느 쪽으로 옮겨야 좋을지 나 자신도 알지 못하고 있었어. 뒤쪽에 가서 앉고 싶다는 생각은 간혹 했지만, 결정적인 것은 아니었어. 그러다가 내 마음의 방향이 결정했지. 네 옆으로 옮겨야겠다고 말이야. 그러나 그것은 그때 의식되지 않은 상태에 놓여 있었는데 네 의지가 합세하여 나를 그 자리로 끌어당긴 거야."

"하지만 그땐 결석하다가 갑자기 나온 아이는 없었는데."

"그래. 그때는 내 마음이 시키는 대로 해 나갔을 뿐이야. 네 옆자리가 좋을 것 같아서 알파벳의 순서를 무시하고 그쪽으로 자리를 옮긴 거지. 비어있는 자리에 간 게 아니라, 거기 앉아 있던 놈하고 바꿔치기를 한 거야. 그놈은 멍청이가 아닌데도 내가 하자는 대로 잘 움직여 주더군. 선생님도 내가 자리를 바꿔 앉았다는 것을 눈치 챘지. 그 선생은 나한테 관심이 많은 모양이야. 내 이름이 데미안이란 것도 알고 있어. D줄에 앉아야 할 학생이 뒤쪽 S줄에 끼여 있으니 이상하게 생각한 것도 무리는 아니야. 하지만 그건 선생님의 의식 속에까지는 파고들지 못했어. 내 마음이 그 의식 활동을 방해하고 있었으니까 말이야. 그 선생님은 나한테 눈길이 닿을 때마다 S줄에 D가 끼여 있으니 어떻게 된 일일까 하고 고개를 갸웃거렸지만 한 마디도 안 했어. 그 목사, 마음은 좋은 사람이야. 입을 막아놓는 방법은 간단하지. 선생님의 눈을 마주쳐다보는 거야. 내 의지력을 모두 쏟아 넣은 눈으로. 그런 눈총을 받으면 상대방은 못 견디지. 두 손을 들어야 돼. 그 목사뿐만 아니라 누구나 다 그래. 하지만 그렇지 않은 사람이 딱 하나 있어. 그 사람한테는 통하지 않아."

"누구야, 그건?"

나는 얼른 물어 보았다. 그러자 데미안은 눈을 가늘게 뜨고 내 얼굴을 들여다보았다. 무엇인가를 생각할 때의 버릇이다. 그는 이윽고 얼굴을 돌렸지만, 대답은 하지 않았다.

나는 호기심을 누르기가 곤란했지만, 같은 것을 두 번이나 되풀이해서 물을 수는 없는 일이었다. 나중에 생각한 일이지만, 그 한 사람이란 자기 어머니를 가리키는 것 같았다. 그는 자기 어머니의 이야기를 들려 준 적도 없고 나를 자기 집에 데리고 간 적도 없었다. 그러나 그들 모자가 정답게 지내고 있다는 것은 소문을 통해서 알고 있었다.

그 당시 나는 데미안의 흉내를 내어 어떤 목표물에 의지력을 집중하려고 시도한 적이 가끔 있었다. 어떤 일이 있더라도 반드시 실현시켜야겠다는 절실한 소망으로 의지의 집중력을 높여 왔지만, 결국은 헛수고가 되고 말았다. 데미안에게도 그 말은 하지 않았다. 내가 무엇을 원하고 있는지 그에게 털어놓을 수가 없었기 때문이다. 그 쪽에서도 묻지 않았다.

그러는 동안에 내 신앙심에는 여기저기 구멍이 뚫리고 말았다. 그리고 그 구멍으로 종교에 대한 회의심이 스며들기 시작했다. 말할 것도 없이 데미안의 영향을 받았기 때문이다. 그러나 나는 완전한 무종교와 무신앙을 주장하는 동급생들과는 내 입장을 명백히 구별하고 있었다.

신앙을 부정하는 무리들이 몇인가 있었다. 그들은 틈만 있으면, 유일신이란 있을 수도 없고 또 있다 해도 그런 우상을 믿는 것은 우스꽝스럽고 현실적인 인간에게는 합당하지 않다면서, '삼위일체가 어떠니 예수가 처녀 몸에서 태어났다느니 하는 것은 터무니없는 헛소리다. 요즘 세상에 그런 웃음거리밖에는 안 되는 말을 퍼뜨리고 다니다니 정말 한심하다. 인간은 종교를 말하기 전에 수치를 알아야한다.' 하고 떠벌리고 있었다. 하지만 나는 결코 그렇게 생각하지는 않았다.

종교나 신앙에 대해서 회의를 품을 경우라도, 나는 내 어린 시절의 체험을 통해서 내 양친이 보낸 것과 같은 경건한 생활이 현실적으로 있다는 것과 그것이 결코 위선이 아니라는 것을 충분히 인식하고 있었던 것이다.

나는 종교적인 것에 대해서는 전과 다름없이 경건한 마음을 갖고 있다. 다만 데미안의 덕분으로 성서의 이야기나 교의를 좀 더 자유롭게, 그리고 개성적으로 해석하고 공상적으로 바라보는 습관이 붙었을 뿐이다. 나는 그가 가르쳐 준 해석법에 만족했고, 기쁨과 즐거움을 느끼며 그의 이야기를 들었던 것이다.

물론 전혀 상상 밖의 것도 많았고 내 마음에 지나치게 부담이 되는 것도 많았다. 예를 들면 카인에 대한 해석이 그렇다. 언젠가 견신례의 수업을 받고 있을 때, 그는 이것보다 더욱 충격적인 말을 하여 나를 놀라게 했다. 목사는 골고다 이야기를 하고 있었다. 구세주의 수난과 죽음에 대한 성서의 이야기는 유년시절부터 내게 깊은 감명을 주고 있었다.

어린아이였던 나는 성(聖) 금요일 같은 날에 아버지가 낭독하는 마태복음 가운데 예수 수난의 이야기를 들으면 깊은 감동과 함께 나 자신이 겟세마네나 골고다 등 아름답고도 고뇌에 찬 세계에서 살고 있는 듯한 생각이 저절로 솟아났던 것이다. 그리고 바흐의 마태 수난곡을 들을 때마다 그 신비로운 세계를 밝히는 수난의 빛이 모든 신비적인 것과 함께 내 가슴 속에 스며드는 것이었다.

지금도 나는 이 음악과 비극의 종말(예수의 수난기록)을 모든 시와 모든 예술적 표현의 진수라고 생각하고 있다. 견신례의 수업 시간이 끝났을 때 데미안은 깊은 생각에서 깨어난 얼굴로 내게 말했다.

"이봐, 싱클레어. 아무래도 그 얘기엔 내 마음에 들지 않는 점이 많아. 그리스도가 십자가에 못 박힌 구절을 한 번 더 읽고 깊이 음미해봐. 이상하게 생각되는 데가 있을 거야. 도무지 납득이 가질 않지. 문제는 예수와 함께 처형됐다는 두 강도야. 언덕 위에 십자가가 세 개나 서 있었다니 아주 볼만하지 않았겠니? 그야말로 장관이지. 그런데 둘 중의 한 놈은 숨이 꼴깍 넘어가기 전에 약간 변덕을 부렸어. 값싼 눈물이라도 좀 사볼까 하고 요즘 말하는 그 '회개'란 것을 했단 말이다. 그 놈은 이마에 딱지가 붙은 악당인데, 못된 짓을 얼마나 했는지는 하느님만이 아신다는 정도였어. 그런 놈이 무쇠덩어리 같은 심장을 갑자기 물렁물렁하게 만들고는 '마음을 바로잡겠습니다. 회개하겠습니다.' 하고 나왔단 말이야. 무덤을 두세 걸음 앞에 두고 그런 회갠가 뭔가를 해서 어쩌겠다는 건지 우습지 않으냐 말이야. 죽음이 바로 코앞에 있는데 회개가 무슨 소용이 있겠나. 소용이 있다고 해도 그런 악당 놈이 마음을 고칠 생각을 했겠는가 생각 좀 해봐. 모두 꾸며 낸 말이야. 누가 꾸며 냈느냐고? 그거야 우리 학교의 선생들 같은 양반이지. 아마 설교의 재료가 모자라니까 이것저것 갖다 보탰겠지만, 터무니없는 거짓말을 꾸며 내는 건 너무해. 그런 거짓말 설교를 아주 감명 깊게 듣고 있는 사람들이 많으니 정말 가관이지. 만약 네가 두 강도 가운데서 어느 한 놈을 친구로 선택해야만 할 경우 어느 쪽을 택하겠니? 눈물을 찔끔찔끔 쥐어짜면서 회개한 그 전향자를 골라잡지는 않겠지? 물론 그럴 거야. 또 한 놈은 돼먹었어. 그놈은 사나이야, '회개가 다 뭐냐, 그따위 쓸개 빠진 소리는 아예 하지 마라.' 하는 얼굴로 십자가에 매달려 있었어. 그놈은 악마의 근성을 갖고 있었어. 이렇게 된 판국에 마음을 바로잡아서 뭘 하겠는가! 강도가 선인으로 둔갑해서 저승으로 갔다는 이야기의 씨나 뿌리고 간단 말인가! 하고 그 악마의 근성은 외치고 있었을 테지. 여하튼 마지막 순간에도 악마하고 인연을 끊을 놈이 아니었던 것만은 사실이야. 그놈한테 신세를 안 진 사람이 거의 없을 정도였으니, 얼마나 고약한 악당이었겠어? 물론 강도질만 한 것은 아니야. 온갖 못된 짓은 다했지. 그런 근성이 있는 놈은 성서의 세계에서는 언제나 손해만 보게 돼. 어쩌면 그놈도 카인의 자손이었는지 몰라."

나는 호되게 뒤통수를 얻어맞은 것처럼 아찔함을 느꼈다. 그리스도 처형의 이야기라면 지금까지 싫증이 나도록 읽고 듣고 했지만 이런 비화가 있으리라고는 꿈에도 생각지 못했던 것이다.

내가 얼마나 틀에 박힌 성서의 세계에서 살고 있었으며 내 상상력이 얼마나 빈약했는가를 그때 비로소 알았다. 그러나 데미안의 새로운 해석에는 전적으로 찬동할 수가 없었다. 뿐만 아니라, 어딘가 모르게 불길한 생각까지 들었던 것이다.

그의 해석은 내가 품고 있는 기존 관념을 송두리째 뒤엎어 놓으려 했으나, 나는 어떤 일이 있어도 그 관념만은 고수하지 않으면 안 된다고 생각했다. '아무리 그렇기로 내 신성한 영역에까지 침범하려는 것은 언어도단이다.' 하고 나는 속으로 외쳤던 것이다. 데미안은 이런 눈치를 알아차리고 앞질러서 말했다.

"알고 있어. 옛날이야기로 듣고 흘려버리면 될 걸 가지고 뭘 그렇게 심각하게 생각해? 그럴 필요는 조금도 없어. 한 가지 말해 두지만, 그 이야기 가운데 종교의 결점을 뚜렷하게 의식할 수 있는 열쇠가 있다는 걸 알아야 돼. 문제는 바로 거기에 있어. 물론 구약과 신약에 나오는 신은 모두 훌륭해. 그 신은 우리 아버지와도 같이 고귀하고 선량하다. 그리고 아름답다. 그런데 그 신이 정말로 우리가 살고 있는 천지, 이 세계를 창조했고 또 절대적인 권능을 갖고 있다면 어째서 이 세계 전체를 지배하지 못하는가. 싱클레어, 이런 생각을 해 본 적은 없니? 신의 영향력은 이 세계의 반쪽밖에 미치지 못하고 있어. 나머지 반쪽은 악마들 차지야. 말하자면 이 세계의 반쪽은 위선과 기만이 들끓는 악의 세계로 되어 있는 셈이지. 사람들은 그것을 모두 악마의 탓이라고 간단하게 넘겨 버린단 말이야. 모든 생명의 아버지이고 절대적 권능을 갖고 있는 신이 그 악마들을 몰아 내지 못한다는 데 대해선 생각해 보려고 하지 않고 나쁜 것은 모두 악마의 탓으로만 돌려 버리니 한심한 일이 아닌가. 하느님을 모든 생명 있는 것의 아버지라고 우러러받들면서, 그 생명의 기초가 되는 성의 의식과 성의 활동 전체를 묵살해 버리고 경우에 따라서는 악마가 갖다 준 죄악이라고까지 하니, 이보다 더 모순된 일이 어디 있느냐 말이야. 그렇다고 여호와를 숭앙하지 말라거나 거기에 반대하는 것은 아니야. 내가 말하고 싶은 것은, 여호와를 믿는다면 그가 창조했다는 이 세계 전체를 신성한 것으로 보지 않으면 안 된다는 거야, 인공적으로 분리된 반쪽만을 신성시할 게 아니라 이 세계 전체를. 그렇게 되면 우리는 하느님께 감사의 기도를 올릴 때 악마한테도 기도를 올리지 않으면 안 돼. 나머지 반쪽도 신성한 것으로 보려면 그러지 않을 수가 없지. 나는 그게 도리라고 생각해.

그리고 악마를 자기 품속에 안고 있는 것 같은 신을 만들어 낼 필요가 있다고 생각해. 이 세상에서 가장 자연적인 것이 이루어질 때 눈을 감거나 얼굴을 돌리지 않는 신을 만들어야 해."

그는 여느 때와 달리 격한 어조로 말했는데, 이야기를 마치자 곧 미소를 지어보였다. 그 이상은 내 마음 속에 발을 들여놓지 않겠다는 뜻이었을 것이다.

데미안의 이야기는 내 마음 속에 깊이 뿌리를 내려 내 유년 시절의 수수께끼 전체를 풀어 주는 것 같았다.

나는 이 수수께끼를 그때까지 아무에게도 지껄이지 않고 있었다. 신과 악마에 대해서, 공인된 신의 세계와 묵살되고 있는 악마의 세계에 대해서 새로운 정의를 내린 그의 이야기에 전적으로 수긍이 갔다. 그것은 내가 생각하고 있던 것과 꼭 같았다.

그의 이야기는 바로 내 마음속에 있는 신화였고, 이 세계는 밝은 곳과 어두운 곳, 즉 명암이 상반되는 두 개의 세계로 되어 있다는 데서 내 견해와 완전히 일치되고 있었다. 내 개인의 문제가 곧 전 인류의 문제이고 동시에 모든 인생과 사색의 문제라는 새로운 인식이 갑자기 신성한 것의 그림자처럼 내 머리를 스쳤다. 그리고 다음 순간, 나 자신의 개인적인 생활과 의견이 커다란 사상의 영원한 흐름 속에 섞여 있다는 것을 의식했다.

이상과 같은 인식은 내 입장을 뒷받침해 주고 내게 행복감을 갖다 주기는 했으나 반면 어디까지나 엄격하고 거친 뒷맛을 남겨 놓았다. '나는 이제 어린아이가 아니다. 인간으로서 가장 자연스러운 본능적 행위를 할 수 있는 성인이다.'라는 일종의 책임과 부담을 느꼈기 때문이다.

나는 '두 개의 세계'에 대한 내 견해를 친구에게 말했다. 어릴 때부터 품고 있던 비밀을 털어놓은 것은 생전 처음이었다. 내 이야기를 들은 그는 내 견해가 자기의 생각과 완전히 부합된다는 것을 알았다. 내가 이야기를 하는 동안, 그는 지금껏 보지 못했던 진지한 태도로 내 얼굴을 들여다보면서 귀를 기울이고 있었기 때문에 나는 시선을 돌리지 않을 수 없었다. 시공을 초월하고 본능적인 욕구만을 추구하는 듯한 그의 눈은 너무나 동물적이었다.

"그 문제는 다음 기회에 또 이야기하지. 네가 생각하는 사람이라는 건 나도 알고 있어, 싱클레어. 그리고 네가 그처럼 깊이 생각한 것을 모두 살리는 의지적인 생활을 하지 않았다는 것도 알고 있어. 물론 나보다도 너 자신이 더 잘 알고 있겠지만 말이야. 그래선 안 돼. 실천으로 옮기지 않는 생각은 차라리 하지 않는 것만 못해. 우리의 생각은 그것을 살리는 데서 비로소 가치를 발견할 수 있는 거야. 네가 말한 '허용된 세계'가 이 세계의 절반에 지나지 않는다는 것은 너도 알고 있을 게 아닌가. 그런데도 너는 나머지 절반을 우리 학교의 선생님들처럼 스스로 자기 속에 숨기려 하고 있었던 거야. 그게 잘 될 리가 있겠니. 절대로 안 되지. 누구나 일단 생각하기 시작하면 자기 속의 기만을 언제까지나 싸고 돌 수는 없는 법이야."

이 말은 내 가슴을 찔렀다.

"아무리 그렇다지만, 실지로 금지된 것이 있잖아. 이건 너도 부정하지 못할 거야. 현실적으로 절대 금지된 것이야. 그런데 생각한 것을 어떻게 실천해? 단념하는 수밖에 없지. 살인이나 여러 가지 죄악이 이 세상에 있다는 건 나도 알아. 다른 사람이 다 아는 걸 나라고 모르겠어? 하지만 그렇다고 나까지 그런 죄악의 세계에 뛰어들어 죄인이 되라는 법은 없어. 그렇잖아?"

내가 흥분한 것을 보고 그는 달래듯이 말했다.

"그래. 나머지 이야기는 다음 기회에 하고 오늘은 이만해 두자. 결말이 안 나겠다. 사람을 죽이거나 여색에 빠져 강간이나 간통을 하면 안 된다는 것은 말할 것도 없지. 너는 아직 '허용된 세계'니 '금지된 일'이니 하는 말의 의미를 올바르게 이해하는 데까지는 가 있지 않아. 이제 겨우 진리의 한쪽 모퉁이에 손가락을 갖다 댄 것뿐이야. 앞으로 차차 알게 되겠지. 아마 틀림없이 너는 약 1년 전부터 어떤 충동을 느끼고 있을 거야. 그건 어떤 것보다도 강렬한 본능의 충동이야. 그런데 그 본능은 '금지된 일'에 집착하고 그것을 동경하는 것이니만큼 그 충동을 누르는 것은 여간 고통스러운 일이 아니야. 이건 실제로 체험한 너 자신이 누구보다도 잘 알고 있을 테지. 그리스나 그 밖의 여러 민족은 그 충동을 절대자처럼 신성 불가침한 것으로 만들어 놓고 성대한 제전까지 올리면서 숭배했던 거야. 아무리 '금지된 일'이라도 영원히 존속하지는 않아. 누구든지 목사 앞에 여자를 데리고 가서 결혼이라는 걸 해 버리면 그날부터 그 여자와 함께 자도 좋다는 얘기가 되지. 민족이 다르면 그 충동을 무마하는 방법도 달라져. 지금도 그렇지. 그러니까 각자가 무엇이 허용된 일이고 무엇이 금지된 일인가, 자기에게 금지된 일은 무엇인가 하는 문제의 해답을 얻어 내지 않으면 안 돼. '금지된 일'을 하지 않아도 악당이 되는 수가 있고, 그 반대의 경우도 있어―좀 더 안일한 정신생활을 소망하는 사람들, 그러니까 생각하는 것도 귀찮다, 자기가 자신을 심판하는 것도 싫다. 편안하게 정신적 부담이 없는 삶을 보내고 싶다는 사람들은 이 금령(禁令)에 복종하는 셈이지. 그렇게 하면 안일한 생활을 할 수가 있어. 그러나 자기 내부에 어떤 규범이 있다는 것을 느끼는 사람들도 있다는 것을 알아야 해. 이런 사람들에게는 이 세상의 신사 숙녀들이 예사롭게 매일처럼 하고 있는 '금지된 일'이 아닌 것까지 금지되어 있고, 반대로 엄격하게 금지되고 있는 일이 허용되는 경우도 있어. 각자가 스스로 책임을 질 필요가 있는 거야."

이렇게 많은 이야기를 한꺼번에 지껄인 것이 후회가 됐는지 그는 갑자기 입을 다물었다. 그때 데미안이 어떤 생각을 했으며 무엇을 느끼고 있었는가, 나는 어느 정도 짐작할 수 있었다.

그는 자기가 생각하고 있는 바를 극히 자연스럽게 그리고 유쾌하게 이야기하는 것이 보통이었지만, 이야기할 필요가 없다고 인정할 때는 단연코 입을 다물어 버리는 것이다. '그저 이야기를 하기 위해서' 하는 이야기를 그는 죽는 것만큼이나 싫어하고 있었던 것이다.

어쩌면 그는 내가 자기의 이야기에 전면적인 공감을 나타내지 않고, 다만 처음 들어 보는 신기한 이야기를 구수한 말솜씨로 늘어놓는 데에 흥미를 느껴 절반은 장난삼아 듣고 있었다는 것을 알아차렸는지도 모른다.

지금 말한 '전면적인 공감'이나 '진지한 태도'라는 대목을 생각하니 어떤 상념이 머리에 떠오른다. 그것은 내가 아직 어렸을 때 막스 데미안과 함께 체험한 것 가운데서도 가장 인상적인 장면이다.

우리들의 견신례가 다가왔다. 종교교육의 마지막 수업 시간에는 최후의 만찬 이야기가 시작되었다. 교단에 서서 이야기하는 목사의 태도는 전에 없이 진지하고 경건해 보였다. 분명히 그 수업에서는 성스러운 분위기와 기분을 느낄 수 있었다. 그런데 그러한 수업 시간이 몇 번 되풀이되는 동안 내 생각은 빗나간 방향에서 다른 어떤 것에 얽매여 있었다는 것을 부정할 수가 없다. 내 생각을 얽매어 둔 것, 그것은 바로 내 친구 막스 데미안이었다.

교회라는 공중 사회에 참여하는 거룩한 의식으로 설명되고 있는 견신례가 다가옴에 따라 반 년 가량 받은 종교교육의 가치는 그 교육 자체에서 얻은 것이 아니라 데미안의 감화에 의해서 얻어진 것이라는 생각이 가슴 한 모퉁이에서 머리를 들기 시작했다.

내가 마음의 준비를 갖춘 것은 교인들의 공공 사회인 교회의 환영을 받기 위해서가 아니라 전혀 별도의, 어딘가 이 지상에 분명히 있을 사상과 인격의 교단(敎團)에 몸을 담기 위해서였다. 그 교단의 대표자나 선교사들이야말로 내 참다운 벗이라고 생각하고 있었던 것이다.

나는 그런 생각을 마음속에서 몰아내려고 했다. 사정은 여하 간에 견신례의 의식만은 어느 정도 엄숙한 마음으로 받아야겠다고 결심했기 때문이다. 그러나 아무리 애를 써도 이 새로운 생각을 물리칠 수가 없었다. 가슴 속 깊이 뿌리를 내린 이 생각은 바로 눈앞에 임박한 교회의 의식과 연결되기 시작했다. 나는 독자적인 기분으로 견신례를 맞이할 작정을 하고 있었다. 거기에는 데미안의 감화에 의해서 사상계의 일원이 된다는 의미가 내포되어 있었던 것이다.

내가 다시 그를 대상으로 하여 활발하게 토론을 전개해 나간 것은 그 무렵의 일이었다. 언젠가, 종교 교육의 수업 시간이 시작되기 전이다. 데미안은 내 이야기에 그리 관심을 나타내지 않는 것 같았다. 언제나 냉정한 빛을 잃지 않는 그 얼굴이 더욱 무뚝뚝하게 보였다. 아마 내 말투가 건방지게 들렸기 때문에 그랬는지도 모른다. 사실 나는 너무 아는 체했고 내 생각이 무슨 철학이라도 되는 것처럼 떠벌렸던 것이다.

"쓸데없이 지껄이면……."

그는 냉정한 얼굴에 진지한 표정을 띠고 말했다.

"아무런 의미도 없는 말이 되고 말아. 그때는 이미 자기의 의사를 남에게 소개하는 수단으로서의 이야기가 아니야. '자기'에게서 떠나는 것을 의미할 뿐이지. 자기에게서 떠난다는 것은 죄악이야. 우리는 거북이처럼 '자기 자신' 속에 완전히 들어앉을 수 있도록 노력해야만 해."

우리는 교실로 들어갔다. 곧 수업이 시작되었다. 나는 목사의 이야기에 주의를 집중하려고 했는데, 데미안도 그것을 방해하지는 않았다.

한참 후 나는 내 곁에 있는 그의 자리에서 일종의 공허감이라고 할까, 이상한 것이 냉기에 싸여 내 몸에 스며드는 것을 느끼기 시작했다. 마치 옆자리가 비어 있는 것 같았다. 그러한 느낌이 귀찮을 정도로 내 머리를 파고들었기 때문에 나는 옆을 돌아다보았다.

내 친구는 여느 때와 다름없이 허리를 꼿꼿하게 세운 자세로 단정하게 앉아 있었다. 그러나 어딘가 모르게 평소와는 다른 인상을 주었다. 무언가 알 수 없는 것이 그의 몸에서 발산되고 있었고, 그 몸은 내가 한 번도 본 적이 없는 이상한 것에 의해 둘러싸여 있었다. 눈을 감고 있는 줄 알았는데, 자세히 보니 눈은 뜨고 있었다. 그러나 그 눈은 아무것도 보고 있지 않았다. 초점을 잃은 그 눈은 자기의 마음속이나 아니면 아득히 먼 곳을 향하고 있는 것 같았다.

그는 꼼짝 않고 그 자리에 앉아 있었다. 숨도 쉬지 않는 것처럼 보였다. 입은 나무나 돌로 조각된 것이 아닌가 생각될 만큼 딱딱하게 굳어져 있었고, 얼굴은 종잇장처럼 창백했다. 책상 위에 얹어 놓은 손은 나뭇가지를 꺾어다 올려놓은 것처럼 손가락 하나 까딱하지 않고 있었다. 그런 가운데서 가장 생기가 있어 보이는 것은 갈색 머리칼이었다.

전체적으로 보아 혈액의 순환이 정지된 채 굳어져 버린 사람 같았고, 캔버스 앞에 있는 정물화의 재료 같기도 한 인상을 주는 모습이었다. 그렇다고 해서 움직이지 않는 물건처럼 보였다는 것이 아니다. 움직이지 않기 때문에 오히려 품위와 무게를 느끼게 했고, 그 속에 강렬한 생명이 충만해 있다는 것을 느끼게 했다.

'이것이 막스 데미안의 참 모습이다.'

나는 속으로 중얼거렸다. 여느 때의 데미안, 나하고 함께 산책을 하거나 지껄일 때의 데미안은 이러한 모습을 하고 있는 데미안의 절반 몫도 못 되었던 것이다. 현재 여기 있는 데미안—돌처럼 차갑고 단단한 인간 데미안, 태고의 꿈을 기다리는 동물과도 같고, 바위와도 같으며, 죽어 있는 동시에 생명력으로 가득 찬 아름답고 차가운 인간 데미안. 이 신비로운 인간을 둘러싸는 정적과 공허, 영기(靈氣)와 별의 공간, 그리고 고독……

'지금 데미안은 완전히 자기 속에 들어가 있는 것이다.'

나는 전율을 느끼면서 다시 생각했다. 내가 그때만큼 고독에 엄습된 적은 없었다. 나는 데미안과 아무런 관련도 갖고 있지 않았다. 그는 내 손이 미치지 못하는 먼 곳, 내 눈길이 닿지 못하는 먼 세계에 있었다.

그러한 데미안의 모습을 알아차린 사람은 나 외에는 아무도 없었다. 나로서는 도저히 이해할 수 없는 일이었다. 모두 다 이쪽으로 얼굴을 돌리는 것이 당연하지 않은가. 그의 초인적인 모습을 보고 전율을 느끼는 것이 당연하지 않은가. 그러나 누구 하나 그에게 주의를 기울이지 않았다. 그는 조각물처럼, 아니 나의 우상처럼(당시 나는 그가 우상으로 보인다는 생각을 버릴 수가 없었다.) 딱딱하게 앉아 있었다. 파리가 한 마리 그의 이마에 내려앉더니, 콧등을 거쳐 입술 쪽으로 기어갔다. 그러나 그는 눈썹 하나 까딱하지 않았다.

'지금 그는 어디에 있는 것일까? 무엇을 생각하고 무엇을 느끼고 있을까. 천국에 있을까, 지옥에 있을까.'

그것을 직접 그에게 물을 수는 없었다. 수업 시간이 끝나갈 무렵, 그는 다시 생기를 찾고 숨을 쉬기 시작했다. 그리고 나와 시선이 부딪쳤을 때 그는 이미 여느 때의 데미안으로 돌아가 있었다. 도대체 그는 어디 있다가 돌아왔을까. 그는 몹시 피로해 보였다. 얼굴에는 생기가 되살아났고 손도 움직이기 시작했는데, 이번에는 갈색머리가 윤기를 잃은 것처럼 보였다.

그로부터 며칠 동안, 나는 침실에서 몇 번이고 되풀이하여 새로운 훈련에 몰두했다. 단정하게 의자에 앉아 정면의 일점에 시선을 고정시키고 완전한 부동자세를 취해 보았다. 그러한 자세가 얼마나 계속되겠는가를 실험해 보고 싶었기 때문이다. 그러나 얼마 못 가서 피곤해지고 눈두덩이 가려워 견딜 수가 없었다.

그 후 곧 견신례의 의식이 진행되었다. 그러나 그때의 일에 대해서는 별로 기억에 남는 것이 없다. 이 시기를 전환점으로 하여 모든 것이 달라졌다. 내 유년 시대는 생활 주변에서 자취를 감추고, 남은 것은 다만 환상의 잔해뿐이었다.

양친은 난처한 얼굴로 나를 지켜보고 있었다. 누나들과는 너무나 먼 존재가 되어 버렸다. 그녀들과 재미있고 정답게 지내던 감정이나 기쁨은 빛이 바랬고 흥이 깬 뒤의 허탈감이 엄습해 왔다. 화단도 향기를 잃고, 아름답던 숲도 매력을 잃었다. 내 세계는 낡은 가구를 내다놓고 싸구려를 부르는 시장판처럼 아무런 맛도 없는 것이 되고 말았다.

책은 휴지나 다름이 없었고, 음악은 시끄럽기만 한 소음에 지나지 않았다. 가을이 되면 단풍이 들고 이어 나뭇잎이 떨어지는 것과 같은 것이다.

나무는 잎이 돋아나고 떨어지는 것을 느끼지 못한다. 비가 줄기를 타고 흘러내리는 것도, 햇빛이 내리쬐는 것도, 앙상한 가지에 서리가 내리는 것도 느끼지 못한다. 나무의 생명은 맨 안쪽 깊숙한 곳으로 천천히 물러간다. 나무는 죽는 것이 아니다. 봄을 기다리고 있다.

방학이 끝나면 나는 학교를 옮기기로 이야기가 되어 있었다. 다른 학교로 가면 집을 떠나야 한다. 때때로 어머니는 전에 없이 부드러운 얼굴로 내게 접근해 왔다. 사랑과 향수와 잊을 수 없는 추억을 내 마음에 새겨 넣고 미리 작별을 고하려는 것이었다. 데미안은 여행길에 올라 나는 외톨이가 되어있었다.

베아트리체

데미안을 다시 만나지도 못한 나는 방학이 끝날 무렵 ××시로 떠났다. 양친도 함께 따라와서 나를 격려하고는 어느 고등학교의 교사가 감독하는 기숙사에 맡기고는 돌아갔다. 내가 들어간 기숙사가 어떤 곳인가를 만약 양친이 알았더라면 깜짝 놀라 입을 떡 벌리고 말았을 것이다.

　문제가 되는 것은 다음과 같은 점이었다. 나는 선량한 아들이 되고 훌륭한 시민이 될 수 있는가, 빗나간 길에 발을 들여놓는 일은 없을까 하는 희망과 의문이었다. 밝은 세계에서 양친의 사랑과 보호를 받으며 행복하게 지내야겠다는 마지막 노력은 내 마음 속에 상당히 오랫동안 머물고 있었다. 어떤 때는 그것이 곧 성공적으로 실현될 것도 같았지만, 결국은 완전한 실패로 돌아가고 말았다.

　견신례가 끝난 뒤의 방학 기간 중 내가 비로소 느낀 기묘한 공허감과 고독감은 쉽사리 사라지지 않았다. 그 공허함, 그 고독함, 나는 그것을 얼마나 되씹었는지 모른다. 정든 고향과 작별을 고할 때는 이상하리만큼 무감각했다. 슬퍼지지 않는 것이 부끄러울 정도였다. 누나들은 나를 붙잡고 울었지만, 나는 그렇게 되지 않았다. 눈물 같은 것은 아예 나올 생각조차 하지 않았다. 나 자신이 생각해도 어처구니없는 일이었다.

그때까지의 나는 본질적으로 그래도 선량하고 감성적인 소년이었는데, 지금은 완전히 달라져 버린 것이다. 밖의 세계에 대해서는 전혀 무관심한 태도를 취하고, 내 마음 속에서 속삭이는 소리와 '금지된 곳'으로 흐르는 물소리에 귀를 기울였다. 그런 생활이 며칠 동안이고 계속되었던 것이다. 그 몇 달간에 키가 부쩍 자란 나는 이미 소년다운 귀여움을 잃은 나를 바라보고 있었다.

키는 컸지만 몸집이 가늘어 균형이 잡히지 않은 얼치기의 모습으로는 사랑이나 귀여움을 받을 수 없다는 것을 느꼈으며, 나 자신도 나를 사랑하지 않았다. 그런 모습으로 나는 세상을 둘러보았다. 어떤 목적의식이 있어서 그런 것은 아니었다. 막스 데미안을 꼭 만나야겠다고 생각할 때가 자주 있었지만, 그에 대한 증오심을 느낄 때도 한두 번이 아니었다. 현재의 생활이 병독을 짊어진 것처럼 고통스럽고 빈한하게 된 것도 모두 그의 탓이라고 생각될 때가 간혹 있었기 때문이다.

기숙사 생활이 시작된 처음 며칠 동안은 같은 기숙사생들로부터 아무런 사랑도 존경도 받지 못했다. 그들은 나를 엉큼한 놈이니 불쾌감을 주는 놈이니 하고 경원했는데, 나는 그것이 오히려 마음에 들어 일부러 그런 태도를 더욱 노골적으로 나타냈다.

그리고는 고독 속에 몸을 던졌다. 이와 같은 내 행위는 겉으로는 세상을 멸시하는 남성적인 행위로 보였지만, 내 마음 속에는 우수와 절망이 가득 차 있었다. 발작적으로 엄습하는 그 적들을 나는 당해 내지 못했던 것이다.

학교에서는 지금까지 배운 지식으로 그럭저럭 지낼 수가 있었다. 동급생들은 그전 학교에 비해 지능이나 학력이 얼마쯤 뒤떨어져 있는 것 같아 그들을 무시했는데, 그러는 동안에 나와 같은 또래의 동급생을 아주 어린아이로 취급하는 버릇이 생기고 말았다.

그런 상태가 1년가량 계속되었다. 11월 초순의 일이었다. 그 무렵의 나는 아무리 날씨가 나빠도 산책하는 습관이 있었다. 깊은 생각에 잠겨 산책하는 데서 나는 일종의 환희를 맛보았던 것이다. 우울함과 세상에 대한 멸시와 자기모멸에 가득 찬 환희였다.

어느 날 저녁, 나는 안개가 깔린 거리 어귀를 거닐고 있었다. 가로수가 늘어선 넓은 한적한 길에 쌓인 낙엽은 저녁 안개에 축축하게 젖어 있었고 사람의 그림자는 하나도 없었다. 나는 그 낙엽을 헤치면서 걸어갔다. 발끝으로 파헤칠 때마다 이상한 냄새가 물씬물씬 코를 찔렀다. 멀리 보이는 나무숲은 안개 속에 숨어 있는 유령의 그림자 같았다.

어느 쪽으로 방향을 잡아 볼까, 길가의 가로수 밑에서 잠시 발을 멈추고 나는 길바닥에 떨어져 꺼멓게 썩어 가는 나뭇잎의 냄새를 게걸이 든 것처럼 들이마시면서 사방을 둘러보았다. 내 마음은 이 냄새를 반겨 맞아 주었다. 아, 내 마음의 공동을 메우는 것은 이 냄새뿐인가. 인생이란 이렇게도 재미없는 것인가.

그때 한길 저쪽에서 외투의 깃을 세운 사람이 나타났다. 나는 그가 누군지 알아볼 겨를도 없이 발길을 돌려 그곳을 떠나려고 했다.

그러자, 그가 말을 건넸다.

"야아, 이거 싱클레어 아니야!"

그는 우리 기숙사에서 제일 나이 많은 알폰스 베크라는 학생이었다. 나를 어린아이 다루듯, 내 숙부나 뭐나 되는 것처럼 나를 얕잡아 취급하는 것을 제외하면 전적으로 호감이 가는 놈이다. 그는 곰처럼 힘이 세고 사나운 놈이라 학생들은 물론 선생들까지도 꼼짝 못한다는 소문이 나돌고 있었다. 어쨌든 그는 언제나 우리 화제의 중심인물이 되어 있었다.

"이런 데서 뭘 하고 있었니? 시라도 읊고 있었어?"

그는 걸걸한 목소리로 물었다. 선배가 어린 후배를 얕잡아 보고 아무렇게나 말을 거는 그런 투였다.

"아니야, 시는 무슨 시."

나는 일부러 무뚝뚝한 말로 대답했다. 그는 어른이 너털거리듯이 한바탕 웃어젖히고는 뭐라고 열심히 지껄이기 시작했다. 우리는 어깨를 나란히 하고 걸었다.

"이봐, 싱클레어. 이놈이 그 방면에 대해서는 잘 모르지 않을까 하고 나를 염려해 줄 필요는 조금도 없어. 황혼의 안개 속을 이렇게 거닐고 있으면 그런 감정은 저절로 생기는 법이야. 이런 걸 뭐라고 하더라, '가을의 정서'라고나 해 둘까. 시라도 한 마디 읊어 볼까 하는 기분이 되는 심정도 알 만해. 물론 그 시는 '자연은 죽어간다'거나 '청춘은 사라진다' 하는 종류지. 하인리히 하이네처럼 말이야."

"난 그렇게 감상적인 사람이 못 돼."

감상이라는 성격은 내 마음 어느 모퉁이에도 없다는 것처럼 이번엔 얼굴의 표정까지 무뚝뚝하게 만들고 나는 그의 말을 용수철 튕겨 내듯이 되넘겨 주었다.

"좋아, 그런 건 아무래도 좋아. 한데 이런 날씨에는 포도주라도 한 잔 조용히 마실 수 있는 장소를 찾는 게 좋을 것 같은데. 어때, 함께 해볼 생각은 없니? 혼자 마시는 건 멋쩍은 일이야. 상대가 없던 참에 네가 나타나 줬으니 고맙군 그래. 왜, 싫어? 뭐, 네가 모범생이 되고 싶어 한다면 나도 억지로 권하진 않겠어. 나는 유혹하는 걸 그리 좋아하지 않는 사람이니까."

얼마 후, 우리는 뒷골목의 어느 주점으로 들어갔다. 그리고 포도주를 마셨다. 처음에는 마음이 들뜨고 어쩐지 기분이 이상했다. 그런 술집에 들어가 글라스를 기울이는 것은 생전 처음이었기 때문이다. 몇 모금을 마시고 나니 제법 술기가 도는 것 같았다.

그놈이 내 입을 가볍게 만들고 말았다. 마음의 창문이 하나 열리고 바깥세계의 빛이 흘러 들어오는 것 같았다. 내가 그토록 많이 지껄인 것은 그때까지 한두 번 있었을까 말까 한 정도였다. 술이란 놈의 힘을 빌린 나는 할 말 못 할 말 모두 쏟아놓았다. 그러는 사이에 카인과 아벨의 이야기까지 튀어나오고 말았다.

알폰스 베크는 유쾌한 얼굴로 귀를 기울이고 있었다. 아마 상당히 흥미를 느꼈던 모양이다. 나는 데미안이 내게 해 주었듯이 '새로운 세계'의 이야기를 베크에게 해 주는 것이 여간 흐뭇하게 생각되지 않았다. 그는 내 어깨를 툭 치더니, 아는 것이 굉장히 많은 놈이라고 했다. 지금까지 마음속에 갇혀 있는 이야기를 쏟아 놓지 못했던 욕구불만이 충족되었다는 기쁨으로 부풀어 오른 내 가슴은 터질 것만 같았다. 아는 것이 많다고 인정을 받는 것, 더욱이 연장자로부터 상당한 존재라고 인정받는 기쁨은 대단한 것이었다. '아는 것이 굉장히 많은 놈'이라고 한 그의 말은 달콤한 포도주의 향기처럼 내 가슴에 스며들었다.

세계는 새로운 빛깔로 물들여지고 사상의 샘물은 줄기차게 솟아오르며 예지의 불길은 하늘을 찌를 듯이 솟구쳐 올랐다. 우리가 술을 마신다는 것을 선생이나 동급생들이 알면 어떻게 할까 하는 염려가 있기도 했으나, 그런 건 문제가 아니었다.

우리는 흥에 겨워 서로 지껄여 댔다. 이야기가 너무 잘 통하여 곤란을 느꼈을 정도였다. 화제는 그리스 민족이나 이교도에 관한 이야기로 옮겨지고, 나중에는 성의 문제까지 다루었다. 베크는 내게 연애의 경험담을 털어놓으라고 말했다. 성의 감정이니 충동이니 하고 늘어놓았으니 내가 연애를 해도 단단히 한 줄 아는 모양이었다. 나는 난처했다. 연애의 경험 같은 건 없었기 때문이다.

내 멋대로 꾸며 본 성에 대한 감정의 형태나 그와 비슷한 공상이라면 얼마든지 있었지만, 아무리 술의 힘을 빌려도 도저히 그것을 입 밖에 낼 수가 없었다. 여자에 대해서는 베크가 나보다 더 잘 알고 있었다. 그의 이야기를 듣고 있는 동안 나는 나도 모르게 황홀경에 빠져 가슴이 뜨거워지는 것을 느꼈다.

도저히 믿어지지 않는 이야기가 쉴새없이 그의 입에서 흘러나왔다. 모두가 처음 듣는 신기한 말이었다. 현실적으로는 불가능하다고 생각되는 일이 바로 눈앞의 현실에서 당연한 것처럼 극히 자연스럽게 이루어지고 있는 것이다.

알폰스 베크는 열여덟 살이 될까 말까 한 아직 소년이었지만 벌써 여러 가지 경험을 쌓고 있었다. 베크의 이야기에서 기억나는 것은, 여자는 특별한 존재인데, 그 특별한 것들의 소망이란 사내들의 열띤 시선을 받거나 사랑이나 귀여움을 받고 싶어 하는 것 이외는 아무것도 없어. 이건 그래도 정도를 낮춰서 얘기한 거야. 특별한 것들 가운데서도 진짜는 그 정도가 아니야. 그것들은 완전한 '여자'의 값어치를 하고 싶어 하는 여자니까 정말 멋있어. 머리들도 영리하지. 학교 앞에서 문방구를 하고 있는 야겔트 아주머니가 그런 여자야. 그 가게의 카운터 뒤에서 어떤 일이 있었는가 차마 입 밖에 내지도 못할 정도야 하는 등의 것이었다.

나는 마술에 걸린 사람처럼 멍청하게 앉아 있었다. 야겔트라는 여자는 어떤 사람일까 하는 호기심 때문에 다른 것은 미처 생각할 사이가 없었다. 그 가게에서는 내가 지금까지 꿈을 꾸어 온 것과 같은 달콤한 일들이 샘물처럼 솟아나고 있는 것 같았다. 물론 과장된 말이긴 했겠지만, 모든 것이 내가 생각하고 있는 연애보다 비속하고 평범했다. 그러나 그것은 엄연한 현실이고 생활이며 동시에 모험이었다. 그런 것들을 체험한 사나이가 내 앞에 앉아 있는 것이다.

우리의 이야기는 한고비를 넘긴 것 같은 느낌을 주었다. 베크의 여자 이야기에 귀를 기울이고 있는 나는 이미 '아는 것이 굉장히 많은 놈'이 아니라 어른의 이야기를 열심히 듣고 있는 여느 소년에 지나지 않았다. 그러나 몇 달 전의 S라는 소년보다는 훨씬 비약된 존재라고 생각되었다. 여하튼 그 당시의 생활에 비하면 모두가 황홀하고 아름다운 꿈의 낙원과 같았다.

나중에야 알았지만, 우리가 이야기한 것은 모두 '금지된 일'에 속하고 있었다. 술집에 앉아 있다는 것, 포도주를 마셨다는 것부터가 그랬다. 나는 알폰스 베크라는 사탄과 함께 금단의 열매를 건드려 본 것이다. 나는 거기서 불길이 치솟는 것 같은 혁명적인 기분을 맛보았던 것이다. 그야말로 모험적인 체험이었다.

　그날 밤에 있었던 일은 지금까지도 생생하게 내 기억 속에 남아 있다. 술집에서 나온 우리 두 사람은 가스등이 희미한 불빛을 던지고 있는 길을 눅눅한 밤바람을 쐬면서 걸어갔다. 한밤중이었다. 나는 생전 처음으로 술에 취해 있었다. 술에 취한 기분이란 상쾌한 것이 아니라 오히려 고통스러웠다. 그러나 그 고통에는 매력이라고 할까 감미로움이라고 할까, 뭐라 형언할 수 없는 이상한 힘 같은 것이 있었다. 그것은 반역과 광연(狂宴)이었다. 생명이고 불길이었다.

　나는 비틀거리면서 걸었다. 베크는 걸음을 똑바로 걸으라면서 술의 초심자인 나를 나무랐지만, 술의 선배로서 후배를 돌보는 데는 조금도 수고를 아끼지 않았다. 머리가 빙빙 돌아 몸을 가누지 못하던 나는 그에게 업혀가다시피 하여 기숙사로 돌아갔다. 마침 현관문이 열려 있었기 때문에 무사히 들어갈 수가 있었다.

　죽은 듯이 잠에 빠져 있던 나는 문득 눈을 떴다. 술기운이 가시고 맑은 정신이 돌아오기 시작함에 따라 의미를 알 수 없는 비애와 고독이 엄습해 왔다. 나는 침대 위에 일어나 앉았다. 잠옷으로 갈아입지도 않고 속옷만 입은 채 그대로 드러누웠던 모양이었다. 방바닥에는 옷과 구두가 흩어져 있었고 담배 냄새도 났다. 두통과 구역질과 목이 타는 듯한 갈증 때문에 견딜 수 없는 고통을 느꼈지만, 그런 가운데도 전에 볼 수 없었던 정경이 내 마음 속에 떠올랐다.

고향의 집, 부모, 누나들, 화단 등이었다. 조용하고 아늑하던 옛날의 내 침실도 보였다. 라틴어 학교도, 거리의 시장도, 데미안도, 견신레 수업도 모두 떠올랐다. 모두가 밝고 아름다웠으며 빛나고 있었다. 모두가 거룩하고 깨끗하며 멋이 있었다.

어제까지, 아니 몇 시간 전까지 나는 이 모든 것이 눈에 떠올라 주기를 기다리고 있었다―이 모든 것은 나를 기다리고 있었다.―나는 그렇게 생각했던 것이다. 그런데 지금 모든 것은 사라지고 저주받은 것이 되고 말았다.

그 저주받은 것들은 날 좁은 세계로 몰아넣고 노려보고 있었다. 옛날의 황금시대, 천국에서 생활하던 소년시절부터 내 양친에게서 받은 모든 그리운 것, 정성과 애정이 어린 어머니의 키스 하나하나, 해마다 찾아오는 크리스마스, 경건한 일요일 아침, 화단의 꽃송이 하나하나―그런 것들을 모두 이 흙발로 짓이겨 버린 것이다. 만약 신의 사도들이 나를 붙잡아 교수대로 끌고 간다 하더라도, 나는 신전을 더럽힌 인간의 쓰레기라고 체념하고 기꺼이 따라갔을 것이다.

교수대에 올라가는 것이 당연하다고 생각했을 것이다.

그것이 내 마음의 정경이었다. 세상을 무시하고 두 손을 흔들면서 자연을 활보하였던 나, 지성을 자랑하고 막스 데미안의 사상에 흡수되어 완전히 동화되었던 나―그런 내가 인간의 쓰레기로, 주정뱅이로, 욕망을 누르지 못하는 광포한 짐승으로 전락해 버린 것이다. 모든 것이 순결하고 아름다운 애정에 가득 차 있던 화원에서 나온 내가, 바흐의 음악과 아름다운 시를 사랑하던 내가 이 꼴이 되고 만 것이다. 내

귀에 내 웃음소리가 들린다. 고주망태가 된 주정뱅이의 힘없는 웃음소리다. 등신처럼 까닭 없이 터뜨리는 웃음소리다. 나 자신의 입에서 나온 웃음소리지만 듣고 있자니 은근히 화가 난다.—이것이 '나'라는 인간이다.

그럼에도 불구하고 그와 같은 고통을 겪는 것이 거의 쾌락에 가까운 것으로 생각되는 것이었다. 그만큼 나는 오랫동안에 걸쳐 무감각한 생활 속을 헤매고 있었던 것이다. 내 마음은 빈한하고 어두운 한쪽 구석에 밀어붙여진 채 입을 다물고 있었다. 때문에 내 영혼은 자학과 자책, 불안과 공포 등의 감정까지도 환영하지 않을 수 없었던 것이다.

나는 거기에서 어떻다 말할 수 없는 것이 하나의 감정의 형태를 갖추고 나타나는 것을 보았다. 타오르는 불길이 있고 맥박치는 심장의 고동이 있었다. 어둡고 비참한 혼란 속을 방황하면서도 나는 어딘가 모르게 속박에서 풀려나는 일종의 해방감 같은 것을 느꼈다. 얼어붙은 대자연에 따뜻한 봄의 입김이 뿌려지는 것과도 같은 느낌이었다.

그것은 어디까지나 마음의 세계에서 일어나는 일이었다. 마음을 싸고 있는 외형적인 내 육체는 전락의 길을 줄달음치고 있었다. 술을 마시고 주정을 부린 것은 한두 번이 아니었다. 우리 학교의 술친구들은 하루가 멀다 하고 술집 문턱이 닳도록 드나들었다. 그러고는 도깨비 소동을 벌였다. 나도 그들 가운데 한 사람이었는데, 나이는 제일 어렸지만 얼마 안 가서 술집에만 들어가면 주정을 부리는 명물이 되고 말았다.

내일은 신경쓰지 말고 우선 마시고 보자는 주당 기질을 유감없이 발휘했기 때문에 내 인기는 언제나 절정을 고수하고 있었다. 나는 다시 어두운 세계에 발을 들여놓고 악마들과 한패가 된 것이다. 그리하여 나는 이 어두운 세계를 주름잡는 '멋있는 놈'으로 통하게 되었다.

그러한 환경 속에 몸을 던졌지만 나는 서글픈 기분에서 벗어나지 못했다. 자멸적인 난맥 상태에서 해가 지고 달이 뜨는 나날이 거듭되는 가운데 기숙사생들로부터는 왕초니 멋쟁이니 악마 같은 놈이니 머리가 겁나게 잘 돌아가는 아주 재미있는 놈이니 하는 찬사를 받으면서도, 내 영혼 속에 도사리고 있는 불안 때문에 가슴을 죄고 있었던 것이다.

지금도 기억에 남아 있지만, 어느 일요일 아침 술집에서 나왔을 때 나는 길거리에서 놀고 있는 아이들을 보고는 나 자신도 모르게 눈물을 흘렸다. 일요일의 나들이옷을 입고 머리를 곱게 빗은 아이들의 모습이 천사처럼 아름답게 보였기 때문이다. 모두가 밝고 즐거운 얼굴이었다. 음산한 술집의 더러운 테이블에 둘러앉아 맥주를 엎지르면서 술기운을 얻어 가벼워지고 대담해진 혀끝을 거침없이 놀려 대던 내가 아닌가.

그러나 때로는 아무에게도 보이지 않는 내 마음 속에서 그러한 나를 힐책하는 또 하나의 '나'의 목소리를 듣고 내가 비웃던 일체의 것을 두려워하는 마음을 가졌으며, 나 자신의 영혼 앞에, 과거 앞에, 어머니 앞에, 하느님 앞에 무릎을 꿇고 마음으로부터 우러나는 눈물을 흘리기도 했던 것이다.

내가 술친구들과 함께 어울리면서도 고독과 고뇌에서 벗어나지 못한 데에는 그만한 이유가 있었다. 하기야 술집에만 들어가면 왕초로 통했고 아무리 성미가 고약한 놈이라도 감탄시킬 만한 독설을 갖고 있기는 했다.

선생이나 학교, 양친, 교회 등에 대해서 내 의견을 털어 놓는다 하면 그 독설을 종횡무진으로 휘둘러 용기와 재치를 과시했다. ―기막히게 추잡한 이야기를 들어도 눈썹 하나 까딱 안 했고 때로는 나 자신이 상스러운 소리를 지껄이기도 했다. ―그러나 술친구들이 여자에게 가는 데는 절대로 끼어들지 않았다. 때문에 술판이 끝나면 나는 언제나 외톨이가 되는 것이었다.

성격적으로 보아 나는 바람기가 다분히 있는 난봉꾼이 틀림없고 그 난봉을 부릴 용기도 분명히 있을 텐데, 이성에 대한 사랑과 동경을 밖으로 드러내지 못하고 속으로 끙끙 앓는 것이 나 자신도 이상하게 생각되었다. 사실 나는 그러한 사랑과 동경을 거의 절망적인 것으로 보고 가슴을 태우기만 했던 것이다. 나 이상으로 감상적이고 나 이상으로 가슴에 상처를 입기 쉬운 놈은 없었다. 나 이상으로 내성적인 성격을 가진 놈은 없었다.

가끔 가다 내 앞을 지나가는 젊은 여자들을 볼 때가 있는데, 순결하고 명랑하고 우아한 그 모습은 내 머릿속에 새겨지는 깨끗하고 멋있는 꿈이 되었다. 그 밖에는 아무것도 아니었다. 너무나 아름답고 순결하기 때문에 내게는 도저히 손이 미치지 않는 곳에 있는 존재로밖에는 생각되지 않았던 것이다. 야겔트 아주머니의 문방구에도 얼마 동안은 가지 못했다. 그녀의 얼굴을 보면 알폰스 베크의 말이 머리에 떠올라 견딜 수 없었기 때문이다.

그런데 이상하게도, 여러 친구들 가운데 섞여 있으면서도 고독을 느꼈고 또 그런 내가 그 일당들과는 전혀 다른 존재라고 생각하면 할 수록 그들로부터 떨어져 나오기가 곤란했던 것이다. 그 당시 마구 술을 퍼마시고 난장판을 벌이는 것이 정말 즐거운 일이었던가, 지금도 이 질문에 대해서는 자신 있는 대답을 할 수가 없다. 솔직히 말하면 나는 포도주든 맥주든 조금만 마셨다 하면 다음 날 아침, 잠에서는 깨어나도 술에서는 깨어나지 못했다. 숙취의 괴로움에서 벗어나지 못할 만큼 나는 술이 약했다.

그런 술을 왜 마시는가, 내 주변의 모든 여건이 강압과 강제로 갖추어져 있었기 때문에 그렇게 하지 않을 수 없었던 것이다. 술의 힘을 빌리지 않으면 내 신상에 어떤 이변이 닥쳐올지 짐작조차 할 수 없는 상태에 있었던 것이다.

나는 혼자 있는 것이 두려웠다. 분출구를 찾는 마음의 소용돌이는 내성적인 성격이기에 오히려 뜨겁고 격렬하여 외계의 자극이나 도움이 없이는 그것을 누를 수가 없을 것 같았으며, 간혹 가다 찾아드는 이성에의 동경, 대상이 없는 연심에 불안을 느꼈던 것이다.

내가 무엇보다도 아쉬워한 것은 친구가 없다는 것―마음이 통하는 친구가 없다는 사실이었다. 얼굴을 맞대면 즐거움을 느낄 수 있는 정도의 동급생은 두어 명 있었지만, 그들은 모두 얌전한 패들이라 의식적으로 나를 피하고 있었다.

내 악업(惡業)이 벌써 옛날에 드러나 이마에 딱지가 붙어 있었기 때문이다. 나는 내 주위의 모든 사람에게 도저히 구제받을 수 없는 불량소년, 그것도 악마 이상으로 바람기가 있는 불량소년으로 인정되고 있었다.

학교에서는 몇 번인가 엄한 벌을 받았으며, 그러다가 결국은 학교에서 쫓겨나고 말리라는 것이 일반의 정평이었다. 나 자신도 그것은 알고 있었다. 나는 선량한 학생이 아니었다. 그런 상태가 오래 계속될 리는 없다고 생각하면서 눈가림으로 그럭저럭 명맥을 유지해 나갔던 것이다.

신은 우리를 고독하게 하고, 따라서 우리를 자기 본연의 위치로 돌아가게 한다. 그 길은 여러 가지가 있다. 그 당시 신이 나와 함께 걸은 것은 그 길이었다. 그야말로 악몽과 같은 길이었다. 나는 지금 마술로 옭매인 내가, 몽상가인 내가, 양심의 가책을 받고 불안에 떨면서 어둡고 불결한 그 길을 걸어가는 모습을 본다.

피로에 지쳐 무거운 다리를 끌고 걸어가는 것이다. 더럽고 끈적끈적한 것들이 제멋대로 흩어져 있는 사이를 지나 맥주와 컵과 독설로 밝힌 밤을 넘어가는 길이다. 연심이 향하는 대로 여자를 찾아가다가 악취가 풍기는 수렁에 빠져 버리는 꿈이 있는데, 내 경우가 그렇다. 여자를 찾아 쓰레기나 그 밖의 오물이 산더미처럼 쌓인 뒷골목의 어두운 길을 밤새도록 헤매는 것이다. 그 길 끝에는 고독이 있다.

술 냄새와 여자의 환상 뒤에는 달갑지 않은 이 고독이 찾아온다. 무자비하리만큼 위엄 있는 에덴의 문지기가 내가 미처 발을 들여놓기도 전에 굳게 문을 닫아 버린 것이다. 거기서 자기 자신에의 향수가 시작된다.

사감의 편지를 받고 아버지가 ××시에 왔다. 아버지가 최초로 불시에 내 앞에 나타난 순간, 나는 흠칫하는 충격과 함께 온몸이 떨렸다. 그러나 그 해 겨울이 끝날 무렵 두 번째로 사감의 경고 편지를 받고 왔을 때는 겁을 내지 않았다.

그래서야 되겠느냐고 질책하는 아버지의 말을 한쪽 귀로 흘려버렸던 것이다. 집에서 걱정하는 어머니를 생각해서라도 새 사람이 돼 달라고 애원하는 말에도 태연하기만 했다. 화가 난 아버지는, 만약 마음을 바로잡지 않으면 가문의 불명예이기는 하지만 퇴학 처분을 하도록 학교 당국에 의뢰하고 감화원에 집어넣겠다고 했다. '제발 그렇게 해 주십시오.' 하고 나는 속으로 외쳤다. 아버지는 아무런 목적도 달성하지 못한 채 집으로 돌아갔다.

나는 아버지가 측은하게 생각되었다. 그에게는 내 마음으로 통하는 길을 발견할 수 있는 눈이 없었던 것이다. '그 정도에서 머물고 있는 것도 괜찮은 일이다.' 하고 생각했다. 내가 어떤 길을 걸을 것인가, 어떤 인간이 될 것인가가 아버지에게는 중요한 문제임에 틀림없겠지만, 그런 건 아무래도 좋았다. 나 자신으로서 어떤 인간이 되건 어떤 길을 걷건 상관없는 일이었다.

술집에 진을 치고 맘대로 열을 내는 기묘한 방법으로 나는 이 세계와 싸우고 있었다. 감탄할 만한 것이 못 되는 이 방법이 항의와 반항의 형식이었다. 이와 같이 나 자신을 전락의 길로 몰아넣으면서 나는 때때로 이런 생각을 해 보는 것이었다. '세상이 나를 외면하는 이상, 좀 더 보람을 느낄 수 있는 보다 높은 사명을 주지 않는 이상, 나 같은 인간이 타락하는 것은 당연하며 그로 인해 세상이 손해를 입어도 할 수 없는 일이다.'

그 해 크리스마스는 정말 불쾌하게 넘겼다. 어머니는 나를 보고 깜짝 놀랐다. 전보다 키는 더 컸지만 살이 쑥 빠지고 핏기를 잃은 얼굴은 누렇게 변해 있었고 양쪽 볼은 움푹 패어 있었기 때문이다. 거슴츠레

한 눈은 아예 빛을 잃고 있었다.

얼마 전부터 끼기 시작한 안경과 코 밑에 보송보송하게 돋아난 수염이 어머니의 눈을 더욱 놀라게 했다. 누나들은 한쪽 구석으로 몰려가서 키득키득 웃고 있었다. 모두가 내 비위를 건드리는 것뿐이었다. 서재에서 아버지와 이야기를 할 때도 불쾌감을 누를 수가 없었고, 몇 사람의 친척들과 인사를 나눌 때도 그랬다.

그 가운데서도 특히 불쾌한 것은 크리스마스이브의 기억이다. 내가 철이 들고 맞이하는 크리스마스는(철이 들었다는 것은 사리 분별을 의미하는 것이 아니라 의식 활동의 시작을 가리킨다) 애정과 은혜에 감사하는 우리 가정의 중요한 축제일이었다. 그리고 양친과의 연결이 새로워지는 밤이었다. 그런 크리스마스이브가 불쾌하게만 생각되었던 것이다.

예년대로 아버지는 성서를 펼쳐 들고 '거기서 그들은 양떼를 지키고 있었다'는 구절을 읽었다. 누나들이 선물을 쌓아 놓은 테이블 앞에 화려한 옷차림으로 서 있는 것도 예년과 다름이 없었다. 그러나 아버지의 목소리는 전과 같지 않았다. 어머니도 슬픈 얼굴이 되어 있었다. 내게는 모든 것이 불쾌하게 느껴졌다. 선물도, 축복도, 누가복음도, 크리스마스트리도 모두 싫었다. 모두가 내게 고통을 주는 것으로밖엔 생각되지 않았다.

벌꿀을 넣고 만든 과자는 달콤한 향기를 풍기면서 지금은 이미 옛날의 환상이 되어 버린 갖가지 추억을 생각나게 했다. 크리스마스트리도 전나무의 향긋한 냄새를 풍기면서 그런 옛 추억들을 이야기하고 있었다. 그 지겨운 시간이 빨리 지나가기를 나는 신에게 빌었다.

겨우내 그런 상태가 계속되었다. 교단 평의회는 내게 엄한 계고를 내리고 제명 처분하겠다고 위협했다. 어차피 끝장이 나고야 말 것, 멋대로 해 봐라, 될 대로 되라는 식이다.

나는 막스 데미안에 대해서 특별한 관심이라기보다 원한을 품고 있었다. 오래 전부터 데미안과는 만나지 않고 있었다. ××시의 학교로 옮겼을 무렵 두 번 가량 편지를 냈는데 회답이 없었다. 그래서 방학 때도 그를 방문하지 않았던 것이다.

지난 가을 알폰스 베크와 만났던 그 공원 옆 한길에서 한 소녀의 모습이 눈에 띄었다. 생나무 울타리에 파릇파릇한 새싹이 돋기 시작하는 이른 봄이었다. 불쾌한 생각과 걱정이 가슴에 가득 차 있던 나는 그 길을 혼자서 산책하고 있었다.

그 무렵 나는 마음 편할 날이 없었다. 건강이 좋지 않았고 게다가 주머니 사정도 궁색하여 여러 사람한테 빚을 지고 있었는데, 유흥비로도 쓸 겸 빚도 갚을 겸 그럴듯한 핑계를 붙여서 돈을 보내 달라고 집에 편지를 보내지 않으면 안 될 형편에 처해 있었다. 그런데 그 핑계를 생각해 내는 일이 아주 고역이었다.

몇몇 가게에는 외상값(담배 값이 제일 많았다)이 밀리기 시작했다. 그러나 그런 외상값 같은 것은 그다지 큰 걱정거리가 아니었다. 내가 물속에 뛰어들든가 감화원으로 들어가 버리면 ××시와는 인연이 끊어지기 때문이다. 자질구레한 외상값 같은 것은 문제도 되지 않았다. 그러나 문젯거리는 되지 않아도 그 향기롭지 못한 것들과 줄곧 얼굴을 맞대고 살아온 것은 사실이며, 그로 인해서 치러야 하는 괴로움도 전혀 없었던 것은 아니다.

내가 만났던 그 소녀는 늘씬한 키에 화사한 옷차림을 하고 있었으며, 얼굴은 영리한 사내아이처럼 보였다. 나는 첫눈에 마음이 끌리고 말았다. 나는 그런 타입을 좋아하였다. 나보다 별로 나이가 많아 보이지 않았지만, 우아하고 점잖은 몸매는 완전히 어른이 된 여자라고 해도 좋을 만큼 성숙해 보였다. 자부심 같은 표정이 역력히 드러나 있는 그녀의 얼굴은 어딘가 모르게 사내아이 같은 인상을 풍기고 있었다. 무엇보다도 그것이 내 마음을 끌었던 것이다.

나는 그때까지 내 마음에 드는 소녀에게 실수 없이 접근해 본 적이 없었다. 그 소녀의 경우도 마찬가지였다. 그러나 이전의 어떤 소녀보다도 내 가슴에 깊은 인상을 남긴 그 소녀를 간단히 잊을 수가 없었다. 첫눈에 나를 미치도록 반하게 한 그 소녀가 내 생애에 끼친 영향은 실로 컸던 것이다.

숭고한 우상, 숭배할 수 있는 하나의 우상이 갑자기 내 눈앞에 나타난 것이다. 아아, 그 욕구와 그 충동, 그것은 두려움과 존경의 소망만큼이나 내 가슴을 찌르고 죄었던 것이다. 나는 그 소녀에게 베아트리체라는 이름을 붙였다. 단테를 읽은 적은 없었지만, 내가 갖고 있던 영국 그림의 복제를 통해서 베아트리체의 면모를 알고 있었기 때문이다.

그 그림에는 영국의 예술운동인 라파엘로 전기파의 기법으로 그려진 청아한 소녀상이 담겨 있었다. 팔다리가 길고 목이 가늘며 손과 얼굴에 정령이 살고 있는 것 같은 모습이었다. 내가 만나 그 소녀도 예쁜 사내아이와 같은 그 얼굴에 어떤 정령이 살고 있는 것 같았지만, 그 그림 속의 베아트리체를 그대로 닮았다고는 할 수 없었다.

베아트리체와 이야기를 나눈 적은 한 번도 없었다. 그런데도 나는 그 무렵 그녀로부터 상당한 영향을 받았던 것이다. 나는 그 소녀의 우상을 내 마음속의 제단에 모셔 놓았다. 그녀는 곧 내게 하나의 성역으로 통하는 길을 열어 주었다. 나를 신전에서 기도하는 사람으로 만든 것은 바로 그 소녀였던 것이다. 술을 퍼마시고 밤길을 쏘다니는 방종한 생활에서 나는 점점 멀어져 갔다. 그리하여 나는 다시 고독을 이겨낼 수 있게 되었다. 책도 읽고 산책도 즐기게 되었다.

생활 태도가 돌변하자 주위에서는 나에 대한 멸시와 조소가 빗발치듯했다. 그러나 내 마음은 동요하지 않았다. 사랑할 수 있는 것, 숭배할 수 있는 우상이 있었기 때문이다. 나는 잃었던 이성을 다시 찾게 되었다. 예감과 신비에 가득 찼던 내 인생이 여명을 뚫고 다시 시작된 것이다. 덕분에 나는 멸시나 비웃음 같은 것은 아무런 부담도 없이 가볍게 받아넘길 수가 있었던 것이다. 실제로는 자신이 숭배하는 우상의 노예에 지나지 않았지만, 그래도 나는 자기 자신의 위치로 돌아간 것이다.

그 시절을 생각하면 나는 가슴 뭉클한 감동을 누를 수가 없다. 나는 다시 성의껏 노력을 하여 한때 무너졌던 생활의 잔해에서 하나의 '밝은 세계'를 쌓아올리려고 했다. 그리고 내 마음 속 깊이 잠겨 있는 어둡고 사악한 것을 떼어 내 버리고 하느님 앞에 무릎을 꿇어, 완전히 밝은 세계에 영원히 머물게 해 달라는 오직 하나의 절실한 소망 가운데서 생활했다. 이번의 '밝은 세계'는 어느 정도 나 자신의 창조에 의한 것이라고 할 수 있다. 그것은 어머니의 품속으로 뛰어들거나 책임이 없는 안일 속으로 파고드는 것이 아니라 책임과 자제를 수반한 새로운 노력에 의한 봉사였다. 내가 스스로 만들어 낸 봉사, 나 자신의 요구에 의한 봉사였다.

나는 육체적인 욕정을 누르지 못해 얼마나 괴로워했는지 모른다. 그 욕정의 노예가 되지 않으려고 언제나 도망 다녔던 것이다. 나는 무엇보다도 먼저 거룩한 불로 욕정을 태워 마음을 깨끗하게 하지 않으면 안 되었다. 어두운 것과 추잡한 것은 말끔히 없애 버려야 했다. 신음소리와 더불어 지새우는 밤이나 추잡한 그림을 앞에 놓고 가슴을 두근거리는 밤이 있어서는 안 되었다. 그리하여 나는 베아트리체라는 우상을 모시는 제단을 내 마음 속에 만들어 놓고 그녀에게 나를 바침으로써 하느님께도 바칠 수 있었던 것이다. 나는 지금까지 어두운 곳을 향하고 있던 생활의 흥미를 빼앗아 밝은 곳을 지향하는 노력의 희생으로 바쳤다. 내 목표는 쾌락이 아니라 순결이었다. 행복이 아니라 아름다움과 영성(靈性)이었다.

그 베아트리체라는 우상에 대한 숭배는 내 생활을 송두리째 바꿔 놓았다. 조숙한 독설가였던 어제의 나는 성자가 되려고 선과 덕을 쌓는 사제가 되어 있었다. 나는 지금까지의 퇴폐적인 생활을 버리는 데서 그친 것이 아니라 모든 것을 새롭게 하려고 결심했다. 순결과 고귀함과 품위를 새로 개척한 내 생활 구석구석에까지 불어넣으려고 노력했다.

식사 때의 에티켓부터 말씨나 옷차림에 이르기까지 일일이 정신을 쏟았다. 아침 일찍 일어나서 제일 먼저 냉수마찰을 했는데, 처음에는 상당한 무리를 하지 않으면 안 되었다. 언제나 품위 있는 태도와 단정한 자세를 취하려고 노력했고, 걸음을 걸을 때도 위엄을 갖추려고 했다. 주위 사람들에게는 우스꽝스럽게 보였을지도 모르고 아니꼽게 여겨졌는지도 모르지만, 나로서는 그것이 모두 신에 대한 봉사였던 것이다.

새로운 마음가짐을 표현하려고 시도한 여러 가지 새로운 훈련 가운데서 가장 중요한 것이 하나 있었다. 그림의 습작이 바로 그것이다. 나는 그림을 그리기 시작했던 것이다. 내가 갖고 있던 영국인이 그린 베아트리체상이 그 소녀를 닮지 않았다는 것이 그 동기였다. 내 나름대로 그녀의 모습을 그려 봐야겠다고 작정한 것이다.

나는 새로운 기쁨과 희망을 품고 화폭과 그림물감, 화필, 팔레트, 컵, 연필 등을 준비했다. 아틀리에로 사용할 방도 마련되어 있었다. 조그마한 튜브에 들어 있는 서양화인 템페라 그림물감이 특히 인상적이었다. 그 가운데는 산화크롬의 초록빛도 있었다. 그것을 하얀 팔레트에 짜내어 놓았을 때의 기쁨과 황홀감은 지금까지도 생생하게 기억에 남아 있다.

나는 온갖 정성을 다해서 그림을 그리기 시작했다. 사람의 얼굴을 그리는 것은 어려웠기 때문에 우선 다른 것부터 해 보기로 하고 방 안의 장식물이나 화단, 가공의 배경, 예배당 옆에 서 있는 나무, 아치형 다리 같은 것을 그려보았다. 그것을 몇 번인가 거듭한 끝에 나는 드디어 베아트리체를 그리기 시작했다. 그런데 그것이 잘 되지 않았다. 아무리 정성을 기울이고 기교를 부려도 베아트리체와는 생판 다른 얼굴이 되고 마는 것이다. 화가 나서 처음 몇 장은 찢어 버렸다.

캔버스 앞에 앉으면 나는 가끔 길거리에서 만나는 베아트리체의 얼굴을 생각해 내기 위해 한참 동안이나 눈을 감고 있었다. 그러나 실물과 최대한 똑같이 그려 내려고 애를 쓰면 쓸수록 더 형편없는 것이 되곤 했다. 그리하여 결국 실물 묘사는 단념하고 붓이 움직이는 대로 가공의 얼굴을 그리기로 했다. 두어 번의 습작을 거쳐 하나의 그림을 완성했을 때, 그것이 비록 가공의 얼굴이긴 했지만 나는 어느 정도의 희열과 만족감을 느꼈다. 그 완성판을 되풀이해서 그리는 동안에 어떤 선과 윤곽이 뚜렷하게 나타났다. 실물과 닮았다고는 할 수 없지만 그 선과 윤곽이 점점 그 소녀의 타입을 갖추어 가고 있었다.

나는 꿈속을 더듬는 때와 같은 마음으로 붓을 놀리면서 선을 긋기도 하고 물감칠을 하기도 했는데, 그것은 무슨 파의 어떤 기법에 의한 것이 아니라 반은 장난삼아 멋대로 그려 대고 있었던 것이다. 어느 날, 나는 거의 무의식중에 또 하나의 얼굴을 완성했다. 그것은 지금까지 내가 그린 어느 얼굴보다도 강렬한 인상을 풍겼다.

내게 이야기를 걸어오는 얼굴, 살아 있는 얼굴이었다. 그 소녀의 얼굴은 아니었다. 여자의 얼굴이라기보다 오히려 사내 얼굴에 가까웠다. 머리칼은 그 소녀처럼 부드럽고 윤기가 흐르는 블론드가 아니라 약간 붉은빛을 띤 갈색이었다. 턱은 아주 단단해 보였고 입은 빨간 꽃이 핀 것처럼 벌어져 있었다. 전체적으로 보아 얼굴이 굳어져 있어 가면 같은 느낌을 주었으나, 인상은 강렬하고 신비로운 생명이 가득 차있었다.

나는 그 그림에서 기묘한 인상을 얻었다. 일종의 신의 모습처럼 보이기도 했고 신성한 가면처럼 보이기도 했다. 절반은 남성이고 절반은 여성이며 나이는 몇 살인지 모른다. 강한 의지를 나타내는 동시에 꿈을 꾸고 있는 것처럼 보이며, 나무조각 같은 얼굴에 은밀한 생명이 넘치고 있었다. 그 얼굴에는 내게 이야기를 건넬 수 있는 어떤 힘이 있었다. 그것은 내가 그린 얼굴, 내가 창조한 생명인데도 내게 여러 가지 요구를 내세웠다. 그 얼굴은 누군가를 닮고 있었다. 그런데 그 '누군가'가 어떤 사람인지 알 수 없었다.

그 기묘한 초상화는 내 상념 속에 파고들어 함께 생활하고 있었다. 그런 생활이 한동안 계속되었다. 나는 그 그림을 서랍 속에 감추어 두었다. 사람들 눈에 띄면 그것도 그림이냐고 비웃음을 받을 것이 틀림없기 때문이었다. 그러나 내 방에 아무도 없을 때는 그 그림을 꺼내 놓고 즐거운 이야기상대로 삼았다. 밤에는 침대 발치의 벽에 붙여 놓고 잠이 들 때까지 바라보았다. 아침에 눈을 뜨면 제일 먼저 그것을 바라보았다.

마침 그 무렵 나는 어린 시절에 언제나 그랬던 것처럼 매일 밤 꿈을 꾸었다. 그 몇 년 동안 꿈이라고는 꾼 적이 없었다. 그러던 것이 다시 찾아온 셈이다. 그러나 꿈의 내용은 전과 달라져 있었다. 나는 꿈속에서 내가 그린 인물과 여러 번 만났다. 마치 살아 있는 사람처럼 친절하게 이야기를 걸어오기도 하고, 노골적으로 적의를 보이기도 했으며, 어떤 때는 얼굴을 찡그리고 나타나는가 하면 전혀 딴 사람처럼 아름답고 고귀한 인물이 되기도 했던 것이다.

어느 날 아침 그런 꿈에서 깨어나는 순간, 나는 그 꿈속의 인물이 내가 어떤 인간인가를 환히 알고 있는 것이 틀림없다고 생각했다. 어머니만큼이나 나를 잘 알고 있는 듯한 생각이 들었다. 내 이름을 부를 때만 해도 그랬다. 훨씬 옛날부터 나를 알고 있었고 또 나를 자주 만났지만, 내가 그림으로 그려 놓기 전까지는 나를 만나면 얼굴을 돌려 그대로 모르는 척하고 지나쳐 버렸는지도 모른다. 여하튼 그 인물이 나를 잘 알고 있는 것처럼 생각되는 것이 이상했다.

벽에 붙여 놓은 그 그림을 들여다보고 있으면, 점점 수수께끼에 빠져드는 것 같았다. 처음 보는 사람의 얼굴이 아니었다. 부드러운 갈색 머리와 절반은 여자 같은 입술, 묘하게 생긴 귀와 넓은 이마 등 분명히 기억에 있는 사람의 얼굴이었다.

나는 침대에서 뛰어내려 그림 앞에 바싹 다가가서 그 얼굴을 들여다보았다. 크게 떠진 채 움직이지 않는 파란 눈을 유심히 들여다보았다. 오른쪽 눈은 왼쪽 눈보다 조금 높은 데 붙어 있었다. 그런데 갑자기, 그야말로 뜻하지 않게 그 오른쪽 눈이 약간 움직인 것이다. 틀림없이 움직인 것이다. 나는 이 경련적인 움직임을 보고서야 비로소 그 인물이 누구인가를 알아냈다.

'이걸 여태껏 모르고 지냈다니!'

나는 속으로 환호성을 올렸다. 그것은 바로 데미안의 얼굴이었다.

나중의 일이지만, 나는 그 초상화의 얼굴과 데미안의 실제의 표정을 몇 번이나 비교해 보았다. 닮은 데도 있지만 전혀 똑같다고는 할 수 없었다. 그러나 데미안임에는 틀림없었다.

어느 초 여름날 저녁, 오렌지 빛 햇살이 내 방의 서쪽 창문으로 비스듬히 비쳐 들어오고 있을 때였다. 베아트리체라고 할까 데미안이라고 할까, 나 자신도 구별할 수 없는 그 초상화를 벽에 붙여 놓고 한참 동안 바라보고 있었다.

얼굴의 윤곽은 뚜렷하게 나타나지 않았으나, 저녁 햇살에 붉게 물든 눈이나 이마나 유달리 빨갛게 보이는 입은 화면에서 떠올라 불타고 있는 것처럼 보였다. 어둠의 그늘이 덮이기 시작하여 그런 얼굴이 보이지 않게 된 뒤에도 나는 오랫동안 그 초상화 앞에 마주앉아 있었다. 그러는 동안에 이상하게도 그 초상화의 얼굴은 데미안도 아니고 베아트리체도 아니고—나 자신의 얼굴이라는 생각이 들었다. 물론 내 얼굴이 그렇게 생긴 것은 아니다. 그 그림은 내 생활의 내용이며 내 세계의 내부였다. 내 운명이고 내 수호신이기도 했던 것이다. 언젠가 내 앞에 벗이 나타난다면 그는 이런 얼굴의 사나이가 틀림없을 테고, 연인이 나타난다면 틀림없이 이런 얼굴의 여자이리라—그것이 내 삶과 죽음의 운명이었다.

그 무렵, 나는 어떤 책을 읽고 있었다. 그것은 전에 읽은 책보다도 내게 깊은 감명을 주었다. 아마 니체를 제외하면 내 생애를 통해서 그 책만큼 은은한 향기를 맛보게 한 것은 없으리라. 그 책은 독일 문인인 노발리스인데 서간문이나 단장(斷章)도 수록되어 있었다. 그 가운데는 이해할 수 없는 것도 더러는 있었으나, 구절구절마다 내 마음을 강렬하게 끌어당겼던 것이다. 그것을 몇 번이나 되풀이해서 읽는 동안에 저절로 외워졌던 격언 한 구절이 문득 머리에 떠올랐다. 나는 그 격언을 초상화 밑에 펜으로 적어 넣었다.

'운명과 심정은 하나의 개념을 나타내는 이름이다.'

나는 그 격언의 의미를 그제야 이해하게 된 것이다.

그 무렵에도 나는 내가 베아트리체라고 이름을 붙인 소녀와 자주 만났으나, 그전처럼 감동을 느끼는 일은 없어지고 말았다. 그러나 만나 보면 마음의 회합이나 감정적인 예감은 느낄 수 있었다. 말하자면 '너는 나하고 마음이 통한다. 너라는 것은 너 자신이 아니라 네 초상화를 의미한다. 너는 내 운명의 일부분이다.'라는 느낌과 같은 것이었다.

　막스 데미안을 만나보고 싶다는 생각이 다시 강렬해졌다. 벌써 몇 년째나 소식을 모르고 있었다. 단 한 번 방학 때 만난 적이 있는데 그 때 데미안과의 사이에 어떤 일이 있었는가, 그 이야기를 덮어두고 여기까지 지나쳐 온 것은 솔직히 말해서 허영심에 들떴던 그 당시의 나를 드러내 놓기가 부끄러웠기 때문이다.

　조금 늦은 감이 있지만, 건너뛴 이야기의 빈터를 지금 메워야겠다.

　전에 말한 것처럼 데미안과 만난 것은 방학기간 중이었다. 공부를 한다고 객지에 나가 학교와는 전혀 반대 위치에 있는 술집에서 낮과 밤을 보냈던 그 당시였으니, 방학을 맞아 고향의 집으로 돌아가는 것도 그다지 달갑게 여겨지지 않았다. 유일한 안식처인 술집에 드나들 수가 없었기 때문이다. 어쨌든 방학 덕분으로 나는 고향으로 돌아갔다.

　무료한 시간을 메우려고 낯익은 거리의 뒷골목을 건들건들 걸어 다니다가 뜻밖에도 그를 만났다. 그 순간, 나는 프란츠 크로머를 생각하지 않을 수 없었다. 그 악마에게 시달리던 것을 지금 내 앞에 있는 데미안이 구해 줬다고 생각하니 불쾌해서 견딜 수가 없었다. 나는 그의 은혜를 입은 것이 아니었던가. 아무리 소년시절의 장난 같은 일이라 하더라도 만약 데미안이 나를 구해 주지 않았더라면 그 악마한테 얼마나 시달림을 받았을지 모른다. 그런데 남의 은혜를 입는 것이 나로서는 박해를 받는 것보다도 오히려 고통스럽고 견딜 수 없이 불쾌했던 것이다.

그는 내가 먼저 인사하기를 기다리고 있는 것 같았다. 나는 그 눈치를 알아차리고 마음의 동요가 조금도 없는 것처럼 태연한 얼굴로 인사를 했다. 그러자 데미안은 손을 내밀었다. 그리고 내 손을 힘있게 쥐고 흔들었다. 따뜻하면서도 냉담한 사나이의 악수였다. 그는 손을 놓고 내 얼굴을 찬찬히 들여다보면서 '많이 컸구나, 싱클레어.' 하고 말했다.

그 자신은 조금도 달라 보이지 않았다. 젊은 사람 같기도 하고, 늙은 사람 같기도 한 너무나 어른스러운 얼굴 그대로였다. 그는 내 옆에 서서 걸었다. 우리는 산책을 하면서 여러 가지 이야기를 나누었다. 그러나 아무도 그 당시의 일에 대해서는 말하지 않았다.

'싱클레어, 편지를 몇 번 받고도 회답을 못 해서 미안하다.'라는 말이 나오지나 않을까 마음이 조마조마했지만, 다행히도 편지에 대해서는 한 마디도 하지 않았다. 도대체 편지는 뭣 때문에 했을까, 생각할수록 나 자신의 어리석음이 미워졌던 것이다.

그때는 아직 베아트리체도 없었고 초상화도 없었다. 걷잡을 수 없는 마음으로 술집에만 드나들던 황량한 시절이었다. 뒷골목을 빠져나가 거리 어귀에 이르렀을 때, 나는 어디 가서 술이나 한잔하는 것이 어떻겠느냐고 했다. 그는 두말 않고 동의했다.

술집에 들어간 우리는 포도주를 한 병 주문했다. 나는 술이 세다는 것을 보여 주기 위해 첫잔부터 들이켜기 시작했다.

"술집에는 가끔 다니나?"

그가 물었다.

"그럼. 가끔도 다니고 자주도 다니지. 술집을 빼놓으면 갈 데가 없으니까 말이야. 뭐니뭐니해도 이놈밖엔 없어."

"그럴까? 하기야 그럴지도 모르지. 취흥이란 건 무시할 수 없는 재미야. 그렇지만 술집에서 살다시피 하는 놈들은 이 취흥이란 멋을 모르고 넘기는 경우가 많지. 술값을 하려고 우선 주정부터 부리려 들 테니 말이야. 그런 패들치고 제 구실을 할만한 놈은 하나도 없어. 간혹가다 하룻밤쯤 관솔불을 밝혀 놓고 참다운 취흥에 젖어 보는 것은 좋아. 은밀한 술 향기를 맡으면서 거나하게 취해 보는 것은 정말 멋있는 일이야. 하지만 그런 짓을 줄곧 되풀이하면 안 되지. 그때는 이미 취흥이 아니라 타락이야. 매일 밤 술집에 앉아 있는 파우스트란 상상조차 할 수 없지."

나는 이야기를 들으면서 따라 놓은 포도주를 쪽 들이켜고는 적의에 찬 눈으로 그의 얼굴을 바라보았다.

"파우스트가 흔해 빠진다면 진짜가 무색하겠지."

내가 일부러 퉁명스럽게 말하자, 그는 어이가 없다는 듯이 한참 동안 내 얼굴을 쳐다보았다. 그러더니 밝고 자신에 찬 소리로 웃었다.

"그만두세, 시작해 봤자 결말이 나지 않을 테니. 여하튼 술이나 도락을 즐기는 자들의 생활이 선량하고 품행이 올바른 사람들의 생활보다 활기에 차 있긴 하겠지. 그리고 또—이건 책에서 봤지만—도락자의 생활은 신비주의자가 되는 준비 같은 거라고 하더군. 예언자는 모두 그런 패들 가운데서 나오지. 성 아우구스티누스의 경우가 그렇지. 그도 그전에는 말도 못할 도락자였거든."

나는 그런 이야기에는 동조하지 말아야겠다고 마음먹고, 내게는 아무런 상관도 없다는 듯 퉁명스럽게 말했다.

"거야 뭐 각자의 취미에 달려 있겠지. 솔직한 말이지만, 난 예언잔가 뭔가 하는 것들과는 아무 관계도 없어."

그는 눈을 가느다랗게 뜨고 나를 흘끗 쳐다보았다. 내 마음을 충분히 알 수 있다는 눈치였다.

"이봐, 싱클레어, 네가 듣기 싫어하는 얘기를 할 생각은 조금도 없어. 그건 그렇고, 지금 네가 무슨 목적으로 술을 마시고 있는지, 그 문제는 좀처럼 풀기가 어려워. 너도 모르고 나도 모르는 일이야. 하지만 네 생활을 현재의 것으로 만들어 준 것들은 알고 있어. 네가 무엇 때문에 술을 마시는가, 그 목적을 알고 있지. 우리 마음속엔 무엇인가가 들어앉아 있는데, 그것이 모든 것을 알고 있고 모든 것을 원하고 있으며 또 모든 것을 우리 자신보다 훨씬 능란하게 해결하고 있어. 이건 알아둘만한 일이야. 자, 그럼 난 가 봐야겠어."

우리는 술집에서 헤어졌다. 나는 그대로 눌러앉아 남은 것을 말끔히 마셔 없앴다. 훈계하듯 하는 데미안의 이야기가 어쩐지 비위에 거슬렸다. 술값을 치르려고 카운터에 가 보니 계산은 이미 끝나 있었다. 데미안이 술값을 낸 것이다. 나는 더욱 화가 났다.

내 머리는 데미안으로 가득 차 있었다. 거리 어귀의 술집에서 이야기한 그의 말 한마디 한마디가 내 기억 속에 되살아났다. '…… 우리 마음속에는 무엇인가가 들어앉아 있는데, 그것이 모든 것을 알고 있고 모든 것을 원하고 있으며 또 모든 것을 우리 자신보다 훨씬 능란하게 해결하고 있어. 이건 알아둘 만한 일이야…….' 나는 벽에 붙여 놓은 그림을 쳐다보았다.

방 안이 어두워 윤곽조차 구별할 수 없었지만, 그 눈에서 아직 불타오르고 있는 것만은 똑똑히 보였다. 그것은 데미안의 눈이었다. 만약 그의 눈이 아니라면 내 마음 속에 들어앉아 있는 '무엇인가'의 눈이 틀림없다.

나는 얼마나 데미안을 만나고 싶어 했는지 모른다. 그의 소식은 전혀 듣지 못하고 있었다. 그는 내 손이 미치지 못하는 곳에 있었던 것이다. 그는 어느 대학에서 공부를 하고 있고 그의 어머니도 다른 곳으로 이사를 했다는 것, 내가 풍문을 통해서 들은 이야기는 이것뿐이었다.

나는 막스 데미안에 대한 추억을 내가 크로머의 노예로 있을 당시까지 거슬러 올라가서 더듬어 보려고 했다. 내 마음은 크로머 사건이라는 과거의 기점을 향해 줄달음질쳤다. 그러자 데미안이 내게 해 준 여러 가지 이야기가 바로 옆에서 말하는 것처럼 들려왔다. 모두가 지금까지도 산 의미를 갖고 있는 이야기였다.

데미안의 이야기는 모두가 나와 밀접한 관계를 갖고 있는 일에 대한 것이었다. 그다지 유쾌한 자리라고는 할 수 없었던 거리 어귀의 그 술집에서 한 도락자와 예언자의 이야기도 그 의미를 충분히 납득할 수 있었다. 도락자의 길이야말로 내가 갈 길이 아닌가.

나는 술집과 불결, 혼미와 타락 속에서 생활하고 있지 않았던가. 그런 생활을 한 끝에 새로운 생명이 움트고 그 생명에 의해서 과거와는 정반대로 어떤 것이 내 마음 속에 들어앉지 않았는가. 순결에의 욕구와 성스러운 것에의 동경이 활발해지지 않았는가.

이와 같이 나는 추억을 뒤쫓고 있었다. 어두워진 지 이미 오래 되었고 밖에선 비가 내리고 있었다. 추억을 더듬는 가운데도 빗소리가 들려왔다. 밤나무 밑에서 만났을 때, 데미안은 프란츠 크로머와의 관계로 내 마음을 캐고 들어 비밀을 알아맞힌 것이다. 그 밖에도 여러 가지 장면이 파노라마처럼 눈앞에 펼쳐졌다. 학교에 갈 때나 집으로 돌아올 때 주고받은 이야기며 견신례의 수업, 의식 등이 생생하게 떠올랐다. 맨 나중에 생각난 것은 데미안과 맨 처음 만났을 때의 장면이었다. 그때 무슨 말을 했는지 얼른 생각이 나지 않았다.

마음을 가라앉히고 잠시 기억의 세계를 더듬었다. 그러자 가물거리면서 떠오르는 것이 있었다. 카인의 이야기였다. 그는 카인의 이야기에 대해서 새로운 해석을 내리고 나와 함께 우리 집 앞으로 갔었다.

데미안은 대문 위의 아치형 장식에 새겨져 있는 낡고 퇴색한 문장을 바라보면서 '저런 게 재미있어. 주의깊게 봐,' 하고 상당한 흥미를 나타냈던 것이다.

그날 밤 나는 데미안과 문장에 대한 꿈을 꾸었다. 그 문장은 빙글빙글 돌고 있었다. 자세히 보니 돌고 있는 것이 아니라 여러 가지 모양과 색깔로 변하고 있었다. 아주 작게, 색깔도 잿빛으로 바뀌는가 하면, 갑자기 크고 찬란한 색깔로 변하기도 했다.

데미안은 그것을 손바닥 위에 올려놓고 형태나 색깔은 변해도 문장의 성격은 변하지 않는다고 설명했다. 그리고 나중에는 그 문장을 먹어 보라고 했다. 그것을 꿀꺽 삼켜 버리자, 문장의 새가 내 뱃속에서 점점 커지더니 날카로운 부리로 안에서 내 몸을 파먹기 시작했다. 깜짝 놀라 죽음의 공포를 몰아 내려고 악을 쓰는 순간 꿈이 깼다.

눈을 떠보니 한밤중이었다. 캄캄해서 아무것도 보이지 않았다. 바람에 날린 빗줄기가 방바닥을 두드리고 있어 창문을 닫으려고 침대에서 내려섰는데, 그때 방바닥에 떨어져 있는 어떤 것이 발에 밟혔다. 아침이 되어서야 그것이 내가 그린 그림이라는 것을 알았다. 비가 뿌린 방바닥에 떨어져 물기를 머금은 채 퉁퉁 불어 있었다. 나는 그것을 말리기 위해 주름을 펴고 흡수지에 끼워서 무거운 책으로 눌러 놓았다. 다음날 꺼내 보니 마르기는 했지만 그림은 아주 딴 것이 되어 있었다. 빨갛던 입은 색깔이 바래고 옆으로 번져서 얼마간 얇아져 있었다. 그러고 보니 영락없는 데미안의 입이었다.

나는 새로운 그림에 착수했다. 문장의 새를 그려 보기로 작정한 것이다. 그러나 그 새가 실제로는 어떤 모양을 하고 있었는지 기억에 남아 있지 않았다. 문 앞에 가까이 가서 자세히 본다고 하더라도 뚜렷하게 식별할 수 없게 되어 있었다. 새겨 넣은 지 오래 되었으며 몇 번씩이나 페인트를 새로 칠했기 때문이다. 그 새는 어떤 물건 옆에 서 있거나 그 위에 앉아 있거나 둘 중의 하나라고 생각된다. 그 물건이란 꽃이 아니면 바구니나 둥우리 같았고, 그것도 아니면 나뭇가지인지도 몰랐다.

나는 그것이 뭐가 됐건 상관하지 않고 이미지가 뚜렷하게 남아 있는 부분부터 그리기 시작했다. 무턱대고 잘 그리려는 욕심에서 그림물감은 모두 밝고 진한 색을 썼다. 그런 식으로 그려 나가다 보니 새의 머리는 황금색이 되어 있었다. 마음 내키는 대로 선을 긋고 색칠을 하는 작업을 며칠 동안 계속한 끝에 그림을 완성시켰다.

내가 그린 것은 일종의 맹조(猛鳥)였다. 머리는 사나운 매를 닮았고 부리는 더욱 날카로웠다. 그 새는 푸른 하늘을 배경으로 몸의 절반이 어두운 지구 속에 파묻혀 있었는데, 그 모양이 마치 알에서 깨어나려고 바둥거리는 것 같았다. 한참 들여다보고 있는 동안에 그 새가 내 꿈에 등장했던 문장의 새하고 똑같다는 생각이 들었다.

데미안에게 편지를 쓴다는 것은 설령 그쪽 주소를 알고 있다 해도 나로서는 불가능했을지 모른다. 그러나 나는 그 무렵 모든 일을 꿈과 같은 예감으로 처리하고 있었기 때문에 그 매의 그림을 그에게 부쳐 주려고 결심했다. 그가 받아 보건 못 받아 보건 그런 것은 아무래도 좋았다. 그림에는 아무것도 적어 넣지 않았다. 내 이름조차 쓰지 않았다. 찢어져서 너덜거리는 종이의 가장자리를 깨끗하게 잘라 낸 다음 큰 봉투에 넣어 친구의 이전 주소로 부쳤다.

시험날이 다가왔기 때문에 나는 여느 때보다 더 열심히 공부를 하지 않으면 안 되었다. 내가 생활 태도를 개선한 뒤부터는 학교 선생들도 다시 나를 친절하게 대해 주었다.

아직 모범생이라고는 할 수 없었지만, 불과 반 년 전까지만 해도 퇴학 처분을 받을 처지에 있었고 또 그것이 누구에게나 당연한 일로 간주되고 있었던 만큼, 정신을 차리고 학생의 본분으로 돌아와 학업에 열중하게 되었다는 것만도 다행한 일이라 하지 않을 수 없었다. 이젠 아무도 퇴학 처분 운운하는 사람이 없었고, 나 자신도 잊고 있었다.

아버지의 편지투도 다시 이전으로 돌아가 비난이나 협박의 문구는 자취를 감추고 말았다. 그러나 나는 내 신상에 어떤 변화가 일어났는가에 대해서는 아버지에게도, 그 밖의 누구에게도 알려 주고 싶지 않았다. 그 변화가 내 양친이나 학교 선생들이 바라던 것과 일치한 것은 우연에 지나지 않았다. 어쩌다보니 그렇게 맞아 들어간 우연의 일치였던 것이다.

사람이 달라졌다고 해서 내 환경도 달라진 것은 결코 아니었다. 친구들을 새로 사귀지도 않았고 어떤 특정한 인물에 접근하지도 않았다. 그 신상의 변화는 나를 한층 더 고독하게 만들었을 뿐이다.

그 변화는 어딘가에 목표를 두고 있었다. 그 목표는 막스 데미안인 것도 같고 먼 곳에 있는 운명인 것 같기도 했는데, 확실한 것은 나 자신도 알 수 없었다.

변화의 한가운데에 서 있었기 때문이다. 그 변화는 베아트리체가 나타나고 나서부터 시작되었다. 그러나 나는 벌써 오래 전부터 데미안을 생각하면서 비현실적인 생활을 하고 있었기 때문에 베아트리체를 까맣게 잊어버렸다.

만약 어떤 계기가 없었다면, 나는 내 꿈과 내가 기대하던 것과 내면적인 변화에 대해 아무에게도 이야기하지 못했을 것이다. 그럴 생각이 있었다고 해도 불가능했을 것이 틀림없다. 아니, 그럴 생각조차 하지 못했을지도 모를 일이다. 단 한 마디라도 사람들 앞에서 털어 놓는 것이 가능한 일이었을까.

새는 알에서 나오려고 버둥거린다

내가 그린 꿈의 새는 내 친구를 찾아갔다. 그리고 얼마 후에는 실로 기묘한 방법으로 회답이 왔다.

어느 날 휴식 시간이 끝나고 다음 수업이 시작되었을 때, 나는 책갈피에 끼워져 있는 종이쪽지를 발견했다. 그 종이쪽지는 수업 시간 중 동급생들 간에 비밀로 오가는 쪽지처럼 차곡차곡 접혀 있었다. 그것은 곧잘 하는 장난이라 별로 새삼스러운 것은 아니지만, 누가 이런 쪽지를 주었을까 하는 점이 약간 이상하게 생각되었다.

나는 그 무렵 동급생 누구하고도 그런 것을 주고받고 할 사이가 아니었기 때문이다. '어디 놀러 가자는 거겠지.' 하고 나는 꺼내 보지도 않고 그대로 책갈피에 끼워 두었다. 그러나 책을 펼쳐 놓고 책장을 넘기는 동안에 나도 모르는 사이에 저절로 그 쪽지에 손이 갔다. 그 쪽지에는 몇 줄의 글이 피어 있었는데, 그것을 펼친 순간 다음과 같은 구절이 한꺼번에 눈에 들어왔다. 운명 앞에 머리를 조아린 내 심장은 갑자기 찬바람을 만난 것처럼 오므라들었다.

　새는 알에서 나오려고 버둥거린다. 그 알은 새의 세계다. 알에서 빠
　져 나오려면 하나의 세계를 파괴하지 않으면 안 된다. 새는 신의 곁
　으로 날아간다. 그 신의 이름은 아브락사스라 한다.

　그 몇 줄의 글을 몇 번이고 되풀이해 읽으면서 나는 깊은 명상에 잠
겼다. 그것이 데미안으로부터의 회답이라는 것은 의심할 여지가 없었
다. 그 새에 대해서 아는 사람은 데미안과 나를 제외하고는 아무도 없
었기 때문이다. 그는 내 그림을 받은 것이다. 그는 내가 새를 보내 준
의미를 이해했고, 거기에 따른 자기의 견해를 그 쪽지로 알려 준 것이
다. 그런데 전체적인 면에서는 어떻게 관련되어 있을까―아브락사스
란 말은 여태껏 들은 적도 읽은 적도 없었다.
　'그 신의 이름은 아브락사스.'
　나는 속으로 몇 번이고 중얼거렸다.
　수업이 끝나고 다음 수업이 시작되었다. 오전 수업의 마지막 시간
이다. 담당은 대학을 갓나온 젊은 조교사였다. 아주 젊다는 것과 일부
러 꾸며서 위엄 같은 것을 갖추려고 하지 않는다는 두 가지 점에서 그
는 우리의 인기를 얻고 있었다.
　우리는 그 폴렌 선생의 지도로 고대 그리스 역사가인 헤로도토스
를 읽었다. 그것은 내 흥미를 끄는 얼마 안 되는 학과 중의 하나였다.
그러나 그날만은 사정이 달랐다. 아브락사스에 대한 의문과 데미안의
일로 꽉 차 있는 내 머리에 흥미를 느낄 만한 공백이 남아 있을 리가

없었다. 기계적으로 책을 펼쳤으나 역독에는 거의 주의를 돌리지 않고 다른 생각을 하고 있었다.

전에 데미안이 종교에 대해서 한 이야기가 얼마나 올바른 것이었는가, 나는 벌써 몇 번이나 경험하고 있었다.

의지를 가지고 활동하면 반드시 성공한다. 강한 의지력은 어떤 소망이라도 이룩하게 해 준다. 수업 시간에 의지와 열의로 긴장된 얼굴이 되어 강의 내용에 열심히 귀를 기울이거나 어떤 생각에 열중하고 있으면 선생은 나를 그대로 내버려둔다. 그렇게 되면 나는 안심할 수 있다. 그러나 멍청한 얼굴로 눈알을 굴리거나 꾸벅꾸벅 졸고 있으면 당장에 선생이 달려오는 것이다.

내가 실제로 여러 번 당한 일이기 때문에 잘 알고 있지만, 생각에 깊이 잠기거나 진지한 태도로 어떤 일에 몰두하면 대개의 경우 선생한테 걸리지 않고 무사히 넘어갈 수 있었다. 그리고 상대방을 관찰하는 기법에 대해서도 몇 번인가 실험을 해 보고 상당한 효과가 있다는 것을 알고 있었다. 데미안과 교제하고 있을 그 무렵에는 잘 되지 않았지만, 지금은 정신력을 집중해서 상대방을 쏘아보는 수법에 어느 정도까지는 통달했다고 할 수 있다.

그때도 나는 그런 상태로 앉아 있었다. 내 마음은 헤로도토스나 학교에서 멀리 떨어진 곳에 가 있었다. 그런데 느닷없이 선생의 목소리가 내 의식 속에 뛰어 들어왔다. 나는 깜짝 놀라 내 정신으로 돌아왔다. 선생은 내 바로 옆에 와 있었다.

내 이름을 불렀는지도 모른다는 생각이 들었다. 그러나 선생은 내 얼굴을 보고 있지 않았다. 나는 겨우 마음을 놓을 수 있었다. 그런데 선생의 목소리가 다시 내 귀를 때렸다. 큰 소리로 '아브락사스'라고 한 것이다. 그때부터 선생의 이야기소리가 뚜렷하게 들려왔다.

폴렌 선생은 설명을 계속했다.

"우리는 고대의 종파나 신비주의자들의 사상을, 합리주의적 입장에서 관찰하고 소박한 것이라 생각하면 안 된다. 오늘날의 과학이 고대에는 물론 없었다. 그 대신 철학적, 신비주의적 진리의 탐구가 성행하고 있었는데, 그것은 상당한 발전을 이루었다. 부분적으로 이 진리의 탐구가 옆길로 빗나가 마법이나 그 밖의 사악한 것을 낳게 했고, 사기나 살인 등 범죄 행위에 연결될 때도 가끔 있었다. 그러나 그 마법으로 말해도 그 기원과 원래의 성격은 고귀한 것이며 심오한 사상을 갖고 있었다. 예를 들면, 조금 전에 말한 아브락사스의 가르침이 그렇다. 학자들은 아브락사스란 이름을 그리스 민족의 주문과 관련시키고 있으며, 미개 민족이 오늘날까지 갖고 있는 것과 같은 요마(妖魔)의 이름으로 알고 있는 사람들도 많다. 그러나 아브락사스는 보다 깊은 의미를 갖고 있는 것으로 생각된다. 우리는 이 이름을 신성(神性)과 악마의 성을 결합한다는 상징적 사명을 띤 신의 이름 정도로 생각할 수 있는 것이다."

몸집이 작은 그 박식한 사나이는 교묘한 화술로 열심히 이야기를 계속하고 있었지만, 흥미롭게 귀를 기울이고 있는 사람은 하나도 없는 것 같았다. 그리고 아브락사스라는 이름이 선생의 이야기 가운데서 자취를 감춰 버렸기 때문에 내 주의와 관심도 곧 나 자신으로 돌아와 버리고 말았다. '신성과 악마의 성을 결합한다는……'이란 말은 아직 내 귀에 남아 있었다. 거기에 실마리가 있었다. 그것은 데미안에게서도 들은 귀에 익은 말이었다. 그는 이렇게 말했던 것이다.

'우리는 하나의 신을 갖고 있으며 그것을 숭앙하고 있다. 그러나 그 신은 세계를 제멋대로 갈라 놓고 그 반쪽에밖엔 영향력을 끼치지 못하고 있다(데미안이 말하는 '세계의 반쪽'이란 이른바 허용된 밝은 세계를 의미하는 것이다). 우리는 세계 전체를 다스리는 절대자를 숭앙하지 않으면 안 돼. 그러니까 악마 같은 신을 받들든가, 그렇지 않으면 신에 예배하는 것과 마찬가지로 악마에게도 예배하지 않으면 안 돼.'

그런데 아브락사스는 신인 동시에 악마, 신성과 악마성이 결합된 것 같은 신이었던 것이다.

한동안 나는 그 길을 추구해 보았으나, 부닥치는 난관이 너무 많아 좀처럼 전진할 수가 없었다. 아브락사스를 찾아 온 도서관을 다 헤맸으나, 아무런 성과도 거두지 못했다.

원래 나는 그런 직접적인 성과를 목표로 하여 의식적으로 찾는 방법에는 숙달된 편이 못 되었다. 그것은 말할 것도 없이 흥미가 없었기 때문이다. 그런 방법으로는, 간절히 소망하고 추구하던 것을 손에 거머쥐고 보니 돌에 지나지 않는다는 진리밖엔 발견할 수 없는 것이다.

어느 기간 동안 내가 그처럼 진심을 쏟아 넣었던 베아트리체의 모습은 점점 깊이 가라앉아 가고 있었다. 아니, 오히려 그 모습은 천천히 나한테서 떨어져 나가 지평선 끝의 그림자 같은 존재가 되어 가고 있었다는 것이 올바른 표현일 것이다. 베아트리체는 이미 내 마음을 만족시켜 주는 존재가 아니었다.

몽유병자처럼 자기의 껍질 속에만 들어앉아 있는 내 생활에 기묘하게도 새로운 것이 파고들어 어떤 형태를 갖추어 가고 있었다. 삶에의 동경이라기보다 오히려 사랑에의 동경이었고, 베아트리체라는 우상을 숭배함으로써 억제할 수 있었던 성의 충동이 새로운 우상과 목표를 요구하는 것이었다.

그 욕망이 충족되지 않는 것은 그전과 다름이 없었지만, 동경하고 요구하는 마음을 속이거나, 내 친구들의 행복을 위해서 나타난 여자들한테서 무엇을 기대한다는 것은 나하고 이미 거리가 멀었다. 그런 짓은 도저히 할 수가 없었다.

나는 자주 꿈을 꾸게 되었다. 그것도 밤보다는 낮에 더 많이 꾸는 것이다. 관념이나 영상이나 소망이 마음 속에 솟아올라 나를 외계로부터 떼어 놓았다. 때문에 나는 마음 속의 그 영상이나 소망의 그림자를 상대로 현실적인 환경에 대하는 것보다 더 현실적이고 더 생동하는 접촉을 가지면서 생활하고 있었던 것이다.

언제나 같은 내용이 되풀이되는 꿈, 다시 말해서 언제나 되풀이되는 공상의 하나가 나에게는 의미가 깊은 것이 되어 있었다. 그 꿈은 내 생애를 통해서 가장 중요하고 가장 불리한 것으로, 그 내용은 대략 다음과 같다.

내가 고향으로 돌아간다. 대문 아치의 굄돌에 새겨져 있는 문장의 새는 황금색으로 빛나고 있다. 어머니가 마중 나온다. 그런데 어머니를 안으려다 그 얼굴을 쳐다보면 그게 어머니가 아니다. 생전 처음 보는 낯선 사람으로 바뀐다. 몸집 큰 사람인데, 막스 데미안 같기도 하고 내가 그린 초상화의 주인공 같기도 하지만, 그것하고도 또 다르다. 몸집이 단단하고 어깨가 떡 벌어졌지만 남자는 분명히 아니다. 틀림없는 여자의 얼굴을 하고 있는 것이다.

그 사람이 뜨거운 사랑의 입김을 내 온몸에 퍼부으면서 갈비뼈가 으스러지도록 나를 꼭 껴안고 안으로 들어간다. 환희와 전율이 뒤엉켜 나는 정신이 가물가물해진다. 이른바 황홀경에 들어가는 것이다. 그 포옹은 존경임과 동시에 범죄이기도 했다. 나를 껴안아주는 그 사람의 얼굴에는 내 어머니와 친구 데미안의 그림자가 너무나 뚜렷하게 나타나 있었기 때문이다.

그 사람에게 안기는 것은 거룩하고 근엄한 모든 것을 배반하는 죄악이며, 동시에 법열과도 같은 행복이었다. 나는 그 꿈에서 끝없는 행복감에 잠겨 있다. 눈을 뜰 때도 있었고, 또 때로는 무서운 범죄를 의식한 것처럼 죽음의 불안과 양심의 가책을 받기도 했던 것이다.

내면적인 영상과 내가 추구하고 있는 아브락사스라는 신에게 외부로부터 보내지고 있던 신호 사이에 어떤 관계가 성립되어 있었다. 그 관계는 서서히, 그리고 무의식중에 연결된 것뿐이지만, 일단 연결되고 나면 더욱 긴밀해지는 것이었다.

내가 예감과 같은 꿈속에서 찾아 헤맨 것은 다름 아닌 아브락사스였다고 감지하기 시작했다. 거기서는 환희와 전율이 뒤섞여 있었고, 남자와 여자가 범벅이 되어 있었다. 아름답고 순결한 것을 뚫고 나가는 죄악의 경련이 있었다. 그것이 내 사랑의 꿈이고 그 꿈의 모습이었다.

아브락사스도 마찬가지였다. 사랑은 이미 동물적인 본능의 어두운 충동이 아니었다. 내가 처음 죄악감에 떨면서 느낀 그런 사랑이 아니었다. 그렇다고 해서 내가 베아트리체라는 우상에게 바친 것과 같은 경건한 마음에서 순화된 것도 아니었다.

내 사랑은 양극에 걸쳐 있었다. 그러면서도 훨씬 높은 위치에 있었다. 내 사랑은 천사와 악마가 한데 엉겨 하나가 된 것, 남자와 여자가 하나로 된 것, 인간임과 동시에 짐승인 것, 최고의 선임과 동시에 극단적인 악이었던 것이다. 그것을 맛보는 것이 내 삶의 길이고, 그 길을 걸어야하는 것이 내 운명인 것처럼 생각되었다.

이듬해 봄, 나는 대학에 진학하기로 되어 있었다. 어느 대학에서 무슨 공부를 하는가, 그것은 나 자신도 모르고 있었다. 턱밑에는 수염이 보송보송하게 돋아나 어른의 면모를 갖추기 시작하고 있었는데도 내 앞길에 목표를 세우지 못하고 있었던 것이다.

단 한 가지 뚜렷하게 떠오르는 것이 있었다. 내 마음의 소리, 그 꿈에 나타났던 영상이 바로 그것이다. 그 영상이 시키는 대로 하는 것—그 꿈의 계시에 맹종하는 것만이 내 사명이라고 나는 생각하고 있었다. 그러나 그것은 어려운 일이었다. 나는 날마다 거기에 반대했다. 내 머리가 돌아 버린 것이 아닐까, 나는 다른 사람들과 아주 동떨어진 존재가 아닐까, 하고 생각한 적도 한두 번이 아니었다.

그러나 나도 다른 사람들이 하는 일은 모두 할 수 있었다. 무엇이건 실행할 수가 있었던 것이다. 잠깐 고생을 한다는 마음으로 공부를 하면 플라톤도 읽을 수 있었고, 삼각법의 문제를 풀 수도 있었으며, 화학 분석에 대한 설명도 이해할 수 있었다. 그러나 단 한 가지 내 힘으로는 할 수 없는 것이 있었다. 내 마음 속에 숨겨져 있는 목표를 밖으로 끄집어내어 다른 사람들이 하는 것처럼 어떤 형태로 눈앞에 그려 놓는 일이었다.

다른 사람들은 의사나 교수, 재판관, 예술가 등 자기들에게 각자 합당한 길을 선택해 놓았으며, 그러한 직업을 얻으려면 시일이 어느 정도 소요되는가, 의사나 대학 교수가 되면, 또 예술가나 재판관이 되면 어떠한 이익이 얼마만큼 돌아오는가, 하는 점에 대해서도 상세히 알고 있었다.

그것이 내게는 불가능했다.

어쩌면 나도 언젠가는 그런 직업에 종사하게 될지도 모른다. 그러나 어떤 방법으로 발견해야 하는가, 그것이 문제다. 아마 나는 몇 년을 두고 헤매면서 찾아보지 않으면 안 될 것이다. 그러다가 결국은 목표물에 도달하지도 못하고 중도에서 쓰러질지도 모른다. 또 어떤 목표물에 도달했다 하더라도 엉뚱한 곳으로 빗나가고 밀었다는 것을 알고 후회하게 될지도 모른다.

사실 내가 살아 보려고 시도한 노력은 '나'라는 인간 속에서 자연스럽게 빠져 나오려는 결심에 의한 것뿐이었다. 그런데 그것이 어쩌면 그렇게도 어려웠을까. 가끔 나는 내 꿈의 그림을 그려 봐야겠다고 생각했다. 그런 생각을 몇 번 거듭한 끝에 나는 몸집이 단단하게 생긴 그 여인의 모습을 그리기 시작했다.

그러나 막상 착수하고 보니 잘 되지 않았다. 제대로 그려졌더라면 데미안에게 부쳤을 것이다. 그런데 데미안은 도대체 어디서 살고 있는지 알 수 없었다. 그의 마음이 나하고 연결되어 있다는 것 외에는 그에 대해서 알고 있는 것이 하나도 없었다. 데미안과 다시 만날 수 있을까.

베아트리체의 우상을 받들고 살던 몇 달 동안 내가 갖고 있던 마음의 평정을 놓쳐 버린 지는 이미 오래다. 그 무렵 나는 어느 아름다운 섬에 가서 평화를 발견했다고 생각하고 있었던 것이다. 그런데 내 경우는 언제나 그랬지만 어떤 생활 상태가 내 마음에 들었다거나 어떤 꿈이 즐거웠다고 하면 다음 순간에는 마음에 들고 즐겁고 하던 것들이 갑자기 초췌하게 되고 아주 흐려져 버리는 것이다. 그렇게 되면 아쉬워해도 아무 소용이 없다. 나는 긴장된 기대 속에 충족되지 않는 욕망을 불태우면서 살고 있었던 것이다. 그런 생활 태도는 이따금 나를 광포하게 만들었다.

나는 꿈속의 그 여인의 모습을 자주 눈앞에 그려 보았다. 그럴 때마다 현실적으로 그 여인이 내 앞에 서 있는 것 같은 착각을 느낄 만큼 생동하는 모습이 선명하게 떠올랐던 것이다. 나는 그 여인과 이야기도 하고 그녀 앞에서 울기도 했고 그녀를 저주하기도 했다.

어머니라고 부르면서 그녀 앞에 무릎을 꿇고 흐느낀 적도 있고, 연인이라고 부르면서 모든 것을 충족시켜 주는 원숙한 입술을 기다린 적도 있었다. 그리고 악마, 창녀, 흡혈귀, 살인자 등으로 부를 때도 있었다. 꿈속의 그 여인—이와 같이 여러 가지 이름으로 불리는 그 여인은 아름답고도 달콤한 사랑으로 나를 끌어들이는가 하면, 눈뜨고 차마 보지 못할 추잡한 행위를 강요하고 그런 행위가 있는 곳으로 유혹하기도 했다. 그 여자에게는 정도 이상으로 선량하거나 고상한 면이 없는 대신 정도 이상으로 사악하거나 비열한 면도 없었다.

그 해 겨울을 나는 내부 세계의 폭풍우 속에서 생활하고 있었다. 그런 생활은 이듬해 봄까지 계속되었다. 고독엔 익숙해진 셈이다. 그로 인해서 애를 먹는 일은 없었다. 내 생활 속에는 데미안도 있었고, 그 괴상한 맹조나 내 운명의 연인이었던 몸집이 큰 여자도 있었다. 그 생활권에서 살아가는 데 그만한 인원이면 충분했다.

왜냐하면 그 세 반려자는 모두 넓은 안목을 갖고 있었으며, 아브락사스를 궁극의 목표로 삼고 있었기 때문이다. 그러나 그러한 꿈과 공상은 내 마음대로 움직여 주지 않았다. 내 쪽에서 먼저 불러 낼 수도 없었고, 그렇다고 내 멋대로 색칠을 해서 모양을 바꿔 버릴 수도 없었다. 저쪽에서 먼저 나와 나를 점령해야 되는 것이다. 나는 그것들의 지배를 받고, 그 지배에 의해서 내 생활을 얻고 있는 것이었다.

세속적인 면에서 볼 때 내 생활에는 빈틈이 없었다. 사람 같은 것은 조금도 무섭지 않았다. 동급생들도 그와 같은 내 마음을 알고 나를 존경하기까지 했기 때문에, 헛웃음을 웃어야 할 때도 간혹 있었다. 그럴 생각만 있었다면 나는 동급생들의 마음을 환히 들여다보고 필요한 말을 한두 마디 던져 주었을 것이다. 그런 것은 어려운 문제가 아니었다. 다만 그럴 생각이 나지 않았다는 것뿐이다.

나는 언제나 나 자신에게 지고 있었다. 자기 자신의 일에 몰두하고 있었기 때문이다. 내 마음의 소망이라고나 할까, 그것은 내 나름대로 살아 보고 싶다, 내 속에 도사리고 있는 것을 끄집어내어 이 세상에 던져 주고 싶다, 세상과 싸워 보고 싶다는 욕구와 같은 것이었다. 저녁때 산책을 나와 마음이 들떠 길거리를 쏘다닐 때가 여러 번 있었는데, 그런 날이면 한밤중이 되어도 집으로 돌아가고 싶은 생각이 나지 않았다.

오늘 밤엔 틀림없이 연인을 만날 수 있다, 연인은 이 골목을 지나갈 테니 여기서 기다리면 만날 수 있겠지, 하는 따위의 생각이 머리에서 떠나지를 않았던 것이다. 어떤 때는 그런 모든 상념이 견딜 수 없는 고통으로 느껴지기도 했다. 그럴 때면 으레 자살해 버려야겠다고 결심하는 것이었다.

그 무렵 나는 색다른 피난처를 발견했다. 이른바 '우연'의 덕분에 의한 것이었다. 그러나 원래 우연이란 존재하지 않는다. 어떤 필요한 사물이 뜻하지 않던 방향에서 부여되면 그것을 '우연의' 탓으로 돌리지만, 실은 우연도 아무것도 아니고 그것이 반드시 필요하기 때문에 그만큼 열의를 다해서 구하는 사람의 당연한 노력의 대가로 부여되는 것이다. 즉, '우연'이 그것을 부여하는 것이 아니라 그것을 구하고 있는 사람 자신이 부여하는 것이다. 그 사람 자신의 욕구와 필연이 그 사람을 거기로 데리고 가는 것이다.

거리를 산책하는 도중 교외에 있는 그리 크지 않은 예배당 옆을 지나다가 나는 예배당 안에서 흘러나오는 오르간 소리를 들었다. 그러나 발을 멈추지는 않았다. 다음 날 그곳을 지나갈 때도 들렸다. 전날과 같은 곡을 연주하고 있었는데, 그것이 바흐의 곡이라는 것을 알았다.

출입구 쪽으로 가 보니, 문은 닫혀 있었다. 나는 예배당의 계단에 앉아 망토의 깃을 세우고 귀를 기울였다. 소리는 크지 않았지만 소리도 좋고 연주 솜씨도 훌륭했다. 의지와 끈기를 나타내는 극히 개성적인 연주였는데, 그 독특한 음향은 마치 기도를 올리고 있는 것 같았다. '연주하는 사람은 그 음악 속에 어떤 보석이 있다는 것을 알고 있다.' 하고 나는 느꼈다. 그리고 또 그 사람은 '자기의 생명을 찾는 것처럼 이 보석을 찾기 위해 건반을 두드려서 여러 가지 소리를 내 보고 있다.' 하는 생각도 들었다.

나는 음악에 대해서는 잘 모르지만, 영혼의 표현이라는 점에 있어서는 어릴 때부터 본능적으로 이해하고 있었으며, 음악적인 것을 나 자신 속에 있는 자명한 것으로 느끼고 있었다. 그 사람은 현대적인 감각이 느껴지는 곡도 연주했다. 레거의 작품이었는지도 모른다.

예배당 안은 어두웠고 바로 앞에 있는 창문으로 희미한 불빛이 흘러나올 뿐이었다. 나는 음악이 끝나고 연주하던 사람이 밖으로 나오기를 기다렸다. 이윽고 문이 열리면서 사람의 모습이 나타났다. 나보다는 연상이지만 아직 젊은 남자였다. 몸집이 단단해 보이고 어깨가 넓은 그는 화가 나기라도 한 것처럼 거친 걸음걸이로 그곳을 떠났다. 그런 일이 있은 후부터 나는 때때로 그 예배당에 가 보았다. 저녁 산책의 코스를 그쪽으로 잡고 예배당 주위를 거닐다가 계단에 앉아 있곤 했다.

어느 날은 문이 열려 있었다. 나는 안으로 들어가 그 사나이가 가스등 불빛 밑에서 연주하고 있는 동안 행복한 기분으로 의자에 앉아 있었다. 날씨가 추워 몸이 덜덜 떨렸지만, 약 반 시간 가량 그대로 앉아 있었다.

나는 그가 연주하는 음악에서 그의 인품을 알아 낼 수 있을 것 같았다. 그가 연주하는 곡은 모두 신앙심이 깊고 헌신적이며 경건한 것으로 들렸지만, 그것은 교회에 다니는 신자나 목사와 같은 경건함이 아니라 중세기의 순례자나 걸인에게서 보는 경건함이었고, 모든 종파를 초월한 하나의 우주적 감정 같은 것에 귀의하는 경건함이었다. 연주되는 곡목은 바흐 이전의 거장들이나 이탈리아의 옛날 작곡가들의 작품이 많았다.

그러나 곡목은 비록 다르지만 이야기하는 내용은 모두 동일한 것이었다. 어느 작품이건 이 연주가의 마음속에 있는 것을 이야기하지 않는 것은 없었다. 세계를 동경하면서도 그 세계를 멀리하려고 몸부림치는 기분, 자기의 어두운 영혼의 소리에 몸을 불사르면서 귀를 기울이는 취향, 귀의의 도취와 기적적인 것에 대한 깊은 호기심 등을 말해 주고 있었다.

언젠가 나는 오르간 연주가가 교회에서 나갈 때 멀찌감치 떨어져서 그의 뒤를 밟아 보았다. 그는 거리 어귀의 조그마한 술집으로 들어갔다. 나도 호기심을 이기지 못하고 그 술집에 들어갔다. 거기서 나는 비로소 그의 얼굴을 똑똑히 보았다.

그는 모자를 쓴 채 한쪽 구석에 있는 테이블 앞에 앉아 있었는데, 포도주를 가득 따른 글라스가 그 테이블 위에 놓여 있었다. 얼굴은 내가 음악소리를 듣고 짐작한 그대로였다. 한 마디로 말해서 미남이나 호감형의 얼굴은 아니었다. 심술과 고집이 꽤나 있어 보이고, 동시에 의지와 신념이 넘치는 구도자 같은 인상을 주었다.

그러나 입 언저리에는 어린아이와 같은 순진함이 있었고, 부드러운 감정이 발산되는 샘이 있었다. 남성적인 기질을 나타내는 것은 모두 눈과 이마 근처에 모여 있어 얼굴의 아래쪽 절반은 미완성인 형태 그대로였고, 부분적으로는 연약한 느낌마저 주었다. 쉽게 결단을 내리지 못하는 성격을 말해 주는 듯한, 아직 소년의 티를 벗지 못한 턱은 완고해 보이는 얼굴의 위쪽 절반과 아주 대조적이었다. 자존심과 적의에 가득 찬 어두운 갈색 눈이 내 마음에 들었다.

나는 잠자코 그의 맞은편에 맞았다. 홀에 있는 것은 우리 둘뿐 다른 손님은 없었다. 그는 마주앉은 나를 쫓아 버리기라도 하려는 듯이 노려보았다. 나도 배짱을 부려 그의 눈초리를 되쏘아 주었다. 그러자 사나이는 더 견딜 수 없었던지 몹시 기분이 상한다는 얼굴로 중얼거리듯이 말했다.

"뭘 그렇게 쳐다보나? 무슨 용무라도 있나?"

"아니 뭐, 별다른 용무는 없습니다. 그런데 연주솜씨가 참 훌륭하시더군요. 지금까지 여러 번 들었습니다."

나는 겸연쩍은 표정을 지으려고 이마에 주름살을 만들었다.

"그래? 그럼 자네는 음악광인 모양이군. 음악에 열을 올리는 건 좋은 일이 아니라고 생각하는데."

나는 지지 않았다.

"그 음악을 듣고 싶어서 매일 교회 근처를 산책했지요. 어쩌면 나는 음악광인지도 모릅니다. 그건 그렇고…… 난 당신한테 방해가 되는 일을 하려는 건 아닙니다. 이야기라도 몇 마디 나누면 어떤 것이 새로 발견될 것만 같아서 이렇게 마주앉아 본 것뿐입니다. 당신하고 이야기하면 새로운 것, 어떤 특별한 것이 발견될지도 모르지요. 그렇게 심각한 표정을 지으면 좀 곤란합니다. 지금 내가 지껄인 말 같은 건 한쪽 귀로 흘려버리십시오. 이야기를 못 들으면 음악을 듣지요. 교회에만 가면 당신의 연주를 들을 수 있으니까요."

"교회문은 언제나 잠가 두는데……."

"요전에는 그걸 잊으셨더군요. 문이 잠겨 있지 않았어요. 나는 안에 들어가 의자에 앉아서 들었어요. 문이 잠겨 있을 때는 창문 곁에 서 있든가 계단에 앉아서 듣지요."

"그래? 그럼 다음부턴 안에 들어와도 좋아. 바깥은 추우니까 말이야. 하지만 들어올 때는 반드시 노크를 해야 돼. 그 이야기는 이만해 두고……. 그런데 자네는 아까 무엇을 발견한다고 했는데, 도대체 그게 뭐지? 아직 젊은 청년이군. 고교생이나 대학생쯤 되나? 음악가인가, 자네는?"

"음악가는 아니지만 음악을 좋아합니다. 하는 것보다 듣는 걸 좋아하지요. 하지만 음악이라고 모두 좋다는 건 아니고 당신이 오르간으로 연주한 것처럼 어떤 절대적인 것이라고나 할까, 천국과 지옥을 뒤흔드는 것 같은 음악만 좋아합니다. 그런 음악은 무척 좋아합니다. 윤리나 도덕 같은 냄새가 나지 않기 때문입니다. 다른 것은 모두 도덕의 물이 들어 있습니다. 난 물이 들지 않은 걸 찾고 있습니다. 지금까지 나는 그 도덕이란 놈한테 얼마나 시달림을 받았는지 모릅니다. 혹시 아실지도 모르지만, 신인 동시에 악마, 신성과 악마성이 결합된 것과 같은 신이 틀림없이 있다는 겁니다. 어떤 사람한테서 들었는데, 정말 그럴 것도 같아요."

음악가는 챙이 넓은 모자를 약간 뒤로 젖히고는 머리를 흔들며 이마에 내리덮인 머리칼을 양쪽으로 갈라놓았다. 그러고는 긴장된 얼굴을 내 앞으로 바싹 내밀고 나직한 소리로 물었다.

"자네가 지금 말한 그 신의 이름은 뭐라고 하지?"

"그게 어떤 신인지 나도 잘 모릅니다. 이름만은 알고 있지만……. 아브락사스라고 해요."

음악가는 누가 엿듣지나 않을까 살피기라도 하는 것처럼 조심스러운 눈으로 주위를 둘러보았다. 그러더니 다시 얼굴을 가까이 갖다 대고 속삭이듯이 말했다.

"나도 그러리라 생각하고 있었지. 그런데 자네는 뭘 하는 사람이지?"

"고등학교 학생입니다."

"아브락사스라는 이름은 어디서 들었나?"

"우연히."

그기 테이블을 탕 두드렸기 때문에 글라스에 따라 놓은 포도주가 출렁이면서 쏟아졌다.

"우연? 그런 엉터리없는 말이 어디 있어. 아브락사스를 우연히 알게 되다니, 그건 말도 안 돼. 그 얘기를 해 주지. 그 신이라면 나도 조금은 알고 있으니까."

그는 앉은 채 자기 의자를 조금 뒤로 물렀다.

"지금 얘기해 주겠다는 게 아니야. 다음에 하지. 자, 이거나 먹어."

그는 망토 호주머니에 손을 넣더니, 군밤을 몇 개 꺼내 주었다. 나는 지극히 만족스러운 기분이었다.

"그런데 말이야."

음악가는 한참 동안 입을 다물고 있다가 다시 말을 이었다. 속삭이는 듯한 말투였다.

"어디서 들었지, 그 아브락사스 이야기를?"

나는 더 이상 주저하지 않고 털어놓았다.

"나는 고독 속에 빠져 갈피를 못 잡고 있었어요. 그런 생활을 하고 있던 어느 날, 내 친구 생각이 문득 머리에 떠올랐습니다. 그 친구는 머리도 영리하고 아는 것도 많은 사람이지요. 나는 그때 그림을 그리고 있었습니다. 지구에서 빠져 나가려고 하는 새의 그림입니다. 몸의 절반가량이 지구에 파묻혀 있는 그 새의 그림을 친구한테 부쳐 줬는데, 그 일을 거의 잊어 갈 무렵에 한 장의 종이쪽지가 날아들었습니다. 거기에는 '새는 알에서 나오려고 버둥거린다. 그 알은 새의 세계이다. 알에서 빠져 나오려면 하나의 세계를 파괴하지 않으면 안 된다. 새는 신의 곁으로 날아간다. 그 신의 이름은 아브락사스이다.'라고 적혀 있었습니다."

그는 아무 말도 하지 않았다. 우리는 군밤을 까서 포도주의 안주로 삼았다.

"한 잔 더 할까?"

그가 물었다.

"그만 합시다. 난 술을 많이 못 합니다."

그는 약간 실망했다는 얼굴로 웃었다.

"그럼 좋도록 하세. 한데 난 자네하고 좀 다르지, 마시는 방면에 있어선 말이야. 자네 먼저 돌아가게. 난 더 있다가 갈 테니."

두 번째로 만났을 때, 그는 별로 말이 없었다. 그는 뒷골목으로 나를 데리고 가더니, 음산한 느낌을 주는 어떤 낡은 집으로 들어가자고 했다. 나는 잠자코 그를 따라 들어갔다. 어두운 복도를 지나 가구의 정돈이나 청소가 돼 있지 않은 넓은 방으로 안내되었는데, 한쪽 옆에 놓여 있는 피아노 이외에는 음악을 연상할 만한 것이 하나도 없었다. 큰 책장과 책상이 있는 그 방은 오히려 학자의 서재와 같은 인상을 풍기고 있었다.

"책이 굉장히 많군요."

나는 방 안을 둘러보면서 말했다.

"모두 내 책이 아니야. 일부는 아버지의 장서지. 난 아버지하고 함께 살고 있어. 하지만 자네한테 소개해 줄 수는 없어. 이 집에서는 나를 찾아오는 사람들을 그다지 존경하지 않으니까 말이야. 나라는 인간이 변변치 못하니까 그렇지. 말하자면 나는 탕아야. 아버지는 목사, 설교자…… 여하튼 그런 걸 직업으로 하는 지독히도 훌륭한 사람이야. 그런 아버지의 아들이니 천분도 있고 앞날도 유망한 셈이지만, 약간 머리가 돌아서 빗나간 길을 걷고 있다, 이거지. 처음엔 신학 공부를 했는데, 국가시험 직전에 집어치우고 말았어. 그렇다고 내 개인적인 '신학'까지 내던진 건 절대 아니지. 우리 인류가 그 시대에 알맞은 신을 어떻게 만들어 냈을까 하는 것은 내게 있어서 가장 중요하고 가장 흥미로운 문제야. 그런 건 어찌 됐건, 현재의 나는 음악가이고 또 머지않아 오르간 연주자로서의 어떤 지위가 부여될 것 같아. 그렇게 되면 다시 교회로 돌아갈 수 있지."

나는 책장에 즐비한 책들을 훑어보았다. 탁상 램프의 불빛으로 그리스어나 라틴어, 히브리어 등의 표제를 읽을 수 있었다. 내가 시선을 책장으로 돌리고 있는 동안 그 음악가는 어두컴컴한 구석 쪽의 방바닥에 엎드려 부스럭거리고 있었는데, 무슨 준비가 됐는지 그쪽으로 오라고 나를 불렀다.

"이리 와! 이제부터 잠깐 철학공부를 해야겠네. 입을 다물고 이렇게 배를 방바닥에 대고 엎드려 사색하는 거야."

그는 엎드린 채 자기 머리맡에 있는 난로에 성냥을 그어 댔다. 불은 종이에서 불쏘시개로, 그리고 장작으로 옮겨 가면서 활활 타오르기 시작했다. 음악가는 장작을 더 지피고는 신중한 얼굴로 난로의 불을 바라보고 있었다. 나도 그 불에 마음이 이끌리는 것을 느끼기 시작했다. 우리는 거의 1시간가량 장작불 앞에 엎드려, 빠지직빠지직 타들어가던 불이 잠시 후에는 윙윙 소리를 내면서 맹렬한 기세로 타올라 화염의 소용돌이를 이루고, 이어 된서리를 맞은 풀잎처럼 수그러져서 가물거리다가 이윽고 꺼져 재가 되는 것을 바라보고 있었다.

"불을 숭배하는 것이 지금까지 존속해 온 신앙 가운데서 제일 엉터리 같은 거라고는 할 수 없어."

그는 혼자 말처럼 중얼거렸다. 그밖에는 아무 말도 하지 않았다. 나도 입을 다문 채 잠자코 있었다. 난로 한쪽 모퉁이의 타다 남은 장작토막이 숯덩이의 열을 받아 다시 타기 시작했다.

나는 그 불과 연기와 난로 바닥에 쌓인 재 가운데서 여러 가지 형상을 보았다. 그때 철학공부를 하던 내 상대자가 갑자기 한 움큼의 관솔을 난로에 던져 넣었다. 꿈과 정적을 깨뜨리고 불은 다시 소리를 내며 타올랐다.

나는 그 불 속에 내가 그렸던 괴상한 맹조를 닮은 새가 있는 것을 보았다. 여러 가지 글자와 황금실로 뜬 그물도 있었다. 그밖에 여러 가지 형상으로 사람의 얼굴, 짐승의 얼굴, 풀, 나무, 벌레, 배 등이 나타났다. 한참 만에 내 정신으로 돌아와 음악가 쪽으로 고개를 돌렸다. 그는 팔꿈치를 괴고 두 주먹에 턱을 올려놓은 채 황홀한 듯, 열광한 듯 난로 속의 재를 들여다보고 있었다.

"그만 가야겠어요."

나는 속삭이듯 말했다.

"그래, 그럼 가 봐. 안녕!"

음악가는 엎드린 채 말했다. 방이고 복도고 모두 램프불이 꺼져 캄캄했기 때문에 나는 손과 발로 더듬어서 그 집을 빠져 나오지 않으면 안 되었다. 밖으로 나와 몇 걸음을 옮기다 말고 다시 돌아서서 멋없이 크기만 한 그 집을 쳐다보았다. 집은 낡을 대로 낡아 있었고 불빛이 비치는 창문은 하나도 없었다. 놋쇠로 만든 작은 문패가 현관문 옆에 붙어 있었는데, 거기에 새겨진 글자가 '주임목사 피스토리우스'라는 것을 가스등의 불빛으로 읽을 수 있었다.

기숙사로 돌아가 조그마한 내 방에 들어갔을 때, 비로소 나는 아브락사스에 대해서도 그 밖의 일에 대해서도 피스토리우스로부터 아무런 말도 듣지 못했다는 것과 우리 두 사람이 주고받은 이야기는 통틀어 열 마디도 안 된다는 것을 깨달았다. 그러나 그의 집에 갔던 것을 나는 아주 만족스럽게 생각했다. 그는 다음번에는 오르간 연주로는 제일 멋진 스웨덴의 북스테후데의 파사칼리아라는 무도곡을 들려주겠다고 약속했던 것이다.

나는 알아차리지 못하고 있었지만, 오르간 연주가 피스토리우스는 함께 난로 앞에 엎드려 있을 때 내게 이른바 '철학'의 첫째 과목을 가르쳤던 것이다. 불을 응시했던 것이 내 정신에 좋은 영향을 주었다. 덕분에 나는, 그 동안 줄곧 갖고 다니긴 했지만 소중하게 여긴 적은 없는 내 기호를 새삼스레 의식했던 것이다. 불이 타오르고 꺼져서 재가 되고 하는 것을 보고 있는 동안에 거기에서 얻은 어떤 영감 같은 것이 그 기호에 힘을 주고 그것을 뒷받침했던 것이다.

어릴 때부터 나는 자연의 기괴한 형태를 관망하는 버릇이 있었다. 좀더 자세히 말하면, 그 관망에는 관찰이라는 뜻이 없고 그저 바라보는 것이다. 기괴한 형태의 독특한 매력이나 깊은 의미가 있어 보이는 자연의 속삭임에 몸을 맡기는 것뿐이다. 목질화된 긴 나무뿌리나 암석에 새겨진 각양각색의 무늬, 물 위에 떠 있는 기름의 반점, 금이 간 유리―이 모두가 때때로 내게 매력을 던지는 것이다. 특히 물이나, 불, 연기, 구름, 먼지, 눈을 감으면 주마등처럼 빙글빙글 돌아가는 찬란한 색깔의 반점이 견딜 수 없이 좋았다.

피스토리우스의 집을 방문한 후 나는 오랜만에 그런 생각을 하게 되었다. 그를 방문한 이래 왠지 모르게 자신이 생기고 강인해진 것처럼 느껴졌고, 어떤 환희와 자아의식이 높아지는 것을 느꼈는데, 그것은 모두 그때 난로 앞에 엎드려 장작불을 지켜본 덕분이라는 것을 깨달았다. 불이 타는 것을 지켜본 것뿐인데, 기묘하게도 내 기분은 상쾌해지고 감정은 풍요로워진 것이다.

이제까지 내가 참다운 내 인생의 목표를 향해 걸어가는 동안에 발견한 얼마 안 되는 경험에 이번의 새로운 경험이 덧붙여진 것이다.

그런 자연 형태 관찰과 비합리적인 형상에의 몰두는, 우리의 마음속에 그러한 형상을 낳은 자연의 의지와 우리 각자의 내면세계가 일치하고 있다는 감정을 불러일으킨다. 그리고 우리는 그러한 형상을 우리 자신의 창작물이라고 생각하고 싶어 하는 유혹에 걸려들게 된다.

자연과 우리 사이의 경계가 애매하게 되어 가는 것을 보고, 우리는 자신들의 망막에 비치는 영상이 외계의 인상에 기인하는 것인지 아니면 우리 내면세계의 인상에 기인하는 것인지를 분별하지 못할 것 같은 느낌을 갖는다.

이상과 같은 증험적 훈련에서 극히 간단하고 용이하게 얻을 수 있는 것은, '우리 인간이 얼마나 창조적인 활동을 하고 그러한 역할이 부여된 존재인가', '우리 영혼이 세계의 끊임없는 창조 활동에 얼마나 적극적으로 참여하고 있는가'라는 새로운 발견이다. 우리의 내부 세계에서 활동하고 있는 신과, 자연이란 외계에서 활동하고 있는 신은 둘로 가를 수 없는 동일한 신인 것이다.

　그러므로 가령 외계가 멸망하는 경우가 있다고 하더라도 우리 가운데의 누군가가 그것을 재건할 수 있을 것이다. 왜냐하면 산이나 강, 나무의 뿌리나 잎, 꽃 등 자연의 모든 형태는 우리 내부 세계에 그 원형을 갖고 있으며, 그 원형은 영혼에 유래하고 있기 때문이다. 영혼의 본성은 영원이다. 우리에게는 이 본성을 알아 낼 방도가 없지만, 대개의 경우는 사람의 힘과 창조의 힘으로 그 본성이 어떤 것인가를 은밀히 감지할 수는 있는 것이다.

　나는 그로부터 상당한 시일이 지난 후에야 그러한 관찰이 어떤 책에 의해 뒷받침되고 있다는 것을 알았다. 그 책에는 레오나르도 다 빈치의 다음과 같은 말이 실려 있었다.

　'여러 사람들이 침을 뱉은 벽을 관찰하는 것은 자극적인 일이며 자기 자신에게 크게 유익하다─.'

　즉, 그는 여러 사람들이 뱉은 침으로 눅눅하고 더러워진 벽 앞에서 피스토리우스와 내가 장작불을 앞에 놓고 느낀 것과 같은 것을 증험한 셈이다.

　그 다음에 만났을 때 오르간 연주가로부터 나는 간단한 설명을 들었다.

"우리는 인격의 한계라는 것을 언제나 너무 간단하게 생각하고 있어. 개별적인 구분이 가능한 것과 상위점이 뚜렷하게 나타나 있는 것만을 자기 인격의 요인으로 하고 있을 뿐이야. 그러나 우리는 세계의 모든 구성 요소로 되어 있어. 우리들 한사람 한사람이 모두 그렇지. 그리고 우리들의 몸은 물고기나 또는 그보다 훨씬 이전의 동물들이 진화의 계보를 갖고 있는 거나 마찬가지로 인간의 영혼이 체험한 모든 것을 갖고 있어. 그리스인이건 중국인이건 남아프리카 줄루족 이건 인류의 영혼이 생각해 낸 모든 신과 악마는 우리들 인간 각자의 내부 세계에 있어. 가능성과 소망의 탈출구로서 존재하는 거야. 가령 전 인류가 사멸하고 교육을 받지도 않은 중간 정도의 재능밖엔 없는 아이만 살아남았다고 해도, 그 아이는 아마 틀림없이 모든 것의 전 과정을 다시 발견할 수가 있을 거야. 그리고 신과 악마를 만들어 내고 낙원이나 규범이나 금령, 구약성서, 신약성서 등 그 모든 것을 만들어 낼 수가 있을 거야."

"하기야 그럴지도 모르지만……."

나는 이의를 제기했다.

"만약 그렇게 된다면 인간의 가치는 어디서 찾게 되지요? 인간 각자의 내부 세계에 모든 것이 완성되어 있다면, 우리는 아무 노력도 할 필요가 없지 않겠어요?"

"응, 잠깐만……."

피스토리우스는 황급히 내 입을 막았다.

"세계를 그저 자기 속에 갖고 있다는 것과 그것을 알고 있다는 것은 달라, 상당한 차이가 있지. 정신병자라 하더라도 플라톤을 연상하

게 하는 훌륭한 사상을 낳을 수가 있을 거고, 경건주의의 교단인 헤른
후트 파의 신학교에 있는 신앙심이 깊은 사나이라 하더라도, 지식 중
심의 그노시스 파나 페르시아 고대종교인 조로아스터 파 등에 깊이
관련되는 신화적인 문제를 창조적으로 처리하고 그것을 뒷받침할 수
도 있을 거야. 하지만 그들에게서 알고 있다는 자각을 찾아볼 수는 없
어. 자각이 없는 한 그것은 나무나 돌이나 사고력이 없는 동물에 지나
지 않아. 인식의 불꽃이 튀어야 비로소 인간이 되는 거야. 길거리를 돌
아다니는 두 발 달린 것들이 몸을 꼿꼿하게 펴고 걷는다는 점과 열 달
만에 태어났다는 점, 그 두 가지 조건만을 갖추었다고 해서 인간이라
고 할 수는 없지 않나. 자네도 설마 그런 것들을 인간으로 생각하지는
않겠지? 그런 것들은 인간 이전이야. 인간이 되려면 아직 멀었어. 그
들 중의 얼마나 많은 부류가 물고기나 양이나 지렁이인가, 그리고 얼
마나 많은 부류가 개미이거나 벌인가를 자네도 물론 알고 있겠지! 물
론 현재는 인간 이전이지만 앞으로 인간이 될 가능성은 있어. 그들은
누구나 그런 가능성을 갖고 있어. 그 가능성도 그 자체를 예감하고 얼
마쯤이라도 그것을 자각해야만 비로소 자기 것이 되는 거야."

　그의 설명은 대략 이상과 같은 것이었다. 그 설명 속에는 전혀 새롭
거나 예상외의 사실이라는 것은 없었다. 그러나 그 설명은 내 마음을
끊임없이 조용히 두드렸다. 내 마음의 한 부분을 정해 놓고 그 부분만
을 쇠망치로 두드리듯 했던 것이다.

　그것은 모두 '나'라는 인간의 자기완성을 도와주었다. 모순된 현실
로부터의 탈피—알에서 나오기 위해 알의 껍데기를 깨고 있는 나를
도와주었던 것이다. 그리하여 나는 머리를 조금씩 높이 쳐들 수 있게

되었고, 드디어는 세계라는 알을 깨고 나올 수 있었다. 그 아름다운 맹조가 알에서 깬 것이다.

우리는 또 가끔 가다 서로가 꾼 꿈의 이야기를 했다. 피스토리우스는 해몽하는 방법을 알고 있었다. 기묘한 꿈 하나가 내 기억에 남아 있다. 나는 공중을 날아다니는 꿈을 꾸었다. 날아다녔다고 해서 새처럼 자유롭게 날아다닌 것이 아니라, 어떤 큰 진동에 의해 내 몸이 공중에 뜬 것이었다. 그 진동은 내 마음대로 일으킬 수가 없었다.

그 꿈은 내 마음을 높은 데로 끌어올려주었는데, 처음에는 상쾌한 기분이었지만 무제한으로 올라가는 것이 점점 불안했다. 그 순간, 나는 숨을 멈추거나 내쉬는 것으로 상승과 하강을 조정할 수 있는 방법을 발견하고서야 비로소 마음을 놓았던 것이다.

거기에 대해서 피스토리우스는 이렇게 말했다.

"자네를 공중에 뜨게 한 그 진동이라고 할까 약동이라고 할까, 그것은 누구든지 갖고 있는 인간으로서의 특전이야. 그것은 모든 힘의 근원과 연결되어 있는데, 그것을 느끼면 불안해지지. 누구든지 다 그렇지. 굉장히 위험하기 때문이야. 그러니까 웬만한 친구들은 날아다니는 것을 포기하고 규범에 따라 보도를 걸어 다니는 것을 선택하지. 그런데 자네 경우는 그렇지 않아. 자네는 유능한 청년답게 계속해서 날고 있어. 그러는 동안에 자네는 새로운 사실─날아다니는 데 대한 자신과 자네를 공중으로 끌어올리는 큰 힘에 자네가 갖고 있는 작은 힘이 보태진다는 사실을 발견할 수 있게 되지. 하나의 기관이, 하나의 키(舵)가 생기는 거야. 그건 멋있는 일이야. 그게 없으면 의지고 뭐고 맥을 못 추지. 가령 말하자면 정신병자가 그렇지. 미친 사람들에게는 정신이 멀쩡한 사람들이 갖고 있는 것보다 더 깊은 예감이 부여되지. 그러나 그 예감뿐, 열쇠와 키는 없어. 때문에 방향을 못 잡고 헤매다가 끝없는 심연에 텀벙 뛰어들게 마련이지. 그러나 자네는 그렇지 않아. 자네는 자기의 안전도를 높이는 새로운 기관, 일종의 호흡 조절기를 사용하고 있는 셈이야. 그러니까 자네 영혼 같은 것도 맨 안쪽의 깊은 곳까지 들어가면 개인적인 존재가 아니라는 말이 되지. 왜냐고? 그건 자네 영혼이 그 조절기를 발명하지 않았기 때문이야. 그건 조금도 새로운 것이 아니야. 몇 천 년 전부터 있던 것을 잠시 빌렸을 뿐이지. 그 조절기라는 게 실은 물고기의 평형기관, 즉 부레야. 이 부레는 호흡을 조절하는 허파의 역할도 하게 되었는데, 그런 기묘하고도 진부한 것을 갖고 있는 물고기가 얼마 안 되는 숫자이긴 하지만 오늘날까지도 있기는 있어. 싱클레어, 그건 자네가 꿈속에서 공기 주머니로 사용했다는 허파하고 똑같은 거야."

그러고는 일부러 동물학 책을 한 권 갖고 와서 진화가 늦은 그 물고기의 그림을 보여 주었다. 그러자 이상하게도 내 마음─내부 세계에서 진화의 초기에 있었던 기능이 활동을 시작하는 것 같아 전율을 느꼈다.

야곱의 싸움

내가 피스토리우스라는 음악가로부터 아브락사스에 대해서 들은 이야기는 간단하게 기술하기가 곤란하다. 내가 그에게서 배운 것 가운데서 가장 중요한 것은 '자기 자신'에게 도달하는 길의 발견이었다. 나는 그 길에 이미 한발을 들여놓고 있었다.

열여덟 살이 될까 말까 했던 당시의 나는 이미 '평범'에서 벗어난 존재였다. 여러 가지 면에서 조숙했지만, 그 반면 뒤떨어진 점도 많았고 결단력도 부족했다. 가끔 나 자신을 다른 사람들과 비교해 보고 우월감을 느끼기도 했지만, 자신과 의욕을 잃고 기가 죽을 때도 많았다. 자기를 천재로 생각할 때도 있었지만, 머리가 반쯤 돌아 버린 것이 아닌가 생각할 때도 여러 번 있었다. 같은 또래의 친구들과 함께 생활하면서 기쁨이나 즐거움을 나눈다는 것이 내게는 어려웠다. 아무리 애를 써도 잘 되지 않았다. 그럴 때마다 나는 그들로부터 완전히 외면당한 존재이고, 동시에 내 인생의 문은 굳게 닫혀 있다는 생각이 들어 말할 수 없는 슬픔과 불안을 느꼈던 것이다.

색다른 길을 걷고 있는 피스토리우스는 내게 자기 자신에 대해 용기와 존경을 잃지 않는 방법을 가르쳐 주었다. 그는 내 이야기 가운데서, 내 공상과 착상 가운데서, 내 꿈 가운데서 언제나 가치 있는 것을 발견하여 그것을 진지한 논제로 함으로써 내게 새로운 본보기와 방향을 제시했던 것이다.

그는 이런 말을 곧잘 했다.

"도덕적이 아니기 때문에 음악을 좋아한다고 자네는 말한 적이 있지. 그건 아무래도 상관없어. 다만 자네 자신이 도덕을 숭배하지 않으면 그뿐이야. 다른 사람과 자기를 비교하는 것은 나빠. 자연이 자네를 박쥐로 낳아주었으면 박쥐의 생활을 해야 돼. 박쥐로 태어난 자기를 거위로 바꾸려는 허황한 꿈을 꾸면 절대 안 되지. 자네는 가끔 자기 스스로 빗나간 길에 발을 들여놓아 이단자로 만들어 놓고는 다른 사람들이 걷는 길과 방향이 다르다고 자기를 책망하고 있어. 그건 좋지 않아. 불을 보고 구름을 봐. 그러면 예감이라는 게 생기지. 그 예감에 의해서 자네 영혼이 방향을 제시하면 두말 않고 거기에 따르는 거야. 그 방향이 학교 선생이나 자네 양친이나 어떤 신의 마음에 드는지 어떤지 거기에 의심을 가지면 안 돼. 그런 생각을 하면 자기의 인격이 소멸되고 허수아비처럼 되고 마니까. 알겠나, 싱클레어? 우리의 신은 아브락사스다. 그건 신인 동시에 악마이기도 하지. 밝은 세계와 어두운 세계를 함께 관장하는 신과 사탄의 결합물이야. 아브락사스는 자네의 어떠한 생각이나 어떠한 꿈에도 반대하지 않아. 이걸 명심하지 않으면 안 되지. 자네가 평범한 길을 걷는 인간으로 돌아가면 아브락사스는 자네를 버리고 말 거야. 자네를 버린 아브락사스는 자기 생각을 끓이기 위해 새로운 냄비를 찾게 되는 거야."

내가 꾼 여러 가지 꿈 가운데서 가장 충실하고 인상적이었던 것은 그 어두운 사랑의 꿈이었다. 나는 몇 번이고 거듭해서 그 꿈을 꾸었던 것이다. 새의 문장이 붙은 대문으로 들어가 마중 나오는 어머니를 안으면 갑자기 모습이 달라지는 것이었다.

분명히 어머니를 안았는데도 내 팔에 안긴 것은 어머니가 아니라 절반은 남자 같고 절반은 어머니 같은 몸집이 큰 그 여자였다. 나는 그 여자를 두려워했으나, 그 이상으로 욕망을 느꼈다. 요원의 불길처럼 타오르는 욕망이 나를 그 여자 곁으로 끌고 가는 것이었다.

그 꿈만은 피스토리우스에게도 말하지 못했다. 다른 꿈이나 비밀 이야기를 모두 털어놓았을 때도 그 꿈 이야기만은 내 가슴 속 가장 깊은 곳에 묻어 두었던 것이다. 그것은 내 은신처이고 피난처였다. 내 비밀의 전부였다.

기분이 우울할 때면 나는 피스토리우스를 찾아가 북스테후데의 〈파사칼리아〉를 들었다. 그 음악을 들으면 이상하게도 정신이 맑아지는 것이었다. 자기 속에 침잠하여 자기 자신의 목소리에 귀를 기울이고 있는 것 같은 그 음악은 내 마음에서 우울증을 걷어 내는 데 언제나 효과가 있었다. 그리하여 그 음악은 내 영혼의 이야기소리임에 틀림없다는 확신이 점점 강해졌다.

가끔 우리는 오르간 소리가 멀리 사라진 뒤에 밖에 서 있는 가스등의 희미한 불빛이 높은 창문으로 흘러 들어오는 것을 바라보면서 늦게까지 의자에 앉아 있었다.

"내가 이전에 신학을 공부해서 목사가 되려고 했다면 우습게 들리겠지……."

피스토리우스가 말했다.

"하지만 내가 저지른 죄는 형식에 불과한 거야. 성직자가 되는 것은 내 목표이고, 목사는 내 천직이야. 다만 아브락사스를 알기 전에 여호와를 받들었다는 것뿐이지. 종교란 것은 어느 것을 막론하고 모두 멋이 있어. 종교는 영혼이야. 크리스트교의 성찬을 받건 메카를 순례하건 상관없는 일이야."

"그렇다면 당신은 목사가 되어도 좋았을 거 아닌가요?"

나는 물었다.

"그렇지 않아, 싱클레어. 그거하고는 달라. 내가 목사라는 직업을 가지면 거짓말을 해야 되지 않나. 지금 내가 신봉하는 종교는 종교 같지도 않은 것이야. 말하자면 오성의 영역을 개척하는 방향으로 나가 보자는 게 내 종교의 종지라고 할 수 있지. 나는 필요하다고 생각되면 카톨릭 교도는 될지 모르지만, 프로테스탄트의 목사 노릇은 안 해. 목사라니, 천만의 말씀이지. 프로테스탄트의 진짜 신자들은―나도 몇 사람 알고 있지만―허무맹랑한 이야기라도 곧이듣고는 거기에 근거를 두고 행동하고 싶어서 탈이야. 그런 사람들한테 가령 그리스도는 적어도 내게 있어서는 인간이 아니고 반신(半神)이다, 그리스도에 관한 이야기는 모두 신화다, 그리스도의 모습은 영원히 벽에 투영된 인류의 거대한 환상이다라는 말을 할 수 있겠어? 그리고 또 자기들에게 도움이 되는 말을 들어 보기 위해 교회에 가는 사람들이나 임무만은 다하고 싶다, 실수라도 하면 큰일이다 등 그 밖의 그와 비슷한 여러 가지 이유로 교회에 모여드는 사람들에게 무슨 말이 통하겠나. 개종을 권유하면 될 게 아니냐고 자네는 생각할지 모르지만, 나한테는 그런 생각이 조금도 없어. 신자들에게 개종을 종용하는 건 성직자의 본연의 자세가 아니야. 자기와 같은 종파의 신자들과 함께 생활하면서 각각 자기들 나름대로의 신을 창조해야겠다는 그들의 기분을 이해하고 그 표현의 수단이 되지 않으면 안 돼."

그는 잠시 말을 끊었다가 다시 이었다.

"우리가 지금 그것을 이해하고 표현하기 위해서 선택한 아브락사스라는 신과, 그 신을 믿는다는 것은 비길 데 없이 훌륭하고 멋진 일이야. 아브락사스는 최고의 신이고, 그 신에 대한 신앙은 최선의 종교야. 그런데 우리가 갖고 있는 최고 최선의 이 종교는 아직 젖을 빨고 있지. 날개도 돋아나지 않았어. 고독한 종교는 진짜가 아니야. 종교는 공통되는 요소를 갖고 있지 않으면 안 돼. 예배와 신비경에서의 도취, 제전과 의식, 비법 등을 가질 필요가 있어."

그는 말을 끊고 깊은 생각에 잠겼다.

"그런 의식이면 몇 사람만 모여도 할 수 있고, 또 혼자서도 할 수 있지 않을까요?"

나는 상대방의 눈치를 살피면서 물어보았다.

"그야 그렇지."

음악가는 고개를 끄덕이면서 말했다.

"나는 벌써부터 그렇게 하고 있어. 세상에 소문이 퍼지면 큰일이 나고도 남을 만큼 일반으로부터 죄악시되고 있는 의식이나 제전을 나 혼자서 해왔단 말이야. 붙잡혀 가면 톡톡히 징역살이를 치를 일이지.

하지만 아직 진짜 종교는 되지 않았어. 이건 나 자신도 잘 알지만."

그러고는 느닷없이 내 어깨를 툭 쳤기 때문에 나는 흠칫하고 가슴을 오므렸다.

"이봐, 싱클레어……."

그는 내 가슴을 파고드는 듯한 시선을 던지면서 말했다.

"자네한테도 비밀 종교 같은 게 있어서 남들 몰래 제전이나 의식을 올리고 있단 말일세. 자네는 내게 그런 말은 하지 않았지만, 자네는 어떤 꿈을 꾸고 있는 것이 틀림없어. 그게 어떤 꿈인지 나는 알려고 하지 않아. 내 이건 분명히 말해 두지만, 자네는 그 꿈을 따라 살아가지 않으면 안 된단 말이야. 그 꿈을 실현하기 위한 제단을 만들어 놓지 않으면 안 돼. 그 꿈은 완전한 것은 못 되지만 하나의 길인 것만은 틀림없어. 언젠가는 우리가 이 세계를 혁신한다는 것을 자네는 곧 알게 될 걸세. 우리는 매일같이 자기의 마음속에서 세계를 혁신해야 해. 문제는 바로 거기 있어. 그걸 무시하면 아무것도 되지 않아. 자네는 열여덟 살이지, 싱클레어? 아직 나이가 어리니까, 거리의 여자들을 찾지는 않겠지. 그 대신 자네는 사랑의 꿈, 사랑의 소망을 갖고 있는 게 틀림없어. 어쩌면 그것은 자네한테 두려움을 주는 꿈인지도 몰라. 하지만 절대 두려워하면 안 돼. 그 꿈은 자네가 갖고 있는 것 가운데서 가장 소중한 보물이야. 이것만은 믿어도 좋아. 나는 자네만 할 때 사랑의 꿈을 무리하게 억눌렀었지. 그래서는 안 돼. 아브락사스를 알게 된 이상 그럴 필요는 없어. 자기의 영혼이 바라는 이상, 그것을 두려워하거나 금지된 일이라고 주저하면 안 돼."

나는 그 말을 이해할 수는 있었지만, 전면적으로 수긍할 것은 못 된다고 생각했다.

"하지만 생각나는 일은 무엇이든지 해도 좋다는 법은 없잖아요? 보기 싫은 놈이라고 죽여 없앨 수도 없는 일이고 말입니다."

그러자 그는 심각한 표정의 얼굴로 바싹 다가앉으면서 말했다.

"괜찮아. 경우에 따라서는 그럴 수도 있어. 물론 옳은 일은 아니야. 마음 내키는 대로, 생각나는 대로 해도 좋다는 건 결코 아니지. 나도 그런 의미에서 말한 건 아니야. 다만 훌륭한 뜻이 있는 착상을 머릿속에서 두드려 내쫓거나 도덕이라는 굴레를 씌워서 괴롭히면 안 된다는 거지. 누구나 그렇겠지만, 십자가에 매달릴 틈이 있으면 차라리 포도주나 마시면서 아브락사스의 제전을 생각하는 게 나아. 그게 훨씬 낫지. 또 그렇게까지는 하지 않더라도, 충동이나 유혹을 사랑과 존경으로 받아들일 수도 있어. 그렇게 하면 충동이나 유혹도 자기가 갖고 있는 그 나름의 의미를 보여 줄거야. 모든 것은 의미를 갖고 있으니까. 그리고 이건 분명히 알아 둘 일이지만, 싱클레어, 미친 사람이나 악마들에게서 흔히 보는 무분별과 죄악에 가까운 것을 하고 싶다는 욕구가 머리에 떠오르면, 가령 아주 불결하고 음탕한 짓이나 누구를 죽여버리고 싶은 충동을 느끼게 되면, 싱클레어, 그때는 조금 생각하지 않으면 안 돼. 내 마음 속에서 이런 공상을 그리고 있는 것은 아브락사스로구나 하고 말이야. 자네가 죽이고 싶어 하는 사람은 모모 씨라고 이름을 갖고 있는 인간이 아니라 그 인간의 가면에 지나지 않아. 어떤 사람을 미워한다는 것은 자기 자신의 마음속에 도사리고 있는 어떤 것을 미워하는 거나 마찬가지야. 우리들의 마음속에 있는 것이 우리를 흥분시킨다는 것은 결코 있을 수 없는 일이지."

피스토리우스가 그처럼 내 가슴 깊은 곳에 감추어져 있는 비밀을 정확히 찌르는 말을 한 적은 그때까지 한 번도 없었다. 나는 아무 말도 할 수가 없었다. 그때 강렬한 자극과 함께 아주 기묘하게 생각된 것은, 내가 몇 해를 두고 가슴속에 간직하고 있던 막스 데미안의 이야기와 피스토리우스의 충격적인 그 말이 일치되고 있다는 사실이었다. 그들은 미리 짜놓기라도 한 것처럼 똑같은 말을 한 것이다.

"우리가 외계에서 보는 것은 우리 각자의 마음속에 있는 것과 동일한 거야……."

피스토리우스는 나직이 말했다.

"우리 각자의 마음속에 있는 것 이외에 현실이란 존재할 수 없어. 대부분의 사람들이 비현실적인 생활을 하는 것은 외계의 형상을 현실로 보기 때문이야. 자기 속에 있는 자기 자신의 세계에 대해서 이야기할 기회를 주지 않기 때문이야. 그렇게 함으로써 행복할 수는 있겠지. 그러나 일단 자기마음 속의 현실을 알게 된 이상, 거기에는 이미 선택의 여지가 없는 거야. 다른 사람들이 가는 길을 걸을 수는 없지. 싱클레어, 다른 사람이 가는 길은 험하지 않아. 그런데 우리가 걷는 길은 험해. 그래도 가야 해."

며칠 후, 나는 밤늦게 길거리에서 그를 만났다. 그전에 두 번이나 교회에 가서 기다렸지만 모두 허탕을 쳤던 것이다. 차가운 밤바람 속을 그는 술에 만취된 채 비틀거리면서 걸어오고 있었다. 나는 어쩐지 그에게 말을 건네고 싶은 생각이 나지 않았다.

그는 나를 알아보지 못한 채 내 옆을 지나쳐 버리고 말았다. 마치 미지의 세계에서 자기를 부르는 소리에 귀를 기울이면서 그 소리를 따라가는 것처럼 타는 듯한 눈으로 앞을 응시하고 있었다.

나는 그의 뒤를 따라 다음 거리까지 갔다. 눈에 보이지 않는 철사줄에 끌려가듯 그는 모든 것을 체념한 것 같은 걸음으로 유령처럼 어둠 속으로 사라지고 말았다. 나는 더 이상 따라가지 않았다. 그리고 구제받을 수 없는 꿈이 기다리고 있는 내 방으로 돌아갔다.

'피스토리우스는 그런 방법으로 자기 속의 세계를 혁신하고 있는 모양이다.'

나는 그런 생각을 했는데, 그 뒤 곧 그 방법이 진부하고 너무나 도덕적인 것으로 느껴졌다.

그러나 그가 어떤 꿈을 꾸고 있는지 나는 전혀 모른다. 어쩌면 그는 그 도취 속에서 나보다 훨씬 확실한 길을 걷고 있는지도 모를 일이다.

내가 별로 관심을 갖지 않았던 동급생이 한 명 있었는데, 그는 휴식 시간만 되면 내게 접근하려는 눈치를 보였다. 조그마한 키에 몸집도 가늘고 몹시 연약해 보이는 소년으로, 숱이 성긴 머리칼은 약간 붉은 빛을 띤 블론드였다. 체격은 빈약하지만, 그의 눈빛과 태도는 어딘가 모르게 독특한 인상을 주고 있었다. 어느 날 밤, 기숙사로 돌아갈 때였다. 뒤쫓아온 그가 나를 앞질러 문 앞에서 걸음을 멈추었다.

"뭐야, 무슨 할 말이라도 있어?"

나는 물었다.

"응, 얘기할 게 있어. 뭐, 특별한건 아니야. 잠깐 산책이라도 하는 게 어때?"

그는 잠시 망설이다가 용기를 낸 것처럼 말했다. 나는 그 소년을 따라가면서, 상대방이 몹시 흥분해 있으며 또 어떤 기대를 갖고 있다는 것을 느꼈다. 그의 두 손이 부들부들 떨리고 있었기 때문이다.

"너 심령론자지?"

그는 느닷없이 이렇게 물었다.

"아니야. 그런데 심령론자라니?"

나는 웃으면서 말했다.

"그런데 왜 그런 생각을 했지? 내가 그렇게 보이니?"

"그럼 신지학(神智學)은 하고 있을 테지?"

"그것도 아니야."

"너무 그렇게 시치미를 떼면 곤란해. 네가 보통 사람들하고는 좀 다르다는 걸 알기 때문에 묻는 거야. 네 눈에 나타나 있어. 네가 심령하고 교제하고 있다는 건 틀림없어. 나는 그저 호기심으로 이런 걸 묻는 게 아니야. 그런 건 절대 아니야. 싱클레어. 난 길을 찾고 있어. 이건 진심이야. 그리고 난 지금 외톨이야. 내 주위에는 아무도 없어."

"그래, 계속 말해 봐. 영혼이 어떤 건지 난 잘 모르지만, 내가 내 꿈속에서 살고 있다는 건 사실이야. 넌 그걸 눈치 챈 모양이구나. 다른 사람들도 모두 꿈속에서 살고 있긴 하지만, 그건 자신들의 꿈이 아니야. 문제는 거기에 있어."

"응, 그럴 테지……."

그는 속삭이듯이 말했다.

"꿈속에서 산다고 하지만, 그게 어떤 종류의 꿈인가 하는 데에 문제의 열쇠가 있는 것 같아. 너, 하얀 마술이란 말 들어 본 적이 있어?"

나는 없다고 대답했다.

"자기가 자기 자신을 지배할 수 있게 되면 문제는 해결되는 셈이야. 불로불사도 가능하고, 마술도 부릴 수 있어. 너 그런 수업을 해 본 적은 없어?"

나는 그게 어떤 수업이냐고 물었다. 그러나 그는 좀처럼 입을 열려고 하지 않았다. 무슨 이유가 있는지는 모르지만, 자기 지식의 일면을 슬쩍 비쳐 놓고는 입을 다물어 버린 것이다. 나는 발길을 돌려 돌아가려는 몸짓을 해 보였다.

그러자 무슨 생각을 했는지, 그는 갑자기 이야기를 쏟아놓기 시작했다.

"그 수업은, 가령 예를 들면 잠을 자려고 할 때나 정신을 집중시키고 싶다는 생각이 들 때 시작하는 거야. 난 지금까지 그렇게 했어. 마음속으로 뭔가를 생각하지. 어떤 문구나 사람의 이름이나 기하의 도형 같은 걸 말이야. 그것을 완전히 자기 속에 밀어넣을 때까지 적극적으로 생각하지. 그리고 그것이 수시로 머리에 떠오르게 하는 거야. 다음에는 몸속에 밀어넣는 방법을 생각하는 거야. 그것을 거듭하면 나중엔 내 몸이 그런 것으로 가득 차게 돼. 그렇게 되면, 내 정신은 확고해지고, 어떤 일이 있어도 마음의 평정을 잃지 않아."

나는 어느 정도 그의 이야기를 이해할 수 있었다. 그는 그밖에도 이야기하고 싶은 것이 있는 모양이었다. 그러나 자기의 지식을 내보이는 것이 목적이 아니라 무엇을 묻고 싶어하는 눈치가 틀림없었다.

묘하게 흥분된 얼굴로 초조한 빛을 감추지 못하고 있었기 때문이다. 나는 무엇이든 묻고 싶은 것이 있으면 서슴지 말고 질문하라는 태도를 취했다. 그러자 얘기했던 대로 그는 근본 문제를 들고 나왔다.

"너도 억제하고 있니?"

"억제하다니, 무슨 뜻이지? 섹스 말인가?"

"응, 그거야. 금욕이란 걸 알고서부터 벌써 2년째나 참고 있어. 그 전엔 나쁜 짓을 더러 했지. 넌 여자하고 함께 잔적은 한 번도 없니?"

"없어. 이만하면 됐다고 할 만한 여자가 눈에 띄지 않았기 때문이야."

"가령 눈에 드는 여자가 있다고 하면, 그 여자하고 함께 자겠단 말이지?"

"물론. 상대방이 싫다고만 하지 않으면."

나는 얼마쯤 놀리는 듯한 투로 말했다.

"그게 정말이라면 넌 길을 잘못 걷고 있어. 금욕을 철저히 지켜야 비로소 정신력을 배양할 수 있는 거야. 난 2년 동안 그걸 지켰어. 2년 하고 한 달이야. 그걸 지키는 고통이란 이루 말할 수 없지. 아무리 눌러도 안 될 때는 정말 죽을 지경이야."

"들어 봐, 크나워. 난 금욕을 그처럼 중요하게 생각지 않아."

"알겠어, 그만하면 알겠어. 사람들은 모두 그런 생각을 가지고 있어. 하지만 너까지 그런 줄은 몰랐어. 고상한 정신이 가리키는 올바른 길을 걷는 사람은 어디까지나 순결을 지키지 않으면 안 돼."

"그게 옳은 길이라면 그렇게 하는 것도 좋겠지. 그런데 섹스를 억제하는 사람이 그것을 향락하는 사람보다 어째서 순결하다는 건지 난 모르겠는걸. 너는 네 머릿속이나 꿈속에서 섹스의 충동이라는 놈을 송두리째 몰아낼 수 있어?"

그는 절망적인 눈으로 나를 쳐다보았다.

"그게 어려워. 그래서 고민을 하는 거야. 하지만 그렇게 하지 않으면 안 돼. 밤이 되면 아주 무서운 꿈을 꿀 때가 많아. 정말 무서운 꿈이야."

나는 피스토리우스의 이야기를 생각했다. 그러나 그의 이야기가 아무리 올바른 것이라고 해도 그것을 이 동급생에게 알려 주고 싶지는 않았다.

자신의 경험에 의하지 않은 조언이나, 자신도 지킬 것 같지 않은 것을 지키라는 충고는 하고 싶지가 않았던 것이다. 나는 입이 무거워졌다. 조언을 기다리고 있는 사람이 바로 옆에 있지만, 나는 아무 말도 할 수 없었다. 도움을 청하는 사람에게 아무런 대책도 세워 주지 못했다는 것으로, 나는 내 자존심에 상처를 입은 것 같은 느낌을 맛보았다.

"난 이것저것 할 수 있는 것은 다 해 봤어."

크나워는 다시 이야기를 시작했다.

"아침 일찍 일어나서 냉수마찰도 해 봤고, 추운 겨울에 온몸을 눈으로 문질러 보기도 했어. 체조도 해 왔고 달음박질도 쳐 봤어. 하지만 아무 소용이 없었어. 매일 밤 나는 도저히 내 입으로는 말할 수 없는, 생각조차 해서는 안 될 죄악의 꿈을 꾸다가 눈을 뜨곤 했는데, 무엇보다도 두려운 것은 그런 꿈으로 인해서 내 정신력이 점점 쇠약해지고 있다는 사실이야. 요즘엔 정신을 집중할 수도 없고 잠을 잘 수도 없게 되고 말았어. 뜬눈으로 밤을 새울 때도 많아. 이런 상태가 계속되면 내 몸이 배겨나지를 못하게 될 거야. 결국 이 싸움을 중도에서 포기하고 손을 들면 당초부터 싸우지 않은 사람들보다 더 비참한 꼴이 되고 말거야, 이 점은 알아주겠지?"

나는 고개를 끄덕였지만, 거기에 대해서는 아무 말도 할 수가 없었다. 그의 이야기는 별로 자극이나 흥미를 느끼게 해주지는 않았다. 그리고 나는 명백히 드러난 그의 고뇌와 절망에 대해 아무런 반응도 일으키지 않는 나 자신이 두려워졌다.

'내 힘으로는 너를 도와 줄 수가 없다.'

이런 생각이 가슴 한구석에서 고개를 쳐들 뿐이었다.

"그럼 넌 아무것도 할 말이 없다는 거니?"

그는 지칠 대로 지친 얼굴로 슬픈 듯 말했다.

"나한테 해 줄 말이 전혀 없니? 무슨 방법이 있을 것도 같은데. 넌 어떻게 하고 있지?"

"크나워, 난 아무 말도 못 하겠어. 이건 서로 도울 수 있는 일이 아니야. 나도 남의 도움을 받은 적은 없어. 이런 문제는 자기 자신이 잘 생각해서 처리하는 수밖엔 없어. 네 경우도 마찬가지야. 자기 본심이 시키는 일을 그대로 실행하는 수밖엔 없지. 그것 말고는 따로 방법이 없으니까 말이야. 만약 네가 자기 자신을 발견하지 못하면, 영혼도 역시 찾아 내지 못할 거라고 생각해."

그는 실망한 듯 내 얼굴을 노려보았다. 적의를 품은 그 눈에 증오의 빛이 불타오르더니, 갑자기 얼굴을 찡그리고 난폭하게 소리쳤다.

"흥! 훌륭하신 성인이군그래. 그 성인 노릇 이젠 그만해. 네가 나쁜 짓을 하고 있다는 것을 내가 모르는 줄 아니? 모두 알고 있단 말이야! 뭐나 되는 것처럼 의젓한 얼굴을 하고 있지만, 할 짓은 다 하고 돌아다니면서……. 그따위로 놀아나는 불결한 인간이 이 세상에서는 저 혼자 순결을 지키고 있는 척하니 정말 아니꼬워서 못 보겠어. 넌 우리하고 똑같아. 넌 돼지야. 우리하고 똑같은 돼지야. 우린 모두 돼지란 말이다."

나는 키가 작은 그 동급생을 그 자리에 남겨 놓은 채 발길을 돌렸다. 그는 두어 걸음 내 뒤를 따라오더니, 갑자기 방향을 바꾸어 어디론가 사라지고 말았다. 동정과 혐오가 뒤얽혀 나는 이상한 기분이 되었다. 기숙사의 내 방으로 돌아가 예의 그림을 몇 장 앞에 늘어놓고 절실한 상념으로 나 자신의 꿈에 몸을 맡길 때까지 그 기분에서 벗어날 수가 없었다.

꿈은 곧 나타났다. 현관, 새의 문장, 어머니, 낯선 그 여자 등—그 여자의 표정이 너무나 인상적이고 선명한 모습으로 나타났기 때문에, 나는 그날 밤부터 그녀의 초상화를 그리기 시작했다.

꿈속을 더듬는 마음으로 매일 15분가량씩 그려 나가다보니, 나도 모르는 사이에 그 그림은 완성되어 있었다. 그러니까 거의 무의식중에 그려 낸 셈이다. 나는 저녁 무렵 그 그림을 내 방의 벽에 붙여 놓고 램프를 그 앞에 갖다 놓았다. 그리고 결판이 날 때까지 싸우지 않으면 안 될 정령과 맞서서 노려보는 것처럼 그 초상화 앞에 서 있었다.

얼굴은 이전에 그린 것과 닮아있었다. 내 친구인 데미안과 닮은 것 같기도 하고 어딘가 모르게 나 자신을 닮은 것도 같았다. 한쪽 눈이 엉터리로 높은 곳에 붙어 있어, 그 시선은 내 머리 위를 지나 운명의 길을 응시하고 있었다.

그 초상화 앞에 서면 나는 내 내부가 긴장되고 가슴 밑바닥까지 차가워지는 것을 느끼곤 했다. 나는 그 초상화의 주인공을 힐문도 하고 애무도 하고 또 기도를 올리기도 했다. 그리고 어머니라고 불러 보기도 하고, 연인이라 불러 보기도 했으며, 접대부나 창녀라며 욕을 퍼붓기도 했다. 때로는 아브락사스라고 부르기도 했다.

그러는 동안에 내 머릿속에 떠오르는 것이 있었다. 피스토리우스가 한 말인지 데미안이 한 말인지, 그렇지 않으면 언제 들은 말인지 잘 생각은 나지 않았으나, 그것이 또 들려 오는 것 같았다. 그것은 신의 사도와 야곱의 싸움에 대한 이야기 가운데의 '당신이 나를 축복하지 않는 한 나는 당신을 놓아줄 수 없습니다.'라는 대목의 설명이었다.

램프에 비친 그 초상화의 얼굴은 그것을 그린 사람의 요구에 따라 그 면모가 여러 가지로 변했다. 밝고 빛나는 얼굴이 되는가 하면, 어둡고 음울한 얼굴이 되기도 했다. 생기를 잃은 눈을 감았다고 생각하면, 다음 순간에는 다시 눈을 뜨고 타는 듯한 시선을 번쩍이는 것이었다. 여자가 되기도 하고 남자가 되기도 했으며, 소녀나 소년으로 보이기도 했다.

짐승의 모습으로 변하는가 하면, 곧 화면이 흐려져 구름에 덮인 것처럼 보이다가 다시 사람의 모습으로 변하여 선명하게 부각되는 것이다. 나는 내부 세계의 명령에 따라 눈을 감았다. 그러자 그 초상화는 오히려 강렬하게 눈앞에 떠오르는 것이었다. 나는 그 앞에 무릎을 꿇으려고 했다. 그러자 그 초상화가 내 내부 세계에 깊이 파고들어, 나 자신이 그 초상화가 된 것처럼 느껴졌다.

그때, 봄날 불어 닥치는 폭풍과 같은 바람소리가 내 귀를 때렸다. 나는 불안한 체험 속에서 어떤 새로운 감정을 느껴 몸부림을 쳤다. 수없이 많은 별들이 내 눈앞에서 번쩍이다가 어디론가 사라져 갔다. 내 유년 시대, 아니 그보다 더 먼 옛날 내가 인간이 되기 시작하던 무렵에까지 거슬러 올라가는 것 같은 여러 가지 상념이 내 곁을 지나갔다.

비밀에 속하는 영역의 맨 안쪽까지도 뚫고 들어가 내 자신의 전 생애를 되풀이하는 것처럼 보이던 상념은, 현실에서 머무는 것으로 그치지 않고 더욱 앞으로 나아가 미래를 반영했으며, 현실이라는 테두리에서 나를 빼내어 새로운 생활 형식 속에 끌어넣는 것이었다. 그 미래상은 실로 눈부시게 화려한 것이었으나, 나중에 생각해 내려고 해도 무엇 하나 머리에 떠오르지 않았다.

한밤중에 나는 깊은 잠에서 깨어났다. 옷을 입은 채 옆을 더듬어 촛불을 켰다. 무엇인가 중요한 것을 생각해 내지 않으면 안 될 것 같은 기분이 들었다. 몇 시간 전까지의 기억은 전혀 남아 있지 않았다. 그런데 불빛을 들여다보고 있는 동안에 먼 데서 가물거리던 기억이 점점 되살아나기 시작했다.

그림을 찾아보았으나 눈에 띄지 않았다. 벽에도 걸려 있지 않았고 책상 위에도 없었다. 그러자 나 자신이 불태워 버린 것 같은 기분이 들었다. 만약 그렇지 않다면, 그 초상화를 손에 든 채 불살라 버리고 그 재를 먹어 치운 것은 꿈이었을까.

나는 커다란 불안에 휩싸여 온몸을 떨고 있었다. 전신 경련과도 같은 그 전율은 좀처럼 그치지 않았다. 나는 모자를 쓰고 기숙사를 빠져 나왔다. 그리고 불가항력의 절대적인 힘에 의해 끌려가듯 거리를 지나 광장 쪽으로 뛰어갔다. 친구인 피스토리우스가 연주하는 교회 앞에서 발을 멈추고 귀를 기울였으나 정적을 깨뜨리는 음향은 들리지 않았다. 나는 어두운 충동에 몸을 내맡긴 채 무엇인가를 찾으려고 온 거리를 헤맸다.

내가 찾는 것이 무엇인지 나 자신도 알 수 없었다. 그러나 골목골목을 샅샅이 뒤지듯 찾아 헤맸다. 창녀들의 소굴이 늘어선 윤락가를 지나갔다. 길 양쪽에 즐비한 창가는 선량한 사람을 유혹하는 듯한 불빛을 창문 밖으로 던지고 있었다. 그 불결한 거리 어귀에는 신축 공사장과 산더미처럼 쌓아 놓은 벽돌이 있었는데, 그 벽돌더미의 반가량은 잿빛 눈으로 덮여 있었다. 이러한 살풍경한 장소를 어떤 강압적인 힘에 눌린 채 몽유병자처럼 기웃거리고 있는 동안에 옛날의 박해자인 프란츠 크로머가 최초의 결말을 내기 위해 나를 끌고 갔던 고행의 그 신축 가옥이 생각났다.

고향의 그 건물을 닮은 것 같은 집이 내 앞에 서서 하품을 하듯이 검은 현관의 열쇠구멍을 내 쪽으로 돌리고 있었기 때문이다. 나는 강한 흡인력에 빨려 들어가듯 아직 완공되지 않은 신축 가옥 안으로 들어갔다.

나무토막이나 깨진 벽돌조각이 흩어진 복도를 비틀거리면서 지나 어떤 방에 들어갔다. 혼탁한 공기 속에 차가운 습기와 돌냄새가 스며들어 그것이 코를 찌르면서 이상한 기분을 느끼게 했다. 방 한가운데 쌓여 있는 모랫더미가 잿빛으로 윤곽을 그리고 있는 것 이외에는 아무것도 보이지 않았다. 방안은 캄캄했다.

"웬일이야, 싱클레어?"

난데없는 소리가 어둠 속에서 들려 왔다. 그리고 흰 물체가 움직이는 것이 보였다. 머리칼을 곤두세울 정도로 공포가 엄습해 왔다.

"여긴 뭘 하려고 왔지?"

흥분한 목소리가 다시 물었다.

"내가 여기 있는 줄은 어떻게 알고 왔느냐 말이야."

그 불쾌한 목소리의 임자는 다름 아닌 크나워였다.

"싱클레어, 왜 나를 찾아왔어?"

너무나 뜻밖의 일이라 얼른 대답이 나오지 않았다.

"너를 찾아온 게 아니야."

나는 한참 만에 간신히 이렇게 대답했다. 한마디 한마디가 억지로 연결되어, 죽어서 얼어붙은 것 같은 무거운 입술에서 겨우 흘러나온 것이다. 크나워는 내 얼굴을 찬찬히 들여다보았다.

"나를 찾아온 게 아니라고?"

"그래. 어떤 마력 같은 것에 이끌려 왔어. 그게 나를 끌어당겼어. 네가 나를 부른 거 아니야? 네가 불렀지? 틀림없어. 여기서 뭘 하고 있는 거야? 한밤중에……."

그는 내 손을 잡았다. 그 팔은 경련을 일으킨 것처럼 떨고 있었다.

"그렇지, 한밤중이야. 곧 아침이 되겠지. 아아, 싱클레어, 나를 용서해 줄 수 있겠어?"

"뭘 용서해?"

"난 정말 더러운 인간이었어."

이 말을 듣고서야 겨우 그와 이야기를 나누었던 일이 생각났다. 불과 4, 5일 전의 일이었지만, 수십 년이 지난 옛날처럼 생각되었다. 나는 모든 것을 알 수가 있을 것 같았다. 내가 왜 여기 왔는지, 크나워가 이런 데서 뭘 하려고 했는지 알 수가 있었다.

"너 자살할 작정이었니, 크나워?"

그는 추위와 불안으로 떨고 있었다.

"응, 그래. 그게 될지 안 될지는 모르지만 날이 샐 때까지 기다려 볼 작정이었어."

나는 크나워를 밖으로 끌어냈다. 어슴푸레 밝아 오는 잿빛 대기를 뚫고 차가운 최초의 아침 햇살이 수평으로 흘러왔다. 나는 그 동급생과 손을 잡고 걸으면서 속으로 이렇게 중얼거렸다.

"자, 이젠 돌아가자. 이런 곳을 기웃거리고 있었다는 걸 아무한테도 말하면 안 돼. 넌 빗나간 길을 걷고 있었어. 우린 네가 말한 것 같은 돼지가 아니야. 절대 아니지. 우린 모두 인간이야. 우린 신(神)을 창조하고 그 신과 싸우지 않으면 안 돼. 그렇게 해야 우리는 신의 축복을 받을 수가 있어."

서로 입을 다물고 얼마 가량을 거닐다가 우리는 헤어졌다. 기숙사로 돌아갔을 때는 벌써 아침이었다.

××시의 고등학교에 다니던 시절에 내가 거둔 수확 가운데서 가장 큰 것은 피스토리우스가 연주하는 오르간 소리를 듣거나 그와 함께 몇 시간이고 난로 앞에 엎드려 장작불을 바라보는 동안에 느낀 어떤 영감의 예시 같은 것이었다.

그때 우리는 아브락사스에 대한 그리스어 텍스트를 함께 읽었다. 나는 그에게서 종교 이전의 이른바 '철학'을 배운 것이었다. 그는 바라문교의 사상인 베다의 번역서를 읽어 주기도 했고, 신성한 바라문교의 주문인 옴을 외는 방법을 가르쳐 주기도 했다.

물론 그와 같은 지식의 영향을 무시할 수는 없지만, 나의 내면적인 성장을 촉진시킨 것은 그러한 지식이 아니라 오히려 그것과 반대되는 것이었다. 내 정신 생활과 내부의 세계를 충실하게 하는 데 가장 유효하게 작용한 것은 내 마음 속의 진경이었다. 나는 나 자신의 꿈이나 생각이나 예감을 신뢰하게 되었고, 내가 마음속에 갖고 있는 위력을 점차 인식하게 되었다는 사실이었다.

피스토리우스와는 여러 면에서 마음이 통했다. 내가 한결같은 마음으로 그를 생각하면 어김없이 나를 찾아 주었고, 부득이한 일로 그러지 못할 경우에는 어떤 방법에 의해서건 자기의 이야기를 전해 주었던 것이다.

피스토리우스도 데미안의 경우와 마찬가지로 본인이 내 앞에 없어도 필요한 질문을 할 수가 있었고, 거기에 대한 해답도 들을 수 있었다. 그의 모습을 내 머릿속에 뚜렷하게 그려 놓고 필요한 질문을 강력한 상념으로 하여 그에게 돌리기만 하면 되었던 것이다. 그러면 질문 속에 싸여 있는 내 정신력이 그 질문의 해답이 되어 돌아오는 것이다. 그런데 내가 머릿속에 그린 것은 현실의 피스토리우스도 아니고 막스 데미안도 아니었다.

내가 불러 내지 않으면 안 되었던 것은 꿈속에서 보고 초상화를 그린 그 인물, 내 수호신, 여자도 아니고 남자도 아닌 그 환상의 모습이었다. 그것은 내 꿈속이나 종이에 그려져서 살고 있는 것이 아니라, 내 이상상으로서 차원이 높여진 나 자신의 모습으로서 내 마음 속에 살고 있었던 것이다.

자살에 실패한 크나워와 나의 관계는 독특한 성격을 갖고 있었지만, 때로는 묘한 문제를 일으키기도 했다. 어떤 눈에 보이지 않는 손에 이끌려 신축 중인 그 집의 캄캄하고 음산한 방에 들어가서 만난이래,

그는 주인에게 충실한 개나 충복처럼 내 뒤를 따라다니면서 내 생활과 자기 생활을 결부시키려고 했던 것이다. 거의 무조건적이고 맹목적이었다.

그는 기묘한 질문이나 절실한 자기의 소망을 갖고 나를 찾아와서는 영혼을 보고 싶다거나 유대교의 비법인 카발라를 배우고 싶다고도 했는데, 그런 것은 전혀 모른다고 딱 잘라 버려도 그는 내 말을 곧이듣지 않았다.

그는 내가 어떤 영역에 도달한 지식으로 아무리 무서운 힘이라도 자유자재로 누를 수 있는 줄 알고 있었던 것이다. 그런데 이상하게도 그가 기묘한 질문을 들고 나오기만 하면 내 쪽에서도 해결하지 않으면 안 될 문제가 생기고, 그의 엉뚱한 생각이 때로는 그 문제를 해결하는 실마리의 구실을 했다.

엉터리 질문이 귀찮아서 나를 구세주처럼 믿고 찾아오는 그를 쫓아 버릴 때도 여러 번 있었지만, 그가 걷고 있는 길은 역시 내 길이나 마찬가지로 느껴졌다. 그는 어떤 충동이 갖다 주는 고뇌에서 벗어나고 영원한 구원을 얻기 위해 모아두었던 여러 가지 그림이나 책을 내게 보여 주었는데, 나는 거기에서 실로 많은 지식을 얻었던 것이다.

이 크나위는 나중에 내가 걷는 길에서 어디론가 자취를 감추고 말았다. 그가 사라졌다고 해서 별로 섭섭한 생각은 들지 않았다. 그러나 피스토리우스의 경우는 그렇지 않았다. 나는 ××시의 고등학교를 졸업할 무렵, ㄱ와 함께 약간 색다른 체험을 했던 것이다

아무리 점잖은 사람이라도 자기 생애를 통해서 한두 번은 경건이나 감사라는 이름을 가진 미덕과 충동할 것이다. 누구라도 한 번은 자기

양친이나 학교 선생들이 바라는 것과는 정반대의 행동을 취하게 되고, 고독의 쓰라림을 맛보지 않을 수 없게 된다. 그런데 거의 대부분의 사람들은 그것을 참아내지 못하고 이전의 자기 세계로 돌아가 버린다.

내가 양친과 그들의 세계, 내 유년 시대의 '밝은 세계'에서 떨어져 나온 것은 어떤 싸움에 의한 결과가 아니었다. 거의 무의식적으로, 어느 사이에 떨어져 나왔는지도 모르게 그들의 세계, 내 유년 시대의 '밝은 세계'와 인연이 벌어진 것이다. 그것은 슬픈 일이었다. 그 때문에 나는 고향에 돌아갈 때마다 마음의 고통을 느꼈던 것이다. 그러나 그 고통은 견디지 못할 정도로 내 가슴을 아프게 하는 것은 아니었다.

어떤 습관이나 외부의 영향에 의하지 않고 자기 자신의 마음이 가리키는 대로 사랑과 존경을 바칠 경우, 즉 자발적인 의사에 따라 제자가 되고 벗이 되었을 경우에는 자기 영혼의 주류가 사랑의 대상에서 떠나려고 할 때가 견딜 수 없이 고통스러운 순간이 되는 것이다. 그러한 경우에는, 스승이나 벗을 외면하고 사랑을 거부하는 생각 하나하나가 자기 자신의 가슴을 찌르는 화살이 되어 되돌아오는 것이다. 그렇게 되면, 도덕관념을 갖고 있는 사람들의 머리에도 '무절제'나 '배은망덕'이란 말이 명예와 수치를 모르는 자들의 낙인처럼 생각되는 것이다.

시간이 흐름에 따라 친구 피스토리우스를 무조건 내 마음의 지도자로 받들려는 데에 대한 반발심이 가슴 한구석에서 고개를 쳐들기 시작했다. 내가 젊은 시절을 통해서 가장 중요했던 몇 달 동안에 체험한 것은 그와의 우정이었고, 그의 조언과 위안이었으며, 그와의 접촉이었다. 신은 피스토리우스라는 친구의 입을 빌려 내게 이야기를 해 주었던 것이다.

내 꿈은 그의 해석과 설명을 받고 그의 입을 통해서 다시 내게로 돌아왔다. 그는 내게 자신에 대한 용기를 갖게 해 주었던 것이다. 그런데도 나는 그에 대한 반감이 점차 높아지는 것을 느끼고 있었다. 그의 이야기 가운데 지나치게 설교에 치우친 데가 있다는 것을 느꼈고, 동시에 그가 완전히 이해한 것은 내 일부분에 지나지 않는다는 생각이 들었던 것이다.

우리는 싸움이나 논쟁을 벌인 적은 없었다. 우정에 금이 가게 하거나 우정을 청산하고 결별을 의미하는 내용의 이야기를 나눈 적조차 없었다. 있었다면 단 한 마디, 물론 악의에서 나온 것은 아니지만, 그의 감정을 자극하는 말을 한 적이 있었다.

내가 던진 그 한 마디 말에 의해 그의 감정이 자극을 받는 순간, 하나의 아름다운 환영이 여러 조각으로 깨어져 우리들 사이에 흩어졌던 것이다. 그렇게 될 것 같은 가능성을 보이는 예감이 벌써 오래 전부터 내 마음을 무겁게 하고 있었다. 그것이 뚜렷한 감정으로 나타난 것은 어느 일요일이었다.

그 날, 우리는 그의 서재 난로 앞에 엎드린 채 불을 바라보면서 이야기를 나누고 있었다. 그는 자기가 공부하고 있는 종교의 교의나 여러 가지 형태에 대해 설명해 주었다. 그는 그러한 사색의 세계에 깊이 몸담고 있었으며, 그 장래의 가능성까지 생각하고 있었던 것이다. 그러한 모든 것이 내게는 사활에 관한 중요한 문제라기보다 오히려 진기하고 재미있는 일로 생각될 뿐이었다.

거기에는 풍부한 지식의 반향이 있었으나, 다만 옛날에 있었던 세계의 잔해 속을 피곤한 다리를 이끌고 무엇인가를 찾아 헤매는 것으로밖에는 들리지 않았던 것이다. 나는 갑자기 그러한 방법에 대해서 반감을 느꼈다. 그런 식으로 여러 가지 신화를 신봉하거나 전승적인 신앙 형식을 모자이크처럼 주워 모아서 가지고 노는 데에 일종의 혐오감을 느꼈던 것이다.

"피스토리우스."

나는 느닷없이 그의 이름을 불렀다. 나 자신이 놀랄 만큼 악의를 드러낸 목소리였다.

"꿈 이야기나 해 주십시오. 당신이 지난밤에 꾼 진짜꿈 이야기 말입니다. 지금 당신이 하고 있는 이야기는 정말…… 정말 진저리가 납니다. 곰팡이가 슨 그런 이야기는 더 이상 못 듣겠습니다."

그에게 그런 투로 말한 것은 그를 알게 된 이후 처음 있는 일이었다. 그렇게 말한 나 자신도 수치와 놀라움을 느꼈다. 내가 그의 심장에 명중시킨 화살은 그 자신의 무기고에서 빌려 온 것이다. 그가 가끔 내게 비꼬듯이 이야기한 자책과 자조의 말을 한데 모아 끝을 날카롭게 만들어서 심술궂게도 그에게 되던져 준 것이라는 생각이 머리를 스쳤다.

피스토리우스 자신도 그것을 알아차렸는지 입을 다물어 버렸다. 나는 갑자기 몰려든 불안감으로 가슴을 죄면서 그를 바라보았다. 그의 얼굴빛은 더할 수 없이 창백하게 변해 있었다. 무거운 침묵이 흐른 뒤, 그는 장작을 새로 지피더니 침착한 어조로 말했다.

"자네 말이 맞아, 싱클레어. 자네가 말한 대로야. 자네는 머리가 좋아. 이제 다시는 곰팡이가 슨 이야기는 하지 않도록 하지."

그의 태도와 말투는 침착했다. 그러나 내게는 상처입은 마음의 고통이 뚜렷하게 드러나 보였다. 나는 굉장한 실수를 하고 말았던 것이다.

금방 눈물이 쏟아질 것 같았다. 나는 진심으로 사과하고 용서를 빌어야겠다고 생각하면서 그에게로 얼굴을 돌렸다. 상대방에게 감동을 느끼게 하며 기분을 풀어 줄 만한 말이 머리에 떠올랐으나, 어쩐지 그것을 입 밖에 낼 수가 없었다.

나는 엎드린 채 난로에서 타오르는 장작불을 바라보면서 입을 다물고 있었다. 피스토리우스도 잠자코 있었다. 그러는 동안에 윙윙 소리를 내면서 타오르던 불길은 힘을 잃고 장작은 벌건 숯덩이가 되더니 이어 재로 변해 갔다. 아름답고 소중하고 절실한 것이 다시는 돌아올 수 없는 먼 곳으로 사라져 버린 것 같은 허전함이 느껴졌다.

나는 내 마음 속에 있는 것을 얼마쯤이라도 내보이지 않으면 안 되겠다 고 생각했다. 그리하여 억지로 목쉰 소리를 짜냈다.

"아마 당신은 오해를 하신 모양인데……."

아무런 의미도 쓸모도 없는 말이 기계의 동력을 빌려 입 밖으로 나온 셈이었다.

마치 신문에 있는 싸구려 소설의 한 구절을 아무 뜻도 모르고 읽어 내린 것 같은 기분이 들었다.

"자네가 한 말은 올바르게 이해하고 있어……."

피스토리우스는 중얼거리듯이 나직한 소리로 말했다.

"자네 말이 옳아……."

그리고는 내 입에서 무슨 말이 나올까 잠시 기다리고 난 뒤에, 천천히 말을 이었다.

"우리가 인간인 이상에는 그게 당연하지."

'아닙니다. 내가 말을 잘못했습니다!'

내 마음은 그렇게 소리쳤지만 입 밖으로는 나오지 않았다. 나는 그 짤막한 말 한 마디로 그의 본질적인 약점을 찌르고, 그의 급소와 상처를 알아냈던 것이다. 피스토리우스가 자신을 갖지 못하는 일에 내가 손을 댄 셈이다. 그의 이상은 '곰팡이가 슨' 것이었다. 그는 이단적인 구도자였고 낭만주의자였다. 갑자기 이런 생각이 내 머릿속에 떠올랐다.

'피스토리우스는 내게 준 것을 자기 자신에게는 줄 수 없었다. 내가 보는 피스토리우스와 그 자신이 보는 그는 아주 다른 인간이다. 그는 내 이상에 부합되는 피스토리우스가 못 되었다.'

사실 그는 어떤 하나의 길로 나를 안내했지만, 그 길은 안내자인 그를 저버렸던 것이다. 저버리지 않을 수 없는 숙명의 길이었다.

어떻게 해서 그런 말이 나올 수 있었는가, 그것은 신 이외에는 아무도 모른다. 내게는 아무런 악의도 없었다. 파국을 의미하는 예감 같은 것도 전혀 없었다. 그것을 입에 담을 때도 나 자신이 무슨 말을 하고 있는지 몰랐던 것이다.

다만 심술궂은 착상을 조금 입 밖에 냈다는 정도였다. 그런데 그것이 새로운 운명을 낳게 한 것이다. 내가 저지른 과오는 부주의로 인한 약간의 실언에 지나지 않았다. 그러나 이것이 그에게는 하나의 심판이 되었던 것이다.

나는 그때 얼마나 간절하게 바랐는지 모른다. 피스토리우스가 나를 꾸짖어 주었으면, 내게 화를 내 주었으면 하고 얼마나 절실하게 바랐는지 모른다. 그러나 피스토리우스는 좀처럼 그런 기색을 보이지 않았다. 모든 것이 내 가슴 속에서 일인극으로 끝나 버린 것이다. 아무리 그렇더라도 엷은 웃음 정도는 얼굴에 떠워 보일 수도 있었을 텐데─그것이 그에게는 불가능했다. 그만큼 내가 한 말은 그의 마음에 심한 상처를 입혔던 것이다.

피스토리우스가 건방지고 배은망덕한 싱클레어라는 제자의 치명적인 공격을 감수했다는 것과, 한 마디의 이의도 없이 내 졸견을 받아들였다는 것, 내말을 '운명'으로서 인정했다는 것─그것은 내 머릿속에 자기혐오의 마음을 가득히 채워 분별과 사려가 없는 내 행동 범위를 몇천 곱으로 확대했다.

나는 그때 막강한 전투력을 갖고 있는 적을 공격하듯이 상대방에게 부딪친 셈이었다. 그러나 상대는 조용한 인종의 인간, 무언으로 항복하는 무저항의 인간이었다.

우리는 시간가는 줄도 모르고 꺼져 가는 장작불 앞에 엎드려 있었다. 나는 불꽃이 그리는 형상의 하나하나, 꺼먼 숯덩이로 변한 장작개비의 하나하나가 행복하고 즐겁고 풍요하게 보이던 때의 기억을 불러일으켜 피스토리우스에 대한 정신적인 부담감을 크게 했던 것이다. 나는 몸을 일으켜 복도로 나갔다. 그리고 문밖에서 누구를 기다리기라도 하듯이 오래도록 서 있었다. 복도를 걸어가다가도 발을 멈추고, 어두운 계단을 내려가다가도 발을 멈추고 한참동안 서 있었다.

밖에 나가서도 역시 그런 동작을 되풀이하면서, 피스토리우스가 나를 쫓아 나오지 않을까 하고 기다려 보았다. 그러나 그는 끝내 모습을 나타내지 않았다. 나는 해가 질 때까지 길거리나 공원의 숲을 돌아다녔다. 그러다가 나는 비로소 내 이마에 카인의 '표지'가 붙었다는 것을 느꼈다.

　여러 가지 생각이 머리에 떠오를 때까지는 상당한 시간이 걸렸다. 내가 생각하는 것은 모두 자기 자신을 희생시켜 피스토리우스를 변호해야겠다는 의도에서 나온 것이었다. 그러나 그 모두가 정반대의 결과를 가져오고 말았다.

　자신의 실언을 후회하고 그것을 취소해야겠다는 마음을 나는 얼마쯤은 갖고 있었다. 그러나 입바른 그 말이 그에게는 실언이 되었을지 모르지만 내 경우는 어디까지나 정당했다. 이제 겨우 나는 피스토리우스를 이해하고, 그의 꿈 전체를 내 눈앞에 쌓아올릴 수 있게 되었다.

　목사가 되는 것과 새로운 종교를 선교하는 것, 고매한 인격과 사랑과 기도의 새로운 형식을 설명하는 것, 새로운 상징을 만들어 내는 것 등이 피스토리우스의 꿈이었다. 그러나 그 꿈을 실현시키는 것은 그의 임무가 아니었다. 그리고 그의 힘으로는 실현시킬 수도 없는 것이었다. 그는 지나치게 과거에 집착하고 과거 속에 파묻혀서 살고 있었다. 과거에 대해서는 모르는 것이 없었다. 이집트, 인도, 미트라스, 아브락사스 등에 대해 너무나 상세하게 알고 있었다. 그의 사랑은 과거 이 지상에 존재했던 여러 가지 형태에 묶여 있었다.

　더욱이 그는 새로 생긴 것은 낡은 것과는 달리 새로운 맛을 보여 주지 않으면 안 된다는 것과 그것은 신선한 대지에서 솟아오르지 않으면 안 된다는 것, 결코 박물관이나 도서관에서 *끄*집어내서는 안 된다는 것 등을 충분히 인식하고 있었던 것이다.

　그의 임무는 나를 내 본연의 위치로 돌아가게 하고 나 자신의 길을 걷게 한 것과 마찬가지로 여러 사람들을 그들 자신의 길로 인도하는 것이었으리라. 전대미문의 새로운 것과 새로운 신을 인간에게 부여하는 것은 그의 임무가 아니었던 것이다.

　여기까지 생각을 간추려 나갔을 때, 갑자기 내 머릿속에 하나의 진리 같은 것이 번개처럼 스치고 지나갔다. 그리고 다음 순간에는 그 진리의 불꽃이 요원의 불길처럼 번져 나가 내 몸을 태워 버리는 것이었다. 사람은 누구나가 임무를 갖고 있다.

　누구에게나 있는 임무이기는 하지만 그것은 각자의 자유로운 의사에 따라 선택된 것이 아니다. 그리고 일단 부여된 임무는 자기들 마음대로 바꿀 수 없다. 그것이 내가 얻은 진리였다.

　전대미문의 새로운 것, 새로운 신을 바란다는 것은 잘못이다. 무엇인가 새로운 것을 세계에 심어 주고 인류 앞에 새로운 신을 만들어 내놓는다는 것은 그야말로 황당무계한 망상인 것이다. 눈을 뜬 인간, 오성의 영역에 발을 들여 놓은 인간에게 있어서의 임무는 단 하나 '자기 자신'을 찾는 것, 결의를 굳히고 각오를 새롭게 하여 '자기 자신'에 도달할 수 있는 길을 손으로 더듬어서라도 줄기차게 전진해 나가는 것이다. 그 밖에는 어떤 임무도 없다. 결코 없었다. 그 사실은 내 마음을 크게 흔들었다. 이것이 내가 이번에 체험을 통해서 얻은 성과였다.

　때로 나는 여러 가지의 미래를 그려 놓고 그 환상의 세계를 거닐어 본 적이 있었다. 그리고 내게 돌아올지도 모를 미지의 역할을 여러 가지 형태로 몽상하기도 했던 것이다. 어쩌면 그것은 시인이나 예언자의 역할이었는지도 모르고, 화가나 그 밖의 역할이었는지도 모른다.

　그러나 이와 같은 역할은 모두 보잘것없는 것이었다. 나는 시를 쓰거나 사람들 앞에서 그럴듯한 거짓말로 설교를 하거나 그림을 그리기 위해서 이 세상에 태어난 것이 아니다. 그런 일을 하기 위해서 이 세상에 존재하고 있는 것이 아니다. 나만이 그렇다는 것이 아니라 '자기 자신'으로 돌아가려는 목표를 세운 이상, 다른 모든 사람의 경우도 마찬가지다. 그러한 역할은 다만 2차적인 것에 불과하다. 인간 각자에게 부여된 참다운 역할―필생의 천직은 오직 하나 '자기 자신'으로 돌아가 본연의 위치에 도달하는 것뿐이다.

시인으로 세상을 마치는 사람도 있겠고, 광인으로 인생의 종국을 맞이하는 사람도 있을 것이다. 세상을 떠날 때까지 예언자로서의 직분을 다하는 사람도 있을 것이며, 범죄자로서 일생을 마치는 사람도 있을 것이다.

그런 것은 본인에게 아무런 관계도 없는 일이다. 아무래도 좋은 일이다. 인간 각자의 본래의 임무는 어떤 절대적인 힘에 의해서 부여된 미지의 자기 운명을 찾아내고 그 운명과 더불어 완전하고 철저하게 '자기 자신'의 세계에서 살아가는 것이다. 그 이외의 것은 모두 '자기 자신'으로부터 도망치려는 미래도피 행위의 시도에 지나지 않는다.

그러한 시도는 어떤 사람의 경우를 불문하고 모두 중도에서 좌절되고 만다. 그것은 모든 인류의 이상에 역행하는 것이 된다. 자기 본래의 임무를 망각하고 그런 행위를 시도하는 건 자기의 본심을 두려워하기 때문이다.

새로운 영상이 내 눈 앞에 나타났다. 무섭기도 하고 거룩하기도 한 영상이다. 그것은 지금까지 몇 번인가 예감으로 느꼈고, 그 예감에 반영된 형상에 대해서 이야기를 한 적도 여러 번 있었지만, 실지로 체험한 것은 처음이었다.

나는 자연이라는 세계가 던진 주사위와 같은 존재였다. 아무렇게나 내던져진 주사위는 그대로 굴러다니다가 흙 속에 파묻혀 버릴지도 모르고, 자기운명의 길을 찾아갈지도 모른다. 어쨌든 내던져진 이상에는 하나라는 숫자가 나오건 여섯이라는 숫자가 나오건 그 근원의 힘과 용기를 끌어내어 그 의지를 자기 속으로 옮겨오는 것, 그것만이 내 천직이다. 내 본래의 임무는 그것뿐이다.

고독이란 것을 싫증이 나도록 체험해 온 나다. 그러나 이 세상에는 내가 여태껏 체험해 온 고독보다 더 크고 심각한 고독이 있다는 것과, 언젠가는 그 고독을 맛보지 않으면 안 된다는 것을 어렴풋하게 느꼈던 것이다.

나는 피스토리우스와 화해해야겠다는 생각을 가져 본 적이 없었다. 우리는 친구의 관계를 계속 유지하고 있었지만, 우리 사이에 오가는 우정은 전과는 그 성격이 달라져 있었다. 단 한 번 우리는 거기에 대해서 이야기한 적이 있었다. 이야기를 내가 먼저 꺼냈던 것이다.

그때 피스토리우스는 이렇게 말했다.

"내가 목사에 뜻을 두고 있다는 건 자네도 알고 있겠지. 나는 목사가 되기 위해 수련을 쌓고 있는 중이야. 내가 바라는 목사는 거짓말을 늘어놓는 기성관념 속의 진부한 목사가 아니라, 될 수만 있다면 새로운 종교, 우리가 여러 가지 예감을 갖고 있는 새로운 종교의 목사가 되고 싶어. 그러나 이것은 어디까지나 내 꿈이야—도저히 실현될 수 없는 꿈, 아니 절대 불가능한 일이 될지도 몰라. 이건 나 자신도 잘 알고 있어. 벌써부터 인식하고 있는 일이야. 나는 아마 다른 분야에서 활동하는 목사가 될 것 같아. 말하자면 오르간을 연주하든가 하는 그런 방법으로 말이야. 하지만 나는 오르간의 연주곡이나 어떤 종파의 비밀 교의가 주는 영감이나 신화로 생각되는 이야기들이 늘 나를 둘러싸고 있지 않으면 그러한 분야의 목사조차 될 수 없어. 내게는 그러한 것들이 필요해. 이것이 내 약점이야. 싱클레어, 가끔 나는 그런 소망을 버려야 한다고 나 자신에게 들려주고 있어. 그런 약점에 기반을 두고 있는 소망이 얼마나 사치스럽고 위태로운가를 누구보다도 나 자신이 잘 알고 있으니까. 이런 핑계 저런 핑계 갖다 붙이지 말고 깨끗하게 미련 없이 자기 운명의 길을 걸어갈 수가 있다면 차라리 낫겠다는 생각이 들기도 해. 그게 위대한 길이고 올바른 길일 테니까 말이야. 아마 자네는 그 길을 밟을 수 있게 되겠지. 하지만 그건 어려운 일이야. 싱클레어, 자네는 어떻게 생각할지 모르지만, 이 세상에 존재하는 것 가운데 이보다 더 어려운 일은 없어. 나는 그것을 실천해야겠다고 생각한 적이 한두 번이 아니고 공상으로 그려 본 운명의 형태도 여러 가지가 있었지만, 역시 안 돼. 그건 어려운 일이야. 어렵고도 무섭지. 소름이 끼치도록 무섭단 말이야. 나는 내 몸을 벌거숭이로 만들어 고독 속에 던져 넣을 수는 없어. 고독을 이겨 낼만한 힘이 내겐 없어. 나는 무리하게 나 자신을 초인적인 위치에 끌어올려 놓기가 싫어졌어. 첫째 두렵기 때문이야. 따지고 보면 나는 약하고 가엾은 한 마리의 개나 마찬가지야. 내 가슴 속에 개의 본능적인 욕구와 다름없는 의식 작용이 있다는 걸 나는 부정하지 않아. 개가 먹이를 찾는 거나 마찬가지로 나도 따뜻한 음식을 구하고, 때로는 내 곁에 가까운 친구가 있다는 것을 느껴 보고도 싶어. 그런데 자기의 운명 이외에는 아무것도 필요치 않다는 사람이 있다면, 그 사람에게는 친구라는 것도 필요치 않은 셈이 되지. 완전한 고립 상태, 완전한 외톨이로 자기를 묶어 버리는 거야. 그런 사람들 주위엔 차가운 우주의 공간이 있을 뿐이야. 알겠나, 싱클레어? 겟세마네 동산의 예수가 그랬지. 지금까지 자기 스스로 십자가를 짊어진 순교자는 얼마든지 있었어. 그러나 십자가에 못박힌 사람들이라고 해서 모두 다 영웅은 아니었지. 그들도 역시 신이 아닌 범속한 사람들이라 십자가에 못박혀 숨을 거두는 순간까지 이 세상의 그리운 것과 낯익은 것들에 대해 미련을 끊지 못했어. 그들에게는 영감의 계시가 있었고 이상이 있었지. 그런데 자기 자신의 운명만을 바라는 사람들에게는 영감의 계시도 이상도 없어. 그리운 것도 없고 미련을 남길 만큼 낯익은 것도 없어. 뿐만 아니라, 자기를 위로해 줄 만한 것은 아무것도 없지. 이치를 따진다면, 사람들은 의당히 그 길을 걸어야 하지. 자네도 그렇고 나도 그렇고 우리는 모두 고독한 사람이야. 그러나 우리가 맛보는 고독은 다른 사람의 경우와는 달라. 우리는 정신적으로 서로 통하는 바가 있고 비범한 것을 바라는 은밀한 욕구를 갖고 있어. 그러나 아까 말한 그 길을 끝까지 걸으려면 그러한 욕구는 모두 버려야 돼. 혁명가가 돼 보겠다거나 모범적인 생활을 해 보겠다거나 또는 순교자가 돼야겠다는 마음을 가지면 안 돼. 조금 어려운 일이기는 하지만 결코 그런 기분을 가져선 안 돼."

사실 나로서는 생각하기 어려운 일이었다. 그러나 몽상의 세계에서 더듬어보거나 어렴풋한 예감으로 느낄 수는 있었다.

죽은 듯이 고요한 정적 속에 몸을 담고 있을 때는 얼마가 선명하게 그것을 느낄 수 있었다. 지금까지 그럴 때가 두어 번 있었다. 그러한 예감을 느끼면 나는 나 자신의 내부 세계로 눈을 돌려 내 운명이 눈을 크게 뜬 채 움직이지 않고 있는 것을 들여다보았던 것이다.

그 운명의 눈은 지혜롭게 빛날 때도 있었고 광기에 가득 차 있기도 했다. 또 사랑의 불꽃이 튈 때도 있었고 사악한 빛을 뿜어 낼 때도 있었다. 그러나 그런 것은 아무래도 좋았다. 어느 것을 선택하든가, 어느 것을 소망하든가, 그것이 허용되지 않았기 때문이다.

허용된 범위 안에 있는 것은 '자기 자신'으로 도달할 수 있는 길을 소망하는 것, 자기의 운명의 길을 소망하는 것뿐이었다. 피스토리우스는 그 길로 나를 인도해 주는 안내역의 임무를 맡아 주었던 것이다.

그 무렵, 나는 앞을 못 보는 소경처럼 갈팡질팡하면서 사방을 뛰어다니고 있었다. 마음속에는 거센 바람이 휘몰아치고 있어 한걸음 한걸음이 위태로웠고, 눈앞에는 심연과 같은 암흑이 있을 뿐이었다.

지금까지의 모든 길이 그 암흑 속에 가라앉아 자취를 감추고 있었던 것이다. 그러나 내 마음 속에는 데미안을 닮은 안내자가 있어 그 길로 나를 인도하는 것처럼 느껴졌고, 아무것도 보이지 않는 내 눈은 숙명적으로 내 운명을 쥐고 있는 그 인도자의 손을 보고 있었던 것이다. 나는 종이쪽지에 다음과 같은 글을 적었다.

한 사람의 인도자가 나를 저버렸다. 나는 어둠 속을 헤매고 있다. 사방은 캄캄하다. 아무것도 안 보인다. 나 혼자서는 한 걸음도 걸을 수 없다. 나를 도와 다오.

나는 이 쪽지를 막스 데미안에게 보내려고 했다. 그러나 곧 그런 생각을 버렸다. 그것을 몇 번인가 되풀이했는데, 그럴 때마다 그 쪽지를 보낸다는 것이 어리석고도 무의미하게 생각되었기 때문이다.

그 후 쪽지에 적혀 있는 짧막한 글귀는 자신도 모르는 사이에 머릿속에 새겨졌고, 간혹 마음속으로 기도문처럼 외기도 했던 것이다. 그 기도문은 언제나 내 곁에 있어 주었다. 기도란 무엇인가, 확실치는 않아도 어느 정도는 알 것 같았다.

××시의 고등학교 시대는 끝났다. 아버지의 뜻대로 나는 짧은 휴가여행을 마치고 돌아오면 곧 대학에 진학하기로 되어 있었다.

전공과목을 무엇으로 택하는가, 그것은 아직 결정되지 않고 있었다. 어쨌든 일학기 동안은 철학을 공부해야겠다고 작정했는데, 거기에 대해서는 쉽게 아버지의 동의를 얻을 수 있었다. 그러나 철학 이외의 어느 학과를 공부한다고 해도 나는 만족스럽게 생각했을 것이다.

에바 부인

휴가 동안, 나는 몇 해 전에 막스 데미안이 자기 어머니와 함께 살던 집에 가 본 적이 있었다.

　대문을 들어서니 어떤 노파가 정원을 산책하고 있었는데, 몇 마디 이야기를 나눈 끝에 나는 그 집이 그 노파의 소유가 되어 있다는 것을 알았다. 그녀도 데미안이나 그의 어머니에 대해서는 잘 알고 있었지만, 어디서 살고 있는가에 대해서는 모르는 모양이었다.

　내가 데미안과 그의 어머니에게 보통 이상의 관심을 갖고 있다는 것을 알아차리자, 그 노파는 나를 방으로 안내하더니 가죽 표지로 된 두꺼운 앨범을 갖고 와서 데미안의 어머니 사진을 보여 주었다. 데미안의 어머니―그녀의 면모는 내 기억에서 거의 사라져 가고 있었지만, 그 조그마한 사진을 보는 순간 심장의 고동이 딱 멎는 것 같았다.

　그것은 꿈에 본 그 여자―몸집이 큰, 사나이 같은 그 수수께끼의 여자의 모습 그대로였다. 어머니다운 인자한 표정과 함께 엄격하고 깊은 정열의 표정을 가진 여자, 유혹적인 아름다움과 함께 접근하기 어려운 아름다움을 가진 여자, 수호신임과 동시에 어머니이기도 하고 운명임과 동시에 연인이기도 한 여자, 그것이 바로 그 조그마한 사진의 주인공이었던 것이다.

그리하여 나는 내 꿈속에 나타나던 그 여자가 이 지상에 살고 있다는 것을 알았다. 그 순간, 나는 어떤 기적 같은 것이 내 가슴을 뚫고 들어와 온몸을 뛰어다니는 것을 느꼈다.

사나이라고 해도 좋을 만큼 건강하고 믿음직스러운 인상을 주면서도 어딘가 모르게 아름답고 따뜻한 연정을 느끼게 하는 여자, 내 운명의 그림자처럼 항상 나를 따라다니는 여자가 이 세상에 살고 있는 것이다. 도대체 어디서 살고 있을까.

아무튼 이 세상에 살고 있는 것만은 틀림없다. 더욱이 그 여자는 막스 데미안의 어머니였던 것이다. 나는 그 후 여행길에 올랐다. 그것은 실로 기묘한 여행이었다. 그 여자를 찾아 이 거리에서 저 거리로 쉬지 않고 여행을 계속했던 것이다. 당자는 만나지 못했지만, 그 여자를 생각나게 하는 사람들을 만난 적은 여러 번 있었다.

눈에 띄는 여자는 모두 그녀를 닮은 것 같아, 갈피를 잡을 수가 없이 뒤죽박죽이던 꿈속을 헤매는 것처럼 낯선 뒷골목이나 정거장, 심지어는 기차 안에까지 올라가 이 구석 저 구석을 기웃거리면서 찾아 헤맸던 것이다. 그 여자를 찾는 건 도저히 불가능한 일이라고 단념한 적도 있었다. 그런 날에는 아무것도 하지 않고, 어느 공원이나 호텔의 정원이나 대합실 등의 벤치에 앉아 내 마음을 들여다보면서 그 모습을 내 내부에서 소생시키려고 했다.

그러나 그 윤곽은 점점 희미해져 가고 있었다. 나는 도무지 잠을 잘 수가 없었다. 낯선 풍경 속을 달리는 기차에서 고작해야 15분가량 앉은 채로 조는 것뿐이었다.

　　한번은 취리히에서 어떤 여자의 유혹을 받은 적이 있었다. 얼굴은 예뻤으나 어딘가 모르게 뻔뻔스럽고 오만해 보이는 여자였다. 그 여자는 추파를 던지며 내 뒤를 따라왔지만, 나는 돌아보지도 않고 성큼성큼 걸음을 옮겼다. 다른 여자에게 단 1시간이라도 흥미를 가질 바에는 차라리 죽어 버리는 편이 낫다고 생각했던 것이다.

　　나는 내 운명이 나를 끌어당기고 있다는 것을 느꼈다. 그리고 나 자신도 알 수 없는 그 미지의 운명이 현실로 나타날 때가 머지않았다는 것도 느끼고 있었다. 그러한 실현성이 실감으로 느껴질 때마다 나는 아무런 대비책도 세우지 못하는 자신의 무능이 저주스러워 미쳐 버릴 것만 같았다. 언젠가, 아마 인스브루크 역에서라고 생각되는데, 막 출발하는 기차의 창문 너머로 그녀를 생각나게 하는 모습이 눈에 띄었다.

　　내 마음은 다시 산란해지고 뭐라 말할 수 없는 감정이 가슴속 깊은 곳에서 소용돌이치기 시작했다. 그것이 며칠 동안 계속되었다. 그러자 그 모습이 또 꿈속에서 나타났다. 그 꿈에서 깨어났을 때, 나는 부끄러운 생각과 함께 아무리 쫓아다녀도 소용이 없다는 것을 깨달았다.

　　사실 그것은 무의미한 일이었다. 그리하여 나는 곧 집으로 돌아갔다.

　　약 2, 3주일이 지난 뒤 나는 H대학에 입학했다. 모두가 환멸을 주는 것뿐이었다. 내가 들은 철학사 강의는 젊은 대학생들의 행동이나 마찬가지로 마치 공장에서 만들어 낸 것처럼 그 내용이 무미건조했다. 모두가 판에 박은 듯이 똑같았고, 어느 교수나 똑같은 말을 하고 있었다. 아직 소년의 티를 벗지 못한 학생들의 눈에는 그 모든 것이 실로 비참하리만큼 공허하고 기성품 같아 보였다. 그러나 나는 그런 데 구애받지 않았다.

모든 면에서 자유롭게 행동했다. 하루 24시간이 모두 내 것이었다. 교외에 있는 낡은 건물 안에서 나는 쾌적한 하숙 생활을 보내고 있었다. 책상 위에는 몇 권의 니체 저서가 놓여 있었다. 나는 니체와 함께 살면서 그의 영혼이 얼마나 고독했는가를 알았고, 그를 그런 고독의 길로 몰아넣은 운명을 그와 함께 저주하고 괴로워했다. 그리고 동시에 비정한 자기의 길, '자기 자신'에 도달하는 길을 꾸준히 걸어간 사람이 이 세상에 있었다는 사실에 대해 일종의 행복감을 느꼈던 것이다.

가을바람이 속삭이듯 불어오는 어느 날 밤의 일이었다. 거리를 산책하다 어떤 술집 앞을 지나는데, 학생연맹의 패들이 부르는 노랫소리가 활짝 열려있는 창문으로 뭉게구름 같은 담배연기와 함께 흘러나왔다. 그 노래는 세찬 파도처럼 넘쳐 나왔으나, 어딘가 모르게 생기가 없고 단조로웠다.

나는 한쪽 모퉁이에 서서 귀를 기울였다. 노랫소리는 곧 잡담으로 바뀌었다. 처마 끝을 나란히 하고 서 있는 두 술집에서 흘러나오는 판에 박힌 듯한 내용의 이야기소리가 어두운 밤하늘에 메아리치고 있었다. 여기서도 연맹, 저기서도 연맹, 그렇게 들리는 소리는 모두가 연맹, 연맹뿐이었다. 그들은 각자의 운명이라는 무거운 짐을 어깨에서 내려놓고 군중들 속으로 도망쳐 들어가 자아의식을 버린 공동생활에 몸을 내맡기고 있는 것이다.

한밤중이었다. 술집 모퉁이에서 보낸 시간이 얼마나 됐는지 알 수 없었다. 어둠 속에 인기척을 느껴 그쪽을 돌아다보니, 두 그림자가 다가오고 있었다.

그들은 내 뒤쪽을 천천히 지나가면서 무엇인가 이야기를 주고받았는데, 내 귀에 들어온 것은 다음과 같은 내용의 몇 마디뿐이었다.

"이건 흡사 흑인촌의 청년의 집 같지 않습니까?"

"네, 그렇습니다, 똑같습니다. 문신까지 유행하고 있으니까요, 이것이 젊은 세대의 유럽입니다."

그들이 주고받는 이야기소리에는 묘하게도 무엇인가를 생각나게 하는 반향이 있었다. 잠자는 내 기억의 눈을 뜨게 한 목소리는 분명히 귀에 익은 것이었다. 나는 어두운 골목길을 여유있는 걸음걸이로 지나가는 그들의 뒤를 따랐다. 가로등 불빛을 통해 엷은 웃음을 띤 노란 얼굴이 제법 선명하게 보였다. 가로등 밑을 지나갈 때 상대방 사나이가 다시 입을 열었다.

"그런데 일본은 어떻습니까? 자기의 소신대로 의지적인 생활을 밀고 나가는 청년들이 많습니까? 어느 나라를 불문하고 군중들 속에 파고들지 않는 청년은 드무니까요. 자아의식이 확립된 생활에 몸을 담고 있는 사람을 만나기란 정말 어렵습니다. 우리나라에도 그런 유망한 청년이 전혀 없는 것은 아니지만……."

이야기 한 마디 한 마디가 기쁨과 놀라움을 싣고 내 가슴에 스며들었다. 나는 그가 누구인지를 알았다. 데미안―그는 바로 막스 데미안이었다.

이슥한 밤의 차가운 어둠 속이었지만, 나는 데미안과 일본 사람의 뒤를 따라 넓은 한길이나 캄캄한 뒷골목을 수없이 지나가면서 그들이 주고받는 이야기에 귀를 기울였다. 옛날과 조금도 달라진 데가 없는 데미안의 침착한 목소리는 희망과 자신에 넘쳐 있었다. 그리고 내게 어떤 신념과 낙원이 아니면 맛볼 수 없는 삶의 환희 같은 것을 갖다 주는 동시에 나를 지배하는 절대적인 힘을 갖고 있는 것처럼 느껴졌다. 이제 나는 내가 걸을 길에서 막스 데미안을 찾아 낸 것이다.

　거리 어귀의 어떤 집 앞에서 일본 사람은 데미안과 작별하고 안으로 들어갔다. 나는 그 집에서 멀찌감치 떨어진 길 한가운데 서서 데미안을 기다렸다. 그의 모습이 가깝게 다가올수록 내 가슴의 고동소리도 점점 높아졌다. 그는 갈색 방수 망토를 입고 가느다란 스틱을 겨드랑 밑에 낀 채 가슴을 펴고 빠른 걸음으로 다가왔다.

　바로 내 앞에 다가설 때까지 빠르고 정연한 그 걸음걸이와 옆구리에 스틱을 낀 자세를 바꾸지 않았다. 걸음을 멈춘 그는 모자를 벗어들고 옛날과 다름없는 밝은 얼굴을 보였다. 꼭 다문 의지적인 입과 언제나 독특한 표정을 잃지 않는 넓고 시원한 이마를 가진 그 얼굴이었다.

　"데미안!"

　나는 소리쳤다.

　"아 싱클레어, 여기서 나를 기다리고 있었나? 이미 짐작은 하고 있었지만 말야……."

　"내가 여기서 기다린다는 걸 짐작하고 있었어? 어떻게?"

　"뭐, 반드시 그랬다는 건 아니야. 그저 너를 한번 만났으면 하는 생각은 하고 있었지. 정말 오래간만이다. 오늘 밤은 줄곧 우리 뒤를 따라

다녔던 모양이군."

"내가 네 뒤를 따라다닌 걸 알고 있었어?"

"물론이지. 네 얼굴은 많이 변했지만 이마에 표지가 붙어 있으니까 얼른 알아볼 수가 있어."

"표지? 무슨 표진데?"

"옛날 카인의 이마에 붙어 있던 표지와 같은 거야. 알겠어, 싱클레어? 그건 우리들의 표지야. 네 이마에는 언제나 그 표지가 붙어 있었어. 그러니까 너는 내 친구가 됐지. 그런데 지금 보니 그 표지가 전보다 한결 뚜렷해졌군."

"응, 그래? 하지만 나 자신은 모르고 있었어. 그런데 데미안, 언젠가 전에 네 얼굴을 그린 적이 있는데, 그려 놓고 보니 내 얼굴을 닮은 것도 같아서 깜짝 놀랐어. 우리 이마에 그 '표지'가 붙어 있기 때문에 그렇게 닮아 보였을까?"

"그야 물론이지, 싱클레어, 너를 만나니 정말 반갑다. 우리 어머니도 얼마나 기뻐하실지 몰라."

나는 가슴이 섬뜩했다. 날카로운 창날에 찔린 것 같았다.

"네 어머니? 어머니도 여기 계시니? 그런데 네 어머니는 내가 누군지, 뭘 하는 사람인지 모를걸."

"모를 리가 있나, 잘 알지. 내가 얘기를 하지 않아도 다 알고 있어. 그런데 싱클레어, 그렇게 소식을 뚝 끊어 버리다니, 너무하지 않니."

"아니. 몇 번이나 편지를 쓰려고 했지만 그렇게 되질 않았어. 얼마전부터 곧 너를 만나게 될 것 같은 기분이 들었어. 틀림없이 만날 수 있을 것 같았어. 그래서 매일처럼 네가 나타나 주기를 기다리고 있었지."

우리는 손을 잡고 천천히 걷기 시작했다. 그 손을 통해서 그의 침착하고 의지적인 정기가 내게 전해졌다. 우리는 옛날과 같은 말투로 잡담을 늘어놓았다. 고향의 라틴어 학교에 다니던 시절에 있었던 일— 견신례의 수업이나 의식, 우리가 처음으로 알게 되었을 때의 서먹서먹했던 기분 등 지난날의 이야기로 꽃을 피웠다. 그러나 데미안과 나를 굳은 우정으로 연결시켜 준 가장 중요한 동기, 즉 내가 프란츠 크로머의 마수에 걸려 그의 노예가 되었던 사건에 대해서는 이번에도 그전과 마찬가지로 아무 말도 하지 않았다.

우리는 자신들도 모르는 사이에 예감에 가득 찬 기이한 이야기 속으로 말려들고 있었다. 데미안이 일본 사람과 나누던 이야기의 뒤를 잇는 것처럼 청년이나 학생들의 생활 실태에 대해서 의견을 교환하던 우리는, 훨씬 동떨어진 별도의 세계로 화제를 옮겨 갔다. 그러나 화제의 중심이 된 세계가 아무리 먼 곳에 있다고 하더라도 그것을 이야기하는 사람이 데미안인 이상 그 세계는 현실적인 생활환경의 일부처럼 밀접한 관계를 가지는 것이었다.

그는 유럽의 성격이나 현세대의 특징에 대해서 이야기했다. 눈이 가는 곳마다 발길이 닿는 곳마다 연합이니 연맹이니 하는 군집화의 경향이 도사리고 있다. 그러나 아무리 찾아 헤매도 자유와 사랑은 눈에 띄지 않는다, 하고 그는 말했다.

학생연맹이나 합창단을 비롯한 모든 단체는 어느 나라를 막론하고 불안과 공포와 곤혹에서 생겨난 공동체로서 자유를 안전히 무시한 강제적 조직망에 의해 얽매어져 있다는 것이 그의 주장이었다. 그 주장 가운데서 내게 특히 자극을 준 말은, 그 공동체의 내부는 썩어 들어가고 조직의 사슬은 녹이 슬어 붕괴 일보 직전에 놓여 있다는 것이었다.

"공동체라는 것은 참으로 멋있는 거야……."

데미안은 이야기를 계속했다.

"그러나 지금 우리 발길이 닿는 곳마다에서 번창하고 있는 집단은 모두 참다운 집단으로서의 여건을 갖추지 못하고 있어. 집단밖에 국외자로 있는 우리 눈에는 그럴듯하게 번영의 길을 치닫고 있는 것처럼 보이지만 말이야. 각 개인 사이의 사교적 수단이라는 의미에서 새로운 집단이 꼬리를 물고 생겨나고, 또 그 집단의 명맥이 존속되는 동안, 얼마 되지 않는 기간이긴 해도 세계를 개혁할 수도 있겠지. 그런데 현재 우리 주변에 있는 집단은 글자 그대로 오합지졸의 집합체에 지나지 않아. 서로 상대를 무서워하기 때문에 모여서 살아 보겠다는 거지. 신사는 신사끼리, 노동자는 노동자끼리, 학자는 학자끼리 모인다는 얘기야. 그럼 어째서 사람들은 상대방을 두려워하고 불안감을 가지는가, 그것은 상대방이 자기 자신과 모든 면에서 일치되지 않기 때문이야. 상대방을 이질적인 존재로 보는 이상 그러한 상대방과 융합한다는 것은 도저히 생각할 수 없는 일이고, 따라서 불안감을 해소한다는 것이 불가능하게 되지. 이것을 다른 말로 바꾸어 해석하면, 사람들은 자기 자신을 모르기 때문에, 자기 속에 있는 미지의 세계를 이해하지 못하기 때문에 상대방을 무서워하고 불안에 떨면서 살게 되는 거야. 그러니까 자기 속에 있는 미지의 세계를 이해하지 못하면 상대방에게서가 아니라 자기 스스로 자기 자신을 괴롭히는 불안과 공포를 만들어 내는 결과를 가져오는데, 아까 내가 말한 집단이란 그런 사람들만 모여 있는 썩은 공동체인 셈이지. 그들은 모두 자기 자신들의 생활 법칙이 이미 타당성을 잃고 있다는 것과 자기들이 종래에 지키고 있던 가치 기준이 곰팡이가 슬 정도로 낡아 있다는 것을 알고 있어. 종교가 있고 도덕이 있지만, 좋은 의미에서의 영향은 조금도 주지 못했어. 우리에게 필요한 생활수단의 구실을 해 준 적은 한 번도 없었어. 벌써 백 년 이상에 걸쳐 과학기술의 연구 개발과 공장을 건설하는 데만 전념하는 것이 유럽의 실정이야. 그들은 사람 하나를 죽이는 데 몇 그램의 화약이 필요한가 하는 문제는 정확하게 알고 있지만, 어떤 방법으로 신에게 기도를 올려야 하는가에 대해서는 전혀 모르고 있어. 뿐만 아니라, 어떻게 하면 무료한 하루를 통해서 단 한 시간이라도 만족하게 지낼 수 있는가 하는 문제조차도 모르고 있어. 싱클레어, 학생들이 우글거리는 술집이라도 한번 들여다봐. 돈 많은 일당들이 드나드는 도박장같은 곳도 좋지. 정말 한심스러워. 절망이야, 절망. 싱클레어, 내 얘기 알아듣겠지? 이런 상태로는 아무것도 바랄 수가 없어. 밝은 세계가 태어날 리가 없지. 그런 술집이나 도박장에 드나드는 패들의 가슴은 불안감이나 사악한 마음으로 가득 차 있어. 누구 하나 상대방을 신용하려고 하지 않아. 필연적인 결과로서 여러 방면에 걸쳐 대립 현상이 일어나고, 큰 전쟁도 벌어지지. 이건 틀림없어. 물론 그것으로 세계가 개선되는 건 아니야. 하지만 아무 소용없는 일이라고는 할 수 없어. 그러한 싸움은 현세대의 이상이 무가치하다는 것을 뚜렷하게 나타내는 결과가 되겠고, 석기시대의 신과 같은 존재를 깨끗하게 처리하는 일도 되겠지. 현재의 이 세계는 거의 죽어가고 있어. 멸망의 길을 걷고 있어. 그리고 필경에는 멸망해 버리고 말 거야."

"그럼 우리는 어떻게 될까?"

나는 물었다.

"우리? 글쎄, 우리도 멸망할지 모르지. 매를 맞아 죽을지도 모르고 말이야. 하지만 우리라는 존재를 완전히 없애버리지는 못해. 우리가 남긴 것, 또는 우리의 내부 세계에 남아 있는 것―거기에 미래의 의지가 모여들 테지. 우리 유럽이 발전시킨 과학 기술에 의해 목숨을 빼앗긴 수많은 사람들의 의지가 다시 모습을 나타내게 되고 말이야. 그렇게 되는 날에는 인류의 의지라는 것이 여러 집단이나 국가, 민족, 결사, 교회 등과 본질적으로 다르다는 사실을 알게 돼, 자연이라는 세계가 인간에게 바라고 있는 것은 각자의 마음속에, 너나 나의 마음속에 쓰여 있어. 그것을 읽으면 자기 자신에 대한 자연의 소망을 명확하게 알 수 있지. 그것은 예수 그리스도의 마음속에도 쓰여 있었고, 니체의 마음속에도 쓰여 있었어. 우리 모든 인류의 마음 속에 살고 있는 의지, 우리 가슴에 새겨진 영원한 글, 우리에게 중요한 것은 그것뿐이야. 물론 그것은 날마다 형태를 바꿀지도 몰라. 어쨌든 현재 우리 주변에 있는 집단이 붕괴하면 우리 마음속에 적혀 있는 글의 의미대로, 그 글이 가리키는 대로 활동할 수 있는 여지가 생길 거야."

우리는 강둑 옆에 있는 어떤 정원 앞에서 걸음을 멈추었다. 아마 자정이 넘었을 때라고 생각된다.

"우리는 여기서 살고 있어."

데미안은 정원 저쪽에 있는 집을 가리키면서 말했다.

"한번 놀러 와. 어머니하고 둘이서 기다릴 테니."

나는 쌀쌀한 공기에 싸여 있는 밤거리를 가벼운 발걸음으로 걸어갔다. 무엇인가 새로운 것을 얻은 것 같아 마음은 걷잡을 수 없이 기뺐다. 집으로 돌아가는 도중 이 골목 저 골목에서 쏟아져 나오는 대학생들이 눈에 띄었다. 비틀거리는 걸음걸이로 보아 어지간히들 퍼마신 게 틀림없었다. 모두가 흥겨움에 들떠 있었다.

나는 그들의 유쾌한 생활과 고독한 내 생활을 비교해 본 적이 수없이 많았지만, 그때처럼 대조적인 위치에 놓여 있는 나를 발견한 적은 없었다.

나는 지금까지 내가 완전한 생활인으로서의 자격과 능력을 갖추지 못했다는 생각이 들어 나 자신을 비웃어 주고 싶은 충동을 여러 번 느꼈다. 그러나 그와 같은 인격적인 결함이 현재 내가 몸을 담고 있는 생활과는 아무런 관계도 없다는 것을 오늘 비로소 깨달은 것이다.

사실 그들이 살고 있는 유쾌한 향락의 세계는 아무리 발돋움을 해도 눈길이 닿지 않는 먼 곳에 있었다. 나는 고향 관청의 관리들 모습을 머릿속에 그려 보았다.

의젓한 노신사인 그들은 술집에서 살다시피 했던 학창시절의 추억을 행복하고 평화로운 낙원보다 더욱 그리워하고 있었다. 그들이 학창시절이라는 과거를 구가하고 동경하는 것은, 시인이나 그밖의 낭만주의자들이 그들 자신의 소년시대를 찬미하는 것과 똑같았다.

결국은 마찬가지였다. 유동하는 마음의 귀결점은 동일한 곳에 있었다. 신사들도 학생들도 모두 자유와 행복을 자기 자신들의 과거의 생활 속에서 찾고 있었다. 자기들의 책임을 완수했는가 안 했는가를 반성하도록 강요당하지나 않을까, 자기들 자신의 길을 걸어가도록 경고를 받지나 않을까, 그런 일들이 걱정스러웠기 때문에 그렇게 밖에는 할 수 없었던 것이다.

몇 년 동안은 술독에 빠져서 살다가 취흥에 싫증을 느끼거나 속을 차리면 의젓한 얼굴로 세상에 기어 나와 관리도 하고 무엇도 하고—이와 같이 우리 사회는 썩어 들어가고 있었다. 그러니 학생들의 행동이 불순하고 우매하다고만 탓할 수도 없는 일이었다.

그러나 하숙집에 돌아가 자리에 들려고 했을 때는 그러한 생각이 깨끗하게 날아가 버리고 말았다. 내 마음은 어떤 목표를 향해 움직이기 시작하고 있었다. 그럴 생각만 가진다면 나는 내일이라도 곧 데미안의 어머니를 만날 수 있다.

학생들이 연맹을 만들건 얼굴에 문신을 하건 세계가 멸망하는 날을 기다리건 그것이 나와 무슨 상관이 있단 말인가. 나는 한결같이 운명이 새로운 모습으로 내 눈앞에 나타나 주기를 기다리고 있었던 것이다.

다음 날 아침, 나는 늦게 서야 일어났다. 내게 있어서 새로운 날이 엄숙한 축제일처럼 시작되었다. 이 날은 소년시대의 크리스마스를 제외하면 한 번도 체험해 보지 못한 감회를 갖다 주는 거룩한 축제일이었다. 들뜬 마음을 누를 수가 없었지만 불안감은 조금도 없었다. 위대한 날이 드디어 내 앞에 도래한 것이다. 주위의 세계가 갑자기 변모하고 이 날을 기다리고 있던 모든 것이 서로 연결되어 장엄한 분위기를 자아내고 있었다.

부슬부슬 내리는 가을비까지도 아름답게 보였고, 속삭이는 듯한 빗소리는 조용하면서도 경쾌한 음악처럼 들렸다. 오늘 비로소 내 외부의 세계와 내부의 세계가 순수하게 융합됐다. 나는 내 영혼의 축제일을 맞아 비로소 삶의 보람을 찾은 것이다.

어떤 집도, 어떤 창문도, 뒷골목에서 마주치는 어떤 얼굴도 내 마음을 혼란스럽게 하지 않았다. 눈에 띄는 모든 것은 여느 때나 다름없는 모습이었으나, 전처럼 공허한 느낌을 주는 표정은 어디론가 사라져 버리고 새로운 운명을 경건한 자세로 맞아들이려 하고 있었다.

소년 시절의 내 눈에는 크리스마스나 부활제 같은 축제일의 아침이 그렇게 보였던 것이다. 내부 세계에서만 생활하는 것이 습관이 되어 있던 나는 그러한 외부 세계에 대한 감각이 전혀 마비되어 버렸다고 생각하고 있었다. 그리고 설령 감각의 일부가 살아 있다 하더라도 자유롭고 사나이다운 영혼을 가지려면 외부 세계가 주는 자극이나 영향에 초연하지 않으면 안 된다고 생각했던 것이다. 그것은 진취적인 생각이 아니라 일종의 체념이었다.

그런데 지금 나는 그런 모든 것이 다만 흙 속에 파묻혀 있었거나 암흑에 싸여 있었다는 것뿐이라는 점과, 소년시절의 행복을 버리고 고독한 생활 속에 몸을 담은 사람이라 하더라도 찬연히 빛나는 그 세계를 볼 수가 있다는 점을 알고 황홀경에 빠져 있는 것이다.

어젯밤 막스 데미안과 헤어졌던 교외 강둑에 있는 그 정원을 나는 두 번째로 보게 되었다. 정원의 숲 뒤에 밝은 느낌을 주는 조그마한 집이 한 채 서있었다. 유리로 된 벽을 통해 여러 개의 아름다운 화분이 보였고, 그 옆의 창문 너머로는 그림이 있는 어두운 벽이 보였다.

현관 쪽으로 걸어가는데 검은 옷에 흰 에이프런을 걸친 늙은 하녀가 나왔다. 입이 무거워 보이는 그 하녀는 나를 현관 곁의 아담한 방으로 안내하고는 안으로 들어갔다. 나는 망토를 벗어서 벽에 걸어 놓고 주위를 둘러보았다. 마치 그 꿈속에 있는 것 같은 기분이었다.

문 위쪽의 판자벽에 눈에 익은 그림이 걸려 있었다. 알에서 나오려고 바둥거리는 황금빛 새, 몸의 절반가량이 지구의 껍질 속에 파묻혀 있는 그 맹조의 그림이었다. 나는 그 그림에 시선을 준 채 한참 동안 움직이지 않고 그 자리에 서 있었다. 기쁜 것도 같고 슬픈 것도 같은 이상한 감정이 솟기 시작했다. 내가 지금까지 살아오면서 체험한 모든 일에 대한 올바른 해답이 현실적으로 내 앞에 돌아온 것 같은 기분이 들었기 때문이다. 나는 수없이 많은 영상들이 번개처럼 빠른 속도로 내 마음속을 달려가는 것을 보았다.

고향집의 대문 아치에 붙어 있는 새의 문장, 그 문장을 스케치하고 있던 소년 막스 데미안, 프란츠 크로머의 마수에 걸려 그의 노예가 되어 있던 소년시절의 내 모습, 기숙사의 조그마한 방에서 그 새의 그림을 그리며 자기 자신의 실로 뜬 그물눈 속에 자신의 영혼을 밀어 넣고 있던 청년 시절 내 모습의 영상들이 자국을 남기고 지나간 뒤의 내 마음속에서는 그 순간까지 부정과 회의를 느껴 오던 일체의 것을 긍정하고 시인하고 동의하는 획기적인 감정이 고개를 쳐들었던 것이다.

나는 무량한 감개를 느끼면서 내가 그린 그림을 쳐다보았다. 그리고 내 마음 속을 읽어 보았다. 그때였다. 그 새의 그림에 못 박혀 있던 내 시선은 저절로 방향이 바뀌어 밑으로 내려갔다. 검은 옷차림의, 몸집이 큰 부인이 열려 있는 문 앞에 서 있었기 때문이다. 그녀였다.

나는 한 마디도 말을 꺼낼 수가 없었다. 데미안의 어머니―아들과 마찬가지로 발랄한 생기와 의지로 가득 찬 그녀의 얼굴은 아름답고도 기품이 있어 보였다. 그 얼굴에 가벼운 웃음을 띠고 나를 맞아 준 것이다. 그녀의 눈은 내 영혼의 고향이고 그 웃음은 내 영혼이 고향으로 돌아왔음을 의미하는 것이었다. 나는 아무 말도 못한 채 두 손을 내밀었다.

"잘 왔어요, 싱클레어."

그녀는 두 손을 꼭 쥐면서 말했다. 부드럽고 따뜻한 목소리였다. 나는 그 목소리를 달콤한 포도주처럼 들이마셨다. 그러고는 고개를 들어 그녀의 검은 눈과 원숙한 입술과 그 표지가 붙어 있는 넓은 이마를 쳐다보았다.

"얼마나 기쁜지 도저히 이야기로는 나타내지 못하겠습니다."

나는 그렇게밖에 말할 수가 없었다. 그리고 그녀의 두 손에 입술을 갖다 댔다.

"지금까지 여행을 하다가 이제야 고향에 돌아왔습니다. 나는 그리운 내 고향에 돌아왔습니다."

그녀는 어머니와 같은 인자한 웃음을 보냈다.

"싱클레어, 아무도 자기의 참다운 마음의 고향으로는 돌아가지 못해요. 하지만 같은 길을 걷는 친구들과 어울리면 온 세상이 고향처럼 보이는 법이지요. 물론 잠시 동안이긴 하지만 말입니다."

그것은 사실이었다. 나도 그녀를 찾아오면서 그와 꼭 같은 생각을 하고 있었던 것이다. 그녀의 말투나 이야기의 내용은 아들인 데미안의 경우와는 달리 모두가 원숙했으며 무리가 없었다. 그러나 옛날 막스가 소년이면서도 소년다운 인상을 조금도 주지 않았던 것과 마찬가지로, 아니 그것과는 정반대로 그녀는 다 큰 아들이 있는 어머니로는 보이지 않았다.

윤기가 흐르는 머리는 싱싱한 젊음이 물결치고 있었고, 흰 얼굴에는 잔주름 하나 없었으며, 입술은 빨간 꽃잎처럼 아름답고 뜨거워 보였다. 그처럼 풍만하고 아름다운 육체 앞에 나는 서 있었다. 나는 그녀와 함께 있다는 것만으로 불타는 사랑의 행복을 맛볼 수 있었고, 그녀가 내 얼굴을 보아 준다는 것만으로 내 꿈을 실현시킬 수 있었던 것이다.

데미안 어머니의 그 여체(女體)가 내 운명의 새로운 모습이었다. 그 운명은 나를 고독으로 몰아붙이는 것이 아니라 쾌락이 가득 찬 길로 인도하는, 그야말로 섬세하고도 원숙한 기교를 갖고 있었다. 나는 새삼스럽게 각오를 새로이 하거나 맹세를 할 필요는 없었다. 하나의 목적지에 도달했기 때문이다.

내가 걸어야 할 길은 그 목적지에서도 까마득한 곳까지 이어져 있었다. 약속된 이상향을 목표로 하는 그 길은 행복의 가로수가 늘어져 있고, 길 양쪽에 끝없이 이어져 있는 쾌락의 화원에서 달콤한 향기가 풍겨 나와 꿈속의 길처럼 황홀하고 시원했다.

내 장래가 어떻게 되건 그런 것은 아무래도 좋았다. 그런 여자를 이 세상에서 만난 것으로 나는 내 삶의 보람을 찾은 것이다. 그녀의 감미로운 목소리를 마시고 그녀 곁에서 숨을 쉬고 있다는 것만으로 나는 비길 데 없이 행복했다. 그 여자가 내 연인이 되건 어머니가 되건 여신이 되건, 내 곁에 있어 주기만 하면 좋았다.

그녀는 내가 그린 새의 그림을 가리키면서 말했다.

"싱클레어, 이 그림을 보내 줬을 때처럼 우리 막스가 기뻐한 적은 없어요. 기뻐한 건 나도 마찬가지였어요. 우리는 당신이 오기를 기다리고 있었어요. 이 그림을 받았을 때 우리는 당신이 이쪽으로 발길을 돌리고 있다는 것을 알았어요. 싱클레어, 당신이 어린 소년이었을 무렵의 어느 날이었는데, 우리집 아이가 학교에서 돌아오더니 이렇게 말하더군요. '이마에 표지가 붙은 아이가 하나 있어. 아마 틀림없이 나하고 친구가 될 것 같아.'라고 말이에요. 그게 바로 당신이었어요. 당신은 여러 가지로 괴로운 고비를 넘겨야 했겠죠. 하지만 나는 당신이라면 걱정없다고 생각하고 있었어요. 벌써 오래 전의 일이지만 방학으로 고향에 돌아왔을 때 우리집 막스와 만난 적이 있었지요? 아마 그때는 열여섯이나 일곱쯤밖엔 안 됐을 거예요. 막스한테서 얘기를 들었는데……."

"막스가 그런 말까지 했습니까? 참 그때가 저의 가장 비참했던 시절이었습니다."

"막스는 이렇게 말했어요. '싱클레어는 지금 제일 어려운 고비에 봉착하고 있어. 고독과 고통에서 헤어나려고 술집에서 살다시피 하고 있지만 자기 영혼의 욕망은 채우지 못할 거야. 이마에 붙은 그 표지가 싱클레어의 욕망을 부채질하고 있으니까 술잔 정도로는 해결되지 않지.'라고 말예요. 어때요, 막스의 말이 맞지요?"

"네, 사실입니다. 정말 그랬습니다. 행여나 하고 술친구들과 어울려서 술독에 빠져 봤지만 아무 소용도 없었습니다. 그러다가 저는 베아트리체를 발견했습니다."

"그 얘기도 들었어요, 싱클레어."

"제 영혼은 그때부터 눈뜨기 시작했습니다. 자기 자신으로 도달하는 길, 인간 본연의 순수한 길을 걷지 않으면 안 되겠다고 생각했어요. 그런 각오를 한 것은 베아트리체 덕분이었습니다. 그러던 중 마침내 저를 그 길로 인도해 줄 사람이 나타났습니다. 피스토리우스라고 하는 사람이었습니다. 저는 그때 비로소, 왜 저의 소년시절이 그토록 밀접하게 막스라는 친구에게 연결되어 있는가, 왜 저는 막스에게서 떨어질 수가 없었는가를 알았습니다. 부인, 아니 어머니, 그 무렵 저는 자살하는 수밖에 없다고 생각했습니다. 인간의 길이란 누구에게나 이처럼 괴로운 것일까요? 스스로 목숨을 끊지 않으면 안 될 만큼 괴로운 인생을 살아가는 사람이 저 말고도 또 있을까요?"

그녀는 내 머리를 가볍게 어루만지듯 쓰다듬어 주었다.

"태어난다는 것은 언제나 누구에게나 고통스러운 일이에요. 물론 잘 알겠지만, 새가 알에서 나오느라 얼마나 고생을 하는가 생각해 봐요. 하지만 인간은 괴로움만 안고 태어나지는 않았을 거예요. 어때요, 싱클레어? 즐거운 때도 있었고 행복감을 가져 본 적도 있었겠지요?"

나는 고개를 저었다.

"즐거움이란 조금도 없었습니다. 언제나 괴로웠습니다. 그 꿈을 꾸기 전까지는 한시도 괴로움에서 벗어나지 못했습니다. 꿈을 꾸기 전까지는 말입니다."

그녀는 고개를 끄덕이면서 찌르는 듯한 눈으로 내 얼굴을 쳐다보았다.

"그래요, 사람은 누구나 꿈을 갖지 않으면 안 돼요. 꿈이 있는 사람은 없는 사람들보다 훨씬 편하게 자기 본연의 길을 걸을 수 있어요. 하지만 꿈은 언제까지나 계속되는 게 아니에요. 그리고 꿈이 좋다고 해서 그것을 영원히 자기에게 머물러 있도록 붙잡아 두려고 하면 안 돼요. 꿈은 새로운 것으로 바뀌기도 하고 아주 사라져 버리기도 하니까요."

나는 놀랐다. 이것은 경고하는 말일까. 내 마음이 자기에게 흘러가지 못하게 미리 둑을 쌓아 놓는 것일까. —그러나 그런 것은 아무래도 좋았다. 내가 도달해야 할 목적지가 어디 있건 그런 것은 문제가 아니었다. 다만 그녀가 인도하는 길을 걸어가면 그뿐인 것이다.

"제 꿈이 언제까지 계속될지 저는 모르겠습니다. 하지만 저는 오늘 제 운명을 만났습니다. 저 새의 그림 밑에서 제 운명은 어머니와도 같이, 연인과도 같이 저를 맞아 주었습니다. 이 운명에 저의 모든 것을 맡기겠습니다. 그리고 이 운명이 꿈과 함께 영원히 계속되기를 바라겠습니다. 이 운명 이외에는 아무도 저를 소유할 수 없습니다. 저는 이 운명에 절대 복종하겠습니다."

그것은 내 영혼의 절규였다.

"그 꿈이 당신의 운명과 함께 있는 동안에는 거기에 순종하지 않으면 안돼요. 거역하는 일이 있어서는 결코 안 되죠."

그녀는 그 몇 마디 말로 내 마음을 받아들인 것이다. 나는 감격했다. 마술에 걸리기라도 한 것 같은 이 순간에 죽어 버렸으면 하는 생각과 함께 정체를 알 수 없는 어떤 슬픔이 엄습했다. 뜨거운 눈물이 가슴속에서 치밀어 올라 곧 눈 밖으로 쏟아질 것만 같았다.

까마득한 옛날에 몇 방울씩 흘려 봤을 뿐인 눈물이 이처럼 뜨겁게 가슴이 메이도록 치밀어 오르는 것이다. 나는 눈물을 보이지 않으려고 얼른 그녀에게서 몸을 돌려 창문 곁으로 가서 밖을 내다보았다.

이윽고 등 뒤에서 그녀의 목소리가 들려왔다. 침착한 목소리였다 그러면서도 여름밤의 훈훈한 바람처럼 부드럽고 철철 넘치게 따른 술잔처럼 정애가 가득 찬 목소리였다.

"싱클레어, 당신은 아직 어린아이 같네요. 당신의 운명은 물론 당신을 사랑하고 있어요. 당신이 거역하지만 않으면, 그 운명은 언젠가는 반드시 당신이 꿈꾸고 있는 대로 당신 곁을 떠나지 않을 거예요."

나는 스스로의 감정을 눌러 눈물을 삼키고 그녀 쪽으로 얼굴을 돌렸다.

"나한테는 친구가 두어 사람 있어요⋯⋯."

그녀는 미소를 머금은 얼굴로 내게 한쪽 손을 내밀면서 말했다.

"아주 막역한 사이지요. 친구가 적을수록 정은 더 깊어지니까요. 그 사람들은 나를 에바 부인이라고 불러요. 좋으시다면 당신도 그렇게 불러 줘요."

그녀―에바 부인은 나를 문 쪽으로 데리고 가더니, 조용히 손잡이를 돌려 문을 열고는 정원을 가리켰다.

"막스는 밖에 있어요."

나는 현관 밖으로 나가 몇 걸음을 옮기다가, 높은 나무 밑에서 발을 멈추고 넋빠진 사람처럼 먼 하늘을 바라보았다. 가슴이 두근거렸다. 내 영혼이 눈을 뜨고 내 운명을 지켜보고 있는지 아직 꿈속에 있는지 나 자신도 알 수 없었다.

빗방울이 나뭇가지에서 한 방울 두 방울 떨어지고 있었다. 나는 강둑으로 이어진 정원의 안쪽으로 천천히 걸음을 옮겨갔다. 데미안의 모습이 눈에 띄었다. 상반신은 벌거숭이가 된 채 숲으로 둘러싸인 정자 안에 서 있었다. 천장에는 샌드백이 매달려 있었다. 권투 연습을 하다가 잠시 쉬고 있는 모양이었다.

데미안의 체격은 아주 단단해 보였다. 넓은 가슴과 떡 벌어진 어깨, 무쇠처럼 견고해 보이는 남성적인 머리, 관절을 조금만 굽혀도 근육이 불룩하게 솟아오르는 억센 팔, 균형잡힌 율동적인 동작 등 부분적으로 보나 전체적으로 보나 정말 멋있는 체격이었다.

"데미안!"

나는 큰 소리로 불렀다.

"거기서 뭘 하고 있는 거야?"

그는 유쾌한 듯이 웃었다.

"응, 연습을 하는 중이지. 그 조그만 일본 사람과 시합을 하기로 약속이 돼 있어. 그놈은 조그마하지만 고양이처럼 동작이 재빠르고 기술도 상당해. 실은 그놈한테 한 번 졌지만, 이번엔 그렇게 안 되지. 이번에도 져 줄 수는 없어."

그는 셔츠와 웃옷을 입었다.

"벌써 우리 어머니를 만나 봤니?"

그는 단추를 채우면서 물었다.

"응, 만나 봤어. 데미안, 정말 멋있는 어머니야. 에바 부인! 이름도 좋아. 너의 어머니도 되고 내 어머니도 되고―이 세상의 모든 것의 어머니라도 해도 좋을 정도야."

그는 무엇인가를 생각하는 듯한 눈으로 내 얼굴을 쳐다보았다.

"이름까지 알고 있다니, 이건 굉장한데. 넌 운이 좋은 사람이야. 그런 운명을 갖고 있다면야 얼마든지 자랑해도 좋아. 어머닌 여간해선 처음 보는 사람한테 자기 이름을 가르쳐 주지 않아. 넌 행운아야."

그날부터 나는 그 집에 출입하기 시작했다. 에바 부인의 아들이나 동생 같기도 했고 연인 같기도 했다. 정원의 숲을 멀리서 바라보는 것만으로 나는 행복했고, 현관문을 열고 들어서기만 하면 내 마음은 즐거움으로 가득 차는 것이었다.

외부에는 '현실'이 있었다. 그러나 그 집 내부에는 사랑과 영혼이 있었다. 그리고 꿈과 동화가 살고 있었다. 그렇다고 세상과 격리된 생활을 하고 있는 것은 아니었다. 사색을 하거나 이야기를 나눌 때는 오히려 세상의 한복판에 뛰어 들어가 있었던 것이다.

세상 사람들과 우리 사이에 뚜렷한 경계선이 있는 것이 아니라, 농작물의 성장 환경인 밭이 다르다는 것뿐이었다. 우리에게 부여된 사명은 세상이라는 바다 한가운데서 하나의 섬을 찾아내는 것, 섬을 발견하지 못했을 때는 새로 만들어 내는 것이었다. 바꾸어 말하면, 진부한 기성관념에 속박된 생활 풍습을 타파하고 하나의 새로운 모범을 제시하는 것이었다. 어쨌든 우리는 종전과는 다른 형태의 삶의 가능성을 세상 사람들에게 알려 주지 않으면 안 되었다.

장구한 세월에 걸쳐 고독 속에서 생활해 온 나는 완전한 고독을 맛본 사람들에게는 집단생활이 가능하다는 사실을 알았다. 행복한 사람들의 식탁이나 유쾌한 사람들의 술자리를 나는 부러워하지 않았다. 그런 데에 끼어들고 싶은 마음은 조금도 없었다. 그와 같은 이질적인 향락에 전혀 무관심인 나는 한걸음한걸음 이마에 '표지'가 붙은 사람들의 비밀 속으로 끌려 들어가고 있었다.

'표지'를 가진 우리가 세상 사람들 눈에 기묘한 존재—머리가 돌아 버린 위험한 존재로 보이는 것은 당연한 일인지도 모른다. 우리는 눈을 떴거나 눈을 뜨려는 과정에 있는 사람들이었다. 우리의 노력은 눈을 뜬 내부의 생태를 더욱 완전하게 하는 데 기울여지고 있었다. 그러나 한편 다른 패들의 노력과 행복의 탐구는 그들의 의견, 그들의 이상과 의무, 그들의 생활과 행복 등을 군중들의 그것과 밀착시키는 데 사용되고 있었다. 그들에게도 그들 나름의 노력이 있었고, 힘과 용기와 위대함이 있었다.

그러나 우리가 보는 바로는 우리들, '표지'를 가진 사람들은 새로운 것과 개별적인 것, 미래를 향하는 자연의 의지 등을 구현시키고 있는 데 비해, '표지'가 없는 사람들은 현상 유지의 의지 속에 살고 있었던 것이다. 그들에게 있어서 인류란─그들도 인류를 사랑한다는 점에 있어서는 우리와 마찬가지였다.─이미 완성된 존재였기 때문에 그것을 유지하고 보호하기만 하면 되었던 것이다. 그러나 우리가 보는 인류는 모두 미래를 향하고 있는 미완성의 존재였다.

우리 인간은 미래를 지향한 길을 걷고 있는 것이다. 인간의 미래상이 어떤 모습으로 나타날지는 아무도 모른다. 그러한 법칙이 적혀있는 책은 아무 데도 없었다.

우리의 서클에는 에바 부인과 막스와 나 이외에도 많은 구도자가 있었다. 그들 가운데는 독특한 사상으로 색다른 목표를 세우고 특수한 방향으로 나가는 사람도 있었다. 점성술을 하는 사람도 있고, 카발라의 신자도 있었다.

톨스토이에 심취한 사람이 있는가 하면, 신흥 종교의 신봉자도 있고, 인도적 심신 수양법을 실천하는 사람, 채식주의를 창도하는 사람, 내성적인 사람, 감상적인 사람 등 실로 각양각색이었다. 그러한 사람들이 한데 뒤섞여 있는 것이 우리 서클이었다. 이들과 우리 세 사람 사이에는, 각기 다른 사람들의 비밀 생활의 꿈을 존중한다는 것 이외에는 정신적인 공통점이 전혀 없었다.

그러나 우리와 가까운 위치에 있는 사람들이 없는 것은 아니었다. 그들은 인류가 어떠한 신과 이상을 추구했는가를 역사의 사실적인 재료를 통해서 규명하고 그것을 입증하려고 했다. 그들의 연구 활동은 내 머리에 피스토리우스의 모습을 자주 떠오르게 했다.

그들 그룹은 우리를 위해 고대 문헌을 번역해 주기도 하고, 태고시대의 우상이나 의식의 광경을 그린 삽화를 보여 주기도 했으며, 또 지금까지 인류가 갖고 있던 이상이란 것은 무의식적인 영혼의 꿈과 미래의 가능성에 대한 예감을 뒤쫓는 꿈으로 성립되어 있다는 것을 구체적으로 가르쳐 주기도 했던 것이다.

그리하여 우리는 고대사회의 신비로운 신의 세계, 수없이 많은 신들이 뒤얽혀 있는 세계를 뚫고 나가 기독교로 전향하는 여명의 길을 모색했던 것이다. 우리는 종교의 분파 작용을 일으키지 않는 고독한 신자들의 신앙 고백을 들었고, 또 이 민족에서 저 민족으로 옮겨가는 종교의 변천을 알았다.

이와 같이 우리가 수집한 모든 자료에서 현세대의 비판과 현대 유럽에 대한 비판이 생긴 것이다. 아무런 의의도 명분도 없는 노력으로 우리 유럽은 인류를 멸망시키는 강력한 무기를 만들어 내기는 했지만, 결국은 심각한 정신적 타락 속에 빠져 들고 말았다. 왜냐하면 유럽은 세계를 손아귀에 쥐었지만, 그로 인해서 그 영혼을 잃어버렸기 때문이다.

우리의 서클에도 특정한 희망이나 구제설을 신봉하는 사람들이 있었다. 유럽을 개종시키려는 불교도나 톨스토이의 사도가 있었고 다른 종파에 속하는 사람들도 있었다. 그러나 우리 세 사람은 그들 이야기에 귀를 기울이기는 했지만 어떤 교의건 상징적인 의미로밖에는 받아들이지 않았다. 우리처럼 '표지'를 가진 사람들에게는 미래를 어떻게 형성하는가에 대해 걱정할 필요가 없었다. 물론 의무도 없었다.

우리 입장에서 보면, 어떠한 종파도 어떠한 구제설도 무가치한 무용지물이었다. 우리가 의무로 느끼고 있는 것은 오직 하나뿐이었다. 그것은 우리 각자가 완전히 자기 자신으로 도달하는 것, 자기 속에서 움트고 있는 자연의 싹을 안전하고 올바르게 가꾸어 한결같이 그 의지에 따라 삶을 영위함으로써 불투명한 미래상이 우리에게 어떤 영향을 끼치건 그 모든 것에 대처할 마음의 준비를 갖추어 두는 것이었다.

우리가 왜 그것을 의무와 운명으로 생각하는가. 그 까닭은 현재의 기존 관념이 붕괴되고 새로운 것이 태어날 시기가 다가오고 있다는 사실과 이미 그것을 피부로 느낄 수 있게 되었다는 사실이 입 밖에 내건 내지 않건 우리의 의식 속에서 명백한 윤곽을 그리고 있었기 때문이다.

데미안은 내게 몇 번인가 이런 말을 했다.

"다음에는 무엇이 오는가, 그건 상상조차 할 수 없어. 유럽의 영혼은 오랫동안 사슬에 얽매어 있던 짐승 같은 거야. 그 짐승이 사슬에서 풀려났을 때 우선 어떤 행동을 취하는가, 모르긴 해도 감탄과 찬사를 받을 만한 것은 못 되겠지. 그러나 그 짐승이 자기가 갈 길을 돌아서 가건 질러서 가건 그 방법은 아무래도 좋아. 오랫동안 기만과 허위 속에 살아온 영혼의 참된 고뇌가 밝은 세상에 나오기만 하면 되니까, 그런 것은 문제 삼을 바가 아니야. 사슬이 풀리는 날, 그 날이야말로 우리 활동이 시작되는 가장 중요한 시점이야. 그때가 되면 세상은 우리를 인정하고 우리가 필요한 존재라는 것을 깨닫게 될 거야. 그렇다고 우리가 세상의 지도자가 되거나 새로운 입법자가 된다는 뜻은 아니야. 우리가 살고 있는 동안에는 새로운 그 법칙이 적용되는 것을 볼 수 없을 테니까. 그것은 모든 변화에 대처할 마음의 준비를 갖추고 시대의 변천에 보조를 맞추어 운명이 가리키는 곳으로 갈 만한 각오가 서 있는 사람의 경우를 말하는 거야. 어떤 사람이라도 자기의 이상이 위협을 받게 되면 모험에 가까운 일이라도 해 낼 각오를 하지. 그런데 새로운 이상이 자기들 마음의 문을 두드리면 모두 달아나 버려. 그럴 경우, 끝까지 남아서 행동을 같이 할 사람은 우리뿐이야. 우리는 '표지'를 갖고 있기 때문이야. '표지'를 가졌기 때문에 끝까지 남아 있는 것이 아니라, 끝까지 남아 있기 위해서 표지를 가진 셈이지. 옛날 카인이 공포와 증오의 채찍을 휘두르며 당시의 인류를 좁은 목가의 세계에서 위험한 넓은 세계로 몰아넣기 위해 표지를 갖고 있던 것과 마찬가지야. 카인은 자기에게 부여된 운명을 받아들일 각오를 하고 있었기 때문에, 그런 능력을 발휘하며 활동할 수 있었던 거야. 모세도 그렇고 부처도 그랬어. 나폴레옹이나 비스마르크도 마찬가지야. 어떤 물결을 따라야 하고 어떤 극(極)의 지배를 받아야 하는가, 그것은 개인 각자가 선택할 일이 못 돼. 비스마르크가 사회민주당원의 주장을 이해하고 그들에게 동조했다고 하면 현명한 삶이 됐을지는 몰라도 운명의 사나이는 되지 못했을 거야. 나폴레옹이나 카이사르, 로욜라 성직자 등등 그 밖의 모든 인물이 그래. 이런 문제는 생물학적으로나 진화론적으로 생각하지 않으면 안 돼. 지구표면에 일대 변동이 일어나 물에서 사는 동물이 육지로 밀려 올라오고 뭍에서 사는 동물이 물속에 던져졌다고 할 경우, 공전의 이변을 극복하고 새로운 적응에 의해 그 동물들을 구할 수 있는 것은 그러한 운명은 받아들일 각오가 되어 있는 개체뿐이야. 그러한 개체가 지구의 변동이 일어나기 이전에 그 종족들 가운데서 보수적 현상 유지파로 존재해 왔는지, 아니면 이단적 혁명파로 혁신의 바람을 일으키고 있었는지 거기에 대해서는 우리도 잘 몰라. 그러나 그들에게 운명을 받아들일 각오와 역경에 빠진 종족들을 구출하여 새로운 발전 위에 올려놓을 가능성과 용의가 있다는 것만은 틀림없어. 그러니까 우리도 그런 각오와 용의로 마음을 무장하지 않으면 안 된다는 얘기지."

데미안이 그런 이야기를 할 때면 에바 부인도 곧잘 귀를 기울였다. 그러나 그녀 자신이 그런 내용의 말을 입에 담은 적은 없었다.

에바 부인은 데미안이나 내 의견을 언제나 신뢰와 이해로 받아들였다. 그러므로 우리 두 사람의 생각은 모두 그녀에게서 나와 다시 그녀에게로 돌아가는 것처럼 생각되었다. 그녀 곁에 앉아, 그녀의 목소리를 들으면서, 그녀를 둘러싸고 있는 성숙한 영혼의 분위기에 젖는 것이 내게는 무상의 행복으로 느껴졌다.

내 마음이 혼탁해지거나 심기가 일전하여 내부 세계에 어떤 변화가 일어나면, 그녀는 재빨리 그 기미를 알아차리는 것이었다. 내가 꾸는 꿈까지도 그녀가 내 머릿속에 넣어 준 것이 아닌가 싶을 만큼 그녀는 내 정신생활에 절대적인 영향력을 끼쳤던 것이다.

나는 꿈을 꾸면 반드시 그녀에게 이야기를 했는데, 아무리 새롭고 신기한 내용이라도 그녀는 당연한 결과로 찾아오는 환상으로밖에는 생각하지 않는 모양이었다. 수많은 꿈 가운데서 그녀에게 특별한 의미를 줄 만한 것은 하나도 없었다.

언젠가 한번은 낮에 데미안과 주고받은 이야기를 그대로 옮겨놓은 것 같은 꿈을 꾼 적이 있었다. 그 꿈에서 나는 때로는 혼자서, 때로는 데미안과 함께 긴장한 얼굴로 위대한 운명을 기다리고 있었다. 그 운명은 베일을 쓰고 있었는데, 에바 부인의 면모를 그대로 닮은 것이었다. 우리 영혼이 에바 부인에 의해 구제되는가, 아니면 버림을 받는가, 그것이 우리가 기다리고 있는 운명이었다.

그녀는 가끔 미소를 띤 얼굴로 말했다.

"싱클레어, 당신의 꿈은 그게 전부는 아니겠지요? 당신은 제일 중요한 것을 잊고 있어요."

그런 말을 들을 때마다 나는 어째서 제일 중요한 것을 잊게 되었을까 나 자신에게 물어 봤지만, 확실한 답변을 얻어 낼 수가 없었다.

나는 욕정의 충동 때문에 고통을 받을 때가 가끔 있었다. 그녀를 눈앞에 두고도 안아 보지 못하는 것은 참을 수 없는 고통이었다. 그러한 욕구 불만까지도 그녀는 곧 알아차리는 것이었다. 3일 가량 그 집 문턱을 밟지 않다가 불만과 공허감을 감추지 못한 얼굴로 다시 찾아가서 현관에 들어서자, 그녀는 나를 현관 바로 옆의 조그마한 방으로 데리고 가더니 이렇게 말하는 것이었다.

"사람은 누구나 가망이 없는 일에 열중하면 안돼요. 당신이 지금 무엇을 원하고 있는가를 나는 알고 있어요. 자신에게 가능성이 없는 일은 그것이 어쩔 수 없는 충동에 의한 것이라 하더라도 체념하지 않으면 안 돼요. 만약 체념할 수가 없을 때는 철저하게 원하고 적극적으로 행동해야지요. 자기의 소망을 틀림없이 실현시킬 수 있다는 확신을 가지고 적극적인 행동을 취하면 그 소망은 반드시 이루어지는 법이에요. 그런데 당신은 무엇인가를 소망했는가 하면 곧 그것을 후회하고 있어요. 그러면 안 돼요. 한 가지 목표를 세우면 거기에 방해가 되는 것은 모두 제거해 버려야 해요. 사람은 남자나 여자나 역경을 극복하는 의지력이 필요해요. 내 옛날 얘기를 하나 해 드리지요……."

그러고는 별을 사랑한 청년의 이야기를 해 주었다. 그 청년은 바닷가에서 두 손을 하늘로 뻗치고 그 별에게 연모의 정을 바쳤다. 그러나 인간이 하늘의 별을 안을 수 없다는 것은 청년도 잘 알고 있었다. 그러나 청년은 실현될 가능성이 전혀 없는데도 별을 사랑했다. 그것이 자기 운명이라고 생각했던 것이다. 그리고 그 운명에 순종함으로써 자기의 마음을 순화하는 침묵과 체념과 고뇌의 노래를 불렀다.

그의 모든 꿈은 한결같이 별을 향하고 있었다. 어느 날 밤, 그 청년은 바닷가 절벽 끝에서 별을 쳐다보며 운명의 연정으로 몸을 태웠다. 별을 사랑하고 별을 그리워하는 절실한 상념이 극에 달했을 때, 그는 별을 향해 허공으로 몸을 던졌다. 순간 '이루어질 수 없는 사랑이다. 불가능하다.'라는 생각이 번개처럼 머리를 스치고 지나갔다. 그러나 이미 때는 늦어 있었다. 그의 몸은 별이 있는 하늘과는 정반대쪽인 바닷가 암석 위에 떨어져 박살이 나고 말았다.

그 청년은 '사랑'을 모르고 있었던 것이다. 허공에 몸을 날린 순간, 그 별과의 사랑이 틀림없이 이루어진다고 확신하는 영혼의 힘이 그에게 있었다면 그는 하늘 높이 올라가 별과 맺어 졌을지도 모른다—대강 이러한 줄거리였다. 그 가련한 청년의 슬픈 사랑의 종말을 이야기한 그녀는 '사랑이란 애걸만 해서도 안 되고 요구만 해서도 안 된다.'는 말을 전제로 다음과 같은 결론을 내렸다.

"사랑에는 확고한 신념과 의지적인 행동을 할 수 있는 힘이 필요해요. 그러한 신념과 힘이 있으면 연인의 사랑을 자기 쪽으로 끌어당기게 됩니다. 그렇게 되면 연인에게 사랑을 호소할 필요도 요구할 필요도 없게 되지요. 상대방에게 마음이 이끌리기만 하는 사랑은 언제나 슬프지요. 싱클레어, 당신의 사랑은 내게 이끌려 다니고 있어요. 언제라도 좋습니다. 당신의 사랑이 내 마음을 끌어당기게 되면 나는 기꺼이 따라가겠어요. 나는 스스로 나를 바치고 싶지는 않아요. 의지적인 행동과 확신의 힘을 가진 사랑에 의해 정복되기를 바라고 있어요."

그녀는 또 다른 이야기를 해 주었다. 짝사랑을 하는 청년의 이야기였다. 그 청년은 완전히 자기의 영혼 속에 틀어박혀 이룰 수 없는 사랑의 쓰디쓴 그림자를 핥으면서 죽고 싶다는 생각만 하고 있었다. 그에게는 아무것도 들리지 않았다.

푸른 하늘도 없고 아름다운 숲도 없었다. 하프의 소리도 시냇물소리도 없었다. 세계에서 버림받은 그 청년은 가엾고도 비참한 인간으로 전락하고 말았다. 그는 이루어질 가능성이 없는 짝사랑으로 말미암아 세계를 잃은 것이다. 그러나 아름다운 그 연인에 대한 사랑은 깊어 가기만 했다. 그럴수록 절망감도 더해 갔다.

그는 사랑하는 여성을 자기 품에 안지 못할 바에는 차라리 죽어 버리는 편이 낫다는 생각을 실천으로 옮길 각오를 했다. 그러나 갑자기 그 사랑의 불길이 자기 내부에 있는 모든 것을 불태워 버리는 것을 느꼈다. 그 순간부터 사랑은 위대한 힘을 발휘하여 여인의 마음을 끌어당겼다. 그때까지 청년의 사랑을 전혀 외면하고 있던 그 여성은 비로소 그의 사랑을 받아들였다. 그리고 청년을 찾아갔다. 청년은 두 팔을 벌리고 여인을 안으려고 했다. 그런데 이상하게도 그 여인이 청년 앞에 가서 섰을 때, 그녀의 모습은 딴판으로 변해 있었다.

청년은 자기가 잃었던 세계 전체를 자기 힘으로 끌어당겨 자기 곁에 머물게 한 데에 전율을 느꼈다. 청년 앞에 서 있는 것은 세계였다. 그가 다시 찾은 건 세계였다. 그 세계가 그의 의지력에 이끌려 그에게 몸을 내맡긴 것이다.

하늘과 숲과 냇물이 새롭고도 생기가 넘치는 빛깔로 몸을 바꾸고 그 청년을 마중 나왔다. 세계의 모든 것이 그의 소유가 되었으며, 그의 운명을 이야기했다. 그 청년은 단 한 사람의 여자를 얻는 대신 전세계를 자기 품에 안은 것이다. 하늘에 있는 모든 별이 그의 가슴속에서 사랑의 불길을 치솟게 하였고, 그의 영혼 속으로 뚫고 들어가 쾌락의 불꽃을 튀겼다.

그 청년은 사랑함으로써 자기 자신을 발견한 것이다. 그런데 대부분의 사람들은 사랑에 빠지면 자기 자신을 잃어버리고 만다.

에바 부인에 대한 내 사랑이야말로 내 삶의 전부라고 나는 생각하고 있었다. 그 사랑은 매일 형태를 바꾸어 갔다. 내 마음이 추구하는 것, 내 마음을 끌어당기는 것은 그 여자가 아니라는 새로운 감정이 고개를 쳐드는 것을 느꼈으며, 또 그 여자는 다만 내 내부 세계의 상징적인 존재에 지나지 않는다는 것과 나를 나 자신의 내부 세계로 점점 깊이 인도해 주는 것뿐이라는 생각이 뚜렷하게 떠오를 때도 가끔 있었다.

그녀 입에서 나오는 말은 나를 충동질하고 있는 조급한 문제에 대한 나 자신의 무의식적인 대답처럼 들리기도 했다. 그리고 그 여자 곁에서 관능적인 욕망으로 온몸을 불태우며 그 여자의 손길이 닿은 물건에는 모두 키스를 할 때도 있었다.

내 가슴속에서는 감정적인 사랑과 이지적인 사랑, 현실과 상상 등이 점차 복잡하게 얽혀들고 있었다. 하숙집의 내 방에서 마음을 가라앉히고 조용히 그 여자를 생각할 때면 그 여자의 손이 내 손에, 그 여자의 입술이 내 입술에 포개어지는 것이 실감으로 느껴졌던 것이다. 그리고 그 여자의 집으로 가서 그 여자의 얼굴을 보고 그 여자의 목소리를 들어도 그 여자가 실지로 내 곁에 있는지 내가 꿈속에 있는지 분간하지 못할 때가 있었다.

나는 어떻게 하면 우리 인간이 사랑을 영원히 잃지 않을 수 있는가를 알게 되었다. 책을 읽고 하나의 새로운 인식을 발견했을 때, 나는 에바 부인의 입술을 받은 것과 똑같은 느낌을 맛보았다. 그 여자가 내 머리를 쓰다듬으면서 완숙하고 향기로운 감정을 따스한 웃음에 실어 보낼 때면 나는 내 자신의 내부 세계로 한 걸음 더 들여놓는 듯한 감흥을 느끼는 것이었다.

내게 있어서의 모든 중요한 운명은 하나같이 그 여자의 모습을 하고 있었다. 에바 부인은 내 마음속에서 자유자재로 그 모습을 바꿀 수 있었으며, 동시에 내 상념도 그녀의 영감 속에서 형태를 바꿀 수가 있었던 것이다.

나는 양친과 함께 보내야 하는 크리스마스가 다가오는 것을 두려워하고 있었다. 왜냐하면 그것은 2주일 동안이나 에바 부인 곁에서 떨어져 있어야 한다는 것을 의미하기 때문이다. 그러나 그것은 고통이라고 할 것까지는 없었다.

그녀 곁을 떠나 집에서 그녀를 생각하고 그리워하는 것은 참으로 멋있는 일이었다. H시로 돌아왔을 때도 나는 '여자'라는 육체를 가진 그녀의 속박에서 벗어나 건전한 나 자신의 정신생활을 즐기기 위해서 이틀 동안은 그녀 집에 가지 않았다.

나는 꿈속에서 그녀와 나와의 결합이 새로운 방법과 형태로 이루어지는 것을 보았다. 그녀는 바다였고, 나는 강물이었다.

강물은 바다로 흘러들어갔다. 나는 그녀 속으로 흘러들어간 것이다. 그녀는 별이었고 나도 별이었다. 나는 그 별을 찾아갔고, 그 별도 나를 찾아왔다. 두 별은 서로 끌어당기고 있었다. 그리고 만났다. 우리는 떨어지지 않았다. 두 개의 별은 영원히 헤어지지 않는 운명을 가지고 서로의 주변을 돌았다.

나는 에바 부인에게 그 꿈 이야기를 했다.

"아름다운 꿈이네요."

그녀는 조용히 입을 열었다.

"그 꿈을 현실로 옮겨 보는 거예요."

이른 봄이었다. 생애를 통해서 잊을 수 없는 날이 찾아왔다. 나는 그 집 현관으로 들어갔다. 창문은 열려 있었고 따사로운 바람이 다년초로 백합과에 속하는 히아신스의 그윽한 향기를 방 안으로 실어 나르고 있었다. 나는 데미안의 서재로 들어갔다. 여느 때 같으면 노크를 하고 대답을 기다렸겠지만, 그 날은 예외였다.

방 안은 어두컴컴했다. 커튼은 하나도 걷혀 있지 않았고 막스가 화학 실험실로 쓰는 옆방으로 통하는 문이 열려 있었다. 그 문으로 구름을 뚫고 나온 햇빛이 희미하게 흘러 들어오고 있었다. 나는 방 안에 아무도 없는 줄 알고 커튼을 옆으로 밀어붙였다. 그때 나는 바로 그 창문 곁의 의자에 앉아 있는 데미안의 모습을 발견했다.

웅크리고 앉아 있는 막스의 모습이 전과 달라 보이는 것이 이상했다. 그의 모습이 눈에 들어온 순간 '전에도 이런 모습을 보인 적이 한 번 있었다.'라는 생각이 화살처럼 내 가슴을 뚫고 나갔다.

막스는 두 팔을 힘없이 늘어뜨리고 손을 가볍게 무릎에 올려놓고 있었다. 허리를 약간 앞으로 굽혀 고개를 숙이고 있었는데, 얼굴은 죽음의 그늘에 덮여 있는 것 같았고, 눈에서 흘러나오는 빛은 날카로웠으나 생기가 없었다. 숨도 쉬지 않는 것 같았다.

내 머릿속에서 어떤 기억이 되살아났다. 나는 막스가 그런 모습으로 앉아 있는 것을 전에 한 번 본 적이 있었다. 벌써 여러 해 전인 소년 시절의 일이었다. 그 때도 이와 똑같은 모습이었다. 눈은 자기의 내부 세계를 주시하고 있었으며, 생기를 잃은 손은 무릎 위에 나란히 놓여 있었고, 파리 한 마리가 얼굴을 기어 다니고 있었다. 그때가 아마 6년 전이라고 생각되는데, 얼굴은 주름살 하나 붙지도 줄지도 않은 옛 모습 그대로였다.

나는 겁이 나서 아무 말도 못 하고 밖으로 나왔다. 현관에서 에바 부인을 만났는데, 그녀는 몹시 피로하고 창백해 보이는 얼굴을 하고 있었다. 그런 얼굴을 나는 그때까지 본 일이 없었다. 그늘이 창밖을 지나가면서 햇빛을 삼켜 버리고 말았다.

"막스 방에서 나오는 길인데, 무슨 일이 있었습니까? 내가 들어가도 본체만체하고 말도 한 마디 안 해요. 잠을 자고 있는지, 내부 세계에 잠겨 있는지, 아니면 어떤 다른 생각을 하고 있는지 알 수가 없어요. 몇 년 전에도 그렇게 하고 앉아 있는 걸 한 번 봤어요."

나는 빠른 어조로 이렇게 말했다.

"그 애를 깨우지는 않았겠지요?"

"아닙니다. 막스는 내가 자기 방에 들어간 것도 모르고 있습니다. 에바 부인, 대체 어떻게 된 일입니까? 얘기나 좀 해 주십시오."

그녀는 손등으로 이마를 문질렀다.

"염려할 것 없어요, 싱클레어. 아무렇지도 않아요. 그 애는 그저 자기 방에 잠겨 있는 것뿐이에요. 그런 상태가 오래 계속되는 건 아니에요."

그리고는 비가 내리고 있는데도 정원으로 나갔다. 나는 그녀를 따라 나가서는 안 된다고 생각했다. 그리하여 현관 안을 왔다갔다하면서 히아신스의 향기를 맡으며 문 위에 걸려 있는 그 새의 그림을 바라보았다. 무슨 일이라도 일어난 것일까. 에바 부인은 얼마 안 있어 현관으로 들어왔다. 그러고는 한쪽 구석에 있는 안락의자에 앉았다. 그녀의 검은 머리에 빗방울이 이슬처럼 맺혀 있었다. 몹시 피곤해 보이는 얼굴이었다. 나는 그녀 옆으로 다가서서 허리를 구부리고 빗방울이 맺힌 머리에 입술을 갖다 댔다. 그녀의 눈은 맑고 고요했으나, 머리에 맺혀 있는 빗방울은 눈물 같은 맛이 났다.

"막스한테 가 볼까요?"

나는 속삭이듯 말했다.

그녀는 엷은 웃음을 띄웠다.

"어린아이 같은 말을 하는 게 아니에요. 싱클레어."

에바 부인은 마치 자기 가슴속에 있는 둑을 무너뜨리기라도 하려는 듯이 큰 소리로 말했다.

"오늘은 그만 가요. 그리고 나중에 다시 와요. 지금은 당신하고 얘기할 수 없어요."

나는 돌아갔다. 집과 거리를 떠나 산으로 갔다. 가느다란 빗줄기가 내 얼굴을 비스듬히 때리고 있었다. 무거운 구름이 공포에 쫓겨 가듯 머리 위를 지나갔다. 아래쪽은 바람이 없었으나, 위에서는 폭풍우가 일어나고 있는 것 같았다.

태양이 두터운 잿빛 구름을 헤치고 몇 번인가 얼굴을 내보였다. 이윽고 누런 구름이 퍼지면서 이쪽으로 흘러왔다. 그 구름은 얼마 흘러오지 못하고 잿빛 구름에 부딪쳤다. 바람이 일렁이면서 구름으로 거대한 새를 한 마리 만들었다. 그 새는 곧 하늘 높이 날개쳐 올라갔다. 그러고는 폭풍우 소리가 들려왔다. 바람과 비와 우박이 한데 섞여 쏟아져 내렸다.

무섭게 들리는 벼락 소리가 비에 젖은 풍경 위에 떨어졌다. 번개와 벼락이 사라지자 태양이 다시 얼굴을 내밀었고, 갈색 숲 저쪽에 있는 산을 덮고 있는 눈이 창백한 모습으로 둔한 햇살을 반사하고 있었다.

몇 시간이 지난 뒤 바람에 불리고 비에 젖어 돌아갔을 때, 데미안이 나와서 문을 열어 주었다. 그는 나를 자기 방으로 데리고 들어갔다.

실험실에는 종이나 여러 가지 기구가 널려 있었는데, 가스등의 불빛이 그것을 비추고 있었다. 그는 무슨 실험을 하고 있었던 모양이었다.

"앉아, 싱클레어."

막스는 내게 자리를 권했다.

"피곤하지? 굉장한 날씨였어. 그런데 뭣 때문에 그토록 오래 밖에 있었니? 곧 홍차가 나올 거야."

"오늘은 기분이 아주 이상한걸. 무슨 일이 일어날 것 같아. 그까짓 폭풍우가 좀 불어 주는 정도로는 성이 차지 않아."

나는 잠시 망설인 끝에 이렇게 말했다. 데미안은 내 얼굴을 살피듯이 찬찬히 들여다보았다.

"왜, 뭘 보기라도 했니?"

"응, 그 그림이야. 오늘은 구름 속에 있는 걸 왔어. 잠시 동안이지만 말이야."

"그 그림이라니, 무슨 그림인데?"

"새야."

"아, 그 매같이 생긴 거? 네가 꿈에서 보고 그렸다는 그 맹조 말인가?"

"응, 그래. 하늘에서 본 건 아주 큰 새였어."

데미안은 한숨을 길게 내쉬었다. 노크 소리가 나더니 늙은 하녀가 홍차를 갖고 왔다.

"자, 들어. 싱클레어. 나는 네가 우연히 그 새를 보게 된 것은 아니라고 생각해."

"물론 아니지. 그런 걸 어떻게 우연히 볼 수 있어?"

"그래, 우연은 아니야. 네가 봤다는 그 새는 어떤 의미를 지니고 있어."

"어떤 의미야?"

"그걸 모르니?"

"어떤 절박한 감정을 의미하고 있다는 건 알지만…… 그 밖에 또 무슨 다른 의미가 있니? 내 생각으로는 내가 내 운명에 한 걸음 다가섰다는 것을 의미하는 것 같아. 그건 너하고도 관련이 있을 거야. 그리고……."

막스 데미안은 힘 있는 걸음걸이로 방 안을 왔다갔다했다.

"자기 운명으로—운명에의 한 걸음! 나도 어젯밤에 그런 꿈을 꾸었어."

그는 감격적인 어조로 말했다.

"어머니도 어제 그런 예감을 느꼈어. 어머니가 얘기한 내용도 똑같았지. 내가 꾼 꿈은 사다리를 타고 높은 탑으로 올라가는 것이었어. 탑 꼭대기에 올라가니 넓은 평야가 한눈에 내려다보였는데, 거기 있는 도시와 촌락이 모두 불길에 싸여 있었어. 불바다가 된 거야. 아직 꿈 얘기를 전부 할 수는 없어. 확실하게 이해할 수 없는 게 있으니까."

"너는 그 꿈이 너 자신에 관계되는 꿈이라고 생각하니?"

"그야 물론이지. 사람은 누구나 자기 자신과 무관한 꿈은 꾸지 않아. 그런데 이번 꿈은 나 하나에만 관계되는 것이 아니야. 너에게도 관계가 있고 또 내 어머니에게도 관련이 있지. 아까 네가 한 말이 맞아. 나는 나 자신의 영혼의 움직임을 나타내는 꿈과 인간의 운명 전체에 암시를 주는 꿈을 상당히 엄밀하게 구별하고 있어. 인간의 운명 전체에 암시를 주는 꿈이란 좀처럼 꾸어지지 않지만 말이야. 그리고 그 내용이 예언이었다고 할 만한 꿈을 꾸기도 어려운 일이야. 나도 그런 꿈은 한 번도 못 꿔봤어. 꿈을 정확하게 해석한다는 것은 거의 불가능에 가까운 일이지만—이건 자기 혼자에게만 관계되는 꿈의 경우를 말하는 거야—내가 어제 꾼 꿈은 나 혼자에게만 관계되는 꿈이 아니기 때문에 나는 정확하게, 확실히 말할 수 있어. 나는 그 꿈들로부터 예감을 받고 있어. 전에 너한테도 몇 번 얘기한 적이 있는 그런 예감 말이야. 싱클레어, 이 세계가 썩어 들어가고 있다는 것은 누구나가 알고 있는 사실이야. 하지만 그것만으로는 세계의 멸망을 예언할 수가 없어. 세계가 부패하고 있다는 현상 하나만으로 그런 예언의 근거와 이유가 부족하지. 그러나 나는 내 예언의 근거가 되는 꿈을 벌써 몇 년 전부터 꾸어오고 있어. 그 꿈이 주는 예감으로 모든 문제를 해결하는 실마리를 찾아내는 거야. 그리고 단안과 결론을 얻는 거야. 어쨌든 나는 밝은 세계의 붕괴가 다가오고 있다는 것을 확신해. 이건 어렴풋이 느끼는 정도가 아니야. 싱클레어, 우리는 얼마 안 가서 우리가 얘기했던 것을 실지로 체험하게 돼. 지금 새로운 세계가 탄생하려고 해. 죽음의 냄새가 풍겨 오는구나. 죽음 없이는 새로운 것이 태어나지 않아. 내가 생각하고 있는 것보다 훨씬 무서운 경로를 밟아야 세계가 개조될 거야."

나는 깜짝 놀라 그의 얼굴을 들여다보았다. 그리고 조심스럽게 물었다.

"나머지 것도 얘기해 줄 수 없어?"

"그건 곤란해."

데미안은 고개를 저었다

그때 문이 열리더니 에바 부인이 들어왔다.

"어머, 둘이 함께! 설마 비관하고 있는 건 아니겠지?"

그녀의 얼굴에는 전처럼 발랄한 생기가 감돌고 있었다. 피로한 빛은 조금도 없었다. 데미안은 자기 어머니에게 미소를 보냈다. 그녀는 마치 어머니를 무서워하는 아이들 곁에 오는 것처럼 우리에게 다가섰다.

"비관 같은 건 하지 않아요. 어머니, 우리는 수수께끼를 좀 풀어 보고 있었을 뿐입니다. 요즘 새로운 징조가 많이 보이니까요. 하지만 그런 건 문제가 아닙니다. 이런 변동이 어차피 일어날 바에는 빨리 일어날수록 좋아요. 그렇게 되면 우리도 알아 둘 필요가 있는 것을 알게 되고 체험도 할 수 있게 되니까요."

나는 언짢은 기분이 들었다. 작별 인사를 하고 혼자서 현관문을 나설 때 히아신스의 향기가 송장냄새로 변해 있는 것처럼 느껴졌다. 하나의 그림자가 이미 우리들 머리 위에 씌워져 있었던 것이다.

종말의 시작

나는 내가 주장한 대로 여름 학기에도 H시에 머물러 있게 되었다.
나는 데미안의 집에서 살다시피 했다. 우리는 주로 강둑 곁에 있는 넓
은 정원에서 대부분의 시간을 보냈다. 일본 사람도 가고 톨스토이 신
자도 가 버려, 남은 것은 세 사람뿐이었다. 데미안은 말을 한 마리 사
다 놓고 매일처럼 타고 돌아다녔다. 그래서 나는 그의 어머니와 단 둘
이 있게 될 때가 많았다.

　나는 가끔 내 생활이 너무나 안온하고 평화로운 데에 놀랄 때가 있
었다. 오랫동안 고독과 체념에 시달리면서 자기 자신의 고뇌를 상대
로 악전고투를 해 온 내게 있어서 여름의 몇 달을 보낸 이 H시는 꿈의
섬나라와도 같은 낙원이었다.

　이 낙원에서는 아름답고 유쾌한 감정 속에서 여유 있게 사는 것이
허용되고 있었다. 나는 그것이 우리가 생각하고 있던 그 고차원의 집
단생활의 전조일지도 모른다는 생각이 들었다.

그런데 그러한 행복이 가끔 가다 길고 어두운 비애의 그림자에 덮일 때가 있었다. 왜냐하면 꿈속의 황홀경과 같은 그런 상태가 오래 계속되지 않을지도 모른다는 것을 나 자신이 알고 있었기 때문이다.

나는 아무 괴로움이나 부자유 없이 안일 무사한 생활을 하게끔 태어나지를 못했다. 나는 고통을 받아야 하고, 고독을 피해서 이리저리 쫓겨다녀야할 사람이었다. 그런 면에서 볼 때 내게는 고통과 고독이 필요했던 것이라고 할 수 있다. 그러므로 나는 언젠가는 그 아름다운 사랑의 꿈에서 깨어나 다시 고통과 고독을 씹어야 하는 생활로 돌아가게 될지도 모른다는 생각을 하지 않을 수가 없었던 것이다.

만약 그렇게 되면, '나는 낯선 사람들만 살고 있는 차가운 세계에서 정말로 외톨이가 된다.' '그 세계에는 평화나 협동적인 집단생활이 없고 다만 고뇌와 고독과 투쟁이 있을 뿐이다.' 하고 미래를 체념하고 있었던 것이다.

그런 달갑지 못한 생각이 자주 머리에 떠오르자 내 운명에 대한 그리움이 곱으로 늘어났다. 그리하여 나는 한시도 에바 부인의 곁에서 떠나지 않았다. 그녀와 떨어져서는 단 하루도 살 수 없을 것 같았다. 나는 그녀 곁에서 그녀의 얼굴을 보고 그녀의 목소리를 듣고 그녀의 체취를 맡으면서 내 운명이 아직도 조용하고 건전하고 아름답게 나를 감싸 주는 데에 깊은 감사와 희열을 느끼곤 했던 것이다.

여름의 몇 주일은 눈 깜박할 사이에 지나가고 말았다. 이별의 날이 눈앞에 다가와 있었다. 그러나 이별의 슬픔을 미리 생각하는 것은 금물이었다.

나는 그런 생각의 요인이 되는 것에는 일체 눈을 돌리지 않고, 꿀이 흐르는 꽃에 내려앉은 나비처럼 내 운명과 함께 지내는 아름다운 나날에 들러붙어 있었다. 그것은 내 생애를 통해서도 가장 아름답고 감미로운 황금시대였다. '표지'를 가진 사람들의 공동체의 일원이 된 시대였고, 꿈을 현실로 옮긴 시대였다. 그리고 내 생활이 내부에 충실해진 최초의 시대였다.

그러한 시대가 지나가면 그 뒤에는 도대체 어떤 생활이 올 것인가. 나는 다시 내 운명을 그리워하면서 그전과 같이 꿈과 환상 속에서 살아야 하지 않을까. 또 다시 고독에 빠져 외톨이가 돼야 하지 않을까.

어느 날, 나는 그러한 예감이 맹렬한 기세로 한꺼번에 들이닥치는 것을 느꼈다. 그러자 에바 부인에 대한 사랑이 갑자기 불꽃을 튀기면서 타오르기 시작했다.

이별과 환멸! 도대체 나는 어디로 가야 한단 말인가? 이별이 눈앞에 다가와 있다. 헤어지면 그만이다. 그녀 얼굴도 못 보게 되고 묵직한 그녀의 발자국 소리도 못 듣게 된다. 그녀에게서 받은 꽃의 향기도 못 맡게 되었다. 내 운명은 완전히 내게서 떠나지 않는가. 내가 얻은 것은 무엇이란 말인가! 그녀를 내 수중에 넣는 대신 그녀를 영원히 내 곁에 머물러 있게 하기위해 싸우는 대신 그저 꿈속에서 기분만 좋게 흔들리고 있었을 뿐 아닌가.

참다운 애정에 대해서 그녀는 내가 생애를 마칠 때까지 잊을 수 없는 말을 했었다. 그런데 나는 그 말의 뜻을 올바르게 해석하고 그 뜻에 합당한 행동을 취했던가. 아무것도 안 했다. 아무것도 없다.

나는 방 한가운데 버티고 서서 모든 의식을 집중하여 에바 부인을 생각했다. 그녀에게 내 애정을 느끼게 하고 그녀의 마음을 끌어당기기 위해 나는 내 영혼의 힘을 있는 대로 쥐어짰다. 그녀는 내 곁에 올 것이 틀림없다. 그녀는 내 품에 안기는 것을 열망하고 있다.

내 입술은 그녀의 성숙한 사람의 입술을 깊이 빨아들이게 될 것이 틀림없다. 그런 생각에 싸여 있는 동안 내 몸은 발가락과 손가락 끝에서부터 점점 차가워지기 시작했다. 그리고 힘이 쑥 빠져 나가는 것이 뚜렷한 의식으로 느껴졌다.

순간 내 가슴속에서 무엇인가 정체를 알 수 없는 것이 단단하게 뭉쳐졌다. 마치 수정을 가슴 속에 품고 있는 것처럼 맑고 시원했다. 다음 순간, 얼음장 같은 냉기가 목구멍까지 치밀어 올랐다. 이것이다. 바로 이것이 내 자아라는 것을 나는 직감적으로 깨달았다. 무서운 긴장에서 풀려났을 때 나는 인기척을 느꼈다. 누가 이쪽으로 오고 있는 것이다. 에바 부인—나는 황홀한 기분으로 에바 부인이 방에 들어오기를 기다렸다.

그때 한길 쪽에서 말발굽소리가 들려오더니, 현관 앞에서 뚝 그쳤다. 창문가로 달려가서 밖을 내다보니, 데미안이 말에서 내리고 있었다. 나는 계단을 뛰어 내려갔다.

"어떻게 된 거야, 데미안? 네 어머니한테 무슨 일이 생긴 건 아니겠지?"

그는 들은 척도 안 하고 아직도 거친 숨이 가라앉지 않은 말을 정원의 울타리에 매어 두고는 내 손목을 잡아끌었다. 얼굴빛이 몹시 창백해 보였고, 이마에 배어나온 비지땀이 양쪽 볼을 타고 흘러내리고 있었다.

"너도 들었니? 일이 터졌어. 러시아와의 관계가 악화되고 있었다는 건 너도 알지?"

"뭐라고? 그럼 전쟁이 터졌단 말인가? 그런 건 생각지도 않고 있었어."

엿듣는 사람이 있었던 것도 아닌데, 나는 목소리를 낮추어서 말했다.

"아직 선전포고는 하지 않았어. 하지만 전쟁이 시작되는 건 틀림없어. 나는 지금까지 이 문제로 너를 괴롭히고 싶지 않았기 때문에 말은 하지 않았지만, 전쟁이 일어나리라는 것은 벌써부터 알고 있었어. 그런 징조를 세 번이나 예감으로 느꼈거든. 세계가 멸망한다거나 지진이나 혁명이 일어나는 게 아니라 전쟁, 전쟁이 시작되는 거야. 사람들은 전쟁을 즐거움으로 삼고 있으니까, 기뻐하는 건 당연하지. 싱클레어, 이 말의 뜻을 알겠니? 사람들은 그만큼 단조롭고 지겨운 생활을 하고 있는 거야. 너도 곧 알게 되겠지만, 이번 전쟁은 어떤 특정한 지역에 국한되는 것이 아니라 전 세계로 확대되는 대규모의 전쟁이 된다. 전쟁이 시작되면 동시에 새로운 세계가 시작될 거야. 그 새로운 세계가 낡은 세계에 들러붙어 있는 사람들에게는 소름이 끼칠 만큼 무섭게 보이겠지. 너는 어떻게 할 작정이지?"

"아직 생각해 보지 않았어. 너는?"

그는 어깨를 움츠렸다.

"동원령이 내리면 곧 입대할 거야. 난 소위의 계급장을 달게 돼."

"네가? 그건 처음 듣는 말인데……."

"물론 그럴 테지. 얘길 하지 않았으니까. 어쨌든 1주일 후에는 전쟁터에 나가게 될 거야."

"뭐, 1주일 후에?"

"그렇게 놀랄 건 없어. 전쟁 이야기를 할 땐 감상적인 기분을 버려야 돼. 누구나가 그렇겠지만, 살아 있는 사람을 표적으로 하여 총을 쏘아 대라고 명령을 내린다는 건 그리 즐거운 일이 아니야. 하지만 그런건 이차적인 문제에 지나지 않아. 이번 전쟁에선 우리 모두가 커다란 수레바퀴 밑에 깔리게 될지도 몰라. 너도 예외는 아니지. 너한테도 틀림없이 소집영장이 날아들 거야."

"그럼 너의 어머니는?"

그 말이 내 입에서 나온 순간, 나는 불과 15분 전에 있었던 일을 생각해냈다. 나는 내 운명의 아리따운 모습을 불러내기 위해 내 영혼의 힘을 있는 대로 쥐어짜고 있지 않았던가. 그런데 지금 그 운명은 무서운 얼굴로 나를 노려보고 있었다.

"내 어머니? 어머니는 걱정 없어. 어머니는 이 세상의 어떤 사람보다도 단단한 마음을 갖고 있으니까. 그런데 싱클레어, 넌 내 어머니를 그렇게도 좋아하니?"

"그걸 알고 있었니, 데미안."

"넌 아직 어린아이구나. 내가 그걸 모를 사람인가. 벌써부터 알고 있었지. 지금까지 우리 어머니를 에바 부인이라고 부른 사람치고 어머니를 좋아하지 않은 사람은 하나도 없었어. 참, 아까 누굴 불렀지? 어머니를 불렀나? 그렇지 않으면 나를?"

"아, 불렀어. 에바 부인을 불렀어."

"어머니도 그걸 알았던 모양이야. 예감으로 느낀 거지. 러시아에 관한 얘기를 하고 있는데 표정이 달라지면서 '싱클레어가 나를 부르는 것 같으니 대신 빨리 가.'라고 하시는 거야."

그는 울타리에 매어 두었던 말고삐를 풀고는 훌쩍 말 등에 올라탔다.

나는 방으로 들어갔다. 그때 비로소 내 몸과 마음이 피로에 지쳐 있다는 것을 알았다. 데미안의 이야기를 들은 탓이기도 하겠지만, 그가 오기 전의 몇 분 동안 너무 긴장하고 있었기 때문이다. 피로의 이유 같은 것은 아무래도 좋다.

에바 부인은 내 영혼의 소리를 들은 것이다. 한결같은 내 연정이 내 영혼의 힘에 의해 그녀에게 전해진 것이다. 그런데 왜 그녀 자신이 오지 않고 데미안을 보냈을까.

각오는 이미 서 있었다. 나는 에바 부인의 집으로 갔다. 그리고 정원에 있는 정자에서 그녀와 함께 저녁식사를 했다. 전쟁에 대한 이야기는 한 마디도 하지 않았다. 내가 돌아가려고 할 때 에바 부인은 이렇게 말했다.

"싱클레어, 오늘 당신은 나를 불렀지요? 그런데 왜 내가 안 가고 막스를 대신 보냈는지 아시겠지요? 이젠 나를 부르는 방법을 아셨으니까, 내가 필요할 땐 언제나 그렇게 불러 줘요. 이마에 '표지'가 붙은 사람에게 용무가 있을 땐 언제든지……."

그러고는 정자에서 나가 정원을 거닐기 시작했다. 많은 별들이 이 신비로운 여자의 머릿속에서 반짝이고 있었다.

내 이야기도 거의 끝날 때가 되었다―정세는 급변하여 곧 전쟁이 시작되었다. 데미안은 군복 위에 회색 외투를 걸친 기묘한 모습으로 전선으로 떠났다. 그 후 곧 내게도 소집령이 내렸다. 에바 부인, 아니 내 운명과 헤어질 날이 온 것이다. 내가 떠나던 날, 그녀는 타는 듯한 시선을 내 얼굴에 쏟으면서 나를 꼭 껴안고 뜨거운 키스를 했다.

모든 국민이 한 덩어리가 된 것처럼 보였다. 전쟁이 시작되고부터 '조국'이니 '명예'니 하는 말이 일상용어에서 떠나지를 않았다. 그것은 대부분의 사람들의 운명을 의미하는 말이었다. 젊은 사나이들이 전선으로 가기 위해 기차를 탈 때 나는 그들의 얼굴을 유심히 바라보았다. 그리고 이마에 표지가 붙은 자들이 많다는 것을 확인했다.

그것은 우리가 갖고 있는 표지와 같은 것이 아니라, 사랑과 죽음을 의미하는 아름다운 위엄이 가득 찬 표지였다. 나는 낯모르는 여러 사람들로부터 포옹과 악수와 키스를 받았다. 나는 그들의 기분을 충분히 이해할 수 있었다. 그들이 전선으로 나가는 나를 격려한 것은, 운명의 의사에 따른 것이 아니라 일시적인 자기도취의 탓이었다. 그러나 그 도취는 신성했다.

내가 전선으로 나갔을 때는 이미 겨울이었다. 치열한 사격전이 전개되는 것을 보고 흥분을 느끼기는 했으나, 얼마 안 가서 그 전쟁이라는 데에 환멸과 회의를 품게 되었다. 전에 나는 인간이 이상의 구현을 위해서 사는 것을 왜 그토록 꺼리고, 이상을 위해서 사는 인간을 만나기가 왜 그처럼 어려운가를 여러 가지로 생각했었다.

그러나 전쟁이 시작된 이후에는 내 관점이 달라졌다. 나는 모든 인간이 이상을 위해서라면 죽을 수도 있다는 가능성을 발견했다. 그러나 그것은 개인적인 이상이나 작자가 자유로이 선택한 이상이 아니라 인류에게 공통되는 이상의 경우를 말하는 것이다.

나는 시간이 흐름에 따라 점점 인간의 가치를 과소평가하고 있는 나 자신을 발견했다. 언제 목숨이 달아날지 모르는 위험한 전투나 고된 일선근무로 사람들은 지나치게 획일적인 존재가 되어 있었지만, 살아있는 사람이나 죽어가는 사람을 불문하고 모두 자기들의 운명의 의사를 따르고 있었다.

증오나 분노 등의 근원적 감정이나 야성적인 감정이 적을 향하고 있는 것은 아니었다. 그 감정의 피비린내 나는 작용은 내면적인 방사, 자기분열에 빠진 영혼의 방사에 지나지 않았던 것이다. 그 영혼이 광란을 일으켜 살육과 파괴를 일삼은 끝에 스스로 멸망하려고 한 것은 일단 죽은 뒤에 새로 태어나기 위해서였다. 거대한 새가 알에서 나오기 위해 싸우고 있는 것이다. 그 알은 세계였다. 그 세계는 박살이 나지 않으면 안 되었다.

이른 봄의 어느 날 밤, 나는 우리 편이 점령한 농가 앞에서 보초를 서고 있었다. 생각날 때마다 한 번씩 불어오는 것 같은 바람에 밀려 플랑드르 평야의 상공을 뭉게구름이 떼지어 지나가고 있었다. 그 구름 뒤에는 달이 숨어있는 것 같기도 했다.

나는 정체를 알 수 없는 불안감에 싸이면서 에바 부인과 데미안을 생각했다. 가냘프게 떨고 있는 구름의 밝은 부분이 커다란 그림으로 보였다. 나는 내 맥박이 이상하리만큼 약해지고 내 피부는 바람이나 비에 대해서 거의 무감각에 가까울 정도로 둔감해졌는데도 마음속에서는 불꽃이 튀고 있는 것으로 미루어, 나를 인도해 줄 사람이 어딘가 가까운 곳에 있는 것이 틀림없다고 생각했다.

구름 속에 큰 도시가 보였다. 수많은 인간들이 그 도시에서 흘러나와 떼를 지어서 넓은 지역으로 흩어져 갔다. 그 군중들 한복판에 거대한 신의 모습이 나타났다. 태산처럼 몸집이 크고 반짝이는 별을 여러 개 머리 둘레에 장식한 그 신은 에바 부인을 닮아 있었다. 사람들은 그 여신의 품속으로 빨려 들어갔다.

여신은 사람들을 품에 안은 채 대지에 웅크리고 앉았다. 그리고 눈을 감았다. 한줄기의 서광이 흘러와서 여신의 이마에 붙어 있는 '표지'를 비췄다. 그러자 여신의 커다란 얼굴이 고통으로 일그러졌다. 여신은 갑자기 소리를 질렀다. 순간, 여신의 머리 둘레에 붙어 있는 별들이 사방으로 흩어졌다. 수천이 넘는 아름다운 별이었다.

그 별 가운데의 하나가 윙윙 소리를 내면서 내 쪽으로 날아오다가, 바위에 부딪친 것처럼 불꽃을 튀기면서 부서졌다. 내 몸은 허공에 떠올랐다가 다시 지면으로 떨어졌다. 세계는 머리에서 붕괴했다. 나는 상처투성이가 되어 포플러 옆에 쓰러졌다.

나는 차에 실려 부상병 수용소에 도착했다. 그때는 의식을 회복하고 있었다. 내가 누워 있는 매트리스 바로 옆에 또 하나의 매트리스가 있었는데, 어떤 사나이가 거기 누워 있었다. 그 사나이는 내 쪽으로 돌아눕더니, 내 얼굴을 뚫어지게 들여다보았다. 그의 이마에는 '표지'가 붙어 있었다. 막스 데미안이었다. 나는 아무 말도 할 수가 없었다. 상대방 역시 마찬가지였다.

우리는 무한이라 해도 좋을 만큼 오랜 시간에 걸쳐 눈도 깜박이지 않고 서로의 얼굴을 응시하고 있었다. 그런 시간이 지난 다음, 우리는 코끝이 맞닿을 정도로 얼굴을 바싹 갖다 댔다.

"싱클레어!"

그는 속삭이듯이 말을 건넸다.

"프란츠 크로머를 아직 기억하고 있니?"

나는 대답 대신 눈을 깜박이면서 웃어 보였다. 말은 안 나와도 그런 정도로 웃을 수는 있었다.

"싱클레어, 잘 들어봐. 난 곧 이곳을 떠나지 않으면 안 될 것 같아. 너는 언젠가는 다시 나를 찾게 될 거야. 하지만 네가 부른다고 그전처럼 말이나 기차를 타고 너한테 갈 수는 없어. 그때는 너 자신의 목소리에 귀를 기울여 봐. 네 마음속에 내가 있다는 걸 알게 될 테니. 알았지? 그리고 한 가지, 내 어머니, 아니 에바 부인이 네게 전한 말인데, 혹시 네 신상에 어떤 이변이 일어나면 내가 대신해서 키스해 주라는 거야. 나는 에바 부인의 키스를 네 몫까지 받았어. 눈을 감아, 싱클레어."

나는 눈을 감았다. 그리고 데미안의 키스를 입술에 느꼈다. 데미안의 입술을 통해서 에바 부인의 키스를 받은 나는 무아의 경지로 들어갔고, 다시 깊은 잠에 빠졌다.

누가 흔들어 깨우는 것 같아 눈을 떠 보니 아침이었다. 옆의 매트리스에는 낯선 사나이가 누워 있었다. 나는 치료를 받았다. 상처에 약을 바르고 붕대를 감고 하는 것이 몹시 고통스럽게 느껴졌다. 그러나 요행히도 열쇠를 찾아 내 마음의 문을 열고 나 자신 속으로 들어가면 모든 고통에서 벗어날 수 있었던 것이다.

내부 세계의 깊숙한 곳에 있는 마음의 거울에는 운명의 모습이 비치고 있었다. 그리고 어두운 그 거울 위에 허리를 굽히기만 하면 나 자신의 모습도 볼 수 있었다.

거울에 비친 그 모습은 내 친구며 내 인도자인 그 사나이를 닮아 있었다.

옮긴이 후기

〈데미안〉은 1919년에 초판이 발간된 작품으로서 〈에밀 싱클레어의 청년 시절의 이야기〉란 부제가 붙어 있다. 이 작품은 제1차 세계 대전 전에 유럽 사회에 팽배한 퇴폐적이고 타성적인 문명과, 기성세대의 모순된 윤리관과 종교관 등에 대해 통렬한 비판을 가하고 있었기 때문에 작가는 에밀 싱클레어라는 익명으로 발표할 수밖에 없었다. 싱클레어는 이 작품에서 인간 내면세계의 양극성에 고뇌하며 방황하는 주인공의 이름으로 설정되어 있다.

작품의 줄거리는 대략 다음과 같다.

귀족과 상류층 자녀들만 다닐 수 있는 라틴어 학교에 입학한 싱클레어는 열 살 때부터 내면에 두 개의 세계가 공존하여 있었다. 그 하나는 안정되고 평화로운 세계였으며, 다른 하나는 뭔가 복잡하면서도 유혹적이며, 무시무시한 수수께끼가 담겨 있는 것과 같은 어두운 세계였다. 이러한 양자 대립적 정신세계에서도 전자가 바람직하다고 생각하면서도 지금까지의 생활에서 모르던 새로운 것, 무서워 떨게 하는 일, 도무지 정체를 알 수 없는 일들에 더욱 매료되고 있었다.

그런 어느 날 싱클레어는 공립학교에 다니던 프란츠 크로머라는 불량 소년을 만나게 되었다. 그를 통해 싱클레어도 어두운 세계의 일원이 되었는데, 싱클레어는 크로머에게 인정받고 환심을 사기 위해서 거짓말을 일삼게 된다. 그래서 점차 크로머의 단단한 마수에 걸려들게 되고 결국 부모를 속이고 돈까지 훔치면서, 집에서 책을 읽다가도 크로머가 부는 휘파람 소리만 들으면 악의 세계로 이끌려 들어가 온갖 수모와 괴로움을 당한다. 그래서 싱클레어는 그 고통을 감당하지 못해 자주 가위에 눌리고, 토하고, 오한이 나는 등 일종의 정신착란 증세까지 보인다. 그는 밝고 평화롭고 안정된 가정의 분위기로부터 유리되어 최초의 인생 모순으로 괴로워한다.

이러한 싱클레어에게 라틴어 학교에 새로 입학한 막스 데미안이 유일한 구세주가 된다. 데미안은 이 마을에 새로 이사 온 유복한 과부의 아들로 소매에는 상장(喪章)을 달고 있었으나 슬기롭고 밝은 얼굴을 한 자신감이 넘쳐 보이는 소년이었다. 그는 싱클레어보다 몇 살 위이긴 했으나 나이보다 훨씬 의젓해 보였고, 많은 학생들의 관심을 끌었기 때문에 싱클레어 또한 호감이 갔다. 하루는 데미안이 싱클레어에게 카인과 아벨에 대해 새로운 평가를 들려주었는데, 카인은 용감하고 고귀한 사람이며, 아벨이 오히려 비겁자라고 한 데미안의 말은 싱클레어에게 크나큰 충격이었다. 그때까지 싱클레어는 크로머의 손에서 벗어나지 못했는데, 우연한 기회에 크로머에게 고통 받는 사실이 데미안에게 알려졌고, 데미안은 절대로 그에게 예속되어서는 안 된다고 말하였다. 데미안이 그런 말을 한 후 다시는 크로머가 싱클레어 앞에 나타나지 않았다.

싱클레어는 다시 밝고 안정되고 평화로운 세계로 되돌아 왔지만, 부모가 있는 가정과는 다른 세계인 데미안의 세계에 존재했던 것이다. 그래서 데미안 역시 또 다른 유혹자이며, 새로운 세계와 인연을 맺게 될 것이라는 예감이 들었다.

싱클레어는 크로머와 헤어진 후 몇 년의 세월이 흘러 사춘기에 접어들게 되었는데, 데미안은 그때까지 그에게 상당한 영향력을 미치는 존재였다. 데미안은 어느 누구와도 가까이 하려 하지 않았으며, 다른 어떤 사람도 그와 친하지 않은 특이한 소년이었다. 그런데 싱클레어는 그러한 데미안의 신비한 정신세계로 이끌려 들어가 내면세계에 완전히 침잠되어 데미안을 닮아보려고 노력하였다. 그런데 데미안을 따라 할수록 싱클레어에게는 고독과 방황만이 존재했고 그러한 방황 가운데 소년시절을 보내고 결국 졸업을 맞이하였다.

김나지움 기숙사에 들어간 싱클레어는 교우들로부터 음침하고 입이 무겁고 불량스러운 학생이라는 비난을 들으며 혼자서 지낸다. 그런데 11월 초순경 우연히 길가 공원에서 기숙사에서 제일 나이가 많은 알폰스 베크를 만난다. 그와 술을 함께 마신 이후, 싱클레어는 다시 선과 악의 세계에서 갈등하게 되며, 가정에서 멀어져 나쁜 친구들과 어울려 방탕하게 살고 있었다. 그러던 중 겨울 방학이 지나고 파릇한 새싹이 돋아나기 시작한 초봄 어느 날에, 알폰스 베크를 만났던 그 공원에서 라파엘로 전기파의 소녀상을 닮은 한 소녀를 발견하고 '베아트리체'라는 이름을 붙이고 사랑에 빠진다. 그리고는 자신의 본래 모습으로 돌아왔는데, 자신이 우연히 그린 베아트리체의 초상화가 그가 사랑하는 베아트리체를 닮은 것이 아니라 오히려 데미안의 모습과 흡사한 것을 알고 깜짝 놀랐다. 그러나 그 모습을 석양에 비추어 보면 싱클레어 자신의 모습과 흡사하게도 보였는데, 그 그림이 결국 자신의 내면에 속해 있으면서 자신의 생활에 관여하는 운명의 모습임을 깨닫게 된다. 그리고는 내면적 방황을 계속하면서 누구와도 어울리지 않았고 다음 해 봄에 김나지움을 졸업하고 대학에 들어가야 했는데도 방황만이 계속되었다. 그리고 목사의 아들 피스토리우스, 동급생인 크나워와의 만남을 통해서 정신적 교류를 꾀하지만 결국 실패하고 데미안과 만날 것을 간절히 기원한다. 그래서 김나지움을 졸업하고 대학을 가기 전 휴가를 이용하여 데미안을 만났으며, 그로부터 곧 세계 전쟁이 일어날 것이며 자신은 전쟁터로 나갈 것이라는 말을 전해 들었다. 그리고 집에 돌아와 다음날 아침 잠에서 깬 후에는 세상이 달라져 보였다. 며칠 후 데미안의 어머니 에바 부인을 만나 보니 시간의 흐름과는 무관하면서도 영혼에 넘치는 의지만을 담고 있는 얼굴을 가진 그녀에게 알 수 없이 이끌려 들어가 대학 생활 중에도 자주 찾아가 꿈같은 시간들을 보냈다. 그러나 오래 지속될 수 없는 관계임을 깨닫고 그녀와 이별한 후 싱클레어도 전쟁터로 나간다. 아군 점령지역의 한 농장에서 보초를 서 있던 싱클레어는 갑자기 들려온 굉음과 함께 흙무더기에 뒤덮여 누워 있었는데 비몽사몽간 눈을 떴을 때 데미안의 얼굴을 보게 된다. 데미안은 싱클레어의 귀에 바짝 입을 대고는 다시는 싱클레어가 자신을 만나볼 수 없을 것이며, 이제부터는 싱클레어 자신의 내면에 귀를 기울여 보면 바로 데미안 자신이 있을 것이라고 속삭였다. 싱클레어가 정신을 다시 차렸을 때는 데미안의 모습은 영원히 사라진 뒤였다. 그러나 싱클레어의 내면에는 데미안과 같은, 친구이며 지도자인 바로 자신의 모습이 담겨 있었다.

〈데미안〉은 사랑과 죽음, 탄생 그리고 변형이 반복되면서 마치 몽환과도 같은 이야기들을 짧게 요약한 것이라 할 수 있다. 이 작품에서는 변환이 작품 전체를 지배하여, 하나의 관념에 머무르지 않고 계속 새로운 탄생을 만들어내는 실체로서 드러난다. 그래서 작품에 깔려 있는 전쟁 후의 암울한 잿빛 색채는 새로운 탄생의 가능성을 암시 해줌으로써 독자들의 새로운 시작을 알려준다는 점에서 시사하는 바 크다.

헤르만 헤세
영혼의 시 100선

꿈꾸는 별이 되어

1

이제는 가득차서 흘러넘치는 일도 없고

원무의 가락마저 가을답게 울려도

그대로 우리들은 침묵하지 않으리.

처음에 울린 것이 후에 울리게.

2

많은 시를 써 왔다.

남은 시간은 몇 날 안 되지만

그것은 여전히 나의 유희이고 꿈이다.

가을바람이 잔가지를 흔든다.

추수제를 위하여 빛도 고운

생명수의 이파리가 바람에 날린다.

3

나무에서 이파리가,

생명의 꿈에서 노래가,

노닐며 바람에 날려간다.

많은 것들이 사라져 갔다.

다정한 멜로디를

처음으로 우리가 부른 후로.

노래 또한 죽어 가는 것.
영원히 울릴 노래는 없다.
바람이 모두를 싣고 간다.
꽃도 나비도
사라지지 않는 모든 사물의
잠든 시간의 비유일 뿐이다.

환상에서 깨어난 사람

많은 아름다운 나비를 잡을 생각이었다.

그런데 지금은 가을이라 나비는 모두 날아가 버렸다.

별 수 없이 인간세계로 돌아와 있다.

나에게서 나비 잡는 법을 앗아간 세계에.

어찌 이 지상에서 추위에 떠는 것을 배워야만 하는가!

옛날에는 따스하고 아름답게 빛났는데.

다만 먼지가 되기 위하여

나의 절실한 목숨이 그의 꽃을 재촉하지 않았던가!

나는 나를 하나의 왕으로 보고 있었다.

그리고 이 세계를 하나의 마법의 정원으로

그러나 필경에는 다른 노인들과 함께

지껄이고 두려워하며 죽음을 기다리는데 지나지 않

았다.

시들어 가는 장미

많은 영혼이 이것을 안다면,
많은 연인들이 이것을 배운다면,
자신의 향기에 스스로 취하는,
살해자인 바람에 귀 기울이는,
이파리의 놀림에 빨갛게 흩어지는,
사랑의 만찬에서 웃으며 떠나는,
이별을 축제로 받아들이는,
육체에서 벗어나 아래로 떨어지는,
죽음을 키스처럼 들이마시는.

여름 저녁

손가락이 한 편의 시를 쓰고 있다.
빛바랜 목련이 창을 들여다본다.
희미하게 반짝이는 저녁 술잔에
연인의 머릿결이 얼굴에 반사한다.

가냘픈 별들이 뿌려진 여름밤에
젊은 날의 추억이 달빛 밝은 잎에서 향기를 풍긴다.
손가락이여, 우리들은 머지않아 티끌이 되리라.
내일, 모레, 어쩌면 오늘이라도.

수호신

바깥에는 별들이 바삐 움직이고
모든 것은 섬광을 말하고 있는데
이렇게도 암담한 인생을 겪는
나의 곁에 네가 있겠다는 것.

인생의 속임수 속에
하나의 중심을 네가 안다는 것.
이것이 너와 너의 사랑을
나의 선량한 수호신이 되게 한다.

나의 암흑 속에서 너는
참으로 은밀한 별을 느낀다.
너는 사랑으로 다시 나에게
삶의 달콤한 열매를 생각게 한다.

수난의
금요일

숲에는 아직 눈이 남아 있다.
앙상한 나무에서 콩새가 운다.
봄의 숨결이 불안스레 감돈다.
기쁨에 부풀어,
슬픔에 드리워.

사프란과 오랑캐꽃이 조그맣게 어울려
풀 속에 말없이 피어 있다.
무엇인가 수줍게 향기를 풍긴다.
죽음의 냄새가,
축제의 향기가.

나무 싹에는 눈물이 듬뿍 고여 있다.
하늘은 저렇게도 불안스레 드리우고
모든 정원과 언덕은
겟세마네다.
골고다다.

**봄의
속삭임**

아이들은 모두 봄이 소곤거리는 것을 알아듣습니다.
살아라, 자라나라, 피어나라, 희망하라, 사랑하라,
기뻐하라, 그리고 새 싹을 틔워라.
몸을 내던지고, 삶을 겁내지 마라!

늙은이들은 모두 봄이 소곤거리는 것을 알아듣습
니다.
늙은이여, 땅속에 묻혀라.
씩씩한 아이들에게 자리를 내어 주라.
몸을 내던지고, 죽음을 겁내지 마라!

**청춘의
초상**

전설 같은 먼 옛날에
청춘의 초상이 나를 쳐다보며 묻는다.
옛날에 그렇게 밝았던 그 빛에서
지금도 무엇이 빛나고, 타오르는가 하고.

그때 내 앞에 보이던 길은
많은 고뇌와 밤과
서러운 변화를 내게 가져다주었다.
나는 그 길을 다시는 걷고 싶지 않다.

그러나 나는 나의 길을 충실히 걸었고
그 추억을 소중히 간직하고 있다.
많은 실패가 있었고, 많은 잘못이 있었다.
그러나 나는 그것을 뉘우칠 수 없다.

낙엽의 유희

꽃은 저마다 열매가 되고
아침이 지나 저녁이 온다.
이 세상에 영원한 것은 없다.
오로지 변화와 세월만 있을 뿐.

아름다운 여름도 언젠가는
가을이 되어 조락을 맛보게 되니
나뭇잎이여, 바람이 유혹하거든
가만히 참고 견디어라.

너는 유희를 계속 하여라, 거스르지 말고
조용히 내버려 두어라.
너를 보내줄 바람으로 하여
집으로 실려 가게 하여라.

피리

소리

한밤에 숲과 나무를 헤치고 들어가면
창이 하나 잔잔히 비치는 집이 한 채 있다.
그리고 보이지 않는 저쪽에서
한 사람이 피리를 불고 있었다.

그것은 옛날부터 잘 알려진 노래로
밤 속으로 은은히 흘러 퍼졌다.
마치 가는 길마다에 도달점이 있는 것처럼.

그의 숨결 속에서
이 세상의 숨은 의미가 밝혀지고
마음은 환희에 사로잡혔다.
그리고 모든 시간은 현재가 되었다.

나
하나의
별

나는 저 높은 하늘에 떠있는 하나의 별
세상을 내려다보면서 세상을 비웃고
스스로의 불길로 타오르며 흩어진다.

나는 매일 밤 파도치는 바다.
묵은 죄 위에 새로운 죄를 쌓아
희생을 강요하며 애를 태운다.

나는 너희들의 나라에서 쫓겨난 사람.
긍지와 자부심으로 자라 그것에 배신당한
나는 영토가 없는 외로운 왕이로다.

나는 침묵에 싸인 정열.
집에는 난로가 없고 전장에선 칼이 없는
나는 견딜 수 없는 힘에 의해 병이 들었다.

내일은

영롱한 별들로 가득 찬 밤하늘에
느릅나무와 자작나무는 속삭이고,
멀리 또 가까이마다 느껴지는
여름철의 풋풋한 아름다움이여.

나의 마음은 아득히 먼 곳으로
하프의 선율을 찾아 헤맨다.
몸을 떨며 높이 떠있는 저 하늘의 별은
미래의 노래가 꽃다발 되어 걸려 있네.

나의 마음은 터질 듯 부풀어 오르고
가슴은 뜨겁게 타고 있구나.
내일은 서럽게도 시장과 거리를 뛰어다닌다.
얼마간의 푼돈을 벌기 위하여.

마을의 저녁

목동이 양떼를 몰고
조용한 오솔길로 들어간다.
집들은 잠이 오는 듯
어느새 졸고 있다.

지금 나는 이 마을에서
단 한명의 이방인.
슬픔으로 하여 나의 마음은
그리움의 잔을 남김없이 마신다.

길을 따라 어디로 가든
아궁이엔 따뜻한 불이 타오르고 있는데
오직 나만이 홀로 외롭게
고향의 향수를 느껴 보지 못한다.

나는
알고 있다

때로는 늦은 밤거리를 거닐 때면
눈을 내리깔고 불안한 걸음걸이를 재촉한다.
갑자기 말도 없이 네가 내 앞을 가로막아 선다면
나에게 구걸하는 너의 슬픔과 너의 행복을
나는 보고야 말 것을.

나는 안다.
너는 천한 창부의 차림으로
수줍은 걸음으로 매일 밤길을 헤매는 것을.
돈을 위하여 헤매는 네가
어쩌면 그렇게도 비참하게 보이는가!

너의 신발에는 더러운 것이 묻고
치장한 너의 머리에는 바람이 나부낀다.
너는 자꾸만 헤맨다.
그리고 마침내 다시는 집을 찾지 않는다.

가엾은 아가야

떨어지는 나뭇잎과 거센 바람이
걸어가는 나를 향하여 흩어져 온다.
그러나 나는 모른다. 가엾은 아가야,

우리들이 오늘 어디에 묵을지.

언젠가는 너도 바람에 지쳐
이리저리 힘겹게 뛰어다니리.
그러나 나는 모른다. 가엾은 아가야,
그때도 아직 내가 살아 있을지는.

고독

아니, 벗이여!
너는 혼자서 길을 찾아가고
나는 앞으로 나아가게 하라.
나의 길은 멀어 피로가 가득한
가시덤불과 어두운 밤을 지나가리라.

너는 다른 분과 저쪽 길을 가라.
그 길은 평탄하고 많이들 지나갔노라.
나는 혼자 고독에 잠겨
홀로 외로워하고 기도하리라.

너는 산 위에 서있는 나를 보고
나의 날개를 부러워하지 마라.
내가 높이 하늘가에 있다고 잘못 여기리.
그러나 산은 언덕이었음을 나는 아노라.

초여름
밤

천둥이 치고 소나기가 퍼붓는다.
뜰 안의 보리수가
몸을 떤다.
날은 벌써 저물었는데.

젖은 눈으로
한 줄기 번갯불이
연못 속에
파랗게 비친다.

하늘거리는 줄기 위에 앉아
바르르 떨고 있는 꽃송이들.
나는 바람결에 실려 오는
낫 가는 소리를 듣는다.

소나기가 퍼붓는다.
무더운 열기가 지나간다.
나무의 소녀는 몸을 떨며
"당신도 무서우세요?"

**두
골짜기에서**

종이 울린다.
멀리 골짜기에서
새로운 무덤을 알려주는
종이 울린다.

종소리와 더불어서
바람에 실려
라오테의 소리가 들린다.

방황하는 나에게는 노래와 만가가
저렇게 하나로 어울려 들리는가. 그러나
다른 누구가가 저 두 소리를
하나로 듣는 이가 또 있을까!

봄

어스름한 동굴에서,
오랜 동안 나는 꿈을 꾸고 있었다.
너의 나무들을, 파란 공기를,
너의 향기를, 새의 노래를.

눈이 부시게 단장을 하고
넘쳐흐르는 빛에 싸여
기적처럼, 너는 지금
너는 내 앞에 젖혀져 있다.

너는 다시 나를 알아보고
아주 상냥하게 나를 이끈다.
나의 온 몸에 네가 스며들어
기꺼이 흐르고 있다.

**나의
노래**

이제 네가 몸을 굽히고
나비로 맨 리본을 푼다.
그러면 나의 노래는
너의 비단 치마에 싸인다.

지나간 날의
갖가지 잘못이
놀라는 너의 마음에 닿는다.
그러나 나는 멀리 떠나버리고 없다.

야상곡

쇼팽의 야상곡 E장조.

높다란 창의 궁형(弓形)이 흠뻑 햇살에 젖어 있었다.

엄숙한 너의 얼굴도

원광에 싸여 있었다.

달빛의 잔잔한 은물결이

이렇게도 나를 감동시킨 밤은 없었다.

내 마음의 가장 깊은 곳에서

노래 중의 노래를 감미로이 느꼈기 때문이다.

너는 말이 없었다. 나도.

침묵의 원경은 달빛 속에 사라져 갔다.

호수에 뜬 한 쌍의 백조와 머리 위에 떠있는 별 외에는

목숨 있는 것이라고는 하나도 없었다.

너는 창의 궁형으로 다가갔다.

나에게 내민 네 손 가에,

가냘픈 목덜미에

달빛이 은으로 섶을 이루었다.

어머니의 정원

어머니의 정원에 서 있는
한 그루 하얀 자작나무.
소리 없이 가볍게 스친다.

서러운 마음으로 어머니는
이리저리 오솔길을 거닐며
알 수 없는, 나의 거처를 찾아
생각 속을 더듬는다.

굴욕과 곤궁 속에서
희미한 죄책감이 나를 몰아친다.
어머니! 참아 주세요.
나를 죽고 없다고 여겨 주세요.

재회

해는 벌써 자취를 감추어
어스름한 산 너머로 저물어 갔다.
낙엽에 덮인 길과 또 벤치가 놓여 있는
황색의 공원에 불어오는 찬바람.

그때 나는 너를 보고, 너도 나를 보았다.
너는 조용히 흑마를 타고 와서
낙엽을 밟으며 찬바람 속을 헤치면서
장엄하게 성(城)으로 들어갔다.

참으로 서러운 재회였다.
너는 창백하게 서서히 사라지고
나는 높은 울타리에 기대어 있었다.
어둠은 깔리고, 둘은 아무 말도 하지 않았다.

**들을
지나서**

하늘 위로 구름이 흐르고
들을 지나서 바람이 스친다.
들을 지나서 헤매어 가는
우리 어머니의 잃어버린 아들.

거리 위로는 낙엽이 구르고
가지 위에서 새가 우짖는다.
산 너머 먼 어느 곳엔가
나의 고향이 분명 있으리.

엘리자베스

1

당신의 이마 위에, 입 언저리에, 하얀 손등에,
부드럽고 감미로운 밝은 봄날이,
플로렌스의 고서에서 본
온아한 마력이 감돌고 있습니다.

언젠가 옛날에 살았던 당신,
나긋나긋 가냘픈 5월의 모습,
꽃무늬 옷을 입은 화신으로
보티첼리가 그렸습니다.

당신도 인사 한번에
젊은 단테의 혼을 앗아간 그 사람.
그리고 저절로 당신의 발은
낙원에 이르는 길을 알고 있습니다.

2

이 얘기 해야만 합니까?
밤은 이미 깊었습니다.
나를 괴롭히시렵니까?
아름다운 엘리자베스여.

내가 시로 쓰고,

당신이 노래할
내 사랑의 이야기는
오늘 저녁과 당신뿐입니다.

방해하지 마세요.
음이 흩어집니다.
머잖아 당신은 들으리다.
들어도 이해 못할 나의 노래를.

3
높은 하늘의
하얀 구름처럼
엘리자베스, 당신은
순결하고 곱고 멀리에 있습니다.

구름은 흘러 헤매는데
당신은 언제나 무관심 합니다.
그러나 어둡고 깊은 밤에
구름은 당신 꿈을 스쳐갑니다.

스쳐간 구름이 은처럼 빛나기에
그 후론 언제나
하얀 구름에

당신은 감미로운 향수를 느낍니다.

4

당신에게 이렇게 말해도 좋겠습니까?
당신은 예쁜 내 누이와 같습니다. 그리고
기묘하게, 내 마음속에서,
은은한 행복과 쾌락의 욕망을 융화시킵니다.

우리는 둘 다 멀리서 온 나그네.
그리고 우리 둘은
쓸쓸하고 애절한 밤이 찾아오면
같은 향수에 괴로워합니다.

내가
사랑한
여인들

천 년 전에, 시인들이 사랑하고 노래한
그 여인들을 나는 사랑한다.

황량한 성벽이, 옛날의 왕족을 서러워하는
그 도시를 나는 사랑한다.

지금 살고 있는 사람이 다 없어질 때, 다시 세워질
그 도시를 나는 사랑한다.

태어나지 않은 채 세월의 품속에서 쉬고 있는
나긋하고 고운 여인들을 나는 사랑한다.

별같이 맑은 여인들의 아름다움이, 언젠가는
내 꿈의 아름다움과 같아지리니.

취소

너를 사랑한다고는 하지 않았다.
내가 너의 손을 잡고,
용서해 달라고 했을 뿐.

나와 비슷하다고
너를 나처럼 젊고 선량하다고 그렇게 여겼다.
그러나 너를 사랑한다고는 하지 않았다.

비난

밤이 찾아오고, 향연이 끝난다.
정원의 횃불이
불그스레하면서 꺼져 간다.

너는 가볍게 고개를 숙이고
나에게 밤 인사를 한다.
너는 오늘 저녁 많이도 웃었다.

너는 오늘 저녁 많이도 지껄였다.
그러나 너 혼자 정해버린
나와의 약속은 결코 지켜 주지 않았다.

북국에서

꿈에 본 것을 이야기해줄까?
잔잔한 빛이 내려 반짝이는 언덕에
어둑한 나무숲과
노란 바위와 하얀 별장.

골짜기에는 도시가 하나 있다.
하얀 대리석 교회들이 있는 도시는,
나를 향해서 반짝거린다.
그것은 플로렌스라는 곳.

그리고 좁은 골목으로 둘러싸인
어느 고원에서
내가 두고 온 행복이
아직도 나를 기다리고 있으리.

라벤나

1

나도 라벤나에 간 적이 있다.
그곳은 작고 텅 빈 도시로
책에서 읽을 수 있는
많은 교회와 폐허들이 있다.

지나와서 돌이켜 보면 거리거리가
음울하고 습기에 차 있다.
천 년 세월은 말이 없고
곳곳에 이끼와 풀이 무성하다.

그것은 옛날의 노래와 같다.
듣고도 누구 한 사람 웃지 않고
저마다 귀 기울여 밤늦게까지
곰곰이 생각하는 그러한 노래.

2

라벤나의 여인들은
깊숙한 눈과 상냥한 몸매를 가지고 있다.
그리고 이 고도와 그 축제일에 관한,
한 가지의 지식을 가지고 있다.

라벤나의 여인들은

순한 어린 아이들처럼 운다. 깊이, 나직이,
그리고 그녀들의 웃음은
밝은 곡의 슬픈 가사를 연상시킨다.

라벤나의 여인들은
순한 어린 아이들처럼 기도한다. 극진히, 만족스레,
사랑의 말을 소곤거리면서 그것이
거짓말인 줄을 스스로도 모른다.

라벤나의 여인들은
이상하게, 깊이 마음을 다하여 키스한다.
그러나 한 번은 죽는다는 것 외에는
삶에 대하여 아무 것도 모른다.

청춘의 빛

아직 여유가 있었다. 나는 돌아올 수 있었다.
그랬으면 아무 일도 없었을 것을.
그날 이전처럼 모든 것이
맑고 한 점의 티도 없었을 것을!

도리가 없었다. 때는 오고야 말았다.
짧고 불안한 그 때가.
총총 걸음으로, 속절없이
청춘의 빛을 모두 걷어가 버렸다.

기도

언젠가 내가 당신의 얼굴 앞에 설 때,
당신은 조금도 나를 살펴주지 않았다는 사실을.
그리고 내가, 달랠 수 없는 슬픔을 안고
적적히 거리를 헤맸던 것을.

가난 속에 참을 수 없이 향수에 젖던
그 무섭게 어둡던 밤들을 생각하십시오.
어린애처럼 당신의 손을 찾는 나에게
당신이 바로 내손을 거절한 사실을.

생각하십시오. 어린 내가
날마다 당신께로 돌아가던 시절을.
당신에게 보다 더 감사히 여기는
기도를 가르쳐 주신 우리 어머님을.

영혼의 사색을 위하여

사랑하는 사람에게

1

나의 어깨 위에
피로한 머리를 얹으십시오. 말없이
눈물의 달고 서럽게 지친 앙금을
남김없이 맛보십시오.

이 눈물을
목말라 답답하게
보람도 없이
그리워할 날이 올 것입니다.

2

나의 머리 위에
손을 얹으십시오. 나의 머리는 무겁습니다.
나의 청춘이었던 것을
당신은 나에게서 앗아갔습니다.

끝없이 아름답게 여기던
화사한 청춘과 기쁨의 샘은
되찾을 수 없이 사라져 가고
슬픔과 노여움이 남았습니다.

사납게 열기 띠어

지나간 사랑의 갖가지 기쁨이
잠자지 않는 나의 꿈을 스치다가
상처를 입은 그 끝없는 밤들이

드물게 휴식할 때만은
나의 청춘이 수줍고 창백한 손님처럼
나에게로 다가와 신음하며
나의 마음을 무겁게 합니다.

나의 머리 위에 그 손을 얹으십시오.
나의 머리는 무겁습니다.
나의 청춘이었던 것을
당신은 나에게서 앗아갔습니다.

**깊은
밤**

어둠을 헤치고, 포장된 도로에
가로등이 반짝이고 있다.
이 늦은 밤에도 잠들지 않는 것은
가난과 악덕뿐이다.

잠자지 않는 너희들에게 나는 인사를 한다.
가난과 악덕 속에 누워 있는 너희들에게,
히죽거리며 웃고 있는 너희들에게,
모두 나의 형제인 너희들에게.

흰 구름

오! 보라. 잃어버린 아름다운 노래의
나직한 멜로디처럼
구름은 다시
푸른 하늘 멀리로 떠간다.

긴 방랑의 여정에서
나그네의 기쁨과 슬픔을 모두
스스로 체험하지 못한 사람은
구름을 이해할 수 없는 법이다.

해나 바다나 바람과 같은
하얀 것, 정처 없는 것들을 나는 사랑한다.
고향이 없는 사람에게는, 그들이
누이들이며 천사이기 때문에.

청춘의
향연

빨간 불의 향연에서
온갖 모험에서
해맑은 가장행렬에서
부질없고 경박한 거짓에서
위안이 없는 긴 나날에서
크고 작은 근심에서
공허한 많은 시간에서
나의 건강을 찾아내자.

어느 틈엔가
나의 청춘이 사라져 간 것을
수선한 광채와 반짝임 속에서
나는 전혀 몰랐다.
그것을 다시 한 번 찾아내자.
어디에 있는지를 나는 안다.
전나무와 떡갈나무 아래서
바람에 흔들리며
구름에 가리고
냇물의 거품에 덮이고
멋없이 자라 바람에 다친다.

사랑에 빠져 꿈꾸고 있으리.
산속이나 골짜기에서

그것을 붙들자.

단념할 수는 없다.

나에게는 그것이 하나도 없다.

그러면

길 떠날 준비를 하자.

떠도는 새처럼

대지의 가슴 위로,

강을 따라가

골짜기를 지나고 내를 건너

절벽을 오르고 언덕 너머로 달아나는

청춘을 뒤쫓아 가자.

폭풍

오! 어쩌면 이렇게도 음산하게
폭풍이 밀려오는가,
우리들은 두려움에 떨며,
무서운 바람 앞에, 몸을 굽히고
한밤을 눈을 뜬 채로 보낸다.

내일에도 우리가 살아 있다면
오, 하늘은 어떻게 밝아 올까.
따뜻한 바람과 양떼의 방울 소리가
얼마나 행복하게
우리들의 머리 위에서 물결을 칠까?

때때로

때때로, 한 마리의 새가 울든가,
한 가닥 바람이 가지를 스칠 때
멀리 농가에서 개가 짖을 때
나는 지그시 귀를 기울인다.

새와 불어오는 바람이
나를 닮고, 나의 형제였던
잊힌 천년의 먼 옛날로
내 영혼은 되돌아간다.

내 영혼은 한 그루의 나무가,
한 마리의 짐승이, 한 무리 구름이 되어,
낯설게 돌아와 나에게 묻는다.
나는 어떻게 대답하면 좋을까?

나의
어머니께

행복한 하루였습니다.

지금 알프스가 빨갛게 타고 있습니다.

이 빛나는 정경을 당신에게 보여주고 싶습니다.

말없이 당신과 함께 이 더없는 기쁨 앞에,

가만히 서있고 싶습니다.

그런데 왜 당신은 돌아가셨습니까?

골짜기에서 엄숙히

머리에 구름을 얹은 밤이 솟아올라

천천히 벼랑과 목장과 묵은 눈의 빛을 지워 나갑니다.

나는 그것을 보고 있습니다.

그러나 당신 없이는 시들합니다.

주위는 아득한 어둠과 정적.

나의 마음도 따라 어두워지고 서러워집니다.

지금 나의 곁을 사뿐한 발자국 소리가 지나갑니다.

"애야, 나다. 벌써 나를 몰라보겠니?

밝은 대낮은 혼자서 즐겨라.

그러나 별도 없는 밤이 찾아와

갑갑하고 불안한 너의 영혼이 나를 찾을 땐

언제나 너의 곁에 내가 와있으마."

안개 속에서

안개 속을 헤매면 참 이상도 하다.
덤불숲과 돌은 모두 외로워 보이고
나무들도 서로가 보이지 않는다.
모두가 다 혼자다.

나의 생활이 아직 밝던 시절엔
세상은 친구로 가득했지만,
그러나 이제 안개가 내려
누구 한 사람 보이지 않는다.

모든 것에서 어쩔 수 없이
인간을 가만히 격리시키는 그 어둠을
전혀 모르는 사람은
참으로 현명하다고 할 수는 있을까?

안개 속을 헤매면 참 이상도 하다.
살아 있다는 것은 고독하다는 것.
사람들은 서로를 알지 못한다.
모두가 다 혼자다.

**괴로움을
안고**

산바람이 불 때마다,
우렁우렁 비명을 지르며
무너지는 눈사태는
신의 뜻일까?

내가 인사도 없이
인간의 나라를
슬프게 방황해야 하는 것은
신의 뜻일까?

마음의 괴로움을 안고
떠도는 나를 신은 보실까?
아, 신은 죽었다!
그래도 나는 살아야 하는가?

봄의 유혹

비바람에 씻겨 맑아진 산으로부터
봄은 다시 갈색 오솔길로 내려온다.
봄의 아름다움이 다가가는 곳마다
사랑스런 꽃이 피어오르고 새들이 노래 부른다.

이 상냥스럽게 꽃핀 맑은 하늘 아래
봄은 내 마음도 유혹하여,
대지를 나에게 사랑하는 고향이라 생각하게 한다.
나는 대지의 길손일 따름인데...

밤의 향수

가만히 촛불을 끈다.
열린 창으로 밤이 흘러들어
살며시 나를 안고
나를 벗으로, 형제로 삼는다.

우리는 서로 같은 향수에 병들어 있다.
불길한 꿈들은 밖으로 내보내고
소곤소곤 이야기한다.
아버지의 집에서 살던 때를.

6월의 어느 날

호수는 유리처럼 흔들리지 않고
가파른 언덕 바람에
야윈 풀잎이 은빛으로 나부낀다.

슬프게 죽음의 공포처럼 비명을 울리며,
한 마리 도요새가
날카로운 곡선을 그리며 하늘에서 비틀거린다.

건너편 강둑에선 풀 베는 소리가 들리고
그리움을 일깨우는
풀 냄새가 바람에 실려 온다.

**늦은
독백**

젊음이 으레 그렇듯
수줍게 너에게 가서
나직이 청을 했을 때
너는 웃었다. 그리고
나의 사랑을 희롱하였다.

이제 너는 피로하여 희롱도 않고
고난어린 어둑한 눈으로
창밖을 무심히 내다본다.
그리고 사랑을 가지고 싶어 한다.
지난날 내가 너에게 그토록 바라던 사랑을.

그러나 오래 전에 사라져 간 것은
다시는 돌아올 수가 없구나.
아, 한때는 너의 것이었던 것을!
지금은 누구의 이름도 모르고
그 사랑은 혼자서 있고자 한다.

밤의 정감

나의 마음을 밝게 하는
푸른 밤의 힘으로,
험한 구름 사이를 뚫고
하늘과 달과 별이 나타난다.

뚫고 나온 굴에서 영혼이
활활 타오른다.
희푸른 별의 향기 속에서
밤이 하프를 연주하기 때문에.

그 소리 들리고 나면
근심이 사라지고 고난도 작아진다.
비록 내일은 죽어 없을지라도
오늘 이렇게 나는 살아있구나!

7월의
아이들

우리들, 7월에 태어난 아이들은
하얀 재스민 향기를 좋아한다.
조용히, 깊은 꿈에 잠겨
꽃피는 정원을 거닌다.

우리들의 형제는 진홍빛 양귀비.
보리밭에서, 뜨거운 담장 위에 핀 양귀비꽃은
붉게 나달거리며 흐늘흐늘 타는데
이내 바람이 와서 꽃잎을 날린다.

7월 밤처럼 우리들의 생애는 꿈을 지고서
그의 윤무를 완성하리라.
꿈과 흥겨운 추수 행사에 열중하리라.
보리 이삭과 진홍 양귀비의 꽃다발을 들고서.

행복

행복을 찾아나서는 동안에 너는
행복할 만큼 성숙해 있지 않았다.
비록 가장 사랑스런 것들이 모두 너의 것일지라도.

잃어버린 것을 애석해 하고,
목표를 가지고 초조해 하는 동안은
평화가 어떤 것인지 너는 모른다.

모든 소망을 버리고
목표도 욕망도 모르고
행복을 입 밖에 내지 않을 때,

그때 비로소 세상일의 물결은
네 마음을 괴롭히지 않고
너의 영혼은 마침내 평화를 찾는다.

위안

살아 온 많은 세월은 가고
아무런 의미도 남지 않았다.
지니고 있을 아무 것도,
즐거워할 아무 것도.

수많은 모습들을
바람이 나에게로 실어 왔었다.
그것 하나 붙들어 둘 수 없었고
아무 것도 나를 좋아하지 않았다.

그것들이 나에게서 빠져 나가도
이상하게 나의 마음은
모든 시간을 멀리 넘어
깊이깊이 삶의 정열을 느낀다.

정열은 의미도 목표도 갖지 않고
멀고 가까운 모두를 알며
놀고 있는 아이처럼
순간은 영원한 것이다.

10월

모든 나무들이
노란 빨간 고운 옷을 입고 있다.
그들은 조용히 죽어 가는 것이다.
고통이라는 것을 전혀 모른 채.

가을이여! 뜨거운 나의 심장을 식혀다오.
보다 잔잔히 고동치며
이 금빛 나날을 지나
조용히 겨울로 건너가도록.

혼자

지상에는
크고 작은 길들도 많지만,
그러나
도달점은 모두가 같다.

말을 타고 갈 수도, 차로 갈 수도,
둘이서 갈 수도, 셋이서 갈 수도 있다.
그러나 마지막 한 걸음은
혼자서 가야 한다.

그러기에, 아무리 어려운 일이라도
혼자서 하는 것보다
더 나은 지혜나
능력은 없다.

**크눌프의
회상**

슬퍼하지 마시오. 이내 밤이 됩니다.
밤이 되면 파란 들 위에
싸늘한 달이 살며시 웃는 것을 바라보며
서로 손을 잡고 쉽시다.

슬퍼하지 마시오. 이내 때가옵니다.
때가 오면 쉽시다.
우리들의 작은 십자가가 환한 길가에
둘이 서로 마주보고 서 있을 것입니다.
비가 오고 눈이 오고
바람이 스쳐갈 것입니다.

**사랑의
불꽃**

기쁨에 찬 내 입은,

다시금 나를 애무하며

축복하는 너의 입술을 기다린다.

고운 너의 손가락에 깍지 끼고 싶다.

목마른 내 눈길을 네 눈에서 적시고,

깊숙이 내 머리를 네 머리에 묻고,

언제나 눈 떠 있는 젊은 육체로

네 몸의 움직임에 충실히 따라

늘 새로운 사랑의 불꽃으로,

천 번이나

너의 아름다움을 되살리고 싶다.

우리들의 마음이 깊이 가라앉고,

감사로이,

모든 괴로움을 넘어서서 복되게 살 때까지.

낮과 밤에, 오늘과 내일에, 우리 모두

다정한 누이로서 담담히 인사할 때까지.

모든 행위를 넘어서서,

빛에 싸인 사람으로

평화 속을 조용히 거닐 때까지.

비 오는 날들

수줍은 눈이 어디를 보아도
즐비한 회색 벽에 부딪친다.
태양이란 이제 한낱 속 빈 말에 지나지 않는다.
벌거숭이 나무들은 젖어 얼어붙었다.
여자들이 외투를 둘러쓰고 지나간다.
비는 끝없이 자꾸만 쏟아진다.

내가 어렸을 옛날에는,
하늘이 언제나 파랗게 맑아 있고
구름은 금빛으로 새겨져 있었는가.
그런데 내가 나이를 먹으니
모든 빛은 사라지고, 이렇게 비만 온다.
세상은 참 많이 변했다.

가을 날

숲가의 가지들은 금빛으로 타고 있다.
상냥한 그녀와 함께
수도 없이 나란히 걷던 이 길을
지금 나는 혼자서 걸어간다.

이런 화창한 날에는
오랜 동안 품고 있던
행복과 괴로움이 향기 속으로
머나먼 원경으로 녹아 들어간다.

풀을 태우는 연기 속에서
농부의 아이들이 뛰논다.
나 또한 그들과 어울려
노래를 시작한다.

유년 시대

너는 요원한 나의 골짜기.
마술에 걸려 가라앉아 버렸다.
내가 고난 속에서 괴로워할 때, 너는 때때로
너의 그늘 나라에서 손짓을 하며
동화 같은 너의 눈을 살며시 떴었다.
그러면 나는 잠자는 시간의 환상에 젖어
너에게로 돌아가
나 자신을 잃었다.

오! 암흑의 문이여,
어둑한 죽음의 시간이여,
나에게로 오라.
내가 건강해져,
이 삶의 공허에서,
나의 꿈으로 돌아가도록!

밤 길

개암나무 덤불에 새 한 마리 잠들지 않고 있다.
그러나 파릇한 달빛 속에 골짜기와 숲은 잠잠하다.
청춘의 그림자들이 나를 뒤따라 와
갖가지의 꿈 노래를 불러 준다.

삶의 폭풍과 격정에서 빠져나와,
어떻게 모든 꿈의 무리가 푸근히 쉬고
나의 마음이 많은 실 가닥에 이어져 있는
세상의 피안인 초록의 골짜기로 왔을까?

꿈꾸듯 사랑하는 이름들을 불러 본다.
멀리 어디론가 사라져 간 옛날의 이름을.
그리곤 추억의 은은한 나라를
지향 없이 헤매어 간다.

그러자 어스름 속에서, 너의 이름이 반짝여 온다.
오직 한 사람인 네가, 나는 언뜻 눈을 뜬다.
모든 괴로움이 다시 되살아나고
가슴 태우며 너의 자취를 더듬어 간다.

나비

상심한 마음을 안고
들을 거닐다가
한 마리 나비를 보았다.
순백과 진홍으로 얼룩진 나비는
파란 바람 속에 하늘거리고 있었다.

오! 나비여,
세상이 아직 아침처럼 맑고
하늘이 무척 가까이에 있던 어린 시절에
아름다운 날개를 팔랑이는
너를 본 것이 마지막이었다.

바람처럼 가볍게 팔랑이는
하늘에서 찾아온 아름다운 나비여!
너의 아늑한 성스러운 빛 앞에
수줍음에 싸여 이렇게도 서름하게
스스러운 눈초리로 나는 서 있어야 한다.

순백과 진홍으로 얼룩진 나비는
바람에 실려 들판으로 날아갔다.
나는 꿈은 꾸는 듯 걸음을 옮기자
하늘에서 새어 온 한 가닥의
잔잔한 빛이 남아 있었다.

그대 없는 밤

밤이면 나의 베개는
묘비처럼 허하게 나를 쳐다본다.
홀로 있는 것이,
너의 머리칼에 싸여 있지 않는 것이,
이렇게도 괴로울 줄이야.

적막한 집에 홀로 누워
등불을 꺼버린다. 그리고
너의 손을 잡으려고
살며시 손을 내민다.
뜨거운 입술을 네게다 대고
마구 키스를 퍼붓는다.
갑자기 눈을 뜨면
쌀쌀한 밤이 말없이 둘러싸고
창에는 별이 맑게 반짝이고 있다.
오! 너의 금발은 어디에 있는가,
달콤한 네 입술은 어디에 있는가.

이제는 모든 기쁨에서 슬픔을 마시고
모든 술에서 독을 마신다.
혼자 있는 것이.
그대 없이 혼자 있는 것이
이렇게도 괴로울 줄이야.

알프스의 샛길

많은 골짜기를 지나 왔지만
나에겐 바라는 목적지가 없다.

먼 지평선 끝에 보이는
나의 청춘의 나라 이탈리아가 보인다.

그러나 북쪽에서 내가 집을 지었던
추운 나라가 나를 쳐다본다.
야릇한 슬픔을 안고, 조용히
남쪽 청춘의 정원을 바라보며

나의 방황의 휴식처, 북국으로
모자를 흔들어 인사를 보낸다.

그러면 뜨겁게 가슴을 스치는 소리가 있다.
'아, 나의 고향은 저기에도 여기에도 없구나!'

**향연이
끝난 후**

식탁에서 술이 흘러내리고
촛불은 점점 흐릿하게 나붓거린다.
나는 또다시 혼자가 되고
또 하나의 향연이 끝났다.

고요해진 방안의 촛불을
하나하나 슬프게 꺼 나간다.
바람만이 근심스레 정원에서
검은 나무들과 소곤거리고 있다.

아, 피로한 눈을 감는
이 위안마저 없다면
언젠가 다시 눈뜨고 싶은
그런 생각은 아예 없으리.

추방된 사람

구름은 서로 얽히고
은빛 소나무는 폭풍에 굽힌다.
빨갛게 타는 저녁노을.
산과 나무 위에
괴로운 꿈처럼
하나님의 손이 무겁게 놓인다.

축복 없는 세월
길마다에 부는 폭풍,
고향은 아무 데도 없고
혼미와 과오가 있을 뿐.
나의 영혼에 무거운 짐처럼
하나님의 손이 놓인다.

모든 죄에서,
암흑의 심연에서,
오직 하나의 소원은
안식을 찾아
다시 돌아오지 않을
무덤으로 가는 것.

**아름다운
사람**

장난감을 선물 받고

그것을 바라보고 얼싸안고 놀다가

기어이 부숴버리는

내일이면 벌써 그것을 준 사람조차

잊어버리고 마는 아이처럼

당신은 내가 준 내 마음의

고운 장난감처럼

조그만 손으로 장난하면서

그 마음이 괴로워하는 것을

보지도 않는다.

신음하는 바람처럼

신음하는 바람이 밤을 불듯이
나의 갈망이 너에게로 날아간다.
모든 그리움은 잠깨어 있다.
오! 나를 이렇게 병들게 한
너는 나의 무엇을 알고 있는가!
밤늦은 불을 조용히 *끄고*
열에 들뜬 몇 시간을 눈뜨고 있다.
밤은 어느덧 네 얼굴이 되고
사랑을 속삭이는 바람 소리는
잊을 수 없는 네 웃음이 된다.

죽음

아이들이 노는 것을 바라보고
그 놀이를 이해하지 못하고,
그 웃음이 어색하고 바보처럼 들린다면
아, 그것은 영원히 먼 곳에 있다고 여겼던
사악한 적의 경고로
이제는 그치지 않을 것이다.

연인들 보고도
천국에의 동경을 느끼지 않고
흐뭇하게 여기며 걸어간다면,
영원을 청춘에게 약속한
마음의 가장 깊은 시편을
조용히 포기하는 것이다.

욕을 듣고도
지극히 분개하지 않고
못 들은 척 태연히 있다면
그때는 마음속에서
조용히 아픔도 없이 경련하며
성스러운 빛이 꺼지는 것이다.

행복한 시간

정원에는 빨갛게 익은 딸기가
달콤한 향기를 가득 풍긴다.
나는 이 푸른 정원으로
이제 곧 돌아오실 어머님을
기다리고 있어야 될 것만 같다.
나는 마치 소년이 된 것만 같고
내가 낭비하고, 놓쳐버리고,
노름에 지고, 잃어버리고 한 것이
모두 꿈이었던 것만 같다.
정원의 평화 속에는 아직도
풍성한 세계가 내 앞에 펼쳐 있어
모든 것이 나에게 주어졌고
모든 것이 내 것이다.
넋을 잃고 우뚝 선 나는
차마 발길을 옮기지 못한다.
이 향기와 행복 된 시간이
함께 날아가지 않도록.

젊은 날

젊은 날에는 하루같이
쾌락을 쫓아다녔다.
그 후에는 우수에 싸여
괴로움과 쓰라림에 잠겨 있었다.

지금 나에게 기쁨과 쓰라림이
형제가 되어 스며든다.
기쁘게 하듯 슬프게 하듯
둘은 하나로 엮여져 있다.

하나님이 나를 지옥으로든
태양의 하늘로든 인도한다면
나에게는 둘 다 같은 곳이다.
내가 하나님을 느끼고만 있다면.

냉정한 사람들

당신들의 눈매는 참으로 차갑습니다.
모든 것을 석화하려는 듯합니다.
당신들 눈 속에는 조그마한 꿈조차 들어 있지 않으며
냉랭한 현실만이 들어앉았습니다.
도대체 당신들의 마음속에는
한 줄기의 햇빛도 비치지 않습니까?
당신들이 어린아이였던 적이 없다는 것을
당신들은 울지 않고 말할 수 있습니까!

너로 하여 위안을 받으며

너의 시간

노래하라, 마음이여. 오늘은 너의 시간!
내일이면 너는 죽어 있을 것이다.
별이 반짝여도 볼 수 없고
새가 지저귀어도 들을 수 없다.
노래하라, 마음이여. 너의 시간이 타오르는 동안.
너의 잠깐의 시간이.

별을 뿌린 듯 반짝이는 눈 위에서 해는 웃고
구름은 먼 골짜기 위에 꽃처럼 쉰다.
모든 것이 새롭고, 모두가 다 빛이다.
억누르는 그림자나 괴롭히는 근심 하나 없다.
호흡이 아주 상쾌하다.
호흡은 축복이고 기도이고 노래다.
호흡하라, 영혼이여.
해를 바라보고 가슴을 펴라.
너의 잠깐의 시간 동안.

인생은 즐거운 것,
기쁨과 슬픔도 즐거운 것.
바람에 흩날리는 눈가루는 저마다 행복하다.
나도 행복하다. 나는 우주창조의 핵심.
나는 지구와 태양이 가장 사랑하는 아들이다.
한 시간 동안은,

웃고 있는 한 시간은,
바람에 날려 눈가루가 흩어져 버릴 때까지는.

노래하라, 마음이여.
오늘은 너의 시간!
내일이면 너는 죽어 있다.
별이 반짝여도 너는 볼 수 없고
새가 지저귀어도 들을 수 없다.
노래하라, 마음이여. 너의 시간이 타오르는 동안,
너의 잠깐의 시간이.

암흑기의 친구에게

이 암담한 시기에도,
사랑하는 벗들이여, 나의 말을 받아들여라.
인생을 밝게 여기든, 울적하게 여기든, 나는
인생을 탓하지 않을 것이다.

햇빛과 폭풍우는
같은 하늘의 다른 표정에 지나지 않는다.
운명은, 즐겁든 괴롭든
훌륭한 나의 양식으로 씌어져야 한다.

꼬불꼬불한 오솔길을 영혼은 걷는다.
그의 말을 읽는 것을 배우라!
오늘은 괴로움인 것을,
내일이면 은총이라 찬양을 한다.

설익은 것만이 죽어 간다.
다른 것들에게는 신성을 가르치겠다.
낮은 곳에서나 높은 곳에서나
영혼이 깃든 마음을 기르는

그 최후의 단계에 이르러서야
우리들은 자신에게 휴식을 줄 수 있다.
거기에서 우리들은 하나님의 소리를 들으며
비로소 하늘을 우러를 수 있을 것이다.

사라진 소리

언젠가 어린 시절에
나는 목장을 따라 걷고 있었다.
그때 아침바람에 노래 한곡이
조용히 실려 왔다.
푸른 공기의 소리인가
또는 무슨 향기일까?
꽃향기 같은 것이었다.
그것은 달콤한 향기를 풍기며
어린 시절을 영원토록 울리고 있었다.

자라난 후로 그 노래는 의식 속에서 사라졌다.
그것이 요 며칠 사이에 가슴 속 깊은 곳에서
살며시 다시 울려나오는 것이다.
지금 나에게는 모든 세상이 아무래도 좋고,
행복한 사람들의 신세가 되고 싶지도 않다.
귀를 기울이고 싶을 뿐.
향긋한 소리가 흐르고
그것이 그때의 그 소리인 것처럼
귀를 기울이고 조용히 서 있고 싶을 뿐이다.

만발한 꽃

복숭아꽃이 만발하였지만
꽃마다 열매가 되는 건 아니다.
푸른 하늘과 흐르는 구름 아래서
장밋빛 거품처럼 맑게 반짝인다.

생각은 하루에도 수백 번
꽃잎처럼 피어난다.
피는 대로 내버려두어라! 되는 대로 되겠지!
수확은 묻지 마라!

놀이도 있고 순결도 있고
넘치는 행복도 있어야 한다.
그렇잖으면 세상이 너무 답답하고
사는 것에 재미가 없어질 것이다.

쓸쓸한 저녁

빈 병과 잔속에서
촛불이 흐늘거린다.
방안은 싸늘하다.
바깥에는 풀 위에 보슬보슬 비가 내린다.
잠깐 쉬려고, 너는 다시
추위에 움츠리며 슬프게 눕는다.
아침이 오고 다시 저녁이 오고
언제까지나 되풀이되지만
그러나 너는
다시 오지 않는다.

사모곡

오랜 동안을 나는 먼지에 덮여있는
백일세상의 길을 걸었습니다.
당신의 모습에서 완전히 떠나
오로지 나 하나만을 의지하여.

가지가지의 목표에 배반되어
지금 나는 먼 타향에서 쉬고 있습니다.
추억의 향기에 싸여.
지난 시절의 손님이 되어.

그러나 세상에서 완전히 쫓겨난
이렇게 서러운 때에도
당신은 거기 계셔서
나에게 잃어버린 천국의 소식을 전합니다.

내가 하나님을 잊어버린 것을
당신은 벌써 용서하셨습니다.
종국에는 캄캄한 골짜기에서
나는 당신께로 돌아갑니다.

고독으로 가는 길

세상이 너에게서 멀어져 간다.
지난 날 네가 사랑하던
모든 기쁨이 다 타버리고
잿더미 속에서 암흑이 위협을 받는다.

보다 억센 손에 밀려,
너는 어쩔 수 없이,
너의 가슴속으로 잠긴다.
추위에 움츠리며 죽은 세계 위에 선다.
너의 뒤에서 흐느끼며
잃어버린 고향의 여운이 불어온다.
아이들의 소리와 은은한 사랑의 노래가.

고독으로 가는 길은 참으로 어렵다.
네가 알고 있는 것보다 더.
꿈의 샘도 말라 있다.
그러나 믿어라!
네 길의 끝자리에 고향이 있으리라.
죽음과 재생이,
그리고 무덤과 영원한 어머니가.

고백

사랑스런 환영이여! 너의 유희에
기꺼이 몸을 맡기는 나를 보라.
다른 사람들은 목적과 목표를 갖고 있으나
나는 사는 것만으로도 족하다.

지금까지 나의 마음을 움직였던 것.
언제나 내가 생생하게 느끼던
영원한 것, 유일한 것,
모두가 다 비유로만 보인다.

그러한 상형문자를 해독하는 것은
나에게 살아있는 보람을 줄 것이다.
영원과 본질이
내 자신 속에 살고 있음을 알기 때문에.

내면에의 길

내면에의 길을 찾는 사람에게는,
열렬한 자기침잠 속에서
자신의 마음은, 신과 세계를
형상과 비유로만 선택한다.
지혜의 핵심을 느낀 사람에게는
모든 행위와 사고가
세계와 신을 포함하고 있는
자신의 영혼과의 대화가 될 것이다.

저녁

저녁이 되면 연인들이 짝을 지어

한가롭게 들을 거닌다.

여자들은 머리를 풀고,

상인들은 돈을 세고,

시민들은 근심스럽게

석간에서 뉴스를 읽고,

어린 아이들은 조그만 주먹을 살포시 쥔 채

깊이 잠이 든다.

제각기 유일한 진리를 행하고

훌륭한 의무에 따른다.

젖먹이도, 시민도, 연인의 짝도……

그러면 나는 아무 것도 안하는가?

천만에! 내가 노예가 되어 있는

나의 밤일도

정신세계에서 빠질 수는 없다.

그것도 의미가 있는 것이다.

그래서 나는 이리저리 나다니며

마음속으로 춤을 추고,

시시한 유행가를 흥얼거리고,

신과 나를 찬양하며

술을 마시고는

터키 총독이라 공상하고,

신장에 불안을 느끼며

웃고 더 마시고
오늘은 마음에게 긍정을 청하고,
유희삼아
지난날의 슬픔에서 시 한 편을 짜내고,
달과 별이 도는 것을 보며
그것들의 의미를 어렴풋이 느끼고
그것들과 함께 여행하는 기분이다.
그리고 어디로 가는지는 내 알바 아니다.

책

이 세상의 어떠한 책도
너에게 행복을 베풀지는 못하지만
그러나 남모르게 너를
너 자신 속으로 돌아가게 한다.

네가 필요로 하는 모든 것은 네 자신 속에 있다.
해와 달과 별이
네가 찾던 그 빛은
네 자신 속에 살고 있기 때문에.

오랜 세월을 갖가지 책에서
네가 찾던 지혜가
페이지마다에서 지금 빛을 발한다.
이제는 지혜가 네 것이기 때문에.

인생은

때때로 강렬한 빛을 띠며
인생은 즐겁게 반짝거린다.
그리고 웃으며 묻지도 않는다.
괴로워하는 사람들을, 멸망하는 사람들을.

그러나 나의 마음은
언제나 그들과 함께 있다.
괴로움을 숨기고 울기 위하여
그리움의 저녁에 방으로 숨어드는.

괴로움에 얽혀 갈피를 못 잡는
많은 사람들을 나는 안다.
그들의 영혼을 형제라고 부르고
반가이 나에게 맞아들인다.

젖은 손 위에 엎드려
밤마다 우는 사람들을 나는 안다.
그들은 캄캄한 벽만이 보일 뿐.
빛은 하나도 없다.

그러나 암흑과 근심으로 하여
훈훈한 사랑의 빛을
남몰래 지니고 있는 것을
그들은 모르면서 헤매고 있다.

무상

생명의 나무에서
잎이 하나하나 떨어진다.
오! 눈부신 세상이여.
어쩌면 이렇게도 가슴 벅차게 하는가.
어쩌면 이렇게도 흐뭇하게 하는가.
어쩌면 이렇게도 취하게 하는가!
오늘 아직도 뜨겁게 타는 것도
이제 곧 사라질 것이다.
나의 갈색 무덤 위로 소리를 내며
이제 곧 바람이 불 것이다.
어린아이의 머리 위로
어머니가 몸을 굽힌다.
어머니의 눈을 다시 한 번 보고 싶다.
어머니의 눈매는 나의 별이다.
다른 모든 것은 사라지고 날려가 버려라.
모든 것은 죽어 간다.
즐겁게 죽어 간다.
우리들이 떠나온 곳에
어머니는 영원히 남는다.
어머니의 손가락이
덧없는 하늘에 이름을 적는다.

가을

숲 속의 새들이여,
너희들의 노래가
단풍든 숲을 따라 나래 친다.
새들이여, 서두르라!

이제 곧 바람이 불어오고,
모든 것을 거두어들이는 죽음이 오고,
회색의 요귀가 와서 웃으면
우리들의 심장은 얼어붙고
정원은 모두 아름다움을 잃고
생명 또한 모든 빛을 잃고 만다.

나뭇잎 속의 다정한 새들이여,
사랑하는 나의 아우여,
함께 노래하고 즐거워하자.
멀지 않아 우리들은 먼지가 되리니.

**어느
여인에게**

나는 사랑할 만한 가치가 없습니다.
불처럼 타버릴 뿐, 어떻게 타는지도 모릅니다.
나는 구름에서 흐르는 번갯불입니다.

그러나 많은 사랑을 즐겨 받아들입니다.
육체의 쾌락도 그리고 희생도 감수합니다.
남들에게 서먹서먹하고 성실하지 않기에
먼 곳이나 가까운 곳이나 눈물이 나를 따라다닙니다.

가슴 속의 별에만은 성실합니다. 그 별은
몰락에의 방향을 나에게도 가리키고
나의 모든 쾌락에서 가책을 만듭니다.
그러나 나의 본심은 그를 사랑하고 찬양합니다.

나는 여자를 유린하는 유혹자임에 틀림없습니다.
곧 꺼져 버리는 괴로운 기쁨을 뿌리고
당신들에게 아이가 되라, 동물이 되라고 가르칩니다.
나의 인생이며 안내자는 죽음입니다.

**죽음의
모습**

이미 갖가지의 죽음을 나는 죽어 보았다.
갖가지의 죽음에 다시 나는 죽으련다.
숲 속의 나무 같은 죽음을,
산 속의 돌 같은 죽음을,
모래속의 흙 같은 죽음을,
살랑거리는 여름풀의 잎 같은 죽음을,
불쌍한 피에 젖은 인간의 죽음을.

나는 꽃이 되어 다시 태어나련다.
숲이 되어, 다시 풀이 되어,
물고기, 사슴, 새, 나비가 되어.
이러한 갖가지의 모습에서
그리움이
최후의 고뇌는 인생고의 계단으로
나를 이끌 것이다.

오! 떨면서 켕기는 활이여,
그리움의 광폭한 주먹이
삶의 양극을
서로 맞서게 굽히려 한다면!
때때로, 또는 다시 여러 번
고난에 찬 형성의 길인 탄생으로
너는 죽음에서 나를 몰아칠 것이다.

회색빛 가을

가을비가 회색의 숲을 파헤치고
아침 바람에 골짜기가 추위 몸을 움츠립니다.
밤나무에서 열매가 떨어집니다.
열매는 갈색의 입을 벌리고 웃고 있습니다.

내 인생은 가을에 상처입고
갈기갈기 찢긴 이파리를 바람이 모질게 끌어당깁니다.
그리고 차례로 가지를 흔듭니다.
열매는 어디에 있습니까?

나는 사랑을 꽃피웠습니다. 그런데 열매는 슬픔이었습니다.
나는 믿음을 꽃피웠습니다. 그런데 열매는 미움이었습니다.
앙상한 나의 가지를 바람이 끌어당깁니다.
나는 바람을 비웃어 줍니다. 아직도 폭풍에 저항하는 것입니다.

나에게 있어 열매는 무엇이며 목적은 무엇입니까?
나는 피어났던 것입니다.
피어나는 것이 목적이었습니다. 그런데 지금은 시들었습니다.

시드는 것이 나의 목적입니다. 다른 것은 없습니다.
목적은 순간적인 것입니다. 마음은 그 속에 숨어 있
습니다.

신은 나의 속에서 살고, 죽고, 나의 가슴 속에서 괴
로워합니다.
이것으로 나의 목적은 충분합니다.
길이 옳건 그르건, 꽃이 피든 열매가 맺든.
모두가 다 같은 것입니다. 모두가 다 이름에 지나지
않습니다.

아침바람에 골짜기가 추워 몸을 움츠립니다.
밤나무에서 투둑투둑 열매가 떨어집니다.
떨어진 열매는 나를 보고 밝게 웃습니다.
나도 함께 웃습니다.

11월

만물은 지금 몸을 감싸고 퇴색하려 한다.

안개 낀 나날이 불안과 근심을 증폭시킨다.

심한 폭우 속에 밤이 새고 아침이 오면

얼음 깨지는 소리가 난다.

이별이 울고, 세상은 죽음으로 가득 찬다.

너 또한 죽는 일과 몸을 맡기는 일을 배우게 되리라.

죽을 줄 아는 것은 성스러운 지혜다.

죽음을 준비하라. ……그러면

죽음에 끌려가면서도

보다 높은 삶으로 들어갈 수 있으리.

첫 눈

초록의 계절이여, 너는 이미 늙어 버렸다.
벌써 시들어 보이고 머리칼에는 흰 눈이 뿌려졌다.
벌써 피로한 걸음걸이에는 죽음이 깃들어 있구나.
나는 너와 함께 걷다가 너와 함께 죽는다.

마음은 머뭇거리며 두려운 오솔길을 걷는다.
불안에 싸여 겨울 밭은 눈 속에 잠들었다.
참으로 많은 가지들을 바람이 나에게서 꺾어갔다.
그 상흔이 지금은 나의 갑옷이 되었구나.

참으로 많은 괴로운 죽음을 나는 이미 죽었다.
새로운 생명은 모든 죽음에 대한 포상이었다.
정말 반갑다. 죽음이여, 암흑의 문이여,
저 세상에는 삶의 합창 소리가 밝게 울리고 있구나.

눈

숲에
정원에
눈이 내려도
그것은
허술한 휴식처일 뿐.
세상은 그 아래서
고단하여 누웠지만
곧 잠을 깬다.

죽음이 와서
나의 핏줄과
사지를 멎게 하면
너희들은 웃으며 작별인사를 하겠지!
허무한 모습이 하나
조용히 폐허 속에 가라앉아 내린다.
오늘과 어제에 존재하였던
나는,
언제까지나 살아 있을까?

우정의 달빛

오! 오늘은 어쩌면 빛이 이렇게도
눈 속에서 아름답게 사라져 갈까.
오! 어쩌면 이렇게 상냥하게 먼 하늘이
장밋빛으로 타오를까!
그러나 여름은, 여름은 아니다.

나의 노래가 시간마다 말을 건네는
먼 곳에 있는 신부의 모습이여!
어쩌면 이렇게도 상냥하게 너의 우정이
나에게 빛을 던져 주는 것일까!
그러나 사랑은, 사랑은 아니다.

우정의 달빛은 오래도록 빛나야 하고
나는 눈 속에 오래도록 서 있어야 한다.
어느 날엔가 너와 하늘이,
산과 호수가
사랑의 여름빛에 깊이 타오를 때까지.

**여자
친구에게**

오늘은 차가운 바람이 불어
틈새마다에서 소리를 냅니다.
풀밭은 서리에 담뿍 젖어 있습니다.
겨우 몇 날의 꽃송이가 남아 있었습니다.

창가에서 마른 잎 하나가 팔랑입니다.
나는 눈을 감고
먼 안개에 싸인 도시를 걷고 있는 당신을,
날씬한 노루를 봅니다.

**이별을
하며**

기약도 없이, 이별을 한다.
실패한 쓰라린 운명의 예감에 가득 차
다시 어쩔 수 없는 장미는 손에서 시들어가고
불안에 싸인 마음은 졸음과 어둠을 찾는다.

그러나 하늘엔 변함없는 자리에서 별이 반짝이고
원하지 않더라도 우리들은 언제나 별들을 따른다.
빛과 어둠을 지나 우리들의 운명은 그들을 향한다.
그리고 우리들은 기꺼이 그들에게 복종한다.

나의
노래

나는 사슴, 당신은 노루.

당신은 작은 새, 나는 나무.

당신은 태양, 나는 눈.

당신은 낮, 나는 꿈.

한밤에 잠든 나의 입에서

황금 새 한 마리가 당신에게 날아갑니다.

티 없이 맑은 소리, 아름다운 것.

새는 당신에게 노래합니다.

사랑의 노래를, 나의 노래를.

열병을 앓는 사람

나의 생애는 죄로 가득 차 있습니다.
많은 죄가 용서될 것입니다.
그러나 인간들은 용서해 주지 않습니다.
그들은 이해하지도 용서하지도 않고
나의 무덤 위에 돌을 던집니다.
그러나 별들이 나를 데리러 오고
달이 나에게 웃어 줍니다.
나는 달의 조그마한 배를 타고
반짝이는 밤하늘을 조용히 떠나갑니다.
별의 궤도를 조용히 따라
빛이 나를 피로하게 하고 어지럽히고
모든 것이 빙글빙글 돌아가고,
어머니가 다시 나를 끌어안을 때까지.

죽음의 나라

어서 오너라! 밤이여, 별이여, 반갑구나!

나는 잠에 굶주려 있다.

이제는 눈을 뜨고 있을 수가 없다.

생각할 수도, 울 수도, 웃을 수도 없다.

잠자고 싶을 뿐이다.

백 년이고 천 년이고 잠자고 싶다.

나의 머리위로 별이 지나간다.

내가 얼마나 지쳐 있는가를 어머니는 아신다.

어머니가 웃으시며 몸을 굽힌다.

그 머리칼 속에 별이 반짝인다.

어머니, 이제는 날이 새지 않도록 해주세요.

낮이 나에게로 오지 않도록.

낮의 하얀 빛이 얼마나 악의와 적의에 차 있는가를

다 말할 수가 없습니다.

참으로 오랜 동안을 나는 뜨거운 길을 걸어왔습니다.

나의 심장은 다 타버렸습니다……

밤이여! 나에게로 내려와

죽음의 나라로 나를 인도해 주세요.

다른 소원은 없습니다.

나는 이제 한 걸음도 걸을 수 없습니다.

죽음의 어머니여, 나를 도와주세요.

당신의 끝없는 눈을 들여다볼 수 있게 해 주세요.

사랑의
노래

내가 만약 한 떨기의 꽃이라면
살며시 당신이 내게 다가와서
당신 것으로
당신의 손에 꺾일 것입니다.

내가 만약 빨간 한 잔의 포도주라면
달콤히 당신 입에 흘러들 수 있다면
온전히 당신 속에 들어가 버려
당신과 내가 함께 싱싱해질 것입니다.

**눈 속의
나그네**

한밤의 골짜기에서 자정을 울리고
벌거숭이 추운 달이 하늘을 헤맨다.

달빛 내려 비치는 눈 쌓인 길을
그림자와 함께 나는 걸어간다.

봄빛이 파릇한 길을 얼마나 많이 걸었는가!
따갑게 내려쬐는 여름 해를 얼마나 많이 보았는가!

지친 발걸음, 하얀 머리칼.
예전의 내 모습을 아는 이 하나 없구나.

야윈 나의 그림자가 피로하여 머물러 선다.
그러나 언젠가 이 방랑의 길은 끝을 보리라.

찬란한 세계로 나를 끌어당기던 꿈이 나를 버리다니,
나는 이제 서야 안다. 꿈이 나를 속인 것을.

한밤의 골짜기에서 자정을 울린다.
오! 저 높은 달은 어이하여 차갑게 웃는가!

이마와 가슴을 싸늘하게 안아 주는 눈
생각보다 죽음이 부드러운 것을 이제는 알겠다.

나의
기도

주여! 나를 절망시켜 주옵소서.

당신에게가 아니라 제 자신에게.

혼미의 슬픔을 맛보게 하옵소서.

온갖 고뇌의 불꽃을 핥게 하옵소서.

온갖 치욕을 맛보게 하옵소서.

내가 자신을 지탱하는 것을 돕지 마시옵고

내가 뻗어 나가는 것을 돕지 마옵소서.

그러나 나의 온 자아가 파괴되었을 때는,

나에게 가르쳐 주옵소서.

당신이 그렇게 하셨다는 것을.

불꽃과 고뇌를 당신이 낳으셨음을.

왜냐하면, 나는 기꺼이 멸망하고

기꺼이 죽어가겠습니다만

오직 당신의 품에서만 죽을 수 있기 때문입니다.

**꿈꾸는
별**

나의 나무에서 또 한 장의 잎이 떨어진다.
나의 꽃에서 또 하나가 시든다.
불안한 빛 속에서 묻는 듯이
삶의 얽힌 꿈이 나에게 인사한다.

주위에서 공허가 나를 쳐다본다.
그러나 둥근 하늘 한가운데서,
암흑을 뚫고 별이 하나 웃고 있다.
그의 궤도가 차츰차츰 가까이 그를 끌어당긴다.

나의 방을 부드럽게 해주는
조금씩 나의 운명에 끌려오는 별이여.
내 마음이 무언의 노래로 당신을 기다리고
환영하는 것을 그대는 알고 있는가?

어느
___
소녀에게

온갖 꽃 중에서
너를 가장 사랑한다.
너의 입김은 달콤하고 생생하다.
순결과 환희에 넘치는 너의 눈은 웃고 있다.
꽃이여! 나의 꿈속으로 너를 데리고 가련다.

거기, 빛깔 고운, 신비의 숲 속에
너의 고향이 있다.
거기서 너는 시들지 않고
내 영혼의 연가 속에서, 너의 청춘이
깊은 향기를 풍기며 영원히 피어나리라.

많은 여인을 알고 있었다.
괴로워하면서 사랑한다고.
많은 여인에게 슬픔을 주었다.
지금 이별을 한다. 그리고 너를 통하여
다시 한 번 너의 우아한 마력에서.

청춘의 상냥한 매력에게 인사를 한다.
그리고 나의 은밀한 시의
꿈의 정원에 서서
나에게 이렇게나 많은 것을 선사한 너를
감사로써 미소를 지으며, 불멸의 것으로 모신다.

어딘가에

인생의 황무지를 어지러이 헤매며
무거운 짐에 억눌려 허덕이지만
그러나 어딘가에 있다.
거의 잊혀져간 서늘하게 꽃핀 그늘진 정원이.

꿈속의 먼 어딘가에
나를 기다리는 안식처가 있다.
영혼이 다시 고향을 가지고
잠과 밤과 별이 기다리는 어딘가에.